Tun Yu

咸腥的海风，吞天的落日，人情温暖的小镇，单调乏味又意趣丛生。

他无论往哪个方向看都是自由天地，春光正好。
风也温柔，水且长流。

Tun Yu

目录
Contents

第一章	虽有神仙，不如少年	001
第二章	手影艺术家	047
第三章	但愿人长久	092
第四章	再见，小桥	131
第五章	如明珠，如明月	171
第六章	梦也何曾到谢桥	218
第七章	彩虹制造机	259
番 外	十三与十四	306

十五的月亮十六圆。
你想要的会比你期
待的晚来一点点..

夏小止

第一章
虽有神仙，不如少年

这天天气很好，天穹苍蓝、云团朵朵，照得整间屋子都光洁敞亮。谢桥坐在客厅里，和他妈一起等她的朋友。

谢桥烦得脑袋疼。他原本只是嫌家里不自在，找了个离学校太远的理由想搬出去，结果他妈这时候突然母爱泛滥了起来，风风火火地买了套学校附近的房子，说是要陪他住，方便照顾他。

她哪会照顾人，成天购物美容、旅游遛狗，偶尔打个牌……带着保姆来照顾他真是让人哭笑不得。恰巧赶上她还偶有联系的高中好友正愁找不到学校附近的房子，她马上大方地邀人来住。对方有些难为情，直言照顾一个也是照顾，两个也是照顾，让保姆回去，她帮着一并照顾谢桥。

他妈这厢又忘了陪他住的初衷了，欢欢喜喜地要带着保姆回去，决定隔三岔五念起他时再来看他。

门铃突然响了，他们一起去开了门。先进来的是个女人，四十来岁的样子，并没有像他妈那样保养得很年轻。她穿了件束腰的深色连衣裙，微微颔首，像画里淑婉温柔的古典美人。

她态度很好地跟他们问好，边笑着寒暄边焦虑地频频回头看门外。

很快，她身后有个背着包的男孩子跨进了门。他右手提着个行李箱，左肩上挂了个草绿色的大画夹，画着机器猫的白T恤配浅蓝色的七分牛仔裤，脚上穿的帆布鞋前跟踢得有些脏，浑身透着散漫的气息，一副不修边幅的模样。

他边走进客厅边漫不经心地打量着房子，在女人的催促声中仍然不紧不慢的。

"真是的，你这孩子，明明是一起出的电梯，进了门突然就没影儿了！一点儿礼貌也不懂！快过来！"女人弯腰时别了别额前散落的碎发，又抱歉地朝好友笑道："不好意思，孩子就是惯坏了。快点儿叫人！"

男孩儿低下头，叫了声"阿姨好"，说了几句抱歉之类的话，飘忽的视线随即落到谢桥身上。

谢桥明显看见他见到自己时眼里有什么闪烁了一下，又飞快地隐去，笑着做了个简短而坦白的自我介绍。

"纪真宜，是学美术的。嗯……成绩很烂，人品还行，多多指教。"他弯了弯腰，笑得眼睛眯成一条线。

窗外阳光很盛，投进客厅里，亮得有些晃眼，像平白加了个过曝失真的滤镜。

夏天还没真正过去，金色的阳光被树叶剪得稀碎，在地上投出斑驳摇晃的光影。

谢桥刚结束学期体测从田径场回来，上楼时正碰上纪真宜跟人从楼上下来，几个魁梧的体育生夹着一个他，勾肩搭背的，很是亲密。

大多数美术生已经去画室集训了，纪真宜是个例外，大概是因为他对自己的画技很有自信。

他的性格倒是吃香，马上便和同龄人打成一片，下楼时一眼瞥见谢桥。他将手伸到谢桥面前打个响指，眉眼弯弯，很熟稔似的笑着喊了声："哟，小桥。"

他叫谢桥"小桥"，不知是什么时候取的。

他们的交集很少，很大一部分原因是谢桥生来性子冷淡，除了饭桌上在纪真宜的母亲祝琇莹的招呼下点头应付几句，二人在学校里几乎不打照面儿。

哪怕是在这样生疏的情况下，纪真宜却也还是自来熟地给他取了昵称。

二人平静地擦肩而过，谢桥停下上楼的脚步，但没回头，听到他们零零碎碎的交谈声音，在讨论他和纪真宜怎么认识的。

"一起住的——"纪真宜迟疑地回复，似乎在斟酌自己对他的称呼，沉吟半晌才说，"弟弟。"

谢桥闻言挑了挑眉，对这个强安的看似要矮人一截儿的名头不太满意。

搂着纪真宜肩膀的男生听了不嫌事大地"哎哟"一声，改为揽住他的脖子："怎么？这是又换户头了？还给人当起哥哥了……"

谢桥沉默地回过头，看见纪真宜嬉笑着把同行男生的脑袋按下去，无伤大雅地骂了一句什么。

一行人笑闹着走进炙热的太阳底下，纪真宜像察觉到他的视线似的，偏了偏头，却没转过来。

太阳似乎被游荡的闲云遮住了，天色迂缓地阴了起来。

纪真宜说是个美术生，但谢桥几乎从没见过他拿笔画画。他总是在祝琇莹充满抱怨的说教声中捧着手机来来去去，目不转睛地盯着手机屏幕，敷衍地点头应和，像是什么也不在乎。

谢桥傍晚回卧室的时候经过纪真宜的房间，看见他的房门大敞着，而他正站在打开的窗前。窗外风云变色，已经开始有雷声。

呼啸的风涌进屋里，吹得桌上堆放的简笔画一张张地飞散开来。纪真宜的衣服里灌满了风，他张开双手，像一只不畏风雨的白鸥。

空气里涌动的水汽闷热得叫人格外难耐，干凉的风刮进房间里，又穿堂袭向门口的谢桥，轰轰烈烈地从他耳畔掠过。

窗前的纪真宜忽地转过身来，狭长的眼睛弯着，像一只善于窥人心绪的狐。

他定定地看着谢桥，在做一个没必要的提醒："要下雨咯。"

外面在下雨，夹着阵阵响雷，谢桥进门时一身湿漉漉的，头发都湿透了，必须要洗澡。他拿着衣服去浴室，却发现浴室里热气腾腾、水声阵阵。

浴室的门没合上，湿热的雾气争先恐后地从门缝里逃出来。外面放着一双拖鞋，普通的黑色一字拖——是他的拖鞋。他能断定这里面是纪真宜，是因这人不止一次穿错过他的拖鞋。

他透过那扇半掩的门，听见潺潺的水声。纪真宜在里面哼歌，歌声掩在哗哗的水声里，但还是能听到歌词，极不符合他们这个年纪的品位——我应该在车底，不应该在车里。

他一时间有些无语，鼻梁上的眼镜被浴室里的热气熏得起雾，他不声不响地靠近门，将门关上了。

祝琇莹买完菜回来，饶是撑了伞也被四面袭来的雨打得一身湿，一双鞋都泡了水。

她赶着做晚饭，只得先去换了衣服，准备把衣服拿去泡水时，却听见浴室有水声，谢桥的拖鞋正放在外面。

她边用干毛巾擦脸，边扬声温柔地问："小桥回来了？淋着雨了吧？"

她学着纪真宜叫他"小桥"。

谢桥过了好久才压着嗓子，沉哑地"嗯"了一声。

"真宜是回房间了吗？"

谢桥应了一声。

她把头发用毛巾包着粗略地擦了一下，又笑着问："小桥今晚有什么想吃的菜吗？阿姨马上就去做饭。"

"都可以，麻烦您了。"

谢桥的声音在浴室淅淅沥沥的水声中显得格外嘶哑，不过他一向寡言少语，祝琇莹早就习惯了。

她笑着应声："这孩子，说什么麻烦呀，我才是麻烦你妈妈了呢……"声音和脚步声都渐渐地朝着厨房而去。

谢桥跑完步回来吃早餐的时候，纪真宜破天荒已经去学校了。他坐在饭桌前，独自应对祝琇莹的念叨。祝琇莹苦闷地和他说起纪真宜的成绩，不聪明不努力还吊儿郎当，以后怎么能有出息。

他顺势问起纪真宜转学的缘由，说实话他对这件事情并没有多少好奇，只想接几句话不显得那么冷清。

"小孩子家家走歪路……唉，也不是，放筝是个好孩子，谁知道就这么没……"她说得颠三倒四，摆摆手，不仅话说不下去，连饭也吃不下去了。她将筷子放在桌上，手扶着额，低头不再说话。

早上纪真宜走得急没带背包，能想象这是个多散漫的人，连包都不带。祝琇莹念叨了好半天，最终才托谢桥给他捎过去。

谢桥找到纪真宜的时候，纪真宜正和前桌女孩子翻花绳，二人你来我往，高手对招正起劲。

教室里的同学对学神的到来表现得非常热情，满屋子"哦哦哦"的起哄声，靠门那桌的小矮个儿弓着腰上前问他："哟，帅哥找谁呀？"

"纪真宜。"

一个接一个地递话，像皇帝宣人觐见。

"纪真宜——"

"纪真宜——"

"纪真宜——"

纪真宜从烦琐的花绳中探头出来，睁着眼睛茫然四顾。

"瘦猴"挤眉弄眼地跟他说："有人找。"

他一站起来就看见了门口的谢桥。

纪真宜他们班虽说纪律和成绩逊色了点儿，但幽默指数和凝聚力说句"很高"不过分。纪真宜往门口走的时候，班长还语重心长地拍他的肩膀，说："多亏有你，这是本班自创立以来，教室平均分最高的一次。"

"你怎么来了？"

谢桥默不作声地把提着的背包拎到他面前。

纪真宜一时有些不自然，其实他至今还没发现这茬儿，但他丝毫没表现出自己的尴尬，极其自然地道："其实包里没什么东西，我是故意不带的,当然你送过来也不算添乱。"

得,一句谢没落着,还差点儿给人添乱了。

谢桥"嗯"了一声,转头便要走。

身后人叫住他:"就走了?"

谢桥回头,实在想不清还有什么事。他道:"嗯。"

纪真宜没话找话:"嗯……不留下来吃个饭?"

这话问得像两家人串门似的。

谢桥竟认真地回答了,虽然他为这无厘头的话微微皱起了眉:"不了,谢谢。"

纪真宜回到座位上,圆脸妹妹探头问他:"你是怎么认识谢桥的?"

他也不说缘由,只故作高深地反问道:"怎么样?哥厉害吧?"

圆脸妹妹点头,指了指左前方两组外正摔书发火的女生,低声说:"桃乐丝一直挺想认识他。"

"桃乐丝"本名乐陶,是个漂亮女孩儿,经常担任学校晚会活动主持人,以家境好、眼界高、脾气傲闻名学校。

纪真宜想了想,由衷地称赞道:"那他是真的厉害。"

晚上吃完饭洗过澡,谢桥受祝琇莹所托,端着水果盘去纪真宜房里一起学习,这项活动名为"共同进步",实为"帮他辅导"。

事情起因是前阵子考试,考完回家,祝琇莹殷切地问谢桥考得如何。

谢桥没什么表情,只说:"一般。"

她又如法炮制地问了纪真宜,纪真宜笑眯眯的,答得很自信、很笃定:"很好!"

结果谢桥全校第一名,纪真宜班里倒数第十七名。

纪真宜洗澡总是很拖拉,一般情况下得磨蹭大半个小时,也不在乎让谢桥等久了。

谢桥走进纪真宜堆着画具的房间,把水果盘放在书桌上。

他好奇地在房间里四处打量,转眼瞥见桌上压着一摞简笔画。他随便抽出来一张,上面没画背景也没画脸,只简单勾勒了线条,两个人和一架机车。前头那个人高高大大的，提着罐饮料斜倚着机车，后边个子矮点儿的人坐在机车上，下巴磕在前头那人肩上，虽然什么表情都没有，但看着也觉得意气快活。

他看着这张画，有些出神，又抽看了两张，房门口冷不丁响起一句："你在干什么？"

谢桥毫不惊慌。他坦坦荡荡地拿着那几张纸，平静地对着纪真宜表示："看看你的画。"

纪真宜刚洗完澡，穿着白色短袖，毛巾随意地挂在肩上，头发也没吹。

他大步走过来，轻飘飘地抽走谢桥夹在指尖的那张画："仰慕我的才华不早说，改天哥把压箱底的巨作拿出来给你长长眼，也充实充实你枯燥的灵魂。"

说完，他转头不声不响地把那摞简笔画都收进抽屉里。

谢桥看着他，随即冷漠地转开了视线："嗯。"

纪真宜饶有兴致地看着他，嘴角恶劣地扬着："弟弟，真来给我补习？"

他葱白的手腕上系着根色差明显的红绳，一个没了铃芯的银铃铛挂在上面。

他的声音放得很轻："这么够意思，怎么谢谢你呢？"

谢桥没有说话，也不看他。

祝琇莹端着两杯牛奶进来时，纪真宜正坐在书桌前，一只手撑着头，另一只手并不怎么老实地玩着笔。谢桥靠在一旁的衣柜边，手里随意拿了本小册子在看，整间屋子异常安静。

祝琇莹一进来就开始数落纪真宜："你怎么手里拿着笔都不能好好学习呢？坐的是书桌，看的是书本，你在这儿转笔？你看看人家小桥，站着都知道拿本书看，你怎么就不知道跟人学学？"

她又絮絮叨叨念了纪真宜一通，转头笑着对谢桥说："阿姨不吵你们了，牛奶现在还烫，你们再学一会儿，睡觉前喝。"

谢桥礼貌地笑笑："谢谢阿姨。"

祝琇莹对他可太满意了，道："谢什么呀？是阿姨麻烦你了，要是他不好好学，你就告诉阿姨，阿姨收拾他，有什么需要的叫阿姨一声就行。"

她走之前还揉了纪真宜一下，连带着用眼神警告加口头教育："人小桥学习多忙呀，答应来帮你辅导多不容易，你趁这个机会好好学点儿东西不行吗？过阵子去集训就更加没空了！日子一天天地过，这么大了怎么就不知道懂点儿事呢？"

等她连磨带蹭地出了门，纪真宜才没了骨头似的靠在椅背上，抬起头，朝谢桥口齿不清地发牢骚："啧，好像你才是我妈亲儿子似的。"

谢桥斜了他一眼，没说话。

纪真宜仰视着谢桥："这么会装乖哦？"

谢桥伸出手，张开五指，陡然掐住纪真宜的脖子。

纪真宜原本以为谢桥在玩笑，还想贫嘴几句，没想到对方霍地收紧了虎口。纪真宜的身体一下子紧绷了起来，双目瞪大，难以置信地看着他："你干什……"

谢桥倏地收回手，像才意识到自己做了什么，掩饰慌乱般地坐在纪真宜旁边的椅子上，说："学习吧。"

昨天谢桥回来时忘了摘眼镜，眼镜盒落在学校，只好又戴过去。他的眼镜度数不太高，课下不戴眼镜也没什么障碍，只是偶尔会忘了摘。

他推着车从电梯里出来时，正好撞见还在楼下磨叽的纪真宜，一大早的不知道从哪儿弄来根雪糕，在嘴里嗑着。

纪真宜一见他就笑了："我说怎么没在路上遇见过你，原来你骑车呀？"

谢桥这辆公路车是去年生日收到的礼物，很合他的心意。车身暗黑涂装，一件式全集成车把，全车重量不到五公斤。不说配置多豪华，单从外形看着就酷劲十足。

原本这是他上下学的通勤车，只是现在住得离学校近，几百米的路程，就显得有点儿大材小用了。他也只偶尔想起来才骑一骑，毕竟这东西容易丢，还得在门口保安室放着，到底是麻烦。

"这弯把真帅。"纪真宜上手摸了摸，显然是个不识货的，张口就问，"小桥，带我一程好不好？"

公路车当然是没有后座的，纪真宜说带他一程估计就是冒险踩在后轮芯突出来的螺丝上，这样不仅非常危险，而且对车架和轮组牙盘都伤害巨大。

"不好。"谢桥看了一眼纪真宜，说，"时间来得及。"

纪真宜显然也就这么一问，并不是真的想搭这一程，权当逗他说几句话，因此也不纠缠，一只手揣兜里，咬了口雪糕，笑着说："好吧，那我走了。小桥，路上小心。"

就这么几百米，有什么可小心的。

纪真宜很散漫，这不是一种能靠外在衣饰遮盖的散漫，就算他衣服穿得整整齐齐，头发整理得一丝不苟，别人看着也照样觉得这人没个正形。这种散漫是从骨子里透出来的，整个人像气态的，仿佛没有实体。

谢桥骑上车，看着前方的纪真宜叼着那只雪糕温暾地磨蹭在去往学校的林荫道上，干瘪的背包垂吊在身后，背包带扣得很长，背包随着前行的动作悠悠地左右荡着。

谢桥鬼使神差地跟在他身后，赛场上从来风驰电掣的公路车让他骑出了屈辱的龟速。

直到现在他也说不清自己昨晚为什么突然掐住纪真宜的脖子，就像他不知道自己此时为什么不声不响地跟在纪真宜背后一样——或许自己只是想观察纪真宜。

他漫不经心地跟着，看见纪真宜毫无预兆地蹲了下来，低着头十分痛苦地蜷在那儿，没吃完的雪糕都戳到了地上，足足蹲了一分来钟。

随着时间增长，谢桥越发觉得蹊跷，刚要冲上去，就看见纪真宜没事人一样地站了起来，拍了拍膝上沾的土，两只手揣进兜里，慢慢吞吞地接着往学校走去。

险些上前救人的谢桥茫然地愣着，等人走远了，才走到刚才纪真宜蹲下的地方——看见一个黑漆漆的蚂蚁窝。

纪真宜刚在这儿用雪糕喂了蚂蚁。

他决定再也不观察纪真宜了。

七点的日头刚刚开始灼人，拐个弯到了进校园的长道，学生们熙熙攘攘地聚在这儿，整条路上都是各种小吃、早餐混杂的香气，很憋闷，却又很有朝气。

恍惚间，谢桥再抬头，纪真宜旁边已经围了几个人，一群人有说有笑、勾肩搭背、你推我搡地往校门去。

谢桥握着弯把，公路车终于得到了该有的尊严，从他们身边飞驰而过，飞也似的进了学校。

说纪真宜在他们班混得如鱼得水也不为过，至少每回谢桥在学校里见到他，他周围都是围了一群人，还有两个是熟面孔，谢桥无意间都记住了。

这两个熟面孔一个就是"瘦猴"，另一个是小马。纪真宜调侃说，不知道的以为他们要组团去西天取经呢。

嘴笨的"瘦猴"万年灵光一次："那你就是猪八戒。"

纪真宜双手合十："泼猴，你怎敢胡言乱语！"

"瘦猴"和纪真宜算是旧相识，他们小时候住一栋楼，是一个沙坑里堆城堡、滚弹珠的交情。只是后来"瘦猴"家里发达了，理所当然搬走了。不过二人一直有交集，也就一直熟稔着。

小马是篮球队的，本名倒不俗，叫马盛淇，"瘦猴"这嘴坏的一直管他叫"马仔"。小马毕竟是打篮球的，个子高，人长得也俊俏，这个"小"字实在有辱他的体格，但他性格斯文温暾，比较腼腆，也不计较别人怎么叫他。

说纪真宜和小马多熟倒没有，熟的是"瘦猴"和小马，他们经常跟连体婴一样，大多数时候是形影不离的。纪真宜来了以后，"瘦猴"爱缠着他，小马当然也跟着，男孩子的友谊就是这样，中间多个人少个人没多大关系。

自习课只有几个同学昏昏欲睡地举着课本，整个教室都回荡着纪真宜抑扬顿挫、声情并茂的声音："众女嫉余之蛾眉兮，谣诼谓余以善淫……众女，群小，指小人们。'蛾眉'比喻贤才，'谣'指诽谤，'琢'指谗诬，'嫉'乃嫉妒。坏女人们嫉妒我的风姿，造谣说我非常轻浮！"

他全然入戏，旁若无人，后面一个想补觉的兄弟被他吵得简直痛不欲生，奈何二人的课桌隔得太远，只好在班级的小群里声讨他："哥们儿，能别读了不？一大清早的，你比装修队还扰民呢。"

可惜纪真宜还陶醉在《离骚》里浑然忘我，压根儿不知道这茬儿。

这时，正开小差的"瘦猴"义不容辞地跳出来："贾程，你欠揍吗？什么意思？"

那同学摸不着头脑，回："我什么'什么意思'？"

"瘦猴"的思路向来跟常人不同："你凭什么不让他读？是不是欺负他？！"

他一贯嚣张，又发了一条："@时髦的老菜头，快来呀！这里有人欺负新同学，管不管了？你不管我可管了！"

莫名其妙惹一身骚的贾程攥着手机，目瞪口呆，心里何止一万句"你过分了啊"要送给"瘦猴"，又后知后觉，这不是小群吗？班主任是什么时候混进来的？

偏偏他在这儿恨得咬牙切齿，满脑子疑问，一无所知的纪真宜还在前面摇头晃脑："坏女人们嫉妒我的风姿，造谣我非常轻浮！"

贾程闭上眼，竭力压抑自己即将脱口而出的脏话，让自己保持儒雅随和。

姗姗来迟的"老菜头"在群里首先批评了"瘦猴"破坏班级团结，小题大做，挑起班级矛盾，行事过于冲动，但好在最后总算迷途知返，知道用正当途径维护权益。

然后又批评了贾程自习课玩手机，目无校规，自己不学习就算了，还影响他人学习，情节恶劣，让他下课后去办公室"请罪"。

最后表扬了纪真宜学习态度端正，学习积极性高，对班级起了正向辐射作用，值得大力赞赏。

值得大力赞赏的纪真宜还在那儿念着"坏女人们嫉妒我的风姿，造谣说我非常轻浮",直到下课,他才看到群里"瘦猴"那感天动地的一出。此情此景,当然要表扬一下"瘦猴"。

于是"瘦猴"就收到了纪真宜真挚的感谢:"小猴,你对为师一片真心,为师知晓了。"

"瘦猴"一蹦三尺,中气十足:"呔!你胡扯!那是我行侠仗义!"

纪真宜做西子捧心状:"为师无以为报,这人人嫉妒的皮囊你便拿去吧。"

"恶心!""瘦猴"吓得花容失色,立刻闪到小马身后,"滚啊!"

纪真宜抬头对上小马腼腆俊俏的笑,还是毫不心慈手软地拉住了"瘦猴"的衣服。

"瘦猴"被他吓得满教室乱窜,大骂他恶心。

虽然"瘦猴"本人坚决否认,但事实上他对纪真宜确实是有些护短的。据他自己说,于情于理,他都有义务不让别人欺负纪真宜。

于情呢,他和纪真宜认识这么多年了,也确实有点儿狗都嫌馊的情谊。

于理呢,韩哥说了:纪真宜就是傻子,谁都能欺负他。按照他韩哥传授的至理名言,又参照经验主义的做法,瘦猴得出结论——但凡纪真宜惹上事了,那绝对是别人因为他傻而欺负他。他韩哥又说了:你欺负人,我先了解情况;你欺负纪真宜,我先让你好看。

于是信徒"瘦猴"兢兢业业地跳了出来:你欠揍!

纪真宜上午过于亢奋,下午机能耗尽,困得倒在桌上一动不动,存心报复的"瘦猴"怂恿小马一块儿将他生拉硬扯拖下去上体育课。

纪真宜所在的班级和谢桥所在的(1)班有一节重合的体育课,另一节则是一前一后。纪真宜被挟持去操场的路上,正好碰见谢桥刚上完体育课回来。

谢桥穿着白T恤配黑色运动裤,右手腕上搭着件外套,身形颀长高瘦。

他随意在操场边的水龙头冲了把脸,迎面是微风,身后有阳光,树隙间筛下的金光零碎地洒在他身上，像一张青春的画报。

谢桥额前的头发沾水结成几绺，眉额开阔，越发显得脸庞干净，眉骨高，眼窝深。他的五官极其立体漂亮，尤其那一双眼，清澈疏离，有种冷冽的俊美。身边几个较他稍矮的男生在嘻哈笑闹地说着话，他静静地听着，偶尔会应和一句。

谢桥抬头正好看到了迎面走来的纪真宜，对方照旧满嘴跑火车地和人调侃儿着。谢桥则薄唇微抿，脸欲盖弥彰地偏到了另一边。

"瘦猴"逮住纪真宜的脖子，找事一样凑到他耳边："哎，你上回不说谢桥是你一块儿住的弟弟吗？我瞧着人家跟你也没多熟哇，迎面碰上都不打招呼，回回是你上赶着倒贴。"

纪真宜回过神来，瞟了他一眼，无语道："闭嘴吧，小甜心，你没见着上回他来我们班送包吗？"

右边跟着的小马笑出声。

"瘦猴"简直像被点着了尾巴，成了窜天猴，涨红着脸叫嚣："别这么叫我！"

"瘦猴"虽然被叫"瘦猴"，但事实上也没多瘦，这外号取得早。他小时候因为早产体弱，又矮又干瘦，被小学同学瞎闹取了这诨名。不过对一个男孩子而言，这外号虽说不怎么顺耳，可比起他的原名"田心"还是中听多了。

课上到一半，纪真宜找体育老师请了个病假，买了两支雪糕回教室。他自己吃了个甜筒，另一支请了前桌的圆脸妹妹。

圆脸妹妹叫袁纤纤，在班里真算个小妹妹，年纪小，活泼天真，书法底子很好。她爷爷是书法协会的，家里姑姑开着书法集训班，她大多数时间待在学校，晚上回家则请了老师一对一辅导。

小女生心思单纯，还挺好学，想趁体育课做套题。纪真宜自己不学习，还撺掇她一块儿胡侃，说了两个笑话，逗得强装正经的小女生笑得前俯后仰。

面前突然停了一双鞋。

二人一齐抬头，入眼是乐陶那张美丽的鹅蛋脸。

乐陶有一双弯弯的媚眼,下巴骄傲地昂着,像个不可一世的公主。她看着纪真宜,难以启齿似的说:"听说你……和谢桥认识?"

纪真宜照样没个正经,道:"啊?这话我说了算吗?我认识人家,人家不认识我怎么办?"

"我前天看见他来我们班找你了。"

"哦。"纪真宜点点头,也不继续问她要干什么,很不给面子地吃着甜筒外边那层巧克力脆皮。

袁纤纤含着冰棍儿,瞪着两颗圆眼珠,视线在他们中间转来转去。

一直等他吃到甜筒最后的尖角,乐陶才终于放下身段,深呼了一口气:"你可以帮我把这个给谢桥吗?"

意料之外地,纪真宜丝毫没有难为她,当下就点头应了:"可以。"

桃乐丝一走,纪真宜就连忙拉着袁纤纤的后领子,把她拽了过来。

"桃乐丝为什么想认识谢桥?"

"这个我也不知道。"她含着冰棍儿想了想,又傻兮兮地笑,"不过谢桥长得可真好看呀,又高又帅,成绩还那么好,虽然不爱说话,但是听说脾气很好。"

纪真宜点头认同,心说:你还说不知道,这不把原因都抖出来了吗?

他又问她:"谢桥在学校人气很高吧?"

袁纤纤斩钉截铁道:"当然啦。"

她开始讲谢桥入学第一个月的盛况——因为外貌过于优越,军训那会儿谢桥就已经初绽光芒了,每天都有人去"观光打卡",而他第一次考试夺魁后,更加一发不可收拾,甚至课桌上旁人送的早餐都要垒一桌,来晚的都要没地方放了,有时候邻桌也要成为"早餐寄存处"。他不堪其扰,食物这东西丢了浪费,不丢发臭,实在不知道该怎么处理。有一天,他特意起了个大早,把来送早餐的人全部堵在教室门口,据说人挤人站了有半条走廊。

"还有几个竟然在谢桥讲话的时候才偷偷过来!太懒惰了!"袁纤纤义愤填膺地谴责,仿佛身临其境。

谢桥当时说:"世界上吃不起饭的人有很多,这其中不包括我。"

而后他环视了一圈儿，继续说道："你们给我送这些，还不如去捐爱心早餐。"

纪真宜差点儿怀疑自己的耳朵，心里直念这人是个神人。他问："真的假的？真的有人去捐爱心早餐吗？"

"当然有呀！要不然基金会是怎么有的？"

纪真宜敏锐地捕捉到重点："什么？什么会？"

袁纤纤郑重其事地告诉他，脸上还带着一点儿与有荣焉的憨笑："我们学校有'谢桥爱心早餐基金会'呢。"

"基金会？哈哈哈……"纪真宜愣了两秒，而后在原地笑得仿佛一个陀螺，拍着大腿爆笑，全班同学的目光都被他夸张的笑声吸引过来。

刚进教室就被人拦在后排打闹的田心远远地骂了句"有病"。

袁纤纤左右看了两眼，羞赧又焦急地说："我是说真的，现在还有很多人坚持捐爱心早餐呢！你不觉得他很善良、很有爱心吗？大家……"

纪真宜笑得眼泪直流，胃都疼了，气息不稳地哀求："我不行了，妹妹，缓会儿，缓会儿再说。"

袁纤纤等他笑着擦完眼泪，这才红着脸强调："我说的都是真的！"

纪真宜竭力深呼吸，摆摆手证明自己信她，又问："你怎么知道得这么清楚？你也关注他？"

"不关注呀，他隔我那么远，看他跟看星星一样，我怎么会特意关注他？"

纪真宜却从这句话里听出点儿不一样的东西来："那意思就是，你关注着隔你近的？"

她不知道想到了什么，缓缓地点了点头。

纪真宜凑近她，眼睛半眯着，揶揄道："妹妹，你不会偷偷关注着我吧？"

女孩子气鼓鼓地抬起头来，方才的神情一扫而光，急道："怎么可能？！猪才关注你呢！"

纪真宜没骨头似的靠在椅子上，唏嘘地摇摇头："也是，你别看我平时是个人见人爱的大帅哥，其实我心里……唉，不说了。"

袁纤纤理都不带搭理他的，吃完了他请的冰棍，扭头还把棍子甩他脸上了，愤愤道："脸皮厚。"

受了白天的影响，晚上纪真宜补习时有点儿心不在焉，当然，他本来也很少"在焉"。

他咬着笔帽出神。谢桥不仅是个有后援会的校草，还是个有"基金会"的校草哇！他脑海里只是隐隐浮现"基金会"三个字，都能感觉到那阵扑面而来的大气。

谢桥正用最通俗的方法讲解着题目，全程神游天外的纪真宜突然扭过头，一眨不眨地看着他。

谢桥不明所以地回望，问他："做什么？"

纪真宜高深莫测地盯着他，像煞有介事地说："人人都有一张嘴，怎么你的就长得这么好呢？"

谢桥抬了抬眼皮，薄唇微抿，掩饰般地偏过头去，道："不做题我走了。"

他说完真就起身。

纪真宜赶紧拦住他，带着得逞的笑："哎，别走，我错了，我错了。小桥怎么这么不禁逗，逗你玩呢。"

谢桥更加怫然，一是纪真宜说他不禁逗，二是他讨厌被人逗着玩。

有雨敲着窗户，玻璃上洇开一朵朵水花，滴滴答答，湿气眨眼间侵袭了整片浓黑的夜色。

笑嘻嘻的纪真宜忽然一动不动地看着窗外，入了定似的，许久之后呓语一声："下雨了哎，小桥。"

谢桥看看他，又去看窗外，淡淡道："嗯。"

纪真宜笑着拧过头来，仰视着他，说："都道一场秋雨一场寒，小桥晚上睡得暖和吗？要不要给你加床被子？"

谢桥发觉一个现象，下雨天总是让人的情绪格外低落，比如现在。纪真宜正坐在地板上，认真地吃着棒棒糖，平常多话又爱狡辩的嘴忙得很，脑袋还一晃一晃的。

此时的纪真宜不似平日里那么闹腾，像个迷糊的醉汉。

孤独仿佛某种变温爬行动物留下的黏液，缠裹住他全身。

谢桥用冰冷的视线俯看他。

纪真宜似乎是有点儿呛着了，咳了几声，却又古怪地痴笑起来，笑得五官舒展。

二人静静地坐着，谁也没有开口说话，连呼吸都是轻轻的，像两只归巢的雏鸟。

谢桥看着他，没头没尾道："上次掐你，对不起。"

纪真宜好一会儿才反应过来，扯了一下嘴角，有些凉薄地自嘲："是我嘴欠。"

纪真宜笑起来，淡淡的。

谢桥看着纪真宜，他明明一动未动，谢桥却觉得他像被狂风肆虐的芦苇秆，伤心又脆弱。

纪真宜半偏着头也看他，要笑不笑道："小桥乖，叫声'哥哥'。"

谢桥有些不满，反过来道："我是哥。"

纪真宜半点儿不扭捏，立时轻轻地喊了声"哥哥"。

过了好一会儿，谢桥忽然觉得没听够，犹豫片刻，有些难以启齿地道："再叫一声。"

纪真宜这回却没应声了，大大咧咧地瘫在那儿。

窗外的雨还没停，温度真如纪真宜所说的降下来了，房里有几分阴寒。

谢桥看着天花板，好久才从那种无所适从的空虚中抽出身来。他坐起身，想把纪真宜拉起来，撑回他自己房里去。

他的手刚伸向纪真宜，就听见对方闷闷地问："小桥不怕冷吗？"

谢桥为他不知所云的话偏了偏头："嗯？"

"可是我觉得好冷呢。"纪真宜一直没有睁眼，扬起嘴角，"我们再聊会儿天吧，这样会暖和一点儿。明天我请你吃红豆米糕，好不好？"

十分钟后谢桥发现自己受骗了，和纪真宜聊天根本一点儿也不会变暖和。相反的，他冷得要命，纪真宜也同样冷得像要结霜。

"你怎么越来越冷？"谢桥问。

"因为我是渐冻人。"

谢桥感觉更冷了。

纪真宜第二天一早就抱着枕头来到谢桥房间，神情恹恹的，哼哼唧唧地交代："你先去学校吧，我在你房里睡会儿，等下我妈问你，你就说我一早就去学校了，我等她出门买菜再走。"

祝琇莹一般是不进谢桥的房间的，偶尔打扫也是在谢桥在的情况下。

谢桥照旧跑了步然后冲个澡，吃早餐的时候，又被焦虑的祝琇莹拉着说起纪真宜的成绩。

祝琇莹的性格和她的气质非常不合，她有一张清冷贤淑的鹅蛋脸，看起来好像话并不多，像以前大宅后院里隐忍温柔的女人。但事实上她很唠叨，也很琐碎，不知道她是一直就这样，还是成了纪真宜的母亲才这样。

"我都不知道拿他怎么办。他就跟没有心一样，半点儿心思都舍不得花在学习上，我为了他这一年都不工作，这中间要耽误多少事？我知道他现在没心思学习，他要活他自己的，可我怕他长大了后悔……"

谢桥听了还颇有几分心虚内疚，喝着粥甚至怯于搭腔，只应付似的"嗯"几声，毕竟在辅导纪真宜学习这件事情上，他的确没有完全尽心尽力。

祝琇莹唠叨完就去纪真宜房里收拾，发现纪真宜的包还在，又是一通"这孩子没救了，还念什么书"的念叨，末了还是央谢桥帮着带到学校去。

谢桥提了纪真宜的包，又轻手轻脚地回了趟房间。

纪真宜睡在床上，裹着被子，像个白胖的蚕蛹，双肩那块儿压得紧紧的，密不透风，只露出一张睡得通红的脸蛋儿，很乖的样子。他昨晚闹了一场，脸上有些水肿，却也不丑，反而比平时的清瘦苍白看着鲜活不少，像个软软的肉包子，细看之下还有点儿稚气。

谢桥站在床边，不动声色地左右瞄了两眼，伸出一根手指在被窝儿上戳了两下。

纪真宜没醒，谢桥低着头，嘴角扬了扬，换到另一个地方又戳了几下。

谢桥难得起了点儿孩子气的玩心，觉得新奇，左右手双管齐下，终于把人弄醒了。

纪真宜皱着眉头，不满地哼哼两声，翻了个身。

他顿时正色，微微俯下身，想告诉纪真宜，又怕吵醒了他，只好极轻地道："你的包给你带学校去了。"

纪真宜困得眉毛打结，五官都皱一块儿了。被搅了清梦，他愤愤地踢了几脚被子。

过了一会儿，纪真宜察觉到动静，转过头来，睫毛艰难地扇了扇，用尽全力睁开条缝。见是谢桥，纪真宜又半醒不醒地开了口，声音沙沙的："小桥。"

纪真宜闭着眼，哑着嗓子道："去上课吧，认真学习呀。"

谢桥好久才直起身，冷静地"嗯"了一身，轻手轻脚出门去了。

没过多久门又被打开，谢桥步履匆匆，把忘在床边的包提走了。

谢桥发了一早上的呆，拿着书偏头看窗外大礼堂的尖顶，一直到下课杨昊申来找他说话之前都没回过神。

纪真宜十点多才到学校，本想偷摸着进教室，结果刚要进去就让埋伏在门口的班主任叫走了。

他们班的班主任姓蔡，是个挺好说话的老头儿，早就有了颐养天年的意思，估计马上就该退休了。他不是不管事的班主任，不放弃任何一个学生："你今天一上午没来上课，上哪儿去了？才夸过你，这就现原形了？"

"我早上起来觉得不舒服，有点儿感冒了，怕来了传染给其他同学。"

"感冒了？发烧吗？不对，你感冒也得请个假呀，连电话都没一个吗？还有，我给你妈妈打电话怎么也打不通？"

纪真宜故作惊疑道:"哎!怎么回事,我不是让谢桥帮我向您请假吗,他没来?"

班主任一听,不确定地反问:"谢桥?"

纪真宜原本就肤色白皙,这会儿有意装病,越发显得恹恹的,声音虚弱又无辜:"对,就是(1)班那个谢桥。老师,我把他叫过来给我作个证吧,他知道我病了。"

班主任并不信任地看了看他,许久才道:"算了,别耽误人家学习。"又目光如炬地扫到他手上提的袋子,追问,"你手上提的是什么,生着病还逛那么远去买点心?"

纪真宜更加积极地卖惨:"我病得没胃口,两顿没吃了,是我妈怕我饿,特意去买来的。蔡老师,您要不尝一块?"

好不容易送走班主任,纪真宜转头就生龙活虎地进了教室,袁纤纤转过来跟他说要交作业,他一看桌肚,包没在。没办法,他只好这节课一下课就上去找谢桥了。

他提着东西,在(1)班后门随便扯了个人拜托道:"同学,麻烦叫一下谢桥。"

那同学留着平头,个子也不高,刚上完厕所回来,挠挠头欲言又止,但还是帮忙喊了:"谢桥,有人找。"

谢桥没回头,倒是坐前桌和谢桥一块儿讨论题目的杨昊申抬头扫了纪真宜一眼,见怪不怪地对那同学摇摇头。

那同学性格挺好,见状抱歉地说:"同学,不好意思,不认识的人找他,他应该是不会出来的。"

纪真宜状似理解地点头,探头往门里瞄了一圈儿,说:"他在班上吧?我能叫他一声吗?"

那同学还没反应过来,纪真宜已经开口喊道:"小桥!"

握着笔做题的谢桥闻声一悸,匆忙回头,一眼就看见站在教室后门的纪真宜。

纪真宜咧着嘴朝他笑,右手食指往下点着,嘴唇张合在说着什么。他听得云里雾里,听到第三声才听清纪真宜说的是"书本"。

由于早上耽误太久,谢桥来得比平时晚,为了不迟到便没去给纪真宜送书本,而是顺手将书放到座位旁边的窗沿上,结果一来二去就忘了。

他"哗啦"一声推开椅子站了起来,在杨昊申和其他人略微惊愕的眼神中拿着书走向纪真宜。

还没到跟前他就听见纪真宜埋怨:"真是的,说给我拿书,结果呢?我这头晕眼花的,还得专程爬楼上来找你,净给我添乱。"

得,他这次不但没落着谢,还已经给人添乱了。

谢桥皱了皱眉,惹来对面人更加挑衅的笑。

纪真宜接过书,把手里提着的红豆米糕塞给他,并说:"这个,我说话算话吧?外面下雨,我特地打着伞绕路去给你买的,赶紧吃。对了,被我们班主任吃了一块,别介意。"说着又摸摸肚子,"说起来我也饿了,早饭还没吃呢。小桥,快打开,让我也尝一块,不然我该活不到吃午饭的时候了。"

谢桥沉默了,这真是给他买的吗?

红豆米糕是上次祝琇莹逛街时机缘巧合买回来尝尝味的,本来没想着谢桥能喜欢吃,谁知谢桥一吃就没停下,他一个人就吃了一盒半。

纪真宜还挺大方,红豆米糕都塞不住他慷慨的嘴,自作主张对还没走的平头小哥招手:"同学,你也来一块吧,别客气。"

谢桥低头看了看盒子里只剩四块的红豆米糕,又看向一旁还真挺想不客气一下的平头小哥,眼神凛然中透着不悦。

平头小哥立刻识相地头手并摇,语气惶恐:"不了,不了。谢谢谢谢。"说完便忙不迭地回座位了。

"好了,我走了。"纪真宜道。

谢桥点头表示知道了。

纪真宜不甚满意地看着他:"说'再见'。"

从他到这儿起,谢桥竟然还一个字都没和他说过。

谢桥后知后觉地把视线从怀里的米糕转投到纪真宜身上,表情愣愣的,像个漂亮的小木偶。他轻声对纪真宜道:"再见。"

纪真宜满意了,也道:"再见。"

而后他又看着谢桥,眼里的坏笑藏匿不住,嘴唇一张一合:"哥哥。"

谢桥愣了一下,等再反应过来,纪真宜早没影儿了。

他抱着红豆米糕回了座位,杨昊申在那儿探头探脑的,都快成长颈鹿了,好奇得抓心挠肺:"这人是谁呀?"

"一起住的……"谢桥想起当时纪真宜说他是"一起住的弟弟",他却也不能真的说纪真宜是哥哥。

于是思忖半秒后,他继续道:"人。"

杨昊申摸不着头脑:"啊?我怎么不知道?"

"因为我没说。"

"住了多久了?"

"忘了。"

谢桥不想回答的时候,就会说些这种看似回答了的废话。

"哦。"杨昊申有些沮丧,他以为这么久了,自己应该可以算谢桥的朋友了,没想到还是不够格。

谢桥没察觉到他的沮丧,自顾自把红豆米糕的盒子拿出来,才发现袋子里还放了瓶草莓牛奶,胖墩墩的,像个小坛子。

红豆米糕不是太甜,但是很糯,一口咬开紧实的蜜红豆和糯米层,吃到中间是软香的红薯泥,玉米油的清甜泛上来,唇齿间都是红豆沙沙绵绵的蜜香。

杨昊申目不转睛地看着他吃,鬼使神差地问:"我能尝一块吗?"

他的这一问题,依然没得到回答。

纪真宜回到教室,遇上田心正被群起而攻之。

田心在上课时躲着看一部很有年代感的肥皂剧,因为笑容过于放肆,被当场抓获,刚被放回来,现在正被围着起哄。

要知道他们班前两个因为看视频被逮走的"前辈",看的都是很符合他们年纪的内容,田心看的电视剧极大拉低了同行的档次,为同学所不齿。

不过好处也有,两位"前辈"被处分停课一周,他就只要被广播通报批评。然而大家更觉丢脸,围在那儿教育他,三堂会审似的。

班长苦口婆心,说他看的东西太低级,下周广播通报完,他们全班的形象都得被他拖累。

田心骂了句脏话,又道:"你胡说,你看手机被抓,难道就比我高级吗?!"

班长"啧"了一声:"小猴不要这么嘚瑟哦。"

贾程大仇得报,摩拳擦掌道:"你还敢嘚瑟是吧?兄弟们,怎么罚他?!"

班长又"啧"了一声:"小程都被小猴带坏了。"

田心都快被这群家伙逗出眼泪了,喊道:"马盛淇,你干吗呢?还不来给我把这些人拖走!"

戴着眼镜做题的小马只好起身,任劳任怨地把被"群狼环伺"的田心捞了出来。

田心到了安全地带,尤嫌不足地回过头去骂那群闹他的浑蛋。

纪真宜趁火打劫,在田心的桌肚里搜刮到两根火腿肠,才心满意足地回了座位。

他屁股刚挨上凳子,乐陶就又带着她那高人一等的优越感纡尊降贵地来了:"昨天让你给谢桥的东西,你给了吗?"

她傲慢得像个收租的。

纪真宜才想起这茬儿,不动声色地看一眼自己的包,自己竟然忘了。不过他也不慌乱,润了润唇,无所谓道:"哦,给了。"

"他收了吗?"

他张口就来,眼神真挚:"收了,当然收了。"

女孩子的脸色一下子由阴转晴,意想不到的狂喜让她的双颊迅速变粉,杏眼圆睁,差点儿原地蹦起来。

纪真宜有点儿惊讶于她的反应,脑子一热,竟然没事给自己找事:"你不问问他什么反应吗?"

好在乐陶说:"不用,收下就好了,已经很好啦。"

她兴奋得双手攥成小拳,像是小姑娘得到了心爱的洋娃娃似的,心满意足地对纪真宜说:"谢谢你啦。"

女生的衣服下摆在空中画了个圆满的圈,她脚尖点地,手环在身后,飘也似的走了。

纪真宜托着脸若有所思,晚上回去就把东西给谢桥了。

谢桥把盒子拿在手里,看着他,眼神里是无声的怪罪。

纪真宜装作看不懂他眼里的情绪,给人添了麻烦还要占便宜:"我帮你递了东西,你都不说谢谢吗?"

谢桥和他对视半响后,淡淡道:"谢谢。"

纪真宜探头去看谢桥拆开的那张纸,被谢桥躲过去了。纪真宜撇了下嘴,疑惑道:"这是个什么礼物?包得还挺严实。"

谢桥把纸折好,装进盒里,回答他:"生日礼物。"

提前的。

纪真宜点点头,他这天受了几次谢,深觉自己做了好人好事,得寸进尺地拉着人说话:"小桥这么优秀,难怪大家都想认识你。"思忖两秒,又道,"你不要骄傲,要继续好好学习,不要想其他的。"

谢桥因为他莫名其妙的话皱起了眉头,但最后也只是凉凉道:"管好你自己。"

纪真宜叽叽喳喳的:"小桥太优秀咯,高岭之花望尘莫及。"

谢桥偏过头,自动屏蔽他的话:"我觉得奇怪。"

纪真宜盯着他,有些好奇:"嗯?"

谢桥觉得燥热,他走到窗前,微凉的晚风拂进他领口。夜将深,满城灯火在黛青色的夜幕下熠熠点亮。他说:"她们根本不认识我,为什么要对我这么好?"

身后传来纪真宜一声笑,他转过身去。

纪真宜用手枕着头,懒散地摇着椅子,脸上那抹云淡风轻的笑像是在嘲讽:"哪有这么多为什么?你以为欣赏一个人要多少原因?很简单的。比如你路过她身边的时候气味好闻,或者偶尔听到你的声音觉得好听,抑或是天天和你擦肩而过……还有,你长得帅呀!"纪真宜一锤定音,"别的都不说,就算你脑子不聪明,成绩不好,家里没钱,可你长得帅呀！"

谢桥迷茫地看着他，好像对自己的外貌一无所知，睫毛上下扇动，呆愣中还显出几分无辜来。

纪真宜想起田心整天呼天抢地说班上都没女生搭理他，不禁摇头。

说起来，田心也纯属"罪有应得"——当然不是没女生愿意搭理他。他长着一张娃娃脸，个子高，穿衣会搭配，出手也阔绰，虽然人傻了点儿，但瑕不掩瑜。

可这人就是活该被女生排挤——遇上人家女孩子来跟他说话了，他居然一脸"你何德何能敢和我闲聊"的表情，没什么好脸色，嘴还笨："不行，你别打扰我学习。"

后来这种情况多了，女生们看见他都要翻白眼。他还挺无辜，想着她们为什么总瞪他。

纪真宜突然想到什么，一双眼睛笑得弯弯的，眼底全是戏谑："不过，小桥又不是普通人，小桥可是有基金会的校草哪！何止要眼光高，要眼高于顶。"

谢桥听到"基金会"三个字，直接定住，脸上的温度节节攀升，窘迫得都结巴了："不……不是。"

基金会其实是学校的爱心基金会，原本就有本校学生的捐款渠道，阴错阳差被人误认为是爱心早餐基金会，后来愈演愈烈，直接被以讹传讹说成是为谢桥成立的基金会了。

"我也不是什么校草。"谢桥俊俏的脸上微微透着窘迫和无措。

纪真宜意味深长地"哦"了一声，状似理解地点头："这样呀。"

谢桥生怕他再说出些让自己无力招架的话来，立刻坐下，把桌上的笔记本翻开："阿姨说你的文学素养太差，让我告诉你一下具体的答题方法，还有上次考试你作文都写不满八百字……"

纪真宜从没听他说过这么多话，嘴唇动得又快又急。不过他的注意力还是很快被牵走了："我文学素养怎么就差了？我文学素养可太高了，你随便问我一句'众女嫉余之蛾眉兮，谣诼谓余以善淫'，我都能马上告诉你这是什么意思。"

谢桥看他信誓旦旦的,便道:"那下次作文你就用这句话写八百字吧。"

纪真宜咕哝:"我又不是这个意思,要不你再告诉告诉我,平常看些什么书能拓宽一下我的知识面?"

"你还有空看书?"谢桥可不信他还会看书。

"有空呀。我想要那种振聋发聩的,让人家一听就觉得我很有斗争精神,很有思想觉悟的,那种高级的书。"

"那你看鲁迅的书吧。"

纪真宜不信任地看着他:"鲁迅?他的书看的人有点儿多了吧?我想要小众一些的,没有吗?"

"那看鲁迅小众点儿的书。"

纪真宜感觉到他的敷衍,不太满意,心念一动,忽然趴在书桌上,叫他:"小桥。"

谢桥抬眼看他。

纪真宜哼哼唧唧的:"做文学题好无聊,要不要换点儿别的事情做?"

谢桥移开了视线,没说话。

纪真宜看着他,差点儿笑出来。这人怎么一会儿一个样?刚才不是还挺能说的嘛。

良久,谢桥才垂着眼,"嗯"了一声。

恭候多时的纪真宜把数学习题册抽出来摔到桌上,掷地有声道:"好,那我们就换数学吧!"

始料不及的谢桥仓皇抬头,对上纪真宜好学真挚的眼睛。

纪真宜歪着头,一脸无辜道:"哥哥……不会数学吗?"

谢桥压着火气把面前的习题册翻开,说:"开始做吧,这些题今天不做完不要睡觉。"

"这是什么东西?这道题怎么还有四问?你在开玩笑吧,我还没学会走呢你就让我跑?"

"阿姨,纪真宜不……"

"哎,别喊,别喊!不要这样,小桥,我们先冷静。"

于是,谢桥冷静地看着他,轻飘飘道:"嗯,数学不无聊,做数学吧。"

"小桥,你变了,你学坏了。"

"阿姨——"

"知道了,知道了!别喊了,我做还不行吗?!"

祝琇莹就跟谢桥的召唤兽似的,马上推开门进来了,看着房里正襟危坐的二人,问:"怎么了,怎么了?小桥叫阿姨什么事?"

谢桥没有说话。她迅速将目标锁定在纪真宜身上,语气里满是质问:"你是不是气着小桥了,啊?小桥,你告诉阿姨,他是不是不听讲瞎胡闹?阿姨给你教训他。"

"他不做题。"

碍于祝琇莹在场,纪真宜只能咬牙狠狠地瞪了谢桥一下。

要不怎么说他妈是谢桥的"召唤兽",二人的想法都不谋而合:"什么题?哪道题?纪真宜,我跟你说,你再这么懒,不把题做完,今天就别睡了!"

纪真宜不说话,脑袋没精打采地垂下去,叹着气,在祝琇莹的唠叨声中无所事事地转起了笔。

这无疑再次惹怒了祝琇莹:"又转笔,又转笔,送你上了这么多年学,你就学会转笔了吗?"

蔫不唧的纪真宜瞬间来了劲儿,猛地站起来,严肃地对着他妈说:"当然不是!"他转身豪情壮志地拿了本书顶在指尖上,小拇指灵活地在书角上一掠,一本书被他转出光宗耀祖的架势,"我还会转书呢。"

祝琇莹都让他气笑了,在他肩上拍了一下,纪真宜连忙接住掉下来的书。

"还好意思说!给我认真学习!跟你说了多少次,不好好学习将来没出息,你有个正形没有?你再这样下去,也不要耽误人小桥的时间了,难为他一天天耗在你这儿,你好意思,我都不好意思了。"而后又温言细语地对谢桥说:"小桥喜欢吃醉蟹吗?阿姨今天买了几斤蟹,在洗呢,我今天晚上就腌好,过个三四天便能吃了。真宜最爱配着粥吃了,你也试试。"

谢桥点点头，说："好。"

"小桥真乖，也不挑食。"门合上的时候，祝琇莹笑吟吟地这么说。

纪真宜立即学腔，冲着谢桥笑吟吟地道："小桥真乖，也不挑食。"

谢桥早习惯他这样，反讽他："我还以为你不怕你妈呢。"

"哪有人不怕自己妈的？"纪真宜一副好笑的表情，"你别看她现在傲得跟小公鸡似的，其实可会流眼泪了，稍微气她几回，哭赢孟姜女不在话下，一定要哭得别人给她下跪磕头，发誓再也不敢了才肯停。"

谢桥第一次听到有人用小公鸡形容自己妈妈的。

"女人，你的名字叫阴险！"他又开始玩桌上放着的一个贝壳，目光漫不经心地扫向谢桥的脸，眉梢一抬，问："还教不教？"

谢桥想起两分钟前祝琇莹还站在这里，毫无保留地信任他，以为他全心在为纪真宜辅导功课，甚至因为纪真宜耽误他的时间而歉疚。

"教。"

纪真宜于是优哉游哉地起身把门关了，又坐到书桌前，浑身没骨头般地趴着："这一题不会，你教我。"

谢桥把头别了过去。

纪真宜抬头见他不大情愿的样子，不禁好笑："你烦我了？刚才我妈在这儿，你怎么不说？看着我。"

谢桥脸不情不愿地转过头来，清俊的脸上没什么表情，眼睛明亮，一张脸白得像雪，标致干净。他冷淡地觑了纪真宜一眼。

纪真宜闷笑一声，又看着那道凭他自己肯定做不出来的题，嗅到一股淡淡的书香味："小桥以后肯定是当不了老师的。"

谢桥不太明白他何出此言，只听他又说："年纪这么小，脾气这么大。"

他老气横秋地感慨："年轻真好。"

谢桥听他胡言乱语个没完，忍无可忍地把草稿纸拿过来，不管三七二十一，直接开始解题，然后将草稿纸狠狠地拍到他面前。

纪真宜对着草稿纸研究了一阵子，总算摸清了解题思路。

谢桥却又有些不乐意了，不无遗憾地想：这次纪真宜怎么不求他帮忙讲解了呢？

纪真宜三天没跟谢桥讲话，谢桥的耳根虽然暂时清净了，但纪真宜的眼刀却让他时时如芒在背。

谢桥想：纪真宜这辈子可能都不会再求他讲题了。

祝琇莹最近开始催促纪真宜去画室集训，原计划纪真宜是九月初就该去画室报到的，眼看九月下旬了，他还半点儿要去的意思都没有。他妈生怕他弄巧成拙，成绩没提高多少，画技反而退步了，于是天天念叨他。

纪真宜敷衍地应着，转头就去研究放假时间了。这一年的中秋再次赶上周末，一天假都没多给。

纪真宜看着墙上的日历，沉痛地发表见解："祖先定节日时，是不是故意把日子定在双休日了？要不然怎么回回赶上周末？这像话吗？这科学吗？真的会这么巧吗？"他目光如炬，一锤定音，"这是教育局和祖先一起定下的计划！"

出来拿瓶牛奶喝的谢桥被他拦住，并目光炯炯地逼问："你说是不是？！"

谢桥专心地吸着牛奶，脑袋敷衍地点了点。

纪真宜对他没有同仇敌忾非常不忿，阴沉沉地瞪着他。他只好补救："再过几天就国庆了。"

星期六，谢桥起床简单洗漱了一下，一撮毛还翘在头上招摇，半梦半醒地出了房门。

纪真宜一个人坐在饭桌前，正用半截儿油条在蘸牛奶，一见他来了，连忙笑着招呼："小桥，快来，快来，油条是刚下楼买的，还热着，又脆又香。"

谢桥心情复杂地看着面前搭配怪异的牛奶和油条，问："阿姨呢？"

纪真宜漫不经心地用油条搅着牛奶，答道："约会去了。"

约会？

纪真宜看他有些出神，叼着油条解释："我爸死了，她有个第二春很奇怪吗？"

谢桥因为这句话怔了一下，蹙着眉拉开椅子，一言不发地坐了下来。

纪真宜手托着下巴，目不转睛地看着他喝牛奶，有些忧心忡忡地问："小桥，你该不会是那种老古董，觉得我妈不守妇道吧？"

谢桥差点儿被喉管里逆流的牛奶呛死，手没捂住，直接喷了出来。

纪真宜连忙往后闪，又满脸嫌弃地抽纸擦桌子，念道："啧啧啧，这么大人了怎么还喷奶呢？你呛着不要紧，多浪费粮食。"

全忘了自己刚才多语不惊人死不休。

"对不起。"谢桥白净的脸咳得有些泛红，又板起脸来，严肃又愤慨，"你不要胡说。"

纪真宜看着他，不着边际地问："帅哥，你要不要跟我出去玩？"

谢桥也不看他，慢条斯理地边吃油条边答道："我今天回去。"

"哦。"纪真宜意味深长地点点头，"对哦，明天中秋节。"

他双手捧着脸，笑得天真无邪，问道："那带我去你家玩玩怎么样？"

谢桥带他回的是栋带湖的独栋别墅，看着跟庄园似的。

没见过世面的纪真宜叹为观止，恨不得用自己贫穷的双手去丈量这寸土寸金的土地。他说："小桥，原来你是地主家的少爷呀。"

谢桥冷漠道："跟我有什么关系？"

谢桥的母亲叶莺莺远远地站在门口迎，笑盈盈道："宝宝回来了，还带着真宜呢！"说得好像纪真宜是谢桥拐在胳膊上的菜篮子。

叶莺莺照旧打扮得隆重，旗袍包裹着的身体玲珑有致，脖颈纤长，耳下垂着两只碧幽幽的翡翠耳环，乌黑顺滑的长发用一根白玉簪子盘在脑后，纤秾有度，风情万种。

纪真宜比亲儿子还殷勤，赶忙迎上去将她夸得天花乱坠，什么词都敢用，最后用一句"阿姨这么漂亮，怪不得小桥是个大帅哥呢"结尾。

落后一步的谢桥挑起眉，不动声色地看了他一眼。

叶莺莺特别喜欢纪真宜，纪真宜一张巧嘴能把她煞费苦心打扮出的美丽方方面面、明明白白、原原本本地夸出来。有时候她突然去学校那边的房子，甚至不是看谢桥的，是特意让纪真宜夸夸她的新发型、新衣服、新首饰的，并且每每都被纪真宜夸得红光满面，意犹未尽。

午饭后，纪真宜游手好闲，琢磨起那片湖来，撺掇谢桥和他一块儿去钓鱼："我主要是怕你觉得无聊。"

谢桥无情地知会他，门口是刚挖不久的人工湖，没鱼。

叶莺莺闻讯而来，惊喜地告诉纪真宜不远处有个水库能钓鱼。

为了去钓鱼，叶莺莺又特意上楼换了身运动服，戴着顶棒球帽，黑亮的马尾从帽子后面的洞垂下来，墨镜大得遮挡了半张脸，红唇夺目。

她如公主换了新裙子一样在他们面前转圈圈，而后道："怎么样，轻便吧？好看吗？终于有机会穿这身了！"

纪真宜赶紧捧场，把叶莺莺哄得美滋滋地上车前往水库。二人到了水库也不安分，手里拿着钓竿叽叽喳喳地讲话，半天也不见钓上来一条鱼。倒是强行被拉过来的谢桥不断进账，鱼排着队来咬钩似的，一条接一条，几乎不间断。

旁边大伞下的大爷都探头来问他："新手手气就是旺，我这钓鱼都不咬了，你用的什么饵？"

纪真宜闻风而来，当下震惊道："小桥，你是捕鱼达人吗？"又蹲在鱼桶旁边评头论足，"这些鱼我看都不是什么好鱼，十有八九是看你长得帅才咬你的钩，一点儿做鱼的原则都没有！"

纪真宜受了刺激，决心潜心垂钓，也不讲话了，老僧入定似的在那儿一动不动地坐了半天，终于钓上来一条拇指大的小鱼。他把鱼从鱼钩上弄下来，拿在手里不胜唏嘘。他叼着根棒棒糖蹲在岸边上，又把鱼给放生了。

谢桥刚觉得这人有点儿良心，就听见纪真宜对着游走的小鱼说："去，把你妈叫来。"

由于谢桥收获颇丰，纪真宜异想天开，在水库旁边刨了个洞，又垫了一圈儿石头，准备返璞归真，给他们做烤鱼。

结果当然失败了，他本人却不怎么低落。

倒是叶莺莺赶紧打电话给家里说架个烧烤架，安慰纪真宜说带回家烤。等回去让人把鱼处理干净了，纪真宜真就烤起来了，刷了点儿厨师特意调的酱，尝起来还真的别有一番风味。

纪真宜一得意，嘴角就往上扬。他自称要是生在古代，绝对是个风餐露宿的大侠，武艺高强，四海为家！

谢桥说："古代没有烧烤架。"

叶莺莺看着娇贵，其实没什么架子，性格也天真活泼，很快就和小辈们打成一片，不仅帮忙烤了鱼，还捧场地吃了大半条，对纪真宜的烤鱼手艺满口称赞，到晚上已经吃不下什么饭了。

谢桥的继父是傍晚才回来的，男人年轻得有些出乎意料，穿着笔挺昂贵的西装，儒雅英俊，很精英的面相，一见到叶莺莺，眼睛就亮了。

纪真宜注意到身边谢桥的脸色微不可察地沉下去几分，而后叫了一声："叔叔。"

谢桥从不说自己家的事情，纪真宜这才知道这人不是他亲生父亲，也很有眼力见儿地笑着问好。

许意临对谢桥倒是很亲厚，嘘寒问暖，事无巨细地关心，可能是他性格原因，连带着对纪真宜也很热情。他和小辈交谈完，又悄悄俯下身低声和叶莺莺说话，神情温柔，一副感情笃厚的样子。

纪真宜支着耳朵听，冷不丁听见许意临轻声叫"莺莺"，瞬间被麻得浑身一颤，头发都根根立了起来，极其不自然地往谢桥那边缩了缩，可怜得像只鹌鹑。

叶莺莺胃口小，下午吃了烤鱼，晚饭只被许意临哄着不情愿地喝了碗雪蛤。

保姆阿姨端菜上桌，将蟹黄豆腐放在谢桥面前，纪真宜立刻说："阿姨，放我这儿吧，小桥不喜欢吃豆腐。"

搅动的调羹冷不防撞上碗壁，发出清脆的一声响，谢桥和叶莺莺同时看向他，眼里都有着惊诧。

这是叶莺莺第一次知道儿子不喜欢吃豆腐，她做谢桥的母亲马上就整整十七年，第一次知道儿子有不喜欢吃的东西。

谢桥同样讶异，他讨厌豆腐那种豆腥味，怎么做都觉得难以入口，纯粹的讨厌，和做法无关，但从没人知道。

他忽然想起第一回吃祝琇莹饭菜时的滋味。

祝琇莹不是本地人，做菜嗜辣重咸，一把辣椒七八个种类，红辣椒爽口，味感鲜香，非常下饭，而谢桥一贯吃得清淡，很少吃口味重的食物。那天一筷子菜入口，他辣得后背都沁汗，甚至不敢张嘴，生怕开口就是咝咝的吸气声，憋得脸上都泛了红。

偏偏祝琇莹还满含期待地看着他："怎么样？阿姨做的菜还合口味吗？"

他闭着嘴，只觉得整个口腔都被辣麻了。

"还问什么？舌头肯定辣僵了，赶紧给人喝口水吧。"对面吃着花生米的纪真宜皮笑肉不笑地隔岸观火。

"啊？"祝琇莹惊慌地起身倒温水，"太辣了？阿姨真是，放辣没轻没重的，快喝口水，真是对不起。"

纪真宜后来拿这事儿笑谢桥，说他只能吃"宝宝辣"。

宝宝辣，顾名思义就是宝宝能吃的那种辣。

纪真宜说这话时，还笑得见眉不见眼："说你是个宝宝呢。"

眼下，谢桥和叶莺莺都没说话，倒是许意临开口了："小桥不喜欢吃豆腐？叔叔第一次知道呢，真不好意思。"

就这么一会儿，他也跟着纪真宜叫起"小桥"来了。

"还好，我都吃。"谢桥怎么会怪许意临呢？本来家里豆腐也吃得少，而且连他妈都不知道的事情，他又怎么会无理取闹到怪罪这个刚进入他生活的人呢？

说起来，谢桥是个比较"中庸"的人，大多数时候他不太愿意表现自己的偏好和厌憎，遇到别人问他是不是不喜欢吃什么，他会掩饰般地马上夹起来吃一口："没有。"

当然，祝琇莹也不是不会问，可他也不是没有掩饰，事实证明他的刻意确实是成功的，祝琇莹就一直觉得他不挑食，可还是让纪真宜发现了。

他看着身旁说说笑笑的纪真宜,有些恍惚。

他分不清纪真宜到底是个什么人,好像什么都不在意,却又偏偏有颗玲珑心。

吃过晚饭,二人一前一后地上楼时,谢桥问:"你为什么说我不喜欢吃豆腐?"

走在前面的纪真宜停住脚步,蹙着眉转身,一副不怎么在意的样子,反问:"难道不是?"

谢桥又不说话了,沉默地跟在他身后,看他优哉游哉地踏上台阶,懒得连抬脚都嫌费力的样子,觉得他这样懒洋洋的很有趣。

可惜这份有趣时限太短,纪真宜一进门就多嘴多舌地谈他的家事:"怪不得今天我说我妈约会去了你摆脸色呢,原来你是不乐意你妈改嫁,心里还惦记着你爸?"

谢桥没回答,纪真宜没眼色地接着问:"你爸妈当初为什么离婚?"

"我爸死了。"

纪真宜听了,仍不觉得刚才问得冒犯,安静了两秒,反而诡异地笑了一声,跟较劲一样说得更加肆无忌惮:"这样啊,难道还不让活着的人好过吗?你瞧瞧,多自私。"

谢桥第一次为他的口无遮拦动了火气:"你懂什么?"

纪真宜垂下头,情绪好像一下子被点燃,变得极度激昂:"是呀,我懂什么?我什么都不懂,但你说人多自私,死了一了百了,可他活那么几年,就让别人记着他一辈子,阴魂不散,真会做买卖。"

"人最大的缺点就是记性太好,脑子不能过滤,好的坏的、死的活的,什么都记着。要我说,过去的人就该像飞机超重丢下去的东西一样,不要了才能往前走。"他像个人生导师一样高谈阔论,"人总得往前看,忘记和重新开始是最难的,能走出来多了不起,你偏偏还叫她守着做什么?"

谢桥从头到尾除了那句"你懂什么",再没开过口。纪真宜自顾自地说完后,房间里就陷入一片死寂的沉默。

纪真宜在窗前站了许久,平复了一会儿情绪才看向谢桥,将那张挂着一丝谄媚的笑脸凑到谢桥眼前,跟刚才慷慨陈词的他简直判若两人。

他讨打地明知故问:"小桥生气了?我又说多了、说错了,是吧?"他使劲地扇了自己两个嘴巴,很有负荆请罪的意思,"打嘴,打嘴,你说得对,我懂什么?"

他的笑容淡下来:"我爸是个坏人,他死的时候,我和我妈都没什么悲痛的感觉。你又不一样,小桥的爸爸肯定是个好爸爸。我一概而论,在这儿胡说八道,指点江山,真是又蠢又坏。"

他的眼睛几乎弯成一条线,笑得灿烂:"求求小桥大人有大量,就原谅我吧!"

上哪儿找一个这么会占便宜的人?好人坏人他都要做。

"请你吃红豆米糕好不好?"

谢桥漂亮的眼睛定定地看着他,阴郁冷漠,一言不发,无端给人一种压迫感。

纪真宜也不觉得尴尬难堪,移开了视线,没心没肺地张开手,一边往浴室走去一边说:"我去洗澡了。"

走到半路,他纤细白净的脖颈朝后拧,脸上是笑,反客为主地给谢桥下最后通牒:"给你半个小时原谅我。"

说完他就吹着口哨进浴室了。

谢桥站在那儿,突然想起那个八岁的小小的自己。叶莺莺牵着他走在秋风萧瑟的黄昏里,惨淡的夕阳仿佛是被缝在天边,像泼洒开的浓碘酒,脚下踩着的干枯枫叶连绵成一条萧条的长路,被鞋底踩碎的枯叶嘎吱嘎吱地呻吟。

他记得那天妈妈的手很凉,那条路也很长,他们走了很久很久,从下午走到晚上,才走到舅舅家门口。

在那趟对那个年纪的他漫长得有些煎熬的路途中,他明白爸爸没有了,那个属于他们三个人的、小小的家再回不去了,也知道自己无形中接过了提前到来的接力棒,他要保护好自己的妈妈。

他那天真、爱美、娇气又不谙世事的妈妈。

可当许意临进入他的家庭里,他觉得自己像被隔开了,变得孤零零,只剩一个人。

道理谁都会说,他当然知道自己的想法不对,他凭什么绑架母亲的一生?

可他也从没有做过什么,他只是偷偷地,自己一个人不痛快——这也是错的吗?

纪真宜这次澡洗得格外快,他出来的时候,谢桥还站在原地。

"还没消气呢?"纪真宜凑到他跟前,和他大眼对小眼,洗澡带出来的水汽聚在他周围,清爽湿润。

"没办法了,那我变个法术吧。"他故作正经地咳了咳,像个蹩脚的小魔仙,两只手同时伸出中指和食指,左右手对着稀里糊涂转了几圈儿,口中胡乱道,"巴啦啦能量,你最好了,原谅我!"

他胡乱念完,又"嚯"的一声,指向谢桥的太阳穴。

被"施法"定住的谢桥终于抬起眼帘看了他一眼,与他错身而过。

被晾在那儿的纪真宜回想谢桥那一眼,怎么想都觉得谢桥像在看傻子。他挠挠头,撇开谢桥的外貌不说,他其实还不太了解谢桥的性格,他只是觉得谢桥很有意思,所以经常逗弄对方,像逗一只猫,一只鸟,一时兴起,互作消遣。

他也知道方才的自己实在可憎,不会见好就收,自以为是地胡说八道,他都不知道那些话是说给谢桥听的,还是说给自己听的。

人就是这样,越做不到越要喊口号。

他感觉头都要裂了。

谢桥走进浴室,闭着眼睛靠在墙上,双肩无力地塌下来。

他至今还没摆正心态,固执地把许意临当成一个侵略者。许意临对叶莺莺来说,当然是良配。谁听了他的故事都要说他痴心一片,年少时一见钟情,在她婚嫁后远走他国,再到后来固执地默默守候——你幸福时,不必知道世上有我;你不幸时,一切有我。

谢桥都觉得许意临痴心得有些假了,可他真就这样爱她。这样的得偿所愿来得太晚,他们恨不得时时腻在一起。

谢桥现在脑海里父亲的样子未必有多清晰，撇开对父亲的眷恋，说到底，他这样抵抗这个家，只是心底里怕自己对母亲来说变得多余。

他负累不堪地呼出一口气，再睁眼时，视线和对面的毛巾架撞了个正着。

他惊讶地发现浴室的毛巾全被叠成了精巧的毛茸茸的兔子，长耳朵竖着，洁白可爱，栩栩如生。猝不及防和他面面相觑，这窝毛巾兔子倒像被吓着了似的，憨态可掬地抱作一团。

外面的纪真宜用额头磕着浴室门，嘴噘得能挂起一个壶，怨念又可怜，委屈地碎碎念起来："小桥，我错了，对不起，我再也不乱说话了好不好？你真的狠心不理我了吗？兔兔们那么可爱，你都不心软吗？你再听我狡辩几句嘛，说好半个小时后就原谅我的哦……"

谢桥忽然就笑了。

谢桥冲完澡出来的时候，纪真宜正站在窗前，窗外落日熔金，霞光漫天，火烧云乱流翻卷，油画般浓艳而灿烂的色块砌成黄昏。纪真宜细瘦的背影像一个薄薄的剪影，在盛大的夕阳下纤长而孤独。

他单手抱胸，右手肘放在横着的左手臂上，周遭光影交错，投照在他身上，营造出一种很有故事的错觉。

光影带来的强烈反差让人双眼蒙眬，谢桥像一脚踏进梦里，恍惚地走上前，无知无觉地站定在纪真宜的身后。

纪真宜转过来瞥他一眼，似笑非笑的："消气了？"

纪真宜的嘴嫩而薄，唇色极淡，唇珠饱润，嘴角时时翘着，像猫似的，说话时一张一合，有种野性难驯的感觉。

谢桥低着头，脸上带着一丝笑意，声音清亮："开始你的狡辩吧。"

纪真宜倏忽笑了。

他的皮肤常年失血般苍白，导致原本精致的五官看着极淡，好在眼珠漆黑，炯炯有神，按老一辈的眼光看是福薄的面相，不笑时显得病弱阴郁。

好在他常笑。

纪真宜喜欢别过头去笑，只露半边脸和稍稍往上扬的仿佛充满嘲讽的嘴角，人便一下子鲜活了起来，让人恨得牙痒痒，却又讨厌不起来。

眼下，他又这么笑，眼睛弯起来，天真中带着点儿顽劣，故意逗谢桥："我还当你忘了，记性这么好，是不是就想听我向你讨饶？"

谢桥却垂眼看他，认真地摇头："没有。是你自己说的。"

纪真宜看他这么一本正经的样子，又觉得很有趣："你这脸皮是定做的吗？怎么一会儿薄一会儿厚？"

谢桥有点儿不解地看着他，眼里显出些无辜来。

纪真宜吩咐他："你头低下来一点儿。"

谢桥听话地低下头，纪真宜的手在身后摸索着，"哗啦"关上了窗帘，大片黄昏被推出窗外，屋里暗了下来，只剩几缕浮动的金光，与晚风在昏黄里纠缠。

"我后悔了，不打算狡辩了。"纪真宜说。

谢桥有些失落，这跟纪真宜刚才说的不一样。

他心里带着气，后退一步，不再看纪真宜，想通过这个举动让纪真宜知道他生气了。

可纪真宜低着头，好久才记得抬头来看他，一派天真的无知："怎么了，小桥？"

谢桥可太生气了，气他看不出自己为什么生气，又气自己因为这么点儿事就生气。

谢桥的脸上看不出什么情绪，其实已经循环气了好些遍。

谢桥平常看不出什么，在一些小事上却总有些小脾气。纪真宜觉得好笑，于是随口说道："请你吃两次红豆米糕好不好？"

谢桥权衡了一下，觉得还可以接受，又恢复了好心情。

他抬头看看纪真宜，睫毛像蝴蝶似的，扑闪两下，一副矜持又十分期待的模样。

纪真宜平时机灵聪慧，洞察力惊人，这会儿难得犯蠢，没懂他的意思："怎么了？"

谢桥有些支吾："我想……"

他的要求还没提出来，纪真宜就爽快地应了："可以，请三次。"

屋里逐渐暗了下来，谢桥推开半扇窗户，把厚重的窗帘拉开了一些。

他安静地看着纪真宜，一双眼睛干净得像被清泉洗过："你恨你爸？"

纪真宜把头偏过去，望着窗外浓重的夜色，好久才用很轻的声音回答他："我只是讨厌去世了还在别人脑子里占地方的人。"

谢桥这一觉睡得沉，早上醒来时，迷糊地环视一圈儿，花了点儿工夫才想清楚这是哪儿。

他简单地洗漱了一下，出了房间却不见纪真宜，问了保姆才知道纪真宜和叶莺莺一块儿去了影音室。

影音室里，纪真宜和叶莺莺正坐在沙发上看谢桥的成长录影。谢桥这一推门，外头的光渗了进来，做贼被抓赃的二人毫无犯错自觉，异口同声地支使他："快把门关上！"

屏幕外的谢桥乖乖巧巧的，不仅没有上前问罪，还在他们的恫吓中听话地反身把门关上了。

屏幕里的谢桥还是个粉雕玉琢的奶团子，才两三岁的样子。他手里抓着一把大白兔奶糖，迈着小肉腿蹒跚地朝镜头走过来，笑出几颗圆润的乳牙，人小鬼大地对着镜头说："你要好好爱我！"

叶莺莺看得心都化了，纪真宜也没想到谢桥还有这么可爱的"黑历史"。

"你看看，多可爱是不是？！他那时候可黏我了，最爱的就是妈妈。"叶莺莺说着，风情万种地横了门口的谢桥一眼，故作嗔怪说，"哪像现在，好冷漠好无情，看都不多看我一眼！"

纪真宜跟着扫谢桥一眼，也批斗他："就是！好冷漠好无情！"

冷漠的谢桥把投影关了，开门出去前还无情地知会他们："我去跑步了。"

纪真宜吃完早饭就走了，叶莺莺让他挑了两盒口味喜欢的月饼带回去，本来还想让他拿两箱蟹回去，毕竟秋天是吃蟹的时节。可他说先不回家，难得有假，他得在外面玩一圈。

午饭谢桥是在舅舅家吃的，许意临的家人大多定居国外，他在国内没什么亲人，中秋节当然是和叶莺莺回哥哥家。

谢桥下午两点从舅舅家出来，原本许意临想直接送他回学校那边的房子，可他有心拒绝，就给纪真宜打了个电话。纪真宜果然还在外边玩，还盛情邀请他也一起。

于是谢桥找了个要去玩的理由，顺理成章地一个人走了。

他到的时候，纪真宜正站在街边等他，两边手腕上各挂着一盒月饼，腾出双手来，一只手上拿着奶茶在嘬，另一只在玩手机，各司其职，互不耽误。

一见他来，纪真宜举起拿奶茶的那只手，朝他挥动示意。

谢桥这才看见他一只手的小拇指上还挂着个袋子，全身琳琅满目得像个收破烂的。

他朝纪真宜走过去，走近了才发现那是盒红豆米糕。

纪真宜翘着小指，将红豆米糕递给他："我刚看见那边有，就给你买了。"

谢桥刚才在心里把他比作个收破烂的，这会儿觉得受之有愧，在纪真宜一再地推送下，才接了过来："谢谢。"

这会儿天还早，纪真宜自作主张地买了两张电影票。他拍着胸脯跟谢桥保证："放心，只有一个小时半的电影都是好电影。"又说，"这奶茶还不错，你也去买杯尝尝。"

不过谢桥没听他的，径直走进旁边一家西餐厅，买了店里的饮品。

纪真宜看着他手里那杯色彩鲜艳、液体黏稠，看起来漂亮又古怪的东西，问道："这是什么？好喝吗？"

谢桥蹙着眉没回答，似乎在思忖的样子，纠结了一下，才把饮料递过去示意纪真宜喝一口。

纪真宜也不扭捏，含着吸管吸了一口，霎时被甜得两眼一黑，差点儿晕过去，整个人快被这口超出正常甜份太多的饮料齁成一块糖了。他哆哆嗦嗦地说："小桥，你不觉得这个太……太甜了吗？"

谢桥显然不觉得，他含着吸管珍惜而专心地喝着，懵懂地朝纪真宜眨了眨眼："什么？"

"没什么。"纪真宜猜到谢桥爱吃甜，但没想到这么爱吃甜，还是这种对自己来说好比穿肠毒药的甜。他料想这东西正常人喝一口起码得抖两分钟，一杯喝下去至少要齁死三头牛。

谢桥最后也没说这杯东西好不好喝，只是又去买了一杯。

反正没地方可去，纪真宜就和他坐在了店里。

纪真宜托着下巴看他喝一口饮料，咬一口红豆米糕，吃相斯文又利落，长长的睫毛垂下来，喜好甜食让他清冷英俊的脸有了些真实感。

纪真宜冷不丁问他："你知道阿姨今天早上和我说什么吗？"

谢桥根本没想到他们会有深入交谈，有些错愕地抬起头来看他。

纪真宜想起这天早上的场景。

当时叶莺莺抱着狗，和他一起蜷在影音室的沙发上，好不落寞地道："有些事，我都不知道是我太蠢了发现不了，还是他根本不想让我知道。他太棒了是不是？又聪明又独立，还很有主见。我有时候甚至会想，他根本不需要我这么笨手笨脚的人当他妈妈。"

她好像真的无忧无虑，不知道孩子讨厌的食物这件事情让她挫败不已，已经难过了一整晚，对着纪真宜毫无保留地全盘托出。

纪真宜很不能理解，问谢桥："不喜欢吃的东西，为什么要吃呢？"

谢桥的神色沉静下来："小时候觉得挑食不好，后来就养成习惯了。"

父亲去世以后，他跟着母亲住到舅舅家，虽然没被给过脸色，更没被呵斥过，却怎么都觉得是寄人篱下。他无形中给自己戴上了一层枷锁，给束手束脚的局促镀上另一层意思——安分听话，优秀规矩，学习努力，品行端正，不挑食，不吵闹，从来不讨厌任何东西，也不提任何非分的要求。

要不是去年叶莺莺和许意临再婚，他实在觉得不自在，这一年也不会忽然"叛逆"，以家离学校太远为由，提出搬出来住。

纪真宜若有所思，突然说："我跟你讲，我小时候看蜡笔小新，老是看到小新不喜欢吃青椒，他妈妈想尽办法一定要逼他吃。我觉得很奇怪，为什么一定要吃青椒呢，难道青椒里有什么营养是其他蔬菜不能代替的吗?

"说起来你可能不信,后来我学会打字,第一次用电脑搜的问题就是'为什么人一定要吃青椒',结果搜出来全是'为什么很多人不喜欢吃青椒'。"

谢桥差点儿笑出来,纪真宜这种钻研精神要是用到学习上,指不定能成为一名科学家。

"那时我才知道原来世界这么大,竟然有这么多人不爱吃青椒。然后我换了个搜法,搜'美伢为什么一定要小新吃青椒',结果答案都说美伢是不想溺爱他,不准他挑食。

"真奇怪,世界上有那么多菜,只是不吃青椒而已,这有什么关系呢?我要是不喜欢吃青椒,谁也别想逼我。"

纪真宜将下巴扬了起来,很骄傲很有骨气的样子。

谢桥看着他把没人能逼他吃青椒当作什么光荣事迹的样子,觉得很有趣,定神想想纪真宜确实很挑剔,祝琇莹总抱怨他"这不吃那不吃,你下辈子最好做皇帝"。

纪真宜神气完,又想起自己的初衷,继续说道:"所以我的意思就是,以后我妈做菜不好吃,你就直说,不喜欢吃什么也直说,大人很笨的,你这里夹一筷那边夹一筷,他们哪里知道你不爱吃什么菜?"

"小桥,老话都说会哭的孩子才有糖吃呢,你这么乖,可怎么办呢?"他捧着脸,忍俊不禁,像煞有介事地说,"不过,小桥长得这么帅,笑一笑的话,哪怕让人把身上的肉割给你吃,都会有人愿意的。"

谢桥为他不着边际的话怔了一怔,可能是这杯饮料甜得刚刚好,窗外的阳光也不多不少,让他的心情好得不得了,竟然真的就这么笑了,笑得好似春天回苏,万物乍暖,身后开了一园子的花朵。

旁观的人看着,很难不想到一句话——虽有神仙,不如少年。

虽有天上神仙,不如少年谢桥。

等谢桥喝完饮料,电影也快开场了,谢桥还恋恋不舍想再带一杯走,被纪真宜硬生生地拽走了。结果前脚刚踏出门,纪真宜跟撞了鬼似的,仓皇地转过身来,偏头把自己藏在谢桥身前。

谢桥无意间往那个方向瞟了一眼，看到一个打扮贵气的女人，女人牵着一只温顺活泼的萨摩耶犬，上了一辆黑色的豪车。

那辆车开出去好远，纪真宜的一张脸仍旧煞白，惊魂未定地呼喘着，像溺水刚被捞上岸，浑身脱力。

谢桥关心地上前扶他，刚碰到他就被他"啪"的一声挥开了。下手很重，打得人有点儿疼。

谢桥第一次看到纪真宜这么慌乱无措的样子，面白如纸，语无伦次，在他的眼皮底下几乎要缩成一团。

纪真宜的嘴巴动了好久才说出话来："小桥，对不起，我看不了电影，我有点儿……我……"

回去的路上，纪真宜一声不吭，好似丢了缕魂。

他一难过，悲伤就化成皮肤表层实质的红，因哀恸而产生的嫣红大范围浮满他苍白的脸，眼角、鼻尖、两颊，可偏偏他眼底干燥，将哭不哭的样子，叫人想安慰都无从下手。

谢桥一步不落地跟在他身后，第一次这么鲜明地感受到纪真宜那一触就碎的脆弱以及自己连开口都勉强的笨拙，离他近一些都觉得唐突。

所幸他们打开门时，祝琇莹已经先一步回来了，正里里外外地忙碌着。只不过是离开了一天而已，她却不知带了多少东西回来，大包小包的，收拾个没完。

纪真宜怔怔地站在玄关口，单薄的胸腔起伏得像一个剧烈拉扯的风箱，声音涩得发颤："妈——"

忙碌不休的祝琇莹登时定在屋子中间，茫然无措地提着两个黑塑料袋，应道："怎么了？"

纪真宜慢慢儿走过去，毫无预兆地将她搂了个满怀："妈。"

祝琇莹连忙丢了两个袋子，紧紧抱着他，顺抚他的背，慌张得比他还像孩子："怎么了，怎么了？是不是又胡思乱想了？没事，没事，不要瞎想。"她都快吓哭了，声音也跟着发颤，"我们休息一下，明天去赵医生那里好不好？没关系，妈妈陪你去……"

纪真宜的灵魂仿佛在祝琇莹那一下又一下的拍抚中重新注进他的身体里。

从祝琇莹的肩窝里抬起头时,他咧开嘴,笑得明媚又欠揍:"哈哈,被我骗了吧?我又没病,看什么医生?"

说完他伸了个懒腰,气定神闲地错身而过,徒留祝绣莹在身后恼怒地训他:"你这孩子,整天神神道道的没个正经,骗妈妈好玩吗?对了,你怎么不声不响就去你叶阿姨家了?跟你说让你回去看看你奶奶,你这团圆节都不回去一趟,她又要到处跟人说,说我带得你连祖宗都不认了,去见见你二叔也好呀……"

纪真宜猫着腰在翻冰箱,咕哝了一句"她倒把我当孙子",拎了罐牛奶出来,又笑意盈盈道:"小桥,喝一罐你的牛奶。"

谢桥看纪真宜这样,都不知道刚才那个纪真宜是不是真的。

纪真宜提着那罐旺仔牛奶,跟在祝琇莹身后,像条小尾巴一样进进出出。祝琇莹买回来的东西全被他故意捣蛋而翻得乱七八糟,惹得祝琇莹不停念叨他。她越说他,他就越得意,乐不可支。

"小桥,快来!兔兔,兔兔,有只兔兔!"

正在喝水同时消化这一天所见所闻的谢桥差点儿被他吓呛着,忙不迭端着水杯就去厨房了。

厨房里真放着只兔子,比他平时看见的宠物兔大了许多,关在笼里,浑身是灰色的毛,眼睛通红。因为他们露骨的打量,兔子撅着屁股,三瓣嘴惊惧万分地努来努去。

他想起昨天纪真宜给自己叠的那几只毛巾兔子,越发觉得这只肥兔子圆硕可爱,甚至有些想去摸摸它。

纪真宜对着笼子里的灰兔子比了两个长耳朵的手势,唱起来:"小白兔,白又白,两只耳朵竖起来。妈,这兔子怎么吃?"

"麻辣吧。"

谢桥惊恐地看向他们——吃?

肥兔子似乎预感到自己的命运,在笼子里狠狠地挣扎跳跃了一下,把谢桥放在一边的杯子撞下去摔碎了。

三人一兔都吓了一跳，原本讨论怎么吃兔子的纪真宜转头开始指着兔子说教，好好地把兔子训了一顿，才想起来："麻辣不行吧？小桥只能吃宝宝辣。"

谢桥看着面前怯生生的肥兔子，心情低落得好像要他亲手屠宰似的，摇摇头："没事，我不吃。"

为了中秋这顿晚饭，祝琇莹无疑拿出了看家本事，连个清蒸石斑都非同凡响，辣得谢桥一口喝水，两口流汗，三口舌根冒火，最后终于安分守己，只敢朝番茄炒蛋下筷子。

祝琇莹看他筷子直来直去，精准地朝番茄进攻，和蔼地关怀道："小桥爱吃番茄呀，番茄蛋汤爱喝吗？阿姨明天晚饭做番茄蛋汤行吗？"

谢桥看着筷尖，踟蹰半秒，下定了决心似的，道："阿姨，今天的菜有点儿辣。"

对面的纪真宜喜上眉梢，神气活现地对祝琇莹说："都跟你说他只能吃宝宝辣了。"

祝琇莹解释："这就是宝宝辣，只放了两颗小米椒。"

纪真宜反驳她："哪个宝宝吃小米椒？"

祝琇莹被他驳倒，连忙起身要给谢桥现炒两个菜，被谢桥拦下来："不用了，我吃得差不多了。"

一听他说吃得差不多了，祝琇莹更要起身，拿了一袋草莓出来，说是在有机果园摘的，个头大，汁水足，正好饭后吃。

等谢桥洗完澡出来，纪真宜正捧着满满一碗草莓，玻璃碗边上还不伦不类地卧着两个月饼，倚在浴室外边等他："走，小桥，我们去天台看月亮。"

谢桥刚洗完澡，沾着湿意的碎发半掩在眼前，思绪被热气蒸得有些不清明，脸颊微红，懵懵懂懂间纪真宜递来一颗草莓。他接过，放到嘴里，很甜。他含混不清地说："没开门。"

"开了，开了，趁我妈洗碗赶紧走。"

去天台的门真的开了，这个时候没什么人上天台来，这里空旷寥静，只有不知疲倦的晚风在吹拂。夜空雾蒙蒙的，飘着几朵不知趣的云，原本臆想中皎若玉盘的中秋月像被脏东西遮了一块,琵琶遮面似的让人扫兴。

纪真宜对这天的月亮不太满意,他将双手伸出栏杆外,像要把风攥住一样胡乱抓了几把,风拂得他额前的发轻轻起落,月光清晰地勾出了他的侧脸轮廓。他道:"中秋节的月亮也不是很圆嘛。"

他仰头神色莫辨地看着月亮:"这就是'十五的月亮十六圆',对吧?"

谢桥"嗯"了一声,端着那碗草莓,边抬头边往嘴里送了一颗。他觉得这晚的月亮像一盘乳黄色的奶酪,甜腻腻的,暖融融的。

纪真宜整个人搭在栏杆上,放软了声音问他:"这句话有什么寓意吗?"

谢桥稍做思忖,说这是一种天文现象,简要和他解释了一下什么是朔望。

秋天的夜风在天台打着旋,跟纪真宜一样懒洋洋的,没什么力气的样子,说不清是燥还是凉,吹在人身上温温柔柔的,很干爽。

纪真宜百无聊赖地看着自己两根手指打架,低声道:"就没有什么别的意思吗?"他垂下头,后颈的脊骨微微突出来,森白的月光落满他双肩,清癯又伶俜。他接着道:"就像'但愿人长久,千里共婵娟'这种,没有吗?"

谢桥秀挺的眉头微皱,含着草莓果肉沉吟半响,才斟酌着开口:"可能是,你想要的,会比你期待的晚来一点点。"

纪真宜闻言,眉毛挑了一下,说不清对这个解释满不满意。

"我知道了!"他突然双手捧着做碗状,伸向谢桥,眼睛狡黠地弯着,笑出两排洁白光亮的牙齿,"十五的月亮十六'元',就是我带你看了十五的月亮,你给我十六元。"

第二章
手影艺术家

国庆那天,哪里都红旗招展,纪真宜和田心在街上碰头。小马补课去了,下午才来跟他们会合。

按田心的计划,他们是必须要去电玩城里玩个痛快的,可这大好的日子,电玩城竟然暂停营业。

二人毫无头绪地瞎逛了一圈儿,顿觉无处可去,于是花了三十块钱,在儿童区的滑梯泡泡球池里躺了一上午,除了偶尔被蹦蹦跳跳的小孩子踢着、踹着,体验上佳,观感良好。

休息够了,二人豪情万丈地从泡泡球里爬出来,准备去解决午饭。

出商场的时候,纪真宜不知扫到了什么,脚下一顿,道:"瘦猴,你等我一下。"

田心看他带回来的那个袋子,面露不屑道:"这买的什么呀?粉得这么俗气,杯子?"

纪真宜没回答,一边大步流星地往前走,一边道:"快点儿,吃饭去。"

吃完饭,二人去了趟网吧,开了个包厢打游戏。

田心是实战派,边拍得键盘啪啪响,边开麦克风骂拖后腿的猪队友。

纪真宜听他用"我是你大哥"开启一场战争,又以"问候"对方家人结束战斗,唏嘘不已:"你怎么吵个架还搞得自己吃亏了似的呢?"

田心好久才反应过来，急赤白脸地跟他嚷。

田心同样看不起纪真宜，他听纪真宜在那儿捏着嗓子玩女性账号，作腔拿调，说话腻得跟拔了丝的糖水似的，几欲作呕："能别这么玩吗？我隔夜饭都要吐出来了。"

他们斗嘴的理由永远充足，斗到最后斗无可斗，还想再斗时，无外乎开始扒旧账。

"你小时候不这样呀，也不知道是谁搬家的时候捏着我的袖子，边哭鼻子边说'哥哥我会一辈子记住你的'。"

瘦猴臊得头发丝都立起来了，反唇相讥："你好意思说我，你以前不也文文静静的，风吹一下都得倒吗？哪像现在这么无耻。"

纪真宜说他不懂，东拉西扯解释了一通，语重心长地拍他的肩，说："这证明我们都进化了，挺好。"

田心被他绕得云里雾里，问："你干吗练新号，你以前那个满级号呢？"

纪真宜蓦地沉静下来，也不看他："那不是我自己练的，没意思。"

田心一下又来气了："你有没有良心？现在知道没意思了？当初你是怎么说的，'砍小怪练级真无聊，想玩满级号'，全世界也就韩哥受得了你这么想一出是一出的性子！"

饶是早有预感，纪真宜心头还是被那两个字眼狠狠地鞭笞一遭。他恨不得缩起来——像走进那种阴仄狭窄、日晒严重不足的小巷，阴冷如同藤蔓缠住他的脚，后脊爬满了冰凉的蚂蚁。

他看向田心时，眼底的寒意好比尖针，脸上却挂着用于掩饰的艰难的笑："你能不能别整天把他挂在嘴边上？"

小马补完课，提着奶茶、卤味和水果捞赶来的时候，包厢里的二人坐在机位前互不搭理，形成一种分庭抗礼的局面，气氛有些微妙，暗流汹涌。

田心还在打游戏，骂完这个骂那个，键盘、鼠标敲得噼里啪啦。

纪真宜戴着耳机听歌，操纵鼠标在电脑自带的画图程序上画画。他凑得很近，眼睛几乎要贴上屏幕，苍白的脸上显出一种难得的安静与热忱。

小马以为二人闹了矛盾，有些不知如何是好。

田心结束一局游戏，来拆东西吃，瞟向纪真宜："来网吧画画，我怕你是个神经病。"

纪真宜也若其事道："天才不是一天练成的。"又说，"越是设备低下，越显得我水平高超"。

田心拆了个卤鸡爪："你后天是不是就要去画室了？"

"怎么？舍不得我？"

"你赶紧滚。"田心边骂边顺手递了杯奶茶过去。

吃人嘴软，纪真宜便不和他逗这一时口舌之快了。

过了一会儿，田心又贴上来，黑眼珠睁得圆溜溜的，看着特别傻："话说你借住在谢桥家，你们能说到一块儿去吗？他每天都干吗呀？"

"学习呗，你以为都跟你一样天天不干正事？"

"你不也是吗？"田心吸了口奶茶，又凑上来。

田心这人五官长得占便宜，弯眉大眼小圆嘴，无知犯傻时也让人觉得天真。他说："他真每天就看书、学习、做题什么的？那他不烦吗？他会玩游戏吗？"

纪真宜也不知道谢桥玩不玩游戏，胡乱道："人家游戏玩得比你好多了，你能不能别成天以学渣之心度学神之腹了？"又质疑他，"你怎么对谢桥这么关注？回回都要巴着我问东问西，说实话，你是不是嫉妒他了？"

"呸！你以为我是小气鬼吗？"田心叫嚣起来，因为反应太大，差点儿从椅子上栽下去，被边上的小马眼明手快地捞住。

虚惊一场，田心转过头，却见小马脸色晦暗不明，只当他是补课补烦了，拍拍他的肩，真诚道："谢了，马仔。"

说着他又很没派头地坐回去："我是担心你！"他坐在椅子上，别扭地对着纪真宜嘟哝，"你和他在一个屋檐下住着，整天对着这么一个优秀的人，谁知道会不会自惭形秽、忧思成疾？"

纪真宜也不看他，语气淡淡的："我能是这种人？"

田心不信他："你自己知道！"

纪真宜停下来，转着椅子坦坦荡荡地看着田心。

田心伸出一根手指指着纪真宜，稚嫩的娃娃脸上有些恶狠狠的劲头，却又说不出什么话来。

末了，他窝火地把手收回来，丧气地在电脑椅扶手上狠狠地捶了一下。

纪真宜猛地站起来，拿上东西，道："不玩了，回家。"

小马坐在小包厢最靠门的那个机位，走神了一瞬，回过神来就见纪真宜气势凌人地起身往外走，有些无措又有些好奇地探头看他的脸色，刚好和对方黑沉的眼睛对个正着。

小马和谢桥的性格有点儿像，都不怎么爱讲话。但谢桥的性子较他清冷许多，谢桥是高檐飞角里捧的那一抔无垢的雪，干净清贵，俊美阴郁，有与生俱来的距离感。小马不一样，他是那种很阳光斯文的俊朗，连腼腆都显得温润，气质柔和，是天生让人想接近的性格。

纪真宜将手搭在小马的椅背上，故意说道："哟，小马今天这身好帅，是不是要去见什么重要的人？"

还在生闷气的田心瞬间炸了，雷霆万钧地将他一把搡开，像护犊的母鸡一样将小马严严实实地拦在身后："你有病吧！敢带坏他我饶不了你！"

纪真宜满不在乎地耸耸肩。

被田心拦在身后的小马错愕了一瞬，又回过神来，弯起眼睛，朝纪真宜笑了笑。

纪真宜也朝他笑一笑，眼珠一转，摆手道："走了。"

纪真宜联系的那家画室也放了两天假，十月三日才开始上课。祝琇莹不肯再耽误任何一天时间，便让他十月二日再去学校上一天课。

纪真宜早在九月最后一天就在班上弄了个阵仗颇大的告别仪式，顶着班上人狐疑又鄙夷的目光，夹着尾巴道："别这么看我，明天就走，明天一定走。"

放学收拾包回家时，他又嘱咐前座的袁纤纤："妹妹，我走了，有事要帮忙尽管来找我。"

袁纤纤看他瘦骨伶仃不靠谱儿的样子，虽然觉得他可能帮不上什么忙，但还是道谢了："谢谢，嗯……你对我挺好的。"

纪真宜笑眯眯地说："你和我妹妹有点儿像，说真的，她特别可爱。"

秋日渐深，天黑得越来越早，六点多日头就半隐了，浓红不敌墨黑，天沉沉地暗下来。纪真宜边走边玩手机，不怎么抬头，目光随意往前扫了扫，忽然看见前面的地上停着三双脚，中间那双球鞋他认识。

他眼珠飞快地左右瞄了一圈儿，心里暗骂，从学校到家一共就八百米，竟然刚巧遇上这么个没人、没监控的死角。他迅速把手机亮度调到最低，开了录像功能，缩进右手袖子里，只偷偷地露出摄像头对着前方。

他紧张地长吁一口气，迅速掉头，想拔腿就跑，却和身后堵上来的大个子男生撞个正着。

纪真宜咬着牙，朝天翻了个白眼。

后面有人惬意地高声吩咐："把他提过来。"

纪真宜一抖肩，把那人的手拂开，没什么表情地转过身，对上莫燊那张倨傲张扬的笑脸。他仔细看看莫燊身后抽烟的二人，也是熟面孔。真是阴魂不散，他都转学了，这群人居然也能找过来。

莫燊的舌头在嘴里绕了半圈儿，脸上的笑陡然变得阴狠："好久不见呀，纪真宜，还活着呢？"

纪真宜被身后的大个儿男生推得一个趔趄，勉强站稳后才道："见到我这么高兴？"

莫燊慢慢儿走到他面前来，他长得高大凶横，天生一张凉薄狠辣的脸，谁也看不出他当了十几年的优等生。他拽起纪真宜的后衣领，将他像个垃圾一样丢在巷子蒙灰的墙上。

纪真宜闷哼一声，顺着墙滑下来，坐在了地上。

"我还当你会活成个什么样，没想到过得挺开心的嘛，这学校是我爸给你弄过来的吧？今早和你一块儿来学校的那人谁呀？新朋友？"他用脚尖踩着纪真宜的肩膀，自上而下地俯视纪真宜，"苦着脸干吗？

笑呀。"

纪真宜真就笑了，仰头问他："哎，我真想问问你，你都上大学了，怎么成天闲成这德行，垮不垮？还来打架？"

莫桑的笑容更大了："我想干吗就干吗，轮得到你来叫嚣？"

纪真宜偏头笑，冲着莫桑喊："嚣嚣嚣嚣嚣嚣嚣……"

莫桑怒不可遏，提着他的领子，将他往地上狠狠一掼："闭嘴！跪好！"

纪真宜藏在袖子里的手机都差点儿被他摔出来。

"纪真宜，你真行，人没了才几天，你就立即交新朋友了？跟你妈一个德行，无情又无义。"

"是呀，我人缘多好呀，都争着抢着要跟我做朋友呢，羡慕哥吧？"

莫桑反手就给了他一记响亮的耳光。

纪真宜被扇得偏过头去，脑子里耳鸣阵阵。

"无耻，跟你妈似的，生来就无耻！"

纪真宜舌头抵着口腔，脸像发烧似的，有些胀。他忽然笑了，眼神晶亮地看着莫桑，语气充满挑衅与不屑："这么久了，你怎么还玩这一套？小姑娘似的。别人打人都是动拳动腿，你就会扇个耳光，怎么那么能耐呢？"他不怕死地把右脸凑过去，"打爽了吗？这边还好着呢，要不再来一巴掌，逗逗你的女子柔情？"

莫桑气结，作势就要再往他身上补几脚。

"住手。"背后忽然传来清越而冷冽的一声。

纪真宜和莫桑一行人齐刷刷地朝声源看过去。

谢桥背着单肩包，带着最正儿八经的优等生范儿，从容不迫地走了出来。

纪真宜还当是谁，一见是他，直想拍额头。

谢桥这斯斯文文的三好学生出来逞什么英雄？学习厉害不代表干架也厉害，一块儿挨揍可不是什么共患难的好事。

而且，那也太丢脸了吧。

好在谢桥的颜面还有挽回的余地——莫桑后头跟着的那个斜刘海

儿马甲哥一眼瞅出了门道,大惊失色,嘴里的烟都取下来了:"谢桥!"

"走吧,走吧,他舅是我们得罪不起的那个……"他挤眉弄眼地朝莫燊比了个大拇指,意味明显。

莫燊皱着眉看着谢桥,回忆了一下:"你就是他交的那个新朋友吧?挺有眼光的。"他不屑地冷哼一声,"别怪我没提醒你,这玩意儿……"

他指着纪真宜说:"克人,他们全家都克人。"

纪真宜谦虚道:"也没你说的这么厉害啦。"

莫燊冷哼一声,看着他的眼神恨不得将他生吞活剥:"你就是天生欠教训的。"

可能多少也消了点儿气,他这么大动干戈带着人来也不过就是想教训对方,不教训对方一次他日子都过不下去了,于是转头瞪了谢桥一眼,带着人风风火火也算得偿所愿地走了。

纪真宜拍拍屁股和膝盖上的灰,没事人一样拽起灰扑扑的包站了起来,似笑非笑地看着谢桥:"哇,小桥,感谢路见不平拔刀相助,好感动,舍命报恩要不要?"

谢桥不回答,他也不纠缠,昂首阔步地走上回家的路,没事人一样地说:"走了,走了,回家吃饭。"

谢桥看着他大咧咧地走在前头,不禁又想起刚才的情境来,道了句:"没骨气。"

他还记得那天纪真宜好骄傲地和他说:"我要是不喜欢吃青椒,谁也别想逼我。"

结果这天,人家要他笑他就笑,让他跪他就跪,扇他左脸他还递右脸,好气人!

纪真宜丝毫不以为耻,他看着前面的路,漫不经心地笑:"是呀,谁叫我脊梁骨断了。"他扭头去看谢桥,漂亮的眼尾上挑着,一副吊儿郎当的模样。

谢桥被他这副毫不在意的样子气到,蛮横地将他推到墙上,撞得他后背一阵生疼。

天很黑,四周很静,纪真宜贴着墙的背很凉。

谢桥这天的脾气很大,带着股离奇的疯劲,要不是克制了点儿,纪真宜的脊梁骨真能被他撞断。

纪真宜被冲击力撞得意识涣散:"韩……"眼里有什么东西跳了一下,又被飞快地隐去了。

他忽然意味不明地笑了一声,戏谑地看着谢桥,说:"长得帅,头脑好,能护着我,还挺讲义气的嘛。"

说着,他伸手就在谢桥肩上推了一把。

谢桥还在为他的话纳闷儿,不防备被搡得一趔趄,再抬头时,对方那张带着恶劣笑意的脸在眼前晃着,说的话像质问更像挑衅:"小桥,你虽然烦我,但其实也挺想跟我做好兄弟的吧?"

谢桥脑子仿佛被砸了一榔头,有些磕巴:"谁……谁……"

纪真宜态度从容,他早料到谢桥是个内敛寡言的主,无所谓地耸耸肩表示:"哦?原来不是吗?不好意思,我太自信了。"

谢桥终于捋直了舌头,目光灼灼地看向他:"是谁告诉你的?"

这下换纪真宜愣住了,用那种见了鬼的语气说:"你真想跟我当好兄弟?!"

谢桥沉稳地点了点头:"嗯。"

"你觉得我哪儿配了?"

"脸。"

"脸?脸!"纪真宜嗤笑了一声,觉得这个理由还行,好歹夸了自己,于是又追问,"还有吗?"

"贫。"

"贫?!"纪真宜有点儿不冷静了。

谢桥诚恳地点头:"很贫。"

纪真宜被他气笑了,拿出手机来,用还没关的摄像头对着他,不满道:"瞧瞧,你能不能别面无表情地说这种话?再说了,我就没点儿美好品质让人欣赏?"

谢桥木然地看着屏幕,仍然仗义执言:"贫不是美好品质吗?"

一个人能贫嘴,还能把人逗笑,是要有几分语言上的造诣的。

纪真宜怒极反笑，点着头看着他："好，好，好。你觉得我贫是吧？我不贫了，以后都不逗你笑了，你听懂了吗？"

"嗯。"

纪真宜气得又问："伤心吗？"

"还好。"

"还好？"纪真宜又作势想打他。

谢桥往后仰了一下，躲开他造孽的手，照旧沉着脸，问："他为什么打你？"

纪真宜忽然安分下来，古怪地笑了声："我让他吃过亏。"说完就拍拍屁股潇洒走人，"不跟你开玩笑了，走了。"

谢桥看着他单手拎着包，深一脚浅一脚地踏进月光里，吊儿郎当地走在前头。

什么是开玩笑呢？是说再也不逗他笑呢？还是说让刚才那个人吃过亏呢？

谢桥冷淡的外表下深藏着一颗懵懂的、孤独的心，他没什么朋友，友情于他而言太空泛，太虚无缥缈，他不懂。他至今理解的最透彻的关于友情的定义是——你第一眼看见这个人就觉得想要跟他做朋友，并且持之以恒地想跟他做朋友。

他已经持之以恒地想跟纪真宜做朋友快三个月了，他觉得这可能还说不上是友情，可以先定义成孤独时想要抓住一根浮木的心情。

他不声不响地跟在纪真宜身后，他们相处时，如果纪真宜不说话，那肯定是安静的。再或者说他和任何人之间，但凡别人不先说话，都会是安静的。

纪真宜低头看手机，视频竟然真拍到了莫桑的脸。他琢磨了一下，想着是否把这视频剪辑一下，再化点儿妆，拍两张"伤口"的图，写封匿名邮件发到莫桑他们大学去？他也不知道这样做有没有用，但总不能白被打了吧？他摸摸脸，好久没被打过了，真有点儿不习惯。

不过莫桑怎么还找到这儿来了？

他猜肯定是中秋节祝琇莹跟莫海华见面让莫桑知道了，不过，他不意外莫桑发火来揍他,那些事情要是摊他身上,他也得发火。

他拿着手机,心思一动,脚步突然顿住。

谢桥如临大敌,没来由觉得心慌,纪真宜短暂的回身动作在他眼里成了一个极其缓慢的升格镜头。他盯着纪真宜的嘴唇,因为无法预知即将听到的话而紧张得胸膛咚咚作响。

结果纪真宜只是不咸不淡地嘱咐他:"别告诉我妈我让人打了。"

谢桥看着他红肿的脸,许久才点头:"嗯。"

纪真宜第二天就去画室了。

画室的高强度集训迫使一向懒散的纪真宜都不得不起早贪黑,作息勤奋得有些出乎谢桥的意料,每天谢桥醒来他已经走了,谢桥入睡他才回来。

他们已经很久没打过照面儿了。

谢桥发现那晚自己说的不假。虽然仓皇之间示好了又被驳回,但他也并没有多郁郁寡欢,照旧每天上课做题看书,生活平静得好像没有纪真宜这个人也毫无关系。

他觉得自己想跟纪真宜深交或许是一种错觉,只是纪真宜太与众不同,他又过得太孤寡索然,让他误以为他很需要纪真宜这个朋友。抑或是他确实有些欣赏纪真宜,但也没有到高山流水的地步,更没有到非要跟这个人成为朋友不可的程度,纪真宜于他而言,仅仅是有某种稀薄的吸引力罢了。

夜晚躁动得叫人辗转难眠,谢桥口干得厉害。

他走出卧室去接水,外面客厅的电视还开着,声音调得很低,几个小人关在那个亮闪闪的盒子里飞上飞下地打架。祝琇莹坐在沙发上半合着眼昏昏欲睡,她在等纪真宜回来。

他接完一杯水出来,绕过沙发时,玄关有了动静,门从外面被推开了,风尘仆仆的纪真宜和他撞个正着。

门外的风可能顺着门缝钻进来了,拂过谢桥的脖颈,在这样的深夜无端带来一股挥之不去的潮热。

谢桥不见他，都不曾发现自己其实是担心他的。

纪真宜一见他就笑了："小桥什么时候剪头发了，要去竞选地球球草吗？哥哥给你投票好不好？"

不知道是不是错觉，谢桥觉得纪真宜更瘦了，细胳膊细腿，下巴尖尖，外套底下空荡荡的，瘦弱得像只长相秀气的小鸡崽，一只手就能拎起来。

他在心里数了数，他们都快十七天没见过了。要不是这期间纪真宜跑到他的房间跟他打过招呼，时间估计会更长。

那天晚上降了温，纪真宜悄悄溜进谢桥的房间，坐在书桌前解释道："外面下雨，睡不着。小桥，你再陪我说会儿话吧。"

谢桥看得出来纪真宜这天很累，连笑起来都不是平常那么没心没肺的灿烂，就只是费力地把嘴角扬起来，让人知道他正在笑。

打盹儿的祝瑓莹被惊醒，连忙起身给纪真宜做夜宵。她做的面，汤底是早就准备好的，煮把面盛进去了就行，还贴心地问谢桥要不要也吃点儿。

纪真宜替他拍了板，强拽他下来吃夜宵。

吃面的时候，祝瑓莹一直事无巨细地问纪真宜，这一天学的什么，老师教得好不好，同学里有没有特别出彩的，画室中午吃的什么……

纪真宜敷衍地应着，困得脑袋一晃一晃的，脸都快埋到汤里去了。

祝瑓莹看他累成这样，既心疼又欣慰："你们画室这个周末有自由假吧？要不你休息一天，和小桥出去玩，放松一下？"又说，"我才跟你二叔打过电话，真宜吵着要你去看她呢，正好带上她玩一天，你说好不好？"

纪真宜没精打采地咬着筷尖，道："这个周末？莫叔叔生日吧？"

祝瑓莹一下子羞赧起来，当着谢桥的面有些不好意思："你这孩子，看书的时候没见你多认真，记这些东西你倒是门儿清。"

谢桥笑笑，心想：确实。

前段时间他生日，因为他和纪真宜已经很久没打过照面儿了，便以为纪真宜一定不记得，可他早上一睁眼，就看见一个贴着"福如东海，寿比南山"字条的杯子。

那是个围了一圈儿粉色草莓图案的玻璃杯,以女孩子的眼光看或许可爱,但送给男生就有些不合适了。唯一的亮点是杯底用马克笔画了他的 Q 版画像,是个脸颊肉乎乎的卡通小人,头上翘着一撮头发,身后飘着小花,一笑眼睛都弯成一条缝了。

他并不太喜欢,一是他早已换上了新杯子,二是他觉得纪真宜画的不是他——他哪有这么傻!

纪真宜用筷子戳着下巴,眼皮已经困得快要合上了,对祝琇莹咕哝道:"去吧,去吧,晚上不用回来了。"

祝琇莹臊得一掌把纪真宜扇醒了。他闭着眼,笑得乐不可支。

对面的谢桥有些恍惚,他在没见纪真宜的这些天里,几乎笃定自己是不怎么想得起他的。可一见到他,仿佛又不是这样的。

他自己都分不清了,他这到底是想和纪真宜做朋友还是不想呢?

纪真宜他奶奶并不喜欢自己一事无成的大儿子,连带着儿媳妇和大孙子都不疼爱。人心都是歪的,她理所当然地偏爱聪明懂事、读了硕士的小儿子。

大儿子意外身故,房产在她名下,她毫不留情地将不讨她喜欢的媳妇、孙子一并赶出门。她不留恋纪真宜这个孙子,她盼着小儿子再给她生个聪明活泼的孙子。

奶奶不是好奶奶,但二叔是个好二叔,纪真宜时常想,他奶奶那么刻薄的女人能生出这么个儿子,真是纪家的福分,更别说还有他爸做陪衬,越显得他二叔难能可贵。

老太太顽固又爱财,一分钱都舍不得拿出来,她最常对小儿子说的是:"你别惦记着我的钱,我死了以后,那些都是你的。"

纪真宜他爸死的那年,他二叔刚硕士毕业,拿到第一个月的工资就开始接济一向善待自己的嫂子和侄子,就连纪真宜最开始学画的钱都是他二叔掏的。

二叔和自己硕士期间的校友结了婚,二人生了一个女儿,老太太一心想要孙子，但夫妇二人一致决定只要这一个孩子，无论老太太怎么苦劝胡缠，都不再生了。

因此，没用的大儿子和看不上眼的大儿媳生下的纪真宜就成了她眼里纪家最后一丝血脉了，狗不理成了香饽饽。

不，何止香饽饽，简直是金饽饽。

"回来看看奶奶吧，奶奶老了，死在这儿都没人知道……

"你别信你妈的话，她就想带得你连祖宗都不认！

"等奶奶死了，钱和房子都是你的。"

纪真宜一早叼着根油条，和谢桥一起在路边等人，还像煞有介事地安抚他："一个烦人的小胖妞而已，小桥别紧张，千万别紧张。"

谁紧张了？

谢桥不在意那晚的事情，纪真宜比他更不在意，也不知道是装作不在乎，还是真就完全不放在心上。

所幸没等多久人就来了，他婶婶急着去上班，只探出头笑着和他招了招手，就开车走了。

"哥哥！"小姑娘脆甜地喊着，乐滋滋地朝他扑过来。

纪真宜很捧场地张开手，弯腰去抱她，谁知小女孩儿和他擦肩而过，一把扑到谢桥腿上，死活搂着对方不放："哥哥，哥哥。"

"嘿！"纪真宜拽着她身后的小帽子，不客气地把她拖开，"你哥在这儿呢，什么眼神呀，小小年纪，没脸没皮的！"

他倒好意思说别人没脸没皮。

纪真宜笑得见牙不见眼："都是哥哥，真宜哥哥是哥哥，这个……这个帅哥哥也是哥哥。"

"行，行，行。这是你小桥哥哥，告诉小桥哥哥你叫什么。"

小姑娘一点儿也不怯生，大大方方地介绍自己："我的名字是纪真宜的'纪'，纪真宜的'真'，宣传的'宣'，纪真宜。"

谢桥屈膝半蹲下来，给了她一个足够平等的回复："我的名字是谢谢的'谢'，桥梁的'桥'，谢桥。"

纪真宜在旁边插嘴："是小桥的'桥'。"

小姑娘活泼开朗，五岁多的样子，脸颊肉嘟嘟的，扎着两个小羊角辫。虽然入了冬，但白天温度并不低，她妈妈给她穿了条可爱的灯笼裙，外面配了件米老鼠的外套，个子小小的，却背了个快要超出身高的背包，是大象形状的，四条圆腿，一个长鼻子，倒是可爱。

谢桥被她小牛似的蛮力拽着往前走，心里琢磨了一下这两个名字，觉得还是纪真宜比较好听。

这天第一程是陪小姑娘看最近大热的动画电影，儿童厅塞满了哇哇大叫的小孩儿。

纪真宜被教得很好，看电影的时候安安分分的，也不吵闹，看到最后感动哭了也只是自己捏着小裙子偷偷流眼泪。大屏幕斑斓的彩光照出小姑娘肉肉的脸蛋儿上两道歪歪扭扭的泪痕，鼻尖通红，可爱又好笑。

谢桥看见坐在另一边的纪真宜轻手轻脚地拿纸擦干她的面颊，让她擤擤鼻涕，又把她的脸搂进怀里，摸了摸她的小脑袋。

直到出来后，小姑娘才叽叽喳喳地和他们讲起剧情。谢桥正好接到叶莺莺的电话，问他这天能不能回去，有事和他说。

谢桥问她："不能在电话里说吗？"

叶莺莺在那头欢欢喜喜的，说是好消息，要当面和他说。

纪真宜一听他要回去，就冲哥哥噘起了嘴，委屈地用口型说："不行，不行，不行。"

纪真宜肩负着妹妹的重托，义不容辞："小桥，阿姨急吗？不急的话，晚上我陪你回去，难得放假，先好好玩嘛。"

谢桥看他一眼，和叶莺莺说晚上回去。

纪真宜又高兴了，趴在影院大厅的娃娃机上不肯走，她要夹娃娃。纪真宜不准，说根本夹不上来，这无非是变相吞钱。

纪真宜反驳他："才不是，放筝哥哥上次……"

她看着捂在自己嘴上的手，又不明所以地看向纪真宜瞬间黑下去的脸，一个字都不敢说了。

谢桥压根儿不知道怎么了，他刚换完币回来就看见纪真宜拽着妹妹跌跌撞撞地往外走，于是连忙跟上去。

小姑娘的手被纪真宜扯得生疼，低着头不敢说话，突然"啊"的一声停下。她取下背后的大象包，费力地从里面拉出一个包装得颇有童趣的大盒子，上面贴满了她喜欢的各式卡通贴纸，一看就知道花了大心血。

她的语气带着讨好的意思："你的礼物，哥哥。"

纪真宜看着盒子，挤出一个笑容，努力调整情绪，满脸期待地接过来："还有礼物呀，送的什么？"

小姑娘雀跃地蹦蹦跳跳，背上的大象包跟着手舞足蹈，她兴奋道："你一定会喜欢的，是我在幼儿园做的黏土，里面做得最好的那个小兔子给小桥哥哥。"

纪真宜顿时失去所有兴趣："哦。"

小姑娘见他神色变缓，更加有恃无恐，把他拽下来，紧张兮兮地凑到他耳朵边说悄悄话："哥哥，你先不要急着打开，回去再给小桥哥哥。"

纪真宜不耐烦又嫌弃道："知道了，知道了。"

谁急着打开了？

纪真宜毫不掩饰自己对谢桥的喜爱，要和他牵手，要和他讲话，对他笑，吃饭的时候还硬要和他坐一边，被纪真宜死活拽到自己这边来了。

"女孩子家家的，矜持点儿。"他装模作样地凑到妹妹耳边，时不时用那种审视敌军的眼神扫射谢桥，饱含戒备道，"再喜欢一个人，我们也不能上赶着是不是？越喜欢就越要胸有成竹，越要不屑一顾，大气、从容、自信，知道了吗？"

纪真宜受益匪浅，用力地点点头，扬起下巴，想把在舞蹈教室学的优雅身姿亮出来。

谢桥听着他们嘀嘀咕咕，不明所以地笑了笑。没出息的纪真宜立即投降了，两只手托着小小的肉脸，笑得甜滋滋的："小桥哥哥，你喜欢吃什么呀？"

谢桥点了一杯会把纪真宜甜到齁死的饮料，心无旁骛地咬着吸管，偶尔想起来就朝对面精力旺盛的小姑娘笑一笑。

小孩子看什么都觉得新奇，样样都要尝一下，纪真宜上个洗手间的功夫，纪真宜已经稀里糊涂地点了一大桌。

"纪真宣,你是来打劫的吗?点这么多你吃得完吗?你这大手大脚的习惯是谁教的?浪费可耻,浪费食物可耻,浪费我的钱更可耻!"他又把矛头指向"不作为"的谢桥,愤愤道:"你怎么坐这儿都不知道管管她?我这才走了几分钟?!"

谢桥顿时觉得自己像个没用的家长。

纪真宣显然深知该怎么对付生气的哥哥。她撇着嘴,眨巴着两只圆润黑亮的大眼睛说:"可是我都喜欢啊!妈妈平常都不让我吃这些,我特意等到今天,我还以为哥哥会给我买,难道不可以吗?不可以吗,哥哥?"

妹妹的撒娇对纪真宣很受用,他改口道:"咯咯,也不是不行。"他用手指在自己的颊边点了点,"你先讨好我一下。"

谢桥看见纪真宣跪坐在凳子上,在纪真宣脸上亲了一下。

纪真宣得了妹妹的吻,仿佛一下失了忆,感叹道:"哇,怎么点了这么多?真是不好意思,小桥,让你破费了。"

含着吸管的谢桥眨动两下睫毛,看向对方厚颜无耻的笑脸。

纪真宣立即板起圆嘟嘟的小肉脸,谢桥还没开口推辞,她先义正词严地叉起了腰,理直气壮道:"哥哥,是你破费了,你请客!"

说完她看了谢桥一眼,又飞快地低下头,满脸羞涩,扭扭捏捏地说:"你不能强迫小桥哥哥。"

纪真宣连连咂舌,摇着头唏嘘不已:"亲的,真是亲的,但凡关系远点儿,胳膊肘都不能往外拐成这样。"

"本来就是嘛,我是妹妹,你是哥哥,当然是你请我啦!我说得不对吗?"

"对,对,对!你真棒,说得真对,真会给你哥省钱。"

小姑娘奶声奶气又理直气壮地道:"妈妈说,我今天的任务就是来陪你玩的!"

"这位胖妞,到底是谁陪谁玩,麻烦你搞清楚。"

最后还是谢桥付的钱——当时纪真宣还赖在那儿胡吃海喝,扬言不吃完不走人,他不声不响地起身把钱付了,觉得刚才的饮料很好喝,又买了杯带走。

但纪真宜也没能省下多少钱——女人的购物欲是天生的，小女孩儿见着漂亮东西就迈不开腿，走一步停一步，看中了什么就会眼巴巴地看着纪真宜。

纪真宜一边叫嚣"你怎么什么东西都要，你哥的钱就不是钱吗"，一边乖乖把钱掏了，还不忘警告她："休想让我再花一分钱！"

如此往复，她终于把纪真宜兜里的钱花得差不多了，她妈也该来接她了。

纪真宣头上戴着仙女发箍，手上拿了根魔法棒，脖子上挂着新项链，手腕上还系着个气球，左手牵着纪真宜，右手牵着谢桥，背上的大象背包撑得鼓鼓囊囊，俨然是满载而归。

小姑娘嘴闲不住，把泡泡糖吹出个大泡泡，破了之后被糊了一脸，成了小花猫。

"哥哥，你知道我最喜欢的电视剧是什么吗？"纪真宣问。

纪真宜拿纸给她擦脸，露出一脸"你这就想难倒我"的表情，答道："《巴啦啦小魔仙》呗。"

谢桥一只手牵着纪真宣的小胖手，一只手搂着那个盒子，而后看着纪真宜。纪真宜蹲在妹妹面前，脸上嫌弃，动作却温柔，眼睛笑吟吟的。

小姑娘公正又神秘地摇头："不是！你再猜。"

纪真宜把纸团揣兜里，丝毫不赏脸："不猜，不说算了。"

"是《舞法天女》啦！"

她这一天天都看些什么乱七八糟的？

"哥哥，你回去要看，下次见面我要考你！"

纪真宜她妈来接她的时候，她还一再嘱咐纪真宜："哥哥，一定要看，到时候答不出来是要被我打手心的，很严格不放水的那种。"

纪真宜满口答应，蹲在妹妹面前说："好，那现在听我的——魔仙真宣请站好！"

小姑娘得令，抬起下巴，乌黑的眼睛睁得大大的，手紧紧地贴在两侧，身形笔直，表情肃穆得像第一次被老师戴上红领巾的少先队员。

纪真宜被她这副样子逗得忍俊不禁，把脸凑过去，没亲她，只贴着她嫩粉粉的脸蛋儿两边各蹭了一下，而后道："谢谢你来陪哥哥玩，哥哥今天特别高兴。"又平视着她，用很公事公办的语气说，"好了，魔仙真宣回家去吧，好好长大！"

小姑娘虽然尽量想让自己表情不屑一些，但还是没忍住笑得见牙不见眼的，被哥哥逗高兴了也不忘严格地要求他："下次要用舞法天女的话对我说。"她凑上前圈住他的脖子，毫不吝啬地在他脸上亲了很响的一口，又说，"哥哥要好好努力学习，爸爸说会奖励你的，我也会奖励你的！宣宣好爱哥哥！"

小姑娘上车的时候依依不舍地看一会儿纪真宜又看了看谢桥，似乎很遗憾没能在谢桥那张帅脸上也留下自己珍贵的唇印，贴着车窗笑嘻嘻地和他们挥手告别，车一开就低头捏着裙子哭了。

纪真宜也沮丧起来，低着头，是难得一见的蔫巴模样。

谢桥决定打破这低压的沉默，开口道："你妹妹……"

纪真宜头一昂，用神气得不得了的语气说："可爱吧？你敢信世界上竟然有这么可爱的小姑娘？"

也不知道早上是谁和他说"一个烦人的小胖妞而已"。

"嗯，可爱。"

谢桥抱着那个盒子跟着，见纪真宜轻快敏捷地走在前头，一副无忧无虑的样子。一阵风吹来，纪真宜张开双手去迎，身板瘦得像一根干硬的刚发枝的新树。

谢桥觉得自己应该是很乐于和纪真宜做朋友的。不认识纪真宜的话，他的生活平静无波，但是认识纪真宜之后，他的世界变得多姿多彩。

虽然旁人看不出来，但他是真的很高兴。

纪真宜坐车陪谢桥回许意临在城东的花园洋房，刚下车还以为来错地方了，谢桥说最近住在这里。纪真宜啧啧出声，眼尖又惊诧地发现这种地方竟然有家烤串店，此时天还没黑下来，店家刚要开始营业。

纪真宜有点儿蠢蠢欲动，奈何囊中羞涩，只好央着谢桥请他吃。

"也不是不行。"谢桥的视线掠过纪真宜的脸，偏到别处去，只留半张脸给他,"那你也先……讨好我一下。"

因为谢桥回去是家里有事,纪真宜就识趣地准备在外面等他,等谢桥出来就给他买烤串——这是他讨好谢桥的报酬。

谢桥脚步轻盈甚至是春风得意地进门时,丝毫没有想过会看到叶莺莺偎着许意临,几乎喜极而泣地告诉他:"宝宝,你要有弟弟或妹妹了。"

他站在那儿,顿时就像一张被剪得稀碎的纸。

他调动了身体所有机能来迅速消化并对这个场景做出反应,竭力让眼里露出一丝喜色:"真的吗?"

这个叶莺莺在电话里都不愿意说,一定要当面来告诉他的好消息,像是给了他劈头盖脸的一耳光。

"真的!我早上去医院了,宝宝就要有妹妹了。"她似乎是认定了肚子里的是个女孩子,和许意临对视一眼,眼里的情意和泪意涌动。

谢桥觉得真荒谬,她那样爱美丽,哪怕是胖一点儿好像都受不了,竟然愿意冒着骤胖几十斤的风险再次成为一个母亲。在这个全新的生命面前,她一下子又变得娴静起来,不毛躁不娇气也不犯"公主病",柔和的母性包裹着她。

那将是一个可爱柔嫩又会撒娇,带给她快乐的、属于她和许意临的孩子。

许意临动容地搂住她,看向她还未有任何变化的肚子,俨然是全新的一家三口了。

霎时间,谢桥感觉自己仿佛被某种无形的不可抗力掐着脖子推出门外。

他那么多余。

其实他也知道,一个十七岁快要成年的男孩子过度渴求母爱是可笑的,可是怎么办呢?长久以来,她就是他局促难安的成长生涯中所有的亲情来源。

他没有特别要好的朋友,尽管看起来从来冷淡,可他十几年的生命里最重要的角色就是叶莺莺。

谢桥走出小区时,夜已经沉沉地黑下来了,像压在他的双肩上,沉重不已。

夜色凝重,路灯昏暗,纪真宜毫无形象地蹲在马路上,在路灯下吃着羊肉串。

纪真宜一看他出来,就兴奋地挥舞起手里的羊肉串,热气在空气中氤氲出白雾,少年的眼睛和牙齿在路灯下同样明亮,声音也充满轻快:"嘿,回家了,小桥。"

谢桥已然忘了他还在等着自己,这会儿愣怔的样子显得有些呆。谢桥问:"你怎么还在?"

大多数人等这么久等来这么一句话都难免要生气,但纪真宜没有,只是无辜地说说:"你也没叫我回去呀,我怕我走了,大晚上的,你一个人孤零零地回家,多危险。"

"在家里吃饭没有?"纪真宜在初冬的夜里等了谢桥三个小时,却反过来问他吃饭没有,"饿不饿?老板那儿还烤着十串呢,是我给你备着的。你尝尝我的,肉特别嫩,真的。"

谢桥不知道该怎么回答。

他吃过了,在他浑浑噩噩吃晚饭的时候,纪真宜蹲在外面等他。

他把纪真宜忘了。

他看了一眼纪真宜,又看了一眼对方手里的羊肉串,垂下眼接了过来,悻悻道:"谢谢。"

他爱干净,羊肉太膻,孜然味又重,可纪真宜似乎十分喜欢,他不好表现出嫌恶,带着歉意勉强自己吃了一串。

可第二串纪真宜就不给他了。

"没事,不喜欢就不吃。"纪真宜浑不在意的样子,依旧嬉皮笑脸道,"你不吃还好些,我正好多吃点儿。"

纪真宜跑回去把搁在地上的箱子挂进胳膊肘里:"走吧小桥,回家啦。"

这晚的月亮十分皎洁,四周宛如白夜。

谢桥在雾蒙蒙的冬夜里走着,胸腔肺腑里全是纪真宜手里那把羊肉串的味儿，孜然和辣椒粉香辣刺鼻，呛得人直想打喷嚏。

谢桥懂事地把盒子接了过来抱在怀里，想了想，问他："你不是没钱了吗？"哪来的钱买羊肉串？

纪真宜拍了拍那个盒子，说："这里边放了红包。"

应该是他二叔放的，还放了两个，都有些分量，加起来估计有几千块。一个上头写着"皇天不负苦心人"，另一个写着"有努力总有回报"。纪真宜刚看到的时候差点儿笑得掉眼泪，后来回过味来差点儿真的掉眼泪。

这些他当然不会让谢桥知道。

谢桥问完就不说话了，只是低下头，静静地看着自己的影子由长变短，又由短变长。

终于等到纪真宜问他："怎么了，小桥？"

谢桥不知道自己的低落是不是特意显露的，毕竟掩饰起来也简单，但他想让纪真宜安慰自己。

被自己认定为朋友的人安慰应该是与众不同的。他想。

"我妈怀孕了。"

纪真宜听完只是长长地"哦"了一声，然后一声不吭地吃完了手里那把羊肉串，把扦子都丢垃圾桶了，才拍拍手上沾着的辣椒粉和孜然，问谢桥："你会玩手影吗？"

他说着，两只手八爪鱼似的抓了抓，向谢桥展示自己灵活纤长的手指。

谢桥蹙着眉，摇摇头。

纪真宜郑重其事地咳了两声："那好，现在由我，著名手影艺术家纪真宜先生，为你带来一场拍案叫绝的手影表演，鼓掌！"

他率先给自己鼓了掌，说做就做，双手叠在一起，影子投在地上成了一条西方龙，笨重地飞来飞去，接着他用明显忽悠人的语气讲故事："很久很久以前，有一条恶龙，它是一条胖胖的黑龙，长着一张倒霉的倭瓜脸。它贪吃又爱钱，常年飞在天上寻找人们掉在地上的硬币，它自以为飞过的所有地方都是它的王国。"

因为常被妹妹赖着讲新鲜童话的关系,纪真宜胡编乱造这种故事早有心得,他把哄孩子的那一套用在了谢桥身上。

"也是很久很久以前,有一位高贵美丽的王子,风是他纤软的发,呸,他的发好比纤软的风,眼睛湛若蓝海,鼻子,嗯……很挺,樱桃小嘴,他就是受到所有臣民爱戴还拥有基金会的小桥王子!

"恶龙在巡逻王国的途中,听到大家对小桥王子的聪慧夸赞不已。于是对小桥王子的美貌起了嫉妒之心,飞了三天三夜去见他,一见之下惊为天人,决定把小桥王子抓回它装满财富的洞穴里。"

纪真宜"操控"着那只"胖龙"飞到谢桥头顶,"啄"住一撮头发。谢桥努力去看清捉住自己的那条"恶龙"。

"爱子心切的国王心急如焚,派遣了成百上千的士兵前去营救,全被恶龙张嘴一把火喷成了羊肉串。"

谢桥想问人怎么能成羊肉串,但看纪真宜口若悬河不容置疑的样子,识趣地闭了嘴。

"此时,来自东方的神秘力量,一位叫真宜的勇士,对恶龙制造的羊肉串垂涎已久,于是他踏上了寻找羊肉串顺便拯救王子的征途……"

道路两侧的灯盏像一群被征召来为城市发光照明的萤火虫,疲倦又无可奈何地璀璨着。

他和纪真宜在这些人工"萤火虫"铺成的冷光中穿梭着,月色朦胧,整个夜晚都澄明而温柔。

纪真宜的嘴油油的,嘴角还沾孜然,絮絮叨叨说个没完没了,说着说着自己就笑了。他说了一个三岁小孩儿都嫌蹩脚的故事,偏偏他神情灵动,一举一动都十分有趣。

一时间,谢桥觉得这个世界所有的生灵都很有趣,他被这场拙劣的、不知所云的手影表演感染了。

他已经听不见纪真宜在说什么了,却仿佛听见有人在他耳边说话,像一个笃定的预判,像一个悲伤的讣告。

那人说:你完蛋了,谢桥,你不再是以前的你了。

"前面一直没有提过,但是因为剧情需要就莫名其妙地出现的巫婆对勇士说:'英勇的年轻人,我不得不告诉你,世界上只有我知道打败恶龙的方法,如果你想拯救小桥王子——'"纪真宜为自己这场精彩绝伦的手影表演想到一个绝妙的结尾,没憋住自己先得意地窃笑出声,咳了咳才神秘兮兮地说,"那你就得讨好我一下……"

纪真宜率先推开门,见屋子里还暗着,他打开了灯,在客厅里扫视一圈儿,惊讶道:"哟,还真没回来啊,爱情果然让人盲目。"

谢桥浑浑噩噩,这一路上好像腾着云彩,听他这么说,跟着点了点头。

纪真宜大大咧咧地踩着鞋跟换了拖鞋,想着谢桥还没吃饭,声称要给他做一道工序繁杂的大菜,还颇有大将之风地吩咐:"小桥,你去拿两个蛋来,再拿一罐你的牛奶。"

谢桥一直喜欢那个牌子的牛奶,因为甜。

纪真宜看着面前的烤箱如临大敌,手托着下巴犯难地踱来踱去,还不忘交代谢桥把蛋打了。

"咦?"

谢桥看着壳里一下滑出来的两个蛋黄错愕地眨了眨眼,正苦恼的纪真宜凑过来:"哇,双黄蛋!小桥,厉害!"说着眉开眼笑地对他比了个大拇指。

谢桥心里得意,脸上却装模作样,很矜持地闭口不言,又打了一个蛋,结果又滑出两个蛋黄,他自己都惊讶了。

纪真宜对这种小概率巧合表现出来的惊喜比他要夸张得多:"两个双黄蛋?!你是幸运星吗?这是不是你买的整蛊道具?给我看看你的手!你是接受过什么专业的打蛋培训吧,这是什么'双黄蛋圣手'吗?说实话,你考试其实全是蒙的吧?结果一蒙一个准,能考那么好全靠你逆天的手气是不是?"

纪真宜笑嘻嘻地围着他闹。

谢桥考那么多次第一名都没有像连续打出两个双黄蛋这样快乐,他看着玻璃碗里四个黄澄澄的圆润蛋黄,笑了。

"我决定了!明天我们就去买彩票,号你来选,两块钱我出,得了钱对半分,记得提醒我!"

谢桥面上不说话,心里的小人使劲地点头,不着边际地胡思乱想,用筷子轻轻拨了拨碗里的四个蛋黄,一时间都舍不得打散了。

最后还是纪真宜研究清楚了烤箱,用尽平生气力把鸡蛋打出沫后,倒了一罐半的牛奶进碗里,剩下半罐塞到谢桥手里,笑呵呵道:"小桥喝。"

谢桥乖巧地含着吸管站在后面看他忙碌,觉得自己像个碍事又笨拙的摆设,足够新奇也足够有意思。

他小小地嘬了一口牛奶,看着纪真宜一边把搅好的奶和蛋放进烤箱一边说:"二十分钟,两百度,好了,烤好就行了。"

谢桥神情复杂地看着面前的烤箱,不禁疑惑:这就是所谓工序繁杂的大菜吗?

纪真宜拍拍手道:"你别小看了这个,烤箱很难搞的,我能琢磨清楚就是大功一件了。"

谢桥珍惜地喝完了那残存的一点儿牛奶,附和地点点头。纪真宜笑吟吟地看着他道:"刚才那个手影故事是我现编的,你没听出来吧?哈哈哈。"

当然听出来了——谢桥并不拆穿对方,他仿佛又看到纪真宜藏在身后的尾巴得意地翘起来。

纪真宜道:"我现在的文学素养不说高到绝顶,那也绝对是有了长足的进步!对了,你上回不是叫我看鲁迅吗?"

谢桥分神思索了片刻才记起这回事,那是当时他为了应付纪真宜随口搪塞的,算不得什么正经推荐,便准备解释:"不,我……"

"信你的果然没错!我特意找了本鲁迅小众的书看,写得太好了,简直受益匪浅!"

谢桥意外又好奇地问:"哪本?"

他答:"我忘记名字了。"

谢桥实在无语:"你确定是鲁迅写的吗?"

纪真宜云里雾里，对这种不足挂齿的小疏忽倒是很豁达："啊？我不确定。没关系，反正里面那些话都是他说的，他说话可真犀利，乐死我了。"

原来他说的受益匪浅是指学了很多鲁迅犀利的话吗？

谢桥只垂眸腹诽了一秒，抬头就撞见纪真宜不怀好意地看向自己的眼神。纪真宜说："你以为你这个样子，我就看不出来你在鄙视我吗？"接着颇有威慑力地朝他龇牙示威。

谢桥没闪开，借着这个距离和身高优势仔细端详着纪真宜故作张牙舞爪的脸——还是那种沉重的仿佛失血过多的白。他是真的瘦了，下巴尖尖的，也就脸颊还有点儿肉，眼下还带着淡淡的青色，鼓着腮帮子对着谢桥作威作福。

纪真宜保持了一会儿，觉得有点儿累了，便恢复了正常的模样。

"多帅呀。"他仰头看着谢桥，缓缓地笑道，"小桥要好好谢谢妈妈呀。"

谢桥为这句不知所谓的话蹙起了眉，又听他说："把你生得这么帅。"

纪真宜噙着笑抬头定定地看着他，眼里流泻出某种奇异的温和。

谢桥被他这样看着，有种自己被无限包容的感觉，好像不管自己要求什么他都会答应。

烤箱突然"叮"的一声，纪真宜猫着腰欢天喜地把碗端出来，兴奋道："来了，来了，全世界最好吃的纪真宜牌牛奶布丁新鲜出炉了！"

刚做好的牛奶布丁像一碗嫩黄色的鸡蛋羹，嫩嫩的、滑滑的，温度没把控好，表层烤得有些焦了，空气里漫出一股暖融融的香甜。谢桥把准备的勺子分给纪真宜一个，自己先尝了一口。布丁甜甜的，很香滑，入口后唇齿间都是甘醇的奶味。

纪真宜兴致缺缺地拿着勺子，还在为自己的文学素养负隅顽抗："你别不相信我刚才说的，真的，我的文学素养进步了。这样吧，我现在张口就能背几句有你名字的诗词，你信不信？"

谢桥听了都觉得不可思议，没想到纪真宜竟然读过纳兰性德。

纪真宜拿着勺子摇头晃脑道："你听好了，小桥流水人家！"

原来是小桥。

"遥想公瑾当年，小乔初嫁了。"

谢桥："……"

"还有，还有，嗯……对了，小'桥'一夜听春雨！"

这人果然撑不过三句。

谢桥纠正他："小楼一夜听春雨。"

纪真宜点头，恍然大悟，缓缓道："哦，原来是小楼。小桥、小楼，你看多合适，要不以后小桥的弟弟或妹妹就叫小楼吧？男女都能用。"

谢桥想：竟然在这儿等着他。

"小桥以后一定特别讨弟弟或妹妹喜欢，你看我们家纪真宜多喜欢你。要出生的小楼一定特别崇拜你，整天乐颠颠地跟在你屁股后面，喊'哥哥，哥哥，你等等我呀'。"纪真宜含着勺子，惟妙惟肖地学着童腔，又笑起来，"小楼一定会觉得你又聪明又帅，有你当哥哥多神气呀，是不是？我们小桥可是个有基金会的校草，太酷了，说出来都要吓坏小楼！"

谢桥不想接话，他都说自己不是校草了。

"以后小桥长大了，变成更了不起的人了，外面会有更多人喜欢你，家里还有弟弟或妹妹当你的跟屁虫，多好。"

纪真宜看着谢桥，目光似乎都要融进昏黄的墙灯了，说出来的每一个字都像在谢桥心头浇着润泽的春雨。

"小桥这么好，怎么会有人不喜欢你呢？我和你保证，小楼一定特别特别喜欢你。真羡慕小桥，以后就有弟弟或妹妹做小尾巴了。"

他没说"你妈妈不会不爱你的"，他说"小桥这么好，怎么会有人不喜欢你呢"。

纪真宜放下勺子站起来，金属勺磕在桌面上发出轻轻的一声响。他又困得上下眼皮打架了，眼下青黑一片，整个人摇摇欲坠，好像随时要栽下去，忙说："好了，我不吃了，洗个澡睡觉去。"

他从谢桥身边经过时，被拦住去路，侧过头对上谢桥明亮纯澈的眼睛。

谢桥不想让他走,还想听他一直讲话,但最后也只是克制地将唇抿成直线,言不由衷地看着他说:"晚安。"

纪真宜回谢桥一个困倦的笑:"小桥晚安。"

谢桥整晚没睡,一方面是撑到了,他独自吃完了整碗布丁;另一方面,他的亢奋扼杀了睡眠,身体不受控制,大脑胡思乱想。

他想,纪真宜是多矛盾的一个人,多会花言巧语,多会对症下药,多会装模作样,他这样万般恶意地揣测对方,也不能阻止想要和对方成为挚友的冲动。

从他笃信自己对纪真宜只是有点儿遇见奇特事物的感兴趣到这天也不过四天,那些自以为是的认知就天翻地覆了。他在十七岁这一年,料见自己生命中难以忘却的所有场景。

一定要是这晚这样澄明的月光;一定要走过冷冷清清的竖着两排路灯的街道;一定要拿着羊肉串给他表演一场烂到极致的手影;一定要给他做一碗焦了的牛奶布丁,对他说:"小桥这么好,怎么会有人不喜欢你呢?"

谢桥开始提前一小时起床,也开始悄悄在房间里竖着耳朵等纪真宜回来。

他拨了拨粥上的醉蟹,在早餐的饭桌上提醒纪真宜要和自己去买彩票的事情。

晕晕欲睡的纪真宜一下子笑醒了,眉眼弯弯地看着他道:"你当真了?小桥,我是开玩笑的。"

谢桥的心猛地沉了下去,原来纪真宜是开玩笑的,原来只有他一个人当真了。

吃过早饭祝琇莹去睡回笼觉,纪真宜收拾东西准备去画室,谢桥关了客厅的灯,转身回卧室。

纪真宜突然叫住了他:"小桥。"

偷偷赌气的谢桥十分没骨气地停住了。

纪真宜走过来,把手伸到他面前,问:"讨厌这个味道吗?"

闻着是木兰的味道,冷香幽微。谢桥看着他,摇摇头。

"把手伸出来,两只。"

谢桥几乎像个机器人一样把手交了出去。

纪真宜将掌心的护手霜弄到谢桥手上。

"护手霜挤多了,可别浪费。"

谢桥的手跟人一样好看,白皙修长,骨节分明,力量感十足,指甲修得干干净净,饱满莹润的指甲盖里藏着八个拱起的月牙白。

纪真宜低着头,嘴边露出一丝笑意,轻快道:"这就是我们的'双黄蛋圣手'!真好看!"

谢桥心里刚产生的那一点儿沟壑,就这么轻巧被他填平了。

刚过六点,外面的天灰蒙蒙的,屋子的昏暗是那种仿佛加了颗粒滤镜的效果,像是分辨率过低的老式胶卷拍出的片子,看得见空气里不安的噪点。

纪真宜看向他,然后转过身边走边说:"走了,小桥。"

谢桥回过神想拦住他,门正好被关上,纪真宜已经出去了。

谢桥一直在课上想事情,不过他这人长相唬人,发呆看着也高冷正经,被老师叫起来回答问题,还能处变不惊半点儿不怯地反问:"您说哪道题?"

——既然我觉得应该和他做好朋友,我当然要主动一点儿。嗯,没错。

这么想的时候,谢桥已经上了地铁。

纪真宜集训的画室和家隔得很近,坐地铁只有四站,过去的话不到十分钟。这条线晚上十点后人并不多,车厢里空气也不浑浊。

谢桥扶着杆站着,在心里捋了一下,觉得自己很不错,是非常合适做纪真宜的朋友的——为了给纪真宜留面子,就算只是自己心里想想,他也没忍心用"绰绰有余"这个词。

就算最后肯定会成为好朋友,但按照一般流程,他也应该先示好。

他为这场突然的造访找到一个借口,一下地铁就仓促地往出站口走去，中途还不小心撞到了个女孩子。他低头给对方道了歉，出站就迎着寒风畅快地跑了起来。

开元画室，三楼。

谢桥平复了几秒，在自己紊乱的呼吸中强自镇定地推开了画室的后门。

明亮刺眼的日光灯下是密密麻麻的画架、画纸、画笔、石膏像和一个个沉默刻苦微微佝偻在画架前的背影。塞满人的空调房里气味并不太友好，浓度过高的二氧化碳和颜料味掺杂在一起，像加热的松节油，但他也觉得不难接受。

谢桥站在后门口，没等别人上前来问他找谁，自己就喊出声："纪真宜。"

窝在最后一排墙角的纪真宜转头见到他时的表情，堪比企鹅在南极撞见到北极熊，傻乎乎地愣了好一会儿才反应过来。

纪真宜的头发有些长了，额前的碎发拂在眼前十分碍事。他忙着集训没时间剪头发，又怕一剪刀下去直接给自己剪成个二愣子，便找画室里的妹子借了个发圈，把前额和头顶的头发绑在一块儿扎成个小鬏，像在头上种了棵小禾苗。

于是这会儿，纪真宜顶着那株小禾苗蹦跶到谢桥面前，问他："小桥，你怎么来了？"

谢桥穿着双排扣的大衣，身姿挺拔，正站在灌风的门口，烟灰色的围巾缠了两圈儿，露出半截儿白净的脖颈，带着满身冷冽的寒气。他在楼梯上跑得急了，有些发汗，一张脸白里透红，眼睛却像是两泓清泉。

他几乎是按捺不住地给了纪真宜一个笑容，朗目疏眉，笑出些白牙来，简直明朗得惊人。

董元柏刚开始很看不惯纪真宜，主要因为纪真宜一来画室就抢了他的位子——最后一排的墙角。这里够静也够大，他常伏在窗棂上看云看雨，看风看树，现在那里属于纪真宜了，他只能退而求其次，坐在了旁边。

他们这种大班，一个班有几十人，塞满了一屋子。老师当然也比不上精品小班的来得负责体贴，但他们都拼着一股劲儿。

而新来的纪真宜吊儿郎当的，相当格格不入。他总是没骨头似的窝在那儿，不是在削炭笔就是挤颜料，像从没睡过觉似的一到下课就趴下了，懒得像随时会被踢出班级。

速写课老师在前面鞭策他们："要学好画画，不是天赋异禀，就是非常努力。想学好画画的同学，你们先掂量掂量，看看自己是第一种还是第二种。"

董元柏握紧了拳，他当了好些年不服管教的问题学生，后来发现自己有点儿美术天赋，决定走美术生的路子。他心里燃起一簇熊熊的火，坚信只要自己足够努力，一定能学好。

墙角的纪真宜哼了一声，董元柏狐疑地转过头，第一次和他对上了眼神。

纪真宜瘫在椅子上，头搁在椅背上歪着看他，一双眼睛迷蒙地半合着，他眼头较低，勾勒出偏圆的弧度，眼尾稍稍往上翘，多情又机灵，看人时总是懒懒的。

纪真宜朝他扬起头，大有大言不惭的意思："我一定能学好画画。"

"为什么？"

他笑起来："因为我是个天赋异禀还非常努力的学生呀。"

天赋异禀没看出来，非常努力更加没看出来，他脸皮厚这点董元柏算是领会了。

董元柏厌恶纪真宜这样自以为是地在这里大放厥词，其实男生之间，没事贫个嘴吹个无伤大雅的牛不算什么，大家都是这臭德行。

可能他对于纪真宜确实有偏见，第一眼见到纪真宜时，他就有些看不惯。

他觉得自己也挺闲着没事的，拢共就两只眼睛，还总分一只去盯这个惹他不爽的纪真宜。他不知道自己怎么突然就那么小气，纪真宜干什么他都看不过眼，鸡蛋里挑骨头似的，总要刺对方两句。

偏偏纪真宜对他的挑衅总是兴致缺缺，平常有点儿精神的时候，就见招拆招，权当消遣，没什么劲头的时候，随便他干什么都懒得理，也没真正生气过。

董元柏得空细细琢磨自己的行为，惊出一身汗，这么幼稚可笑的挑衅不就是小学生爱做的事情吗？自己都多大了。

但纪真宜这人也不知道到底有没有脾气，平常谁跟他说话他都会搭理，新开了一盒白颜料，别人都来挖一块他也不生气，能迅速和人打成一片，也不知道为什么，永远在笑。

一直到那天素描考试，一向严厉的素描老师在后面夸纪真宜："看见没有？看见没有？都睁大眼睛好好瞧瞧，这才叫素描呢，你们那叫磨铅笔！"

董元柏这才发现纪真宜是真的挺厉害，平时那些话也不全是不知天高地厚的自吹自擂。

他开始偷偷注意纪真宜画画。集训很累，熬夜和通宵是家常便饭，动辄就是几十张的速写作业，还是大动态，画到人头昏眼花。冬天停了空调更要命，手冷得发僵握不住笔，在画室哈着白气对第二天升起的太阳骂骂咧咧。

但纪真宜好像少有这种烦恼，他动作特别快，可能也是熟能生巧，技巧得当，对付变态般高压的作业游刃有余，下课就走人。

天气大好的时候，阳光从旁边的窗户洒进来，握着炭笔的纪真宜浸在灿灿的金光里，因为脸色太苍白，五官并不太明显，细看起来很精致。他终日懒懒散散的，很少正经，全神贯注地画画时又不一样，半张侧脸看来像块吸光的羊脂玉，冷静而专注，脖颈纤长，有些书卷气，像一个旋涡，要将注视他的人一概卷进去。

纪真宜又准时准点地收拾东西要走人，董元柏赶忙叫住了他。董元柏自己都觉得这样的友好有些唐突，便选了个早就知道答案的蠢问题搭话，硬邦邦地问："哎，你住哪个宿舍？"

纪真宜收拾着东西，目光没什么焦距地看着他，很冷淡的样子："我回家。"他站起身，把画夹往背上一扣，动作行云流水，"拜拜，明天见。"

董元柏想跟他多说几句话，连忙问他："你把画夹背回去干吗？这么麻烦。"

纪真宜眉毛一挑，得意地笑起来，十分张扬地回："这些都是哥呕心沥血的大作，当然要拿回去。"又阔气地朝他摆摆手，"走了。"

董元柏原以为有先前的坏印象在，和纪真宜重新搞好关系挺困难的，但纪真宜不知道是不记得还是不在乎，第二天就将他的示好毫无芥蒂地照单全收，没过两天便和他勾肩搭背成哥们儿了。

但纪真宜还是不太爱说话，喜欢窝在墙角玩手机，没心没肺的样子像只自得其乐的地鼠，偶尔外面动静大了才探头出来看看。

董元柏学画晚，底子相对弱一些，对素描尤其恼火。他下了苦工练素描，却一点儿长进有也没有，烦得他焦头烂额。偏偏这些老师给的建议都还不重样，这个说阴影太暗了那个又说太亮了……他到底该听谁的？

不过他没想到纪真宜会察觉他的烦躁，还来指导他——或许说开导更恰当。

"光影、排线和体积都不是死的，不用真就按一套步骤来，平常练的时候找适合自己的技巧，你画得顺的就是适合你的。也不用每一张画都花那么多工夫，你画不过来的，你能完成这么大量的练习本身就很厉害了。我们以前不都学了吗？什么量变会引起质变，是你自己没有发现，其实你已经在偷偷进步了。"

因为本身擅长素描的关系，所以纪真宜讲起来格外气定神闲，不是刻板的说教，而是循循善诱，笑意浅浅的，自有一股抚平人心的强大力量。

就在这个时候，后门被推开了，有人站在门口，叫了纪真宜的名字。

这人一进来，死气沉沉的画室仿佛都变得金碧辉煌、蓬荜生光了，一大半的视线被他吸引过去。董元柏不得不承认，就算以男性的角度看，对方的长相都绝对是万里挑一的。

来人不是那种小家子气的清秀，说英俊又过于硬朗，身材颀长高瘦，是自成一派的清贵俊美。

"眼镜怎么都起雾了，冷不冷？进来，进来。"纪真宜扯着谢桥的袖子，"今天怎么戴着眼镜？"

谢桥急着跑过来，忘了摘眼镜，便想了个讨巧的回答："不好看吗？"

纪真宜迎着教室里的各种打量，把他带到自己位子那儿才说："好看！怎么可能不好看，小桥是地球球草呢！"他用胳膊肘碰了碰董元柏，说道："把陈智藏那儿的马扎给我拿来，怎么一点儿眼力见儿都没有？没见我这儿来客人了？"

董元柏有点儿情绪，纪真宜对这人好声好气的，一到他这儿就颐指气使，还真会看人下菜碟。他心里这么计较着，却还是捞起马扎递了过去。

这边谢桥也对纪真宜那句话有些微词："是客人吗？"他是客人吗？

一句话得罪两个人的纪真宜夹在中间，浑然不觉，还耳背地反问："什么？你说什么？"他把马扎接过来按在地上，对谢桥道，"小桥，你先委屈一下，坐在这儿等会儿，还没到下课时间呢。"

董元柏用余光瞟他们。

那人一来，纪真宜话都变多了，围着对方叽叽喳喳。那帅哥看起来高冷得要命，竟然也由着纪真宜闹。

纪真宜人缘好，这会儿老师不在，胆子大点儿的、稍微会来事的都围过来和谢桥搭讪，女孩子们尤其雀跃。正好陈智也回来了，此人长得老成，乍一看还以为是个老师。他刚上完厕所，腋下夹着本杂志优哉游哉地踱进来，见到谢桥就喊："我的天，兄弟长得可以呀，不挑了，下辈子我就长你这样了。"

纪真宜轰苍蝇似的赶他们："走开，走开，一个个的，离帅哥远点儿，真不像话！"又跟吓小孩儿一样对谢桥说："小桥，你不要理这些妖魔鬼怪，他们会吃人知不知道！"

谢桥坐在小马扎上新奇地环视四周，很乖巧地点头。

纪真宜把人都打发走，已经到了放学的时间，他抄起调色盘准备去清洗，跟谢桥说："没事做的话，可以削炭笔玩。"

——什么叫可以削炭笔玩？明明是纪真宜躲懒想让人家帮忙削炭笔！

董元柏腹诽完，真见那大帅哥坐在小马扎上任劳任怨地给纪真宜削炭笔，清冷的半张侧脸上鼻梁直挺，俊美得如雕琢过一般。

等纪真宜洗完调色盘回来，夸了好一会儿"小桥削得真好"，才把谢桥叫过去洗手了。

董元柏愣头愣脑，梗着脖子，直接问："他是你弟？"

纪真宜听了，啼笑皆非地"哈"了一声，左右看了两眼，不知想了什么，把问题抛了回去："你说呢？"

——我说，我能怎么说？

就在董元柏心下无语的时候，谢桥洗完手回来了。冬天水很凉，他边走边掸了掸指尖沾着的清水。

纪真宜眉眼弯弯地看他，调侃道："小桥这么听话，给哥哥当小弟好不好呀？"

谢桥张口便要说"好"。

结果纪真宜问完自己没憋住先笑了，指着谢桥，扭头对董元柏说："这么大一帅哥，做我小弟，你可真是够异想天开的，我配吗？"

谢桥眼里的星星如关灯一样暗淡下去。

纪真宜自顾自把东西收拾好，浑然没有害得谢桥难过的自觉，还对他说："回家了，小桥。"

董元柏兴致勃勃，在他们出门的时候出声："喂！"他朝纪真宜摇摇手，像一个暗号，"等会儿一块儿打游戏！"

纪真宜抬抬下巴，回答道："行。"

谢桥一路上都不开口，纪真宜和他说话，他也只低着头"嗯"一声应付。

一直到出了地铁口，纪真宜突然叫住了他："小桥，你等我一下。"

纪真宜很快跑远了，谢桥一个人站在冷风乱窜的地铁口，心又沉了下去，仿佛被黑云压顶。

——又是开玩笑，又是只有我一个人当真。还"我配吗"，你哪里不配，怎么不配，为什么不配，你问过我了吗，你就不配？

——我觉得你很好，这还不够配吗？

纪真宜买了包糖炒栗子回来，用纸袋装着，塞进谢桥手里，热乎乎的一包，从袋口飘出些甜丝丝的香气。

"这家的糖炒栗子特别好吃，比别家的都甜些，我早就想给你买了，但你睡得早。好不容易这段时间晚点睡了，这家店的老爷爷又好几天没开门，幸好今天撞上了。"他指指袋子，语气中满是期待，"小桥，你快尝尝。"

纪真宜忘了把皮筋摘下来，顶着头上那株在寒风里摇摆的"小禾苗"殷切地看着他。

谢桥连忙移开目光。

栗子口炸开得很大，深棕色的壳覆着糖光，轻易就能拨开。栗仁有一些烫手，吃进嘴里粉而糯，甜润可口，确实像纪真宜说的那样好吃。

但是，休想用一包栗子就收买他——谢桥心里这么想着，却又没忍住吃了两颗，吃到第三颗的时候，他瞥见纪真宜还是那么一眨不眨地盯着自己。

谢桥心里怄气，故意敛起眉，神情严肃道："看我干什么？"

纪真宜喜欢看他吃东西，那模样显得很乖，像刚上幼儿园被老师盯着吃饭的小男孩儿，看着规规矩矩的，斯文可爱，其实小动作一大堆。他吃到喜欢的要满意地多嚼几下，吃到不喜欢的要偷偷努一下嘴，生怕别人看出他挑食，还得意思意思夹几筷，一般是四筷，还要当着别人的面夹。

那时候谢桥还不太搭理他，端着高贵不下凡尘的架子，二人几乎不交谈。他每天坐在对面看着谢桥吃饭，几度要笑，好不容易才忍住。

谢桥爱吃什么呢？爱吃软糯的，爱吃甜食，还爱喝奶。

纪真宜看他吃东西，跟自己养了个小孩儿一样。尤其是早上起来时，看祝琇莹不在，他就自己从冰箱拿出一盒奶，吸管插进去乖乖含着喝，头上一撮毛支棱着，半梦半醒的，冷着脸端坐在沙发上喝奶的样子再乖巧不过了。

"不让看呀？就看！"纪真宜嘻嘻闹闹，直言不讳，"因为你吃东西的样子很有意思。"

这是谢桥长大以后，第一次被人说自己吃东西有意思。

他心念一动，扫了纪真宜一眼，状似无意地问他："你怎么知道我不喜欢吃豆腐？"

"因为你每次都只吃四块豆腐。"

谢桥看了他良久,薄唇抿了抿,又不自在地侧过头,低声问:"你经常看我吃饭?"

"对呀,你敢吃得那么有意思,不敢让我看?是不是玩不起?"纪真宜又笑起来,声音都放软了许多,"小桥还要不要买彩票?我今天早上说开玩笑其实是想赖账呢,月底了嘛,我口袋里就剩两层布了。"

他装得像煞有介事,可怜地道:"我现在知道错了,小桥可是'双黄蛋圣手',搞不好一下子就能中个五千万呢。小桥原谅我目光短浅,我们去买彩票好不好?但这么晚了,也不知道哪里还能买彩票,小桥知道吗?"

谢桥的视线投到旁边偶有几辆车经过的空旷街道,极力掩饰,到底还是没忍住笑了,待看向纪真宜时又恢复到不苟言笑,强装着高高在上的矜持傲气:"先欠着。"

"好,小桥放心,我的两块钱随时准备着!"纪真宜边和他往前走边道,"走吧,走吧,回家了,这里可太冷了。"

谢桥心里蔫不唧的小人儿被他一番话说得又打起了精神。

他不得不承认,纪真宜那一套真是太适合对付自己了。不管是一罐牛奶、一包栗子,还是一盒红豆米糕,事实证明,纪真宜要讨好他太容易了。

谢桥洗完澡,祝琇莹已经睡下了。他一边擦着头发一边走到纪真宜的房门口。

纪真宜的头发吹得半干,毛毛躁躁的,像朵蓬蓬的蒲公英一样乱翘着。他正盘腿坐在床上戴着耳机和董元柏开着语音打手游:"你们寝室的人这么晚还不睡?别人不嫌你吵?"

董元柏回:"你好意思说,来这么晚,我现在躲在厕所舍命陪君子呢,冻死我了。"

纪真宜幸灾乐祸地笑出了声:"平常不也是这个时间?今天我可连夜宵都没吃。"

谢桥不禁蹙起眉。纪真宜每天回家看着恹恹的,竟然还有精神和别人打游戏?

他走过去,明知故问:"你在干什么?"

游戏内战况胶着,纪真宜忙得甚至没时间看他,只嘴上回:"打游戏。"

谢桥坐在床沿,探头看了看他的手机屏幕,说道:"我也想玩。"

纪真宜惊异地看了对方一眼,疑惑道:"你会玩吗?"

上次田心问他谢桥会不会玩游戏,他虽然随口胡诌说谢桥会玩,但其实他心里觉得谢桥这么正经的人,应该是不会花无谓的时间在游戏上的。

谢桥没有玩过这款手游,但看纪真宜操作,觉得也不怎么难,便说:"会。"

纪真宜又埋头打游戏去了,敷衍地道:"好,好,好,明天带你玩。"

谢桥有些不忿,凑过去故意弄出一些动静。

纪真宜的眼珠瞪得圆溜溜的,不解道:"哕——干吗?"

谢桥不管不顾地继续闹。

于是,哆哆嗦嗦靠着厕所隔间门冷得夹腿站着的董元柏一头雾水地听纪真宜在那头喊:"等一下,别闹,真的——"

纪真宜对着董元柏说:"我下了,我下了,不玩了,你别待在厕所了,早点儿睡。"

他刚退出来,谢桥就停下了动作,只看着他,不讲话。

纪真宜重新坐好,说:"哦,怪不得今天去找我呢,原来是有求于人呀。"他笑得很阔气,"好吧,看在你主动去找我的分上,教你打游戏。"

谢桥权衡半秒:"那我明天还去找你。"

纪真宜有点儿为难道:"明天也去吗?"

谢桥略一思量:"我天天去找你。"

纪真宜的脸都变皱了,苦恼道:"你天天这样,我哪有那么多时间接待哇!"

谢桥用充满期待的眼神看着他，问道："好吗？"

纪真宜的原则在垂死挣扎，努力劝道："小桥，我们要抓紧每分每秒学习……小桥，你是不是厌学了？"

"教练，我想学画画！"

谢桥看他勉力维持的样子，很轻地笑了一声，再次问："好吗？"

"我给你削炭笔。"

"好吗？"

纪真宜对自己的心软十分无奈，妥协地道："那要看你今天游戏打得怎么样了。"

谢桥风雨无阻地去画室找人，一天比一天早。纪真宜怕耽误他学习，找借头绳的妹子又借了一张折叠桌，配着陈智的马扎，他来得早了就让他在后面坐着看书。

谢桥爱喝奶，不需要什么特定牌子，大多数奶都喜欢喝，稍微甜点儿就行。纪真宜早上在路边买的早餐奶忘了喝，到了晚上谢桥照样喝得香甜。

纪真宜经常晚上九点多了才想起来没准备牛奶，举着张纸币在班上求助："五块钱！买瓶奶，谁有？贵点儿也行，上限二十块钱，快拿来。"

所谓人多力量大，大班这点就是好，谢桥每天喝的奶都不重样。

画室之于谢桥，是很新奇的，美术生这个群体也很有意思，对某一小撮人来说是捷径，对更多人来说是梦想。也有胆大漂亮的女孩子来和他搭讪，他坐在马扎上含着吸管不说话，等着纪真宜把人支走。

画室里的纪真宜也不一样，他本身生得好看——谢桥不知道别人怎么想，反正他觉得这人是非常好看的，独一无二，绝无仅有。

纪真宜得意的时候张扬恣意，画画的时候超然物外，不过有时候画得太投入，思维都迟钝不少，也闹过笑话。

那天纪真宜正在赶最后一张色彩作业，画夹和颜料突然一阵摇晃。他仓皇地左右看了两眼，一把拉过坐马扎上喝奶的谢桥，惶恐道："小桥，别动，地震了！"

丝毫没察觉到震感的谢桥被强按在他身旁，疑惑道："什么？"

纪真宜这才反应过来该通知一下画室的人，于是振臂高呼："地震了！"

画室里和他一样画傻了的人不少，顿时乱作一团，几个靠门坐手脚又快的话音刚落地就奔出去了。守课的年轻助教在教室前面对突如其来的"地震"二字茫然无措，只能大喊："等一下，同学们，同学们！"

戴着耳机听重金属摇滚乐的董元柏抖着腿转过头，看见纪真宜和谢桥的模样，问："你们干吗呢？"

纪真宜看着他疯狂抖动的腿，再看自己颠簸不止的画架，直接踹他："你没事抖什么抖，男抖穷你不知道？"

原来是一场乌龙。

倒是旁边的陈智说了一句："纪真宜，地震了你不先往外跑，先把人护着，你够大爱的哇。"

纪真宜装傻："啊？什么答案？"

陈智笑骂："真是，你可别装耳背了。"

祝琇莹有时候起夜，发现纪真宜房里的灯没关，便敲门催他睡觉。

纪真宜盯着手机上的游戏战局，还得分出心神回答："知道了，马上就睡。"

有时候谢桥占了他的位子，他就坐到桌上去打，贝壳会硌到他的屁股。他咋咋呼呼地把贝壳收进抽屉里，才又接着和谢桥一起酣战。

按理说像纪真宜这么怕麻烦的人，当天一定就会把它丢得远远的。但第二天，谢桥又会看见那个贝壳躺在书桌上。

他开始注意到这个碍事贝壳的不同寻常。

其实更早之前，从他给纪真宜补课开始，纪真宜就经常有意无意地会去拨弄这个贝壳。那是种很常见的花斑钟螺，是锥形的，厚壳，壳身是稍微鲜艳的赤褐色，螺层的旋沟上镶着浅淡的棱星状暗绿斑纹，较一般的稍大一些。

谢桥每天都能见到它，碍眼的程度与日俱增，两看相厌，让他忍不住想把这个东西从窗户丢出去。

但纪真宜会生气。

谢桥没见过纪真宜生气,但他知道,纪真宜会为这个贝壳而生气。

他不想让纪真宜生气。

纪真宜洗漱完,发现两分钟前袁纤纤给自己发了消息:纪真宜,纪真宜,纪真宜。

她还发了一个兔子偷偷探头配字"理我理我理我"的表情包。

纪真宜拿起手机回她:"怎么了,妹妹?"

那边回得很快:"也没什么,只是我今天做了一件事情,好像没人可以说,我想告诉你,可以吗?"

纪真宜说:"好哇!怎么了?"

她又发了个"嘻嘻"的表情包:"今天下午放学回去的时候,我在三角厅旁边看见隔壁班那个个子很高的孙文栋了。"

袁纤纤的消息接连发过来:"他和另外几个人在打一个男孩子,看着矮矮小小的,哭得像小狗,特别可怜。"

纪真宜问:"你去管了是不是?"

袁纤纤如实交代:"嗯……我脑子一热就上去了。那个孙文栋不认识我,他们三个把我围住,我吓得都不能动了。后来,你知道谁来了吗?"

纪真宜下意识问:"谁呀?白马王子?"

袁纤纤的语气看起来气鼓鼓的:"是桃乐丝!"

这倒有些出乎纪真宜的意料:"她不是去 B 市集训了吗?"

"我也不知道她怎么在这儿,但她超级了不起,超级厉害!她直接把我拦在后面了,跟他们说:'她是我们班的小妹妹,你们别上纲上线欺负她'。"

袁纤纤一连打了许多字:"反正,她说了几句那几个人就走了。孙文栋还瞪了我一眼。她好温柔,跟我说下次遇见这些事情不要自己上去,要我报警或者告诉老师,反正不要自己上。我都哭了,我太没用了,她给我擦眼泪,还以为是自己太凶了,说她自己不太会讲话,给我说了好久的'对不起'。她才不凶,她可温柔了,把我送到家里才走的。"

纪真宜对乐陶的印象就是个傲气的漂亮女孩儿,这天算是改观了。他打字发过去:"她说得对,你一个小女生行侠仗义也得看场合。学校不都说了吗?见义勇为不如见义'智'为,你要真被欺负了可怎么办?"

袁纤纤:"嘻嘻,谢谢你。"

纪真宜:"谢我干吗?谢谢桃乐丝。"

袁纤纤又发来一大段:"我当然谢谢她了!她太好了,太好了,太好了!谢桥为什么不理她呀?这么好的女孩子。她真的好欣赏谢桥的。她虽然看起来凶了一点儿,但她给基金会捐了好多爱心早餐,自己成绩也好,努力认真,长得又很漂亮,身上还香香的。"

这话后面的意思简直就是——谢桥眼神不好才不理乐陶。

这几条纪真宜都觉得在理,可看到基金会和爱心早餐,登时觉得这女生虽然又美又飒,当然也善良,但总觉得有点儿笨笨的,挺可爱。

袁纤纤总结道:"纪真宜,她真好。"

纪真宜问:"妹妹,你该不是要成桃乐丝的小粉丝了吧?"

袁纤纤:"才没那么夸张呢!我要给他们折千纸鹤,希望他们心想事成!"

纪真宜回道:"哎,怎么不给我折?"

她心性天真,说话很直:"你有什么好的?再说我哪有空折这么多,加上你我要折三千多个了。"

纪真宜忽然笑了一声,不知想了些什么,等了一会儿才回她:"妹妹,千纸鹤没用的,你折一万个也没用,该来的还是要来的。"

袁纤纤觉得他是酸葡萄心理,谁不知道没用,不就是个心意吗?她又和他扯了几句便下了线。

谢桥进来的时候,纪真宜正双手叠在脑后,瘫在椅上,目光放空。

谢桥走到他身后,他仰起头,眼神虚虚地聚在谢桥脸上,幽幽道:"小桥,你记得乐陶吗?就是上次让我给你送礼物的那个女生。"

谢桥直觉不对,敛起眉神色沉冷地看他,很轻地点了一下头。

纪真宜话到嘴边,临时换了,若无其事地笑着:"也没什么,就是突然和人说起她了。"他停了一下又说，"我觉得她还挺好挺酷的。"

谢桥看着他，较劲似的说："你也很好，很酷。"

纪真宜难得被人夸还愣神了一会儿，目光虚散，又笑起来，得意得仿佛有尾巴就要翘上天，道："那是，我可是最好最酷的纪真宜！"

他一下子站起来，推开房间的窗户。夜阑人静，他张开手，对沉寂无声的楼下大喊："世界，你别怕我呀！"

扰完民，他捂着肚子直乐，转身眉开眼笑地问谢桥："我傻吗？"

谢桥这两天有些踌躇，他看天气预报上说，这年圣诞节有雪，雪很难得，圣诞节的雪更难得。他和纪真宜认识已经一个月了，他敲定主意，圣诞节那晚和纪真宜一起出去玩一趟。

但谢桥有些不知道怎么跟纪真宜提，怕耽误他练习画画。他又向来被动，已经十二月二十三日了，还找不到时机开口。

画室下课后，纪真宜收拾东西和谢桥一起出门。

下楼的时候纪真宜的手机响了。他设置的铃声非常吵，是个小孩儿扯着喉咙的哭声："呜哇呜哇呜哇呜哇——"

纪真宜迟迟不动，谢桥瞥见屏幕上亮起田心两个字，问他："你不接吗？"

纪真宜呆呆地"哦"了一声，像妄图拖延期限的死刑犯一样缓慢地将手机贴在耳边，问："怎么了？"

谢桥站得离他很近，听到手机那头吵吵嚷嚷的，听不清对方说的什么。

纪真宜垂下头，用脚尖交互踢着地，脸色在楼道的灯光下白得发苦："我知道。"他一副没精打采的样子，过了一会儿又说，"我不去。"

那边叫嚣的声音更大了，纪真宜本就惨白的脸色更加难看。他捂住手机，疲惫地对谢桥笑笑："小桥，你走远一点儿好吗？"

田心情绪过激，不堪入耳的辱骂几乎把他的耳道振麻，骂完又在那头哭。这人长得像小孩儿，哭起来更像小孩儿，委屈又无助，不依不饶道："丁哥和徐哥都回来了，你怎么这样，你有没有良心？"

纪真宜安静地听他哭着吼完，才道："我去不了。"

说完纪真宜就把电话挂了，开了静音揣在口袋里，而后朝谢桥走过去，轻快道："走吧，小桥。"

谢桥有些忧虑地看着他，但纪真宜一路上蹦蹦跳跳，叽叽喳喳的，毫无异样。

一出地铁站，冷雨密密匝匝地浇下来。

纪真宜一下子定住了。他站在泛着白森森的光的路灯下，摊开两只手，抬起头，雨幕像黑压压的冷箭密不透风地朝他射下来。他把视线聚在一滴雨上，看着它越来越大，越来越清晰，眼看就要砸在他脸上。

谢桥的伞倏地在他头顶撑开，清俊的半张脸上露出一个让人不易察觉的笑容："走吧。"

谢桥撑着伞，看着身侧磨磨蹭蹭的纪真宜，心想：纪真宜会成为他的挚友的。

又是谢桥先进门，纪真宜在外面等几分钟才进去，一前一后，很有默契。

开始游戏时，谢桥先他一步把那个碍事的贝壳收了。

外面雷声很大，闪电划过时屋里有一瞬的光亮。

谢桥哪里都无可指摘，打起游戏来都是一等一地厉害。几局下来纪真宜有些累了，扔了手机仰躺在床上，思绪混沌。

谢桥也跟着躺过去，纪真宜将手搭在眼睛上，身子一颤一颤的，整个人都发着抖。谢桥把纪真宜的手拉下来，才发现对方在哭。

谢桥有些意外。他从没见过纪真宜哭这么久，哭得停都停不下来。纪真宜把头偏过去，重新用戴着手绳的左小臂遮住眼睛，脸颊通红，也不出声，牙齿咬着下嘴唇，像是受了天大的委屈。

他好似肝肠寸断，悲伤得不能自已。

外面还在下雨，雷电轰鸣不断。

谢桥有些不知所措，凑过去小声道："别哭了。"

纪真宜遮着脸上的手依旧没拿下来，他全身紧绷，脖子上的青筋可怖地梗出来，玩笑似的笑了一下："小桥，你打游戏太猛了。"

谢桥不知该说什么，他发现纪真宜又瘦了，好像一片薄薄的纸，在此刻蜷缩着哭到颤抖。

他等纪真宜不再那么颤抖了，才斟酌着开口问："圣诞节晚上，我早点儿去画室，我们一起出去玩好吗？"

纪真宜耳边全是外面轰隆作响的雷声，一个字都没听见，直到谢桥又问了他一次"好吗"，才如梦初醒般胡乱应道："啊？好呀，好，小桥说什么都好。"

谢桥弯了弯眼睛，自己在心里偷偷地庆祝了一下。

纪真宜哭得呼吸不畅，问："几点了？"

谢桥摸着手机看了一眼："两点，睡吧。"

半夜两点，已经是十二月二十四日了。

谢桥回了房间，安谧地睡过去。

纪真宜闭上眼睛，在自己的意识里拼起一张脸，他很久不敢想起这张脸。

那人留着个又短又扎的板寸，天生的高眉骨，瞳色浅浅的，鼻梁高挺，嘴唇很薄，看着像个戾气阴鸷的混血儿，穿着件背心，身材高大，和他对峙着。

纪真宜把手藏到身后，反问："你自己怎么不戴？"

"我是平安夜生的，有圣诞老人'护体'，从小到大重点儿的感冒都没得过，你跟我比？"对方蛮横地把他的手拽出来，硬给他绑上，不容置喙道："戴着！戴好了！"

纪真宜才不怕他，看着那根丑丑的、挂着个铃铛的红绳，语气里满是嫌弃："丑。"

"丑？哪儿丑了？这红绳简约不简单，铃铛是银铃铛，是专门找人做的，上面刻了只貔貅，是辟邪的。"

纪真宜据理力争："这铃铛一晃就响，我晚上还怎么睡？上课、考试、画画、吃饭，干什么都不方便。"

对方思量片刻，也觉得他说得在理，看着挺凶又帅气的一个酷哥开始老妈子似的絮絮叨叨："行，里面那铃芯我给你弄出来。你记得一定给我天天戴着，我特地去庙里找大和尚开了光的，也不知道这铃芯能不能卸。不行，我得让那和尚给我卸去。"对方又看着纪真宜，操心又无奈道，"你呀，一天天的，从头倒霉到脚。我跟菩萨说了，让他保佑着你点儿，别让你……唉，算了。"

——别让你一天天的走路都栽跟头，别让你被人打了不敢吭声，别让你难过，要让你天天开心，要让你事事如意，要让你乖乖吃饭。

纪真宜觉得他搞封建迷信，直接跟他唱反调："保佑我？菩萨怎么保佑我，那么多人求他，他哪有工夫来保佑我？"

他眉间皱出两道褶，沉下声训纪真宜："不准胡说！"又说，"搞不好菩萨看我心诚，专门给你派个天使下来跟着呢？"

"菩萨派天使过来？耶稣能同意吗？"

他一时间也想不出菩萨身边跟着的是哪号角色，索性破罐子破摔道："那派只鬼来，让这鬼天天跟着保佑你。"

纪真宜移开遮在脸上的小臂，用一双哭得发红的眼睛直视着黑沉沉的房间。

——韩放筝，你在吗？

第三章
但愿人长久

这已经是老头儿第三次来告诉纪真宜这是回市里的最后一趟车了,让他趁天黑下来之前赶紧回去,这天晚上有雪。

纪真宜早上九点就来了,一直待到现在。昨天下了一天的阴雨,这天气温很低,风也大,两排常青的柏树被刮得叶子铺了一地。

他半边身子都僵了,不知道是坐久了,还是冻麻了。质地密实的花岗岩冰冷光滑,一拂上去凉得像在切割掌心。他张了张嘴,如鲠在喉。

又过了好久,纪真宜才用一把哑得像被扯烂了的嗓子开口:"昨天你生日,我没有来,丁晃和徐森宁来看你了吧?本来呢……你要是还……本来我……"

最终他也没说出个所以然来。

纪真宜出来的时候天已经全黑了,发顶稀疏的老头儿刚巡视完,好心嘱咐他:"没车了,你在路上招招手,看有没有车愿意载你一程,大晚上的注意安全。"

纪真宜感激地朝他笑了笑。

老头儿的手电筒光束打在纪真宜脸上,看着有些瘆人。他从没见过这么白的一张脸,两只眼睛黑洞洞的,不像是来上坟的,反倒像是刚从坟里刨出来的。

纪真宜走在路上,走了快一个小时也没车停下载他一程。一有车灯照过来,见他招手,就跑得比逃命还快。

他没办法只好给田心打了个电话,打了三个,对方终于接了。

怕他张嘴就噼里啪啦骂个没完,纪真宜先发制人,说:"我在正陵公路。"

那边果然哑了。

"没车回去了,你来接我一下。"见那边没应声,他又说,"我手机马上没电了,你来不来说一声。"

过了快一分钟,他才听见电话那头的田心吸着鼻子,抽抽噎噎地道:"来。"

纪真宜的手机还剩百分之二的电,他头疼地"啧"了一声,将手机关机放进口袋。

要不是昨晚养老院打电话过来说他姑奶奶病了,他妈不得已要去陪床照顾,估计这天也得严防死守盯他一整天。

他长吁出一口气,闷头儿往前走。夜空云层厚,却也看得见月亮,半轮残月凄凄地挂在天上,在柏油路面上镀了层冷冷的白霜。

纪真宜又走到了半个小时,终于等到前方穿透力十足的车灯射过来,引擎轰隆,一辆机车停在他面前。

田心昨天去剪头发,里面空调开得足,他一进去就暖和得睡着了。他找的发型师是个总监,极富演说欲,托着他的头边剪边给员工讲解:"看见没有,这层就是要打薄,得这么打……要有创作意识,娃娃脸嘛,如何依靠自己手中的工具来凸显客人本身的优势,要大胆,一个字,剃!"

一番激情四射的讲解下来,田心被他"创作"到只剩层青黑色的发楂。他醒来感觉天崩地裂,不仅气该死的发型师在他脑袋上天马行空地进行创作,更气马盛淇坐在旁边一声不吭,竟然看着他被祸害成这副德行。

总监小心翼翼地赔罪,说下次来给他打六折。田心怒发冲冠,下次?他下次来就是来砸这黑店的!

最后调解结果是让总监免费给马盛淇也剃了个头,两个悲伤的秃子面面相觑。

"还行,两毫米……也挺长。"

"嗯,不是很秃。"

商业吹捧到底没经住市场考验,二人把头盔一摘,纪真宜吓了一跳:"你们怎么秃得跟两个美妆蛋一样?"

田心的鼻头红红的,显然刚哭过一场,眼睛瞪得溜圆,拎起头盔就砸他。

纪真宜笑嘻嘻地接过来,定睛看着他那辆摩托车,一下敛了笑:"你也买了辆这个。"

田心也跟着安静下来,口齿含混不清,闷闷的:"嗯,上个月就买了。我特地买的浅灰搭红纹,想着黑的我骑着肯定没韩哥帅。"

韩放筝那辆比他这辆来得更冷酷,纯黑色的机械金属外观极具冲击性,犹如块状肌肉的车身充满力量感,扭力巨大,在黑夜里驰骋时宛如街上的流星。

他回去的时候是坐小马骑的车,纪真宜不太相信田心拍胸脯保证过的技术。

要下雪了,风里带着些冰粒。

"一个人来就行了,非得三个人一起受这个罪?"

机车速度快,风声大,又戴着头盔,交谈全靠扯着嗓子吼。

"那怎么办,难道把马仔丢那儿?"

纪真宜以为他们在外头玩:"丢哪儿?"

"我家呀。"

"你家?这不正好吗?他在你家待着,你来接我,多好。"

田心蓦地激动起来,好像他这个说法多么十恶不赦:"他一个人在那儿,他一个人!我怎么能让他一个人呢!"

不知道的还以为小马才三岁呢,纪真宜纳了闷儿,哪条法律规定这个年纪的男生不能一个人待着吗?

前头骑车的小马从始至终不出声,沉默冷峻,戴着头盔的背影都酷得不行。

"行，行，行，不能，不能。"

田心的爸妈忙着生意，常年不在家，给他请了个保姆。但他从小一个人活惯了，看着一副傻乎乎的样子，其实家务都会，做得一手好菜，也不太喜欢家里有外人，就辞退了保姆，另外找了个钟点工。

偌大一个房子，就田心一人住。

田心一进门就钻厨房去了，小马紧随其后，冻得透心儿凉的纪真宜跟过去才发现他在烤火鸡，小马架着相机在一旁拍。

纪真宜不解道："你们干吗呢？留下美好的圣诞回忆？"

"你知道个屁，要不是你那通电话我早做好了。火鸡吃了，视频拍了，洗洗睡了，明天把视频剪辑了传上去，万事大吉。"

纪真宜隐隐约约猜出他在做什么，问道："你这……你会剪视频吗？"

"不会，马仔剪，他也不太会，但没事。"田心噘着嘴咕哝，"反正没什么人看。"

火鸡做好时已经夜里十一点多，小马要吃东西就不能拍了，于是田心把单反架在对面，用手机做单反的监视器。连接设备的时候一直有陌生的本地号码打进来，三番五次连接失败，田心烦不胜烦，接了电话把对方劈头盖脸一顿骂，骂完接着拉黑，一气呵成。

火鸡表皮刷多了蜂蜜，虽然酥脆但过于甜腻，火鸡肉又柴，纪真宜吃着没滋没味的，问田心家里有没有辣椒面。

田心骂他土，谁吃火鸡配辣椒面？结果辣椒面一来，三人蘸着吃得口齿生香，虽然不伦不类，但是其乐融融。

田心很得意，说纪真宜："早叫你来玩，你总推三阻四的不乐意，现在知道好了吧？"

纪真宜垂头道："我怕撞见他家里人。"

韩放筝家和田心住一个小区。

田心语噎，好久才故作不屑地"啧"了一声，说："哪这么容易？这半年多除了我有次逃课回来在门口碰见过韩小弟，他们一家我一次也没见过。"

纪真宜突然笑了，像自认倒霉般承认："我见到他妈了，中秋节的时候，她牵着三丫从宠物店出来。"他在田心半是惊诧半是怜悯的注视下，捏着那个油腻腻的翅膀继续道，"我吓得跟个傻子一样，真的，尿得都不知道该往哪里躲。她的车开出去好远，哪怕我知道她看不见我了，可我就是怕。我……我……"

桌上有一阵短暂的沉默。

田心愤愤地说："昨天丁哥和徐哥气得一直骂你良心让狗吃了，从前无能现在冷血，说他们要是找着你，要往你脑袋上套麻袋，照着一天三顿那么打你。"

纪真宜看着他问："你呢？你不打我？"

"打！当然要打，新仇旧恨一起算。叫你诓我说《舞法天女》是什么男生必看，我当着全班丢好大一个丑！"

说到这个，纪真宜和一直沉默的小马都笑了。田心这人向来咋咋呼呼，给人发消息若是对方不回必定开始信息轰炸——

"纪真宜，出来！"

"人呢？"

"滚出来，滚出来！快点儿！"

"……"

"你不会是偷偷在看什么好东西吧？"

正谨遵妹妹嘱咐在恶补《舞法天女》的纪真宜不堪其扰，回他："嗯，绝世好东西，男生必看！"

田心几乎立刻就上钩了，又想到这人是纪真宜，于是谨慎地问了又问，才迫不及待地说要看。

纪真宜满肚子坏水，连忙把下载下来的两部共六十集的"舞法天女"打包压缩，发给田心，好心提醒道："怕太占空间给你压缩了，千万别在线解压，不用谢。"

田心兴致勃勃，这么大个压缩包下了大半夜才下下来，他守了半个小时就困得睡过去了。第二天抱着一雪前耻的心思，自习课大张旗鼓喊了一群人和他一同观摩学习这部"男生必看"的经典。

十来个人高马大的体育生蹲着站着围了几排，摩拳擦掌地盯着田心的桌肚。

于是，他们聚精会神地花了二十分钟看朵蜜天女如何用炫光光舞法制服混舞王麾下的恶势力。

"我差点儿被吊在班级门口示众！到现在都有人一见我就跳炫光光舞法！"

纪真宜和小马笑倒，田心气得起身一人给他们一脚，又憋了一肚子气，横眉竖目地坐下来继续说："昨天也是，我和丁哥、徐哥从那儿回来，心里特别记恨你，尤其打电话你还不接，气得恨不得把你揍几顿！"又懊丧地说，"但我知道，韩哥最讨厌别人欺负你。"

他恨恨地道："我真不知道韩哥看重你什么？你全身上下从头到脚哪点值得他那么对你了？韩哥那么好，那么厉害，我还想得多优秀的人才能跟他有那样的交情，怎么就是你？"他低下头，眼睛又红了一圈儿，语气是孩子似的较劲，"有时候，我看你活得高高兴兴一点儿都不记得韩哥的样子，真想狠狠教训你。"

纪真宜看着他，露出一个艰难又惨淡的笑："你跟我这么提他，已经把我教训惨了。"

再没人说话，火鸡还剩大半，他们简单收拾了一下，便各自去睡了。小马和田心睡一间房，纪真宜独自睡客房。

外面大雪纷扬。

纪真宜躺在床上，像吸了一朵乌云进肺里，积闷阴沉，堵得心口难受，像要在身体里下雨，然后从眼睛里流出来。

他一动不动，浑身冰冷地躺在床上，任身体里下了几场大雨，等到时钟走过五点，才坐了起来，脑袋缺氧晕得不行。

忆起去年今日，恍如旧梦一场。

他浑浑噩噩地爬下床，去厕所洗了把脸，回来的时候走错了房，无意间推开了田心的房门，视线和听见声响抬起头的马盛淇对个正着。

天刚蒙蒙亮，才过六点。天还透着股寒冬特有的雾蓝，街边有扫雪的清洁工人。纪真宜从机车上下来，取下头盔丢到小马怀里，说："谢谢你送我，走了。"

谢桥已经在沙发上坐了五个多小时了。

他昨天想了一整天该去哪儿玩,该怎么和纪真宜说,他对玩乐并不太精通,磕磕绊绊地选好地点,早早订好票,安排好一切。

一下课他就挤开涌在门口准备送礼物的女孩子往楼下跑,晚上很冷,可他觉得暖和,每走一步都感觉热腾腾的。

等他到了画室,座位上却空空的,纪真宜不在。

怎么会不在呢?

董元柏用一种幸灾乐祸的语气轻慢地回答他:"他去哪儿玩了吧?一天都没来。"

怎么会?纪真宜明明答应了自己。

他落寞地在街头走着,给纪真宜打了三十几个电话,每一个都告诉他对方关机了。

还没等到他和纪真宜讲出想讲的话,雪就已经下来了。

六出纷飞,碎玉乱琼。

这是一场出人意料的、像要淹没城市的大雪。

街上到处是圣诞装饰和结伴出行的人们,谢桥孤零零地站在那里,辗转几次向人要到了田心的手机号码。打了十几个电话好不容易接通了,那边的骂声不绝于耳,他一个字都没来得及说就被挂了电话。

谢桥平生第一次被人这么骂,是真正的狗血喷头,不堪入耳。可他反应过来,还是赶紧又拨了个电话过去,却发现自己的手机号码已经被拉黑了。

周围天旋地转,深夜的街头人影幢幢,城市的道路星罗棋布,他不知道该走哪条路才能找到纪真宜。

他拿着手机站在风雪里茫然四顾,甚至想打电话给舅舅,让他帮自己查一查纪真宜去了哪里。

他头一次把一个人看得这么重要,就像一个刚学步的孩子,每一步都跌跌撞撞,笨拙又忐忑。

他揣着一腔滚热的真诚想要去展示给纪真宜,结果被晾了个干干净净。

　　门口传来窸窸窣窣的声音，纪真宜看见谢桥时还没反应过来，只是朝他虚弱地笑："小桥，你要去学校了？"
　　谢桥起身，走向纪真宜的每一步都无比沉重，一双眼睛布着蛛网般细小的血丝。他问："你去哪儿了？"
　　纪真宜脸色苍白，无力应付他，侧身往卧室走，同时道："我太累了，先去睡会儿。"
　　谢桥拦住他，毫不退让："你去哪儿了？"
　　纪真宜的脑子像被淹进了水里，负累不堪。他一点儿精神都没有了，却还是耐着性子说："小桥，我等会儿再跟你说好不好？"
　　不好。
　　谢桥不说自己在这里等了一晚上，也不问对方为什么爽约，只是问纪真宜："你去哪儿了？"
　　他只是执拗地想要一个解释。
　　你告诉我不行吗，我可以原谅你。他这样想。
　　纪真宜从眼睛连着脑袋都疼得发晕，在第四次想走又被谢桥强硬地挡住去路后，他突然笑了，看着谢桥，还是那种眼神，说不清是温和还是凉薄。
　　他说："关你什么事呢？"

　　谢桥生气了，几乎单方面和纪真宜绝交了。
　　他和纪真宜的作息时间本来就对不上，这下他有意避开，二人压根儿见不着面，有时同桌吃饭，也只碍于祝琇莹在场，淡漠地应和几声。
　　纪真宜那天将手机一开机，屏幕上弹出来好几十个来自谢桥的未接来电。他瞠目结舌，想着前一天晚上谢桥可能真有什么大事找自己，当下既懊悔又怅然。
　　他哪里知道那个堆银砌玉的圣诞夜，他和谢桥有一个他根本没有听到的约定。

纪真宜说完那句话就知道自己错了，因为谢桥的表情一点儿一点儿地沉下去，眼里的星星全关灯了。谢桥被他一句话伤透了，就那么眼神空空地看着他，几乎是决绝地转身就走，拉都拉不住。

事后纪真宜想方设法地讨好谢桥，好话说尽，谢桥也只是略微瞥他一眼，眉头稍攒，好似厌烦，然后侧身而过。

他又成了悬在天上的朗月，端方冷傲，俊美无双，再不弯着眼睛笑，再不和他打闹，也再不安静地坐在画室小马扎上喝着奶等他了。

画室的妹子十分失落，一拨拨地来质问他："纪真宜！坐后面喝奶的大帅哥怎么不来了？！"

纪真宜正低头自力更生地削炭笔，差点儿伤到了手，回答道："我怎么知道？"

谢桥短时间内就在画室积攒了不少人气，连陈智都在那儿呜呼哀哉，说："他的脸我还没记牢呢，这要是下去了我怎么跟阎王爷交代我下辈子想长这样哇？"

唯一为此庆幸的是董元柏。

画室里的学生已经陆陆续续走了一批，画室不再显得那么拥挤。纪真宜还是跟之前一样混日子，越到年关越懒，下课趴在椅背上老太爷似的哼哼，董元柏在后面像个任劳任怨的老妈子给他捏肩按摩。

纪真宜被按得浑身舒坦，眼睛已经合上了，呼吸平稳，就算没睡也只剩一线清明了。

董元柏看着他的模样，忽然心念一动，凑过去轻声问："纪真宜，你把我当好朋友吗？"

伏在椅子上昏昏欲睡的纪真宜，用清醒冷静的语气一针见血地回答他："没有。"

董元柏按摩的动作霎时停了，觉得被狠狠蜇了一下，主要是纪真宜回答得毫不犹豫。

纪真宜一动不动地趴在椅背上，瘦骨嶙峋，从环抱的胳膊里露出那小半张苍白无血色的脸。

董元柏觉得委屈，问："你说话不能委婉点儿吗？"

纪真宜从胳膊里抬起头来，脸鼓成个包子，张牙舞爪地质问他："好你个董元柏，你竟然妄想用这种测试来动摇我们几个月来坚不可摧的革命友谊？我告诉你，门儿都没有！"他又趴回去，懒洋洋得像从没起过身的样子，"继续按摩。"

董元柏一时间哭笑不得，又有些无可奈何，继续给他按起来。

纪真宜突然喊他一声："董元柏。"

董元柏又停了手，对纪真宜即将说出口的话感到慌乱无措。

"谢谢。"纪真宜只是说了这么两个字。

他暗自松了口气，接着又听纪真宜说："谢谢你给我按摩。"

董元柏真想掐死他。

谢桥一个多月没搭理纪真宜，二人一直到过年都没说过话。

纪真宜照旧是和祝琇莹回外省老家过的年，大年初二一早就带着大包小包的老家土特产和礼物赶飞机，十一点到了莫海华家楼下。

莫海华九点多去机场接他们，平心而论，莫海华和莫桑的轮廓非常相似，一看就是父子。但相比莫桑的桀骜凶狠，莫海华的面相明显柔和许多，岁月沉淀下来的气质威严稳重，是个高大俊朗的中年男人，和外表温婉的祝琇莹站在一起，十分般配。

这是祝琇莹第一次上莫海华家里去，显然是要将关系定下来的意思。她非常重视，早上四点多就起来打扮，穿戴十分漂亮得体，裙子妥帖得一个褶都没有。

纪真宜没让她拿东西，自己提着那几袋土特产和礼物，问道："妈，带这么多笋干吗？"他发现都是皮还没扒的新笋，托运竟然没摔坏。他又问，"人家爱吃吗？"

祝琇莹攥着包带，心乱如麻。她早早就开始担忧，终于等到这天，唯一怕的就是莫海华家人对她不满意。

纪真宜问一句笋都让她乱了阵脚。

"也是，怎么带了这么多，又不是什么贵重东西，不太好看。"她像个小姑娘似的慌张，左顾右盼，"要不，放几个在下面吧？快，快，快,趁你莫叔叔没来,拿几个藏树底下,下来的时候带回家吃。"

纪真宜被她的慌里慌张逗得直乐,好在手脚快,藏完正赶上莫海华停好车回来。莫海华看出她的焦灼不安,在电梯里安慰她:"没事,见见人而已,事是我们的事,跟其他人没关系。"

其他人显然不怎么欢迎他们。

莫家只有一个人,莫海华他哥,莫燊一早就负气出门了,老太太压根儿不愿意来。莫山实和弟弟不怎么像,他面庞红润,个子稍矮,有些发福,不咸不淡地笑着迎人。

莫海华烦躁得太阳穴直跳,好声好气地对祝琇莹说自己先去接老太太,让莫山实招待一下他们。

祝琇莹拽着纪真宜局促地坐在茶几对面,莫山实推了两杯热茶过去,笑容可掬地和她寒暄,只是话里夹枪带棒,明里暗里看不上人,把她贬得一无是处。

"也是,没名没分跟了这么久了,莫燊他妈也去了,该轮着你了。"

"海华是那种死脑筋,谁劝得住他呀,我妈都拿他没办法,只能由着他。"

"不过都是二婚,凑合凑合得了,计较什么呀?"

纪真宜的白眼都要翻到天上去了,忍了又忍才没把手里那杯热茶泼在他肥腻的脸上。

莫山实看向纪真宜,问道:"你这小孩儿我记得跟莫燊差不多大吧,学什么的?"

祝琇莹如小学生听训一样坐着,笑容勉强地答:"学的艺术,画画。"

对方言语间更加轻蔑:"学画画的呀!怎么不正经学文化?文化成绩跟不上吧。既然你妈要嫁过来了,就都是一家人,让你哥没事指导指导你,莫燊这孩子从小就聪明,智商高嘛。"

祝琇莹点头连声说好。

"既然是学画画的,那伯伯考考你,给伯伯画个像行吗?"

纪真宜抬起头,皮笑肉不笑地看着他说:"不好意思,伯伯,我功夫不到家,只会画遗像。"

纪真宜当时就被祝琇莹拽出去了。

祝琇莹怒道:"你去给人家道歉!"

纪真宜别过头,梗着脖子说:"我没做错,我不道歉。"

"哪有那么多对错?没大没小就是你的错,你去道歉!"

"你没听他是怎么说你的?!"

祝琇莹长期紧绷的神经濒临崩溃,她不怪莫山实阴阳怪气,只怪自己的儿子口无遮拦,怨道:"说两句就说两句嘛,这种日子你就不能好好跟人说话吗?你不能为我想一想吗?"

又来了——你为什么就不能为我想一想呢?你为什么就不能理解一下我的苦尽甘来呢?

"妈妈这一辈子过过一天安生日子吗?嫁给你爸天天挨打,我身上那时候有一块好肉吗?离婚离不掉,我不想跑吗?我怎么不想跑?可我带着你走不了!报警警察也管不了,后来他被车撞死了,你奶奶又说房子是她的,硬要收回去,我们住的地方都没了,你又说要学画画……"

她又开始罗列自己受过的苦难,一桩桩、一件件,讲给她不懂事还不低头的儿子听。

纪真宜怎么会不知道她的苦?她跟莫海华阴错阳差没能结婚,她倒了一辈子霉嫁给了他爸,生了他这个没有良心不思进取的儿子。

莫海华的妻子对他毫无感情,一直没给过他好脸色,后来又查出乳腺癌,郁恨交加。

莫海华婚姻不幸,在儿子家长会上乍逢丈夫意外身亡的祝琇莹,二人本就是旧识,这一见便联系上了。他原本对婚姻生活已经万念俱灰,可重逢让他重拾希望,想要挣脱苦海。

莫海华能有如今的生活,他岳父家是出过力的,碍于恩情和儿子其实并不好撕破脸,可他一意孤行就是要离婚。所有不知内情的人都来劝他,说这种时候他该陪着妻子,结婚十几年,现在离婚没有良心。

莫海华倍感荒谬——她对我没有半点儿感情,我陪她又有什么用?

妻子出身好,家境优越,骄傲又偏激,病痛与抛弃让她心理扭曲,死到临头也不想让他好过,只想绑住他,甚至说:"你等吧,等我死了,你们再名正言顺地在一起,这几年你们就忍着。我们十几年夫妻,你也为我想想,你光明正大有爱情了,我多可怜、多难过。"

莫桑对妈妈的事一无所知,只当祝琇莹是拆散他家庭的第三者,当然从他的角度看也确实没错。

于是纪真宜遭了殃,他隔三岔五被莫桑带人堵在教室、厕所、回家路上找事,反正衣服没一天是干净的。他每次鼻青脸肿地回家,都想跟祝琇莹说:"别和莫桑他爸来往了,你儿子天天被人戳着脊梁骨骂。"

可他回到家看见祝琇莹小姑娘似的偷偷在房里试裙子的时候,这些话就怎么也说不出口了。他坐在自己床上,看着两个脏得可以做抹布的裤腿,抬手抹了下鼻血,无所谓地笑了。

就这样吧,反正死不了。

他做好了心理建设,愿意在学校里遭这些罪,回来还被说"你这孩子怎么这么皮,天天在学校跟人打架"。

可是,韩放筝来了,他像个救世主一样来了。

"纪真宜,谁欺负你,谁欺负你?你这是在告状呢,还畏畏缩缩的!给我挺起来!我就是你这根脊梁骨!"

祝琇莹看着他,恨不得心剖出来,神经质般的歇斯底里。

"放筝一走,你在我面前装得能吃能喝,好像世上从没那个人一样,转头就敢去做傻事!"

纪真宜顷刻间面白如纸,捂着耳朵蹲下去,痛苦得头都要裂开:"别说,别说他!妈,我求求你,别说他!"

祝琇莹的嗓音痛苦得有些残忍,涨得嗓子眼儿都疼,却还是说:"你是我的儿子,我含辛茹苦一天福都没享过把你养到这么大,你背着我就敢去做傻事!"她哽咽着喊出来的每一句话都像刀刃,伤人苦己。她指着自己的心口,咄咄逼人道,"你有一天……有一天为我想过吗?"

纪真宜已经跪下了,他恨不得哐给她磕头,翻来覆去地说:"我去道歉,对不起,妈,我求求你,别说他,你别说他!我再也不敢了,你别说他……"

跷着二郎腿坐在沙发上的莫山实给出了堪称完美的下马威,为负气出走的亲生侄子出了气,得意极了——不是他们家的人休想在他们家耀武扬威。

祝琇莹没进来,那个拖油瓶的眼睛肿得发红,显然是刚被教训过。他低着头,强颜欢笑道:"对不起,伯伯,我给您画张画吧?"

"哎哟。"莫山实连忙摆手道,"千万别,我怎么敢让你动手给我画遗像?我还想多活几年呢。"

"对不起,伯伯,是我不懂事,说错话了。"

"这么大人了还不懂事,你妈是怎么教的你?"

"对不起,伯伯,我爸走得早,我妈一个人辛辛苦苦把我拉扯大。是我自己不听话,在外面学坏的。我再也不会了,您大人有大量,别跟我计较。"

纪真宜走出楼时,眼睛被阳光晃了一下,冬天明亮的日光刺眼得让人流泪。他在那片灼人的白光里,仿佛看到韩放筝从机车上下来,把头盔一摘,大爷似的在那儿张开手朝他喊:"纪真宜,快过来!"

纪真宜偏过头,扯着嘴角笑了一下。

别哭,纪真宜。

纪真宜和田心走在大年初二行人寥寥无几的街上,难兄难弟一起苦中作乐。小马不在,他家里说不上多幸福,至少正常,正在外婆家走亲戚,晚上才能回来。

二人打打闹闹走到半路上,田心突然踟蹰起来:"那什么,谢桥不在吧?他在我就不去了。"

"怎么,你怕他呀?"

田心连忙矢口否认:"没有!怎么可能!我怕过谁?!"在纪真宜的审视下,他终于支吾道,"也不是怕啦……就是,就是,他还挺厉害的。"

田心这人的评判标准很诡异蹊跷,上一个被他说厉害的人还是班长,那也是班长确实作风彪悍又不走寻常路。

于是纪真宜抱着两颗笋问他:"怎么厉害了?"

田心像个特务一样左顾右盼,再神秘兮兮地凑到纪真宜耳边道:"我听说他有个基金会。"

纪真宜缓缓扭头,像看傻瓜一样看着他。

田心满眼真挚地看着纪真宜,生怕对方不信,脑袋捣蒜似的点头:"真的,真的!"

果然不高兴的时候把田心叫出来没错,耍猴带来的快乐是无穷的。

纪真宜努力绷住表情不笑场,问他:"你知道基金会是什么吗?"

田心不怎么有底气,结巴着说:"知……知道呀,不就是捐钱的地儿吗?"

纪真宜点点头,又问:"就因为这个厉害?"

"还有!我初中也跟他一所学校,他那时候在我们初中就特有名,特傲气,成绩特好,特……喀,挺帅。这人怎么回事,怎么什么好事都让他一人占了?还有他妈妈,特漂亮,来学校一次轰动一次!"

"你因此嫉妒他?"

"不是!我初中不是长个子了吗?那句话怎么说,人'帅'是非多。有人在我们学校贴吧发帖,说'有人觉得初三(7)班那个田心很帅吗,跟谢桥比怎么样'。"

田心现在说起来都义愤填膺:"我现在都记得,有个人回的是:怎么什么阿猫阿狗都拿来跟谢桥比?我……我……谁是阿猫阿狗呀?谁是阿猫阿狗!我是阿猴!"

他吼得掷地有声,纪真宜却十分无语,心想:你竟然气这个?

"我要是能查到回复的是谁,可给我好好等着。"

纪真宜被他浮夸好笑的肢体动作逗得不行,继续问:"那其他人呢,其他人是怎么回的?"

"还能怎么回?就说我比不过呗,说谢桥是本校明珠,我是鱼目混珠!"田心暴跳如雷,脸都涨红了,"这群人,凭什么对我评头论足,他们算老几?!"

本校明珠……纪真宜捧着两颗毛茸茸的胖笋笑得直打跌,蹲在地上重复:"本校明珠,是你们学校的明珠吗?哈哈哈……"

田心气得作势要踹他，情绪不怎么高地撇着嘴："搞得我看见他都有点儿怵，人家是本校明珠，我却是鱼目混珠，跟矮他一截儿一样！而且，他成绩那么好，又傲得要命，我总以为他挺看不起我们这种……"

纪真宜笑饱了，站起来哥儿俩好地搭上他肩膀："看不出来你心思还挺敏感的嘛！这个倒不会，他这人很有趣的，走，走，走。"

田心连忙闪开，嫌弃地拍拍胳膊上沾着的土："你那几个破笋拿远点儿，把哥的衣服都蹭脏了，痒死人，瞧你抠抠搜搜的，把它们丢了不行吗？"

谢桥这天一早就回学校那边的房子了，叶莺莺和许意临前天去瑞士了。许意临的父母定居苏黎世，叶莺莺怀孕四个月，胎象稳定，但许意临不放心，随行带了两个医生。

他们当然想要带谢桥去，但谢桥说不去，找的借口是学习。

叶莺莺向来觉得儿子大了，沉稳又独立，做不了他的主，却还是来劝了他："学习要紧，但也要劳逸结合呀，瑞士的雪山特别漂亮，宝宝不是喜欢雪吗？我们去看看好不好？"

谢桥当时没说话，心里其实已经松动了，叶莺莺已经很久没有这样哄过他。在他"长大"以后，除了纪真宜，再没人这么跟他说过话。

他想了想，站起身出门去。叶莺莺正坐在楼下沙发上吃甜品，惊喜地叫许意临："宝宝好像在肚子里踢我！"

许意临三十多岁初为人父，愣头小子一样俯下身去，将耳朵贴在叶莺莺的肚子上，故意板着脸道："不准踢妈妈，坏宝宝。"

——明明我才是宝宝。

谢桥怔怔地看着，又转身回去了。

他去干什么呢？叶莺莺言笑晏晏地挽着自己的新丈夫，肚子里怀着即将诞生的新宝宝，光彩照人地走进新家庭里，加一个他，显得多格格不入。

叶莺莺把儿子托付给哥哥家，开开心心地和丈夫去苏黎世过年。

谢桥在舅舅家住了两晚就走了，被强行留过，但他还是执意要走，找的借口又是学习。

他一个人回到这栋房子,没有纪真宜,也没有祝琇莹,这里空落落的,只装着一个拧巴又幼稚的谢桥。

纪真宜一进门,在玄关往屋里瞧了一眼,自顾自地念叨:"本校明珠在家呀。"

田心正在换鞋,没听清楚,问:"什么?你说什么?"

纪真宜把两颗笋夹在肘弯里,食指比在唇前,突然正色,嘱咐他:"别出声,等下不准出声听见没?"

田心摸不着头脑,黑眼珠圆溜溜的,不解道:"干吗?"

纪真宜压低了声音:"嘘!"他蹑手蹑脚地往谢桥的房门口走去,头偏一偏,示意田心,"跟上来。"

田心将信将疑地跟上,左顾右盼,在后头嘟哝:"你真住这儿?怎么跟个贼似的?"

纪真宜立在谢桥的房门口,低咳了两声,狡黠地看着田心,突然掐着嗓子装腔作势地表演起来。

田心差点儿吓傻了:"你!"后半句被纪真宜的眼神逼得活活吞回去了。

坐在书桌前的谢桥浑身一颤,以迅雷不及掩耳之势扭头看向房门。

门口还在传来源源不断的动静,谢桥的拳头几乎都要捏碎,忍无可忍地拉开门,一下子就撞见纪真宜那双得逞含笑的眼睛,和后面上蹿下跳竭力想捂住他嘴的田心。

恭候多时的纪真宜明知故问:"小桥在家呀?"

田心被谢桥的眼风一扫,手立刻举起来了,战战兢兢地解释:"小桥……呸呸呸,谢桥,跟我没关系,我没说话,我……我是冤枉的。"

纪真宜蹬开田心,敷衍得就像丢一张擤过鼻涕的卫生纸:"行了,行了,你没利用价值了,回吧,回吧。"又无视田心出门时的叫嚣和骂骂咧咧,问谢桥:"终于舍得出来了?"

他提着两颗毛茸茸的、还沾着泥的新笋,挑着眉得意地对谢桥说:"来,小桥,哥哥给你露一手。"

事情反转得太快，谢桥仍然无法判定眼前到底是不是幻觉。他木偶似的走到厨房门前，闻到那里传来烹饪食物的香气，温馨热闹的人气顿时盈满整间屋子，忽然给了他一种家的感觉。

然后他们就着一盘烧成黑干的竹笋炒肉吃了顿饭。

"怎么样？这菜够硬吧？"纪真宜把所有没烧煳的笋和肉都捡进谢桥碗里，"别客气，小桥，多吃点儿，多吃点儿。"

纪真宜撑着下巴专注地看着他一口一口地吃着，问他："小桥不高兴吗？怎么了？"

这对纪真宜来说其实太好猜了，大年初二所有人都忙着阖家团圆走亲戚，谢桥自己一个人孤零零来这儿，还能为什么，不就是又被他天真的妈"抛弃"了吗？

真可怜。他、田心和谢桥，三个人都那么可怜。

谢桥沉默地吃着饭，既不回答纪真宜的问题，也不问他为什么会在这里，更没问他为什么回来。面不改色地把纪真宜夹进碗里的笋和肉全吃了，而后又不声不响地起身，抬步回房里去。

软底拖鞋踩在地上，无声无息，他突然听见纪真宜在身后说："小桥，我们偷偷跑出去玩吧。"

谢桥脚下一顿，难以置信地转过头。纪真宜脸上都是笑，好像给他抛出了一个天大的诱惑。

谢桥上了火车都没缓过神来，他竟然真的丢下碗就和纪真宜跑来火车站了。大过年的，他们坐票都没弄到一张，买了两张站票死活挤上来了。

纪真宜好骄傲，像是报复般说："她们不要我们，我们也不要她们了，谁怕谁？我们走，让她们哭去！"

他们不顾一切，说走就走，是任性的、恣意的，更是自由自在的。

让人头脑发热好像是纪真宜的独门秘技，谢桥感觉自己的每根血管都是亢奋的。他看着窗外飞快往后倒去的山峦与城市，心脏跳得快要从喉咙里蹦出来。

他们站在两个车厢衔接的过道，随着前行发出"嘎吱嘎吱"的摩擦声,摇摇晃晃,人也跟着微微颠簸。

周围的人稍微空下来,他们就凑在一起偷偷密谋些什么,说一会儿又迅速分开。纪真宜刚开始还让谢桥别说了,省点儿力气。谢桥不听他的,不管不顾地继续。

谢桥第一次没把自己困囿在失落里,纪真宜带着他从现实逃跑——不高兴的时候我们就去做高兴的事情。

原来还可以这样?

除了和纪真宜说话,他不知道还能做什么来宣泄心底那股濒临界点的激越和澎湃。

他们斜靠着车窗,他指着窗户对漫不经心的纪真宜说起随着行程渐变的地貌、地势、气候,他说季风、说洋流、说人文,一改往日的沉默,声音低而清越,将一切娓娓道来,非常悦耳。

纪真宜半弯着眼睛抬头看他,冬日傍晚的阳光洒进来,照得瓷白的一张脸格外好看。他难得没有不耐烦,只慵懒地笑着问:"你不是理科生吗?"

谢桥提醒他戴上羽绒服的帽子,只说:"这并不难。"

纪真宜将头抵在了车厢上,脸上有笑,很温顺的样子。

谢桥仿佛呼吸到一种前所未有的自由气息,就算是火车内浑浊酸汗的空气都不能阻止他。

他觉得好,这趟火车、这节车厢、这块地方,都再好不过。

甚至纪真宜提出来要找列车员弄个座位,他都说不用,他不觉得累,他觉得快活,那种前所未有的,如同成了一片云般的快活。

纪真宜十一点就困得睡着了,他靠在角落,谢桥看着他,防止他睡到地上去。谢桥很久没有观察过他了,隔着过大的羽绒服还能清晰地感受到他的瘦弱,浓密的睫毛垂盖着,一张脸白得毫无血色。

不知道途经哪站,吵吵嚷嚷涌上来许多人,有个和他们年龄相仿的女孩子提着行李箱上来,看见他们的脸,双眼亮得好比探照灯,偷偷用手机镜头对准。

谢桥下意识用身形挡住熟睡的纪真宜,自己半张脸也掩在领后,只露出一双疏离漂亮的眼睛,沉默地觑着手机镜头。

女孩子拍完也知道被发现了,在他的注视下从脖子红到耳根,磕磕巴巴地说:"对……对不起,我马上删掉,不好意思,不好意思!"说完就跑进车厢里,很快没影儿了。

谢桥嘴唇后知后觉地动了动:"哎……"

他是想问能不能发给他一份,他还没有跟纪真宜的合照呢。

纪真宜睡得浑身发软,一直往下滑。谢桥虽然自己站整晚都不觉得累,却也觉得纪真宜这样是绝对睡不好的。

最后还是问了列车员,他大概确实福气庇体,竟然有一间高级软卧有票。

他把纪真宜带过去,车厢里的走道全是人,纪真宜被折腾醒来,眯着眼困得走路都摇摇摆摆,像条小尾巴一样被谢桥带着走。

高级软卧是两人包厢,上下床,沙发衣柜桌子一应俱全,还有独立卫浴,算得上干净舒适。

纪真宜半夜醒来,他睡得思绪混沌,好久都没看出这是哪儿。他蹑手蹑脚下了床,趿拉着鞋,睡眼惺忪地边走边解裤子。他闭着眼睛昏昏欲睡,对着马桶尿完,一转身正好撞到卫生间门口的人,包厢里没开灯,黑漆漆的,吓得他浑身一哆嗦:"啊——"

他的瞌睡霎时清醒了大半,抬头看见谢桥的脸,心有余悸道:"吓死我了,干吗呀?"

谢桥从他下床就醒了,看着他打着哈欠挠挠肚子摸黑往卫生间走,便悄无声息地跟在他身后,待在门口有心要吓他一跳。

他坐回铺位上看着纪真宜,脸上带着一丝笑:"无聊。"

纪真宜伸手推他:"无聊就睡觉。"没推动他,又说,"小桥别闹,快睡觉!你要坐这儿是吧?那我睡上面去。"

半夜三点多,火车又途经一站,有几个人结伴上了车,像是一对刚生了孩子的小夫妻,走道有婴儿啼哭的声音,在沉睡的夜清脆响亮。

清晨的太阳在群山间时隐时现,薄雾蒙蒙,隔着车窗望过去,好像一个被山峰踢来踹去的火球。

谢桥实在躺不住,心里毛毛躁躁的,七点就起来了。他先找列车员买了两套牙具,火车上的牙刷又硬又糙,刷得他牙龈疼。他把纪真宜那副拆开,用热水把刷毛泡软了。

过了八点纪真宜还没醒,谢桥蹲在床边上,有些无所事事,就这么看着他,没忍住戳了戳他鼓鼓囊囊的被子,折腾一会儿,终于把人闹醒了。

纪真宜半梦半醒,伸了个懒腰,揉着眼睛往卫生间走,尿完才清醒些。

"小桥买了牙刷呀,真贴心。"

谢桥坐在床上,冷静地"嗯"了一声,心里的小人则重重地点头,说——是的,是的。

纪真宜对着镜子刷牙,突然听见谢桥问自己画画学得怎么样。

他当然是说自己很牛,怕谢桥不信,还含着满嘴牙膏沫就补充道:"我联考全省第三哦,厉害吧?"

谢桥当然知道,坚定道:"我也考第三。"

纪真宜当他在和自己攀比,咬着牙刷劝道:"小桥不要说大话,第三可是很难考的。"

谢桥说:"我可以。"

"好吧,算你厉害。"纪真宜不甚在意地败下阵来。

谢桥乘机说自己可以帮纪真宜补课,就算是文科地理,也不在话下。

纪真宜听了,乐道:"真的吗?那我考考你!"

"好。"

"我想想,想个特别难的,准备好!"

谢桥严阵以待,连连点头。

纪真宜咬着牙刷,探出个头来,颇有些两军对垒,气势磅礴的架势。他说:"我问你!喀斯特地貌是怎么形成的?"

谢桥:"……"

一听特别难的,他还以为纪真宜起码会问鄂尔多斯盆地的演化规律,结果就是喀斯特地貌的成因?难道世界上还有人不知道?这也算个问题吗？

纪真宜见他迟迟不应声，又说："怎么了？太难吗？没事，没事，我重问一个！"

谢桥摇摇头表示不用，眉宇间有些郁郁。看来要让纪真宜提高学习成绩，确实有些难度。

他们车票的终点是南方有名的热带海滨城市，上午十一点下车。两个突发奇想跑出来玩的人对着火车站攒动的人头望而生畏，不约而同地对视一眼，靠眼神对话。

纪真宜："去哪儿？"

谢桥："不是你带我出来吗？"

言下之意就是：不是你怂恿我出来吗？你连地方都没选好，就敢来鼓动我？

纪真宜有恃无恐地看他："没选好怎么了？怂恿你怎么了？有本事别答应啊！"

纪真宜大手一挥，拉上谢桥说："走，哥带你去海边！"

这个地处热带、位于海岛最南端的城市生机勃勃、绿意盎然，寒冬侵染不了它分毫，日头正盛，气温起码有三十摄氏度。

二人刚出站就热得汗流浃背，脱得剩件单衣，所幸他们都没穿秋裤。谢桥晒得脸颊红红的，颈间都沁出层薄汗，纪真宜去旁边的水果摊儿买了两个青椰子，和谢桥一人抱一个，喝了一路。

辗转之下，二人总算到了地方，一进景区就有人发免费照片领取券。一听免费，纪真宜便乐颠颠上去占便宜了。春节期间游客遍地，多是一家子或者情侣出行，打着伞戴着遮阳帽熙熙攘攘地排着长队在等拍照，穿短袖的小孩儿满地跑。

纪真宜仰头看看谢桥被晒红的脸，问他："小桥热不热？"

谢桥回答说："不热。"

二人背靠着广场上那块土黄色的大石，站得笔直。

三十多摄氏度的天，中年男摄影师热得一直抹汗，情绪暴躁道："快点儿,快点儿,站好!"

摄影师按下快门的那一瞬,谢桥将右手放在纪真宜的肩头,笑着比了一个剪刀手。

最后打印出一张配色极其粗劣,还附带着景区文字介绍的白色硬纸。那张所谓的"6寸精美留念照"像素低得离谱,五官都模糊不清,只看见两个少年并肩站着,后面是两排繁茂葱郁的椰树,天穹苍蓝,仿佛都在笑。

这样劣质的照片都遮挡不住谢桥的好样貌,白衣黑裤、意气风发的俊秀少年,笑得既腼腆又干净。他的眼睛生得冷,可一弯起来就像是两轮月亮。

纪真宜被这张照片的劣质惊得无话可说,景区工作人员趁机推销,二十五块钱能买一张高清过塑的。

纪真宜心想:您可真敢说,门票就一百块钱,这破照片五块钱我都嫌贵,存心要骗我压岁钱!

他正要带谢桥走,可谢桥已经叛变了:"给我一张。"

谢桥小心而珍重地把照片收进羽绒服的口袋里,又把羽绒服妥妥帖帖地搭在手腕上。

日头太晒,二人坐着电车一个景点一个景点地转悠。凉风习习,椰海风光秀美,纪真宜老太爷一样瘫着,好不惬意。他们中途只下去了一趟,买了吃的。纪真宜在车上看着恹恹的,跟人挤着买东西的时候又生龙活虎,跟条泥鳅似的喊:"老板双倍糖!那杯双倍糖!

"不要辣,没事,真不要辣!

"我的,我的,我在这儿!"

他捧着一堆"战果"出来,一张白皙的脸汗涔涔的,感叹道:"他们可太能宰客了,这么点儿东西……小桥,快喝,冰的。"

这里着实漂亮,碧海蓝天,绿椰白沙,天与海在目所能及的一线遥遥相交,天地辽阔无垠。

海上驶着观光邮轮和摩托艇,天上还盘旋着直升机。纪真宜把鞋拎在手里,光着脚去清凉的海水里踏浪。海风吹过来,顺着他的脸透进发丝，烦恼通通消弭，仿佛整个世界一概远去。

他往深处走了几步，脚陷进软沙里，有种被深海吞溺的错觉。这种熟悉的错觉仿佛在拽他，拽着让海水漫过他，一步步往前走。

身后突然有人叫住了他，他闻声一抖，仿佛久梦初醒。他低下头，看见渐深的海水已经浸湿了他挽到大腿的裤子。他回过身，看见谢桥抱着他们的衣服，白净的脸上晒出两团红，好不容易空出只手来，招财猫一样朝他招了招："回来。"

谢桥这天一共被四拨人搭过讪，有女孩子结伴来玩，拍他后背，想问他"你能帮我们拍张照吗"，等他一转过身，就变成了"你能和我拍张照吗"。

回到市区，二人先买了几套短袖，又买了两双人字沙滩拖，提着两大袋换下来的衣服，一身清凉地走在夜风习习的街上。谢桥穿着人字拖，感觉到前所未有的轻松。

嘈杂鼎沸的大排档，什么都卖，这次又是纪真宜去点的单。

他给谢桥叫了一份当地满街都是的甜品，便宜又大碗。这甜品带着清爽的椰香，里面有两个冰激凌球，盖满了椰丝、薏米、红豆、芋圆、西米露等二十来种配料，佐着椰水，看着鲜艳多样，吃起来如饮甘露，甜得非常合谢桥心意。

"小桥，好吃吗？"

"好吃。"

纪真宜笑眯眯地指着他勺子里绿色的根状食物，说："这个叫鸡屎藤，不知道是不是鸡屎做的。"

谢桥："……"

大排档的生意红火，四十多岁的阿姨忙里忙外，操着方言浓重的普通话，和谢桥搭话："帅哥觉得好吃呀？多吃点儿，我给你添。"

谢桥握着塑料小勺回道："谢谢。"

纪真宜在吃粉，和谢桥那碗清补凉一样配料非常足，只是这里粉偏甜一些，不太合他口味，吃了几口就停下了。

听了阿姨的话，他故作唏嘘道："这趟旅游，我看就是让天南地北的人都来夸你是个大帅哥的。"

谢桥很严谨，纠正他："不是偷跑吗？"

纪真宜哈哈笑道："偷跑，偷跑！小桥尽管吃，我带了好多压岁钱呢。"

"为什么选这里呢？"

那么多地方，为什么偏偏带着他跑来这里？

纪真宜一愣，过了两秒才笑着反问谢桥："怎么？不好玩？"他用手拄着下巴，专心看谢桥吃东西，"我以前就来这里玩过，本来是想自己来的，但是看你那么难过，把你一个人留在家里好像太坏了，那就带上你吧。"

谢桥是在网上订的酒店，春节期间到处是满房状态。他找了好久才找着一家新开的五星级酒店，只是距离稍远，他们需要穿过一个公园去那边打车。

公园有人在散步，一个小孩儿蹒跚地跟在妈妈后边，左脚绊着右脚摔倒了，年轻的妈妈连忙弯下去摸摸他。谢桥看着有趣，不小心膝盖猛地磕着公园的石凳，痛呼一声："哟——"

纪真宜赶紧蹲下去，跟那个妈妈的动作别无二致，操心地碎碎念："怎么随便磕着都青这么大一块儿，你是豌豆公主吗？"

谢桥看着他乌黑的发顶，突然想到什么，薄唇抿了抿，说："我是小桥王子。"

纪真宜乐不可支道："你还记得呀！好，你是小桥王子。"他在石凳上轻轻打了一下，装模作样的，像个狗仗人势的地痞，"你这个坏凳子，是谁让人你长在这儿的！碰坏了小桥王子，你羞不羞愧，羞不羞愧？！"

这酒店虽然新开不久，但装潢十分周到雅致，整体外观采用夏威夷风格设计，形状呈海螺型，从高空俯瞰，仿佛一枚镶嵌在海岸的巨型海螺。

谢桥早上起来，坐在房间露台的藤椅上吃水果。他剥了个橘子，吃了一瓣，入口清甜，想给纪真宜留着，于是又剥了一个，将它放下。

纪真宜一醒来就说："小桥，你怎么吃这么多橘子？要上火的。"

谢桥看着面前堆着的十来个被剥了外衣的橘子，一时也有些愣怔。他抬头看纪真宜，轻声道："你吃。"

纪真宜怕他上火，又不想浪费，只得坐下来，结果一吃每个都十分甜。他像捡了什么大便宜，念叨着："不愧是五星级酒店，送的橘子都这么甜。"

纪真宜又挑着吃了些阳桃和火龙果，撑得肚皮滚圆，又拿房间的胶囊咖啡机泡了两杯咖啡，惬意地躺在藤椅上，放眼望去海天一色。

纪真宜抿了口咖啡，感叹道："人都是活着活着就死了，谁知道哪天就没了呢？所以呀，要及时行乐，要不然死了白白留遗憾。"他的语气带着些自命不凡，"才不管别人怎么看，我只要快乐。"

谢桥眉头微蹙，问他："你看过一本书叫《余生皆假期》吗？"

纪真宜眼里闪烁着无知的光芒，反问："什么书？鲁迅的吗？"

"没什么。"

"小桥有什么很想做的事情吗？"

"现在吗？"

"现在！"

谢桥稍稍思虑过后才说："我想吃饺子，"他嘴角抿着笑，"蘸番茄酱。"

午餐是在酒店餐厅吃的海鲜，谢桥真用番茄酱蘸着吃了盘饺子，觉得味道酸甜得正好。二人洗完澡就退了房，纪真宜说带谢桥去小地方玩，这里没意思，他都去过了。

谢桥静了一秒，问："网红景点也去过吗？"

纪真宜说："那哪能呀？去过我还能带你去让他们坑第二回？"

二人随便坐了趟公交，纪真宜胡吃海塞了一顿海鲜，原本还觉得滋润，结果这车厢里各种气味混杂，简直无法描述。

他被熏得脸色青白，果断转头冲着谢桥。

他使劲吸了一会儿新鲜空气，才把肺里那股不友好的体味驱干净。

谢桥不解地看着他："怎么了？"

纪真宜只说："真香！"

他们稀里糊涂地来到了一座小镇。

这是个质朴而宁静的小镇，和其他早已进行旅游开发的海湾不同，这里仍然保留着海滨小镇的物价和风貌。山间也是云雾缭绕，居民住着自家小楼，听风看海，生活滋润。

纪真宜在网上找了间民宿，老板叫滨哥，三十多岁，中等身高，黝黑偏瘦，本地人长相，待客异常热情。

他的店有两层，楼下是夜宵摊儿，专营烧烤海鲜，楼上做民宿。因为环境嘈杂，民宿客流非常少，网上评价也不太好。但他始终不改初心，至今还维持着两项极度不兼容的生意，正所谓姜太公钓鱼，愿者上钩。

纪真宜还真就看上他们家是开烧烤的了，尤其他们家的"滨哥夜宵"在网上评分很高，而民宿的价格又十分低。店里多是自家人在帮忙，滨哥和他弟弟海哥是对双胞胎，滨哥自己又有对双胞胎儿子，虎头虎脑的，叫大宝小宝。

纪真宜非常震惊，还和谢桥讨论了一下，生双胞胎是不是有什么家族基因优势，又傻傻地问，一对男双胞胎和一对女双胞胎结婚生出来的孩子会不会长得一模一样。

滨哥店里白天没什么客人，他嚼着槟榔，硬要给他们当导游，说哪儿有民族舞看，哪儿的贝壳特别多，沿海公路的风景如何波澜壮阔……

纪真宜也十分不把自己当外人，看见滨妈和滨嫂在洗生蚝，也殷勤地上去帮忙了，和人家说说笑笑，不知道的以为他也是他们家的什么亲戚。

谢桥显然就没有这种亲和力，他一去人家就连忙摇手拒绝："不用了，不用了，别把衣服弄脏了。没事，没剩多少了，不用帮忙。"

"没关系，小桥来玩玩，我正想偷懒呢。"纪真宜把自己屁股底下的小板凳挪出来，招呼道，"小桥坐这儿，记得戴手套呀，小心点儿。"

时间一下子就到了傍晚，他们不知道吃什么好，滨哥自荐说他的海鲜炒粉是一绝。纪真宜拍板说："行，来一份海鲜炒粉，要宝宝辣。"

滨哥拿着大勺出来问他："那我就不懂了，'宝宝辣'是什么辣？"

纪真宜回："就是你们小宝吃什么辣，就给小桥吃什么辣，放一丁点儿就行。"

吃过晚饭,二人又去附近景点逛了一圈儿,遇上个拉人看特色民族舞的,特色是衣服和一般民族服饰不一样。谢桥说:"不一样的话那我怎么知道你是哪个民族。"

纪真宜笑得打滚,而后一直玩到十点多才回去。

他们回去时店里全是人,里间还有人打麻将,吵吵嚷嚷的,怪不得没人愿意住上面。滨嫂和两个牌友三缺一,实在找不到人,滨哥便上来敲门问他们打不打麻将。

纪真宜说没钱,滨哥说随便打打,不赢他们钱,就是玩玩,谁赢了谁请吃海鲜。

纪真宜眼珠子一转,说:"我要是赢了,滨嫂的小电驴明天借我们开开吧。"

滨嫂说:"小电驴?电动车吗?"

电动车是她用来接送孩子的,平时也用来骑去买菜,不知道是什么时候被纪真宜惦记上的。

纪真宜点头道:"嗯,不白骑,会给租金的,你要是实在不放心,我们再交点儿押金行吗?"

滨哥豪气地道:"你要能赢,电动车给你骑,不收钱!"

于是纪真宜上桌了,谢桥不会打,纪真宜就让他在旁边看着,当个吉祥物。桌上其余三位包括滨嫂都是老牌友了,高手算不上,但肯定是老手。

纪真宜不太懂当地麻将的玩法,也没什么手气,打几盘输几盘,但他心态好,说就当交学费了。还没打上两圈儿,才刚摸着门道,他的上家是一位年轻些的妈妈,接到了家里电话,硬被叫回去了,于是又变成三缺一的煎熬场面。

没想到谢桥坐下了。

纪真宜问:"你不是不会吗?"

谢桥说:"看会了。"

这里的麻将最大的不同之处在于有番才能和，别说和牌，单是记住各种番都能把纪真宜绕晕。

谢桥坐下来第一把就和了，第三把的时候直接打出十三幺。

等人出牌的过程是兼具无聊与刺激的，很多人会有小动作，滨嫂就喜欢用拇指和食指捏着最后一张牌转着玩，纪真宜则百无聊赖地瘫在椅子上。

谢桥的状态也比平时散漫一些，倚着椅子，挺拔的脊背微微松懈下来，食指在最后一张牌上有规律地敲击着，每打出一张，指尖会在牌角拨一下，让麻将旋转着滑过去。

他就是这么气定神闲地打出十三幺的。

纪真宜第一次觉得男人会打麻将也能这么神气，也不知道是因为谢桥长得帅，还是因为聪明才智给他添光添彩。

第三轮开始，纪真宜感觉到谢桥故意给自己喂牌了，前两次还没意识到，以为谢桥算有遗策，让自己捡漏了。后来一次比一次喂得准，他再不察觉到都对不起谢桥喂的牌了，又怕谢桥喂得太明目张胆了，于是干咳了一声提醒，结果谢桥眼睛都没抬。

他朝桌子底下看了一眼，警示地踢了一下谢桥的小腿，对方没反应。他又踹过去，谢桥瞬间动作，把他的脚踩住了。

纪真宜脸色一变，又开始往外拔，半天没把脚抽出来。他都没脾气了，朝谢桥咳得惊天动地。

谢桥抬起眼帘，嘴角微扬，一副要笑不笑的样子，狡黠地问："干吗？"

打完散场，纪真宜偷偷地问谢桥："你不会算牌了吧？"

谢桥轻轻地瞥他一眼，只说："运气。"

纪真宜琢磨一番觉得也是，再厉害也不可能算出其他三家手上所有的暗刻，又能杠出那一副暗刻，还能让自己的牌刚好和那一张吧？想到谢桥之前一连打出两个双黄蛋的"辉煌战绩"，也就不足为奇了。

唉，运气好比聪明更让人嫉妒！

夜宵吃的是海鲜，纪真宜一见海鲜就想起白天那个车厢，有点儿反胃,剥了两只红虾全放谢桥的碗里了,自己在那儿吃花生米。

滨哥端杯而起,对大家说:"干杯!"

纪真宜热烈响应:"干!"

纪真宜看着豪情万丈的,其实酒量非常一般,还没吃什么就醉了,偷偷地告诉谢桥自己是条金鱼,一直咕噜咕噜地朝谢桥吐泡泡。

桌上人多,闹哄哄的。

纪真宜醉得面颊发红,鼓着腮帮子,嘴唇圆圆地噘着,安分地在那儿吐泡泡。

谢桥突然觉得纪真宜变成一条金鱼也挺好的,多有趣。

吃完散场,纪真宜歪歪扭扭地坐在那儿,谁和他说话都不搭理,只看着谢桥。

谢桥更觉得他有意思,低声和他说:"走吧,我们上楼。"

纪真宜说:"你是猪吗?我是鱼怎么走路?"

谢桥:"……"

谢桥没办法,只好半拉半拽地把他带上楼。

房里闷热不堪,谢桥喝了口白酒,脸上有些烧热。他想把纪真宜推进浴室洗澡,谁知纪真宜抱着床桄,死活赖着不去。

"你不是鱼吗?鱼是要进水的。"

纪真宜反抗,左扭右摇,哼哼唧唧的就是不愿意,一会儿说自己一进水就淹死了,一会儿又说那不是水,是油锅,谢桥要吃他。

谢桥说金鱼是不能吃的。

纪真宜发起了脾气,说:"我才不是普通金鱼呢,我是人鱼!"然后一直生气地冲谢桥吐泡泡。

谢桥被他闹得一身汗,只得先倒了杯茶给"人鱼"解解酒,又把他扶上床去,后知后觉去开空调。

纪真宜被灌了杯茶,脑子仍然晕晕沉沉的,勉强睁开眼,看见一个模糊的人影抬起双臂,脱下T恤,很不耐烦地在头上抓了两把,而后进了浴室。

浴室的灯亮了起来,阵阵湿润的水流声密密麻麻地敲击着耳膜。

纪真宜无助地躺在床上，意识陡然变得清晰，那朵积压在肺里的乌云好似钻进了脑子，让他头疼欲裂，涨得要炸开，眼前似乎变成了白茫茫的一片。

他有种山雨欲来的直觉，抗拒得想哭，脚跟抵着床单不自觉地后缩——我不想见他，别让我梦见他。

可他终究还是梦见了。

那不是任何一个特殊的日子，只是很普通很普通的一天，纪真宜说："我想看海。"

韩放筝坐地板上打游戏，一根饼干棍被他叼得匪气十足，英挺的眉头皱了起来，问他："看海？今天还是明天？急吗？走，哥带你去看海。"

韩放筝放下手柄就带他走了，他们身边还跟着死皮赖脸要一起去的丁晃。那段时间韩放筝被家里"经济制裁"，手头很紧，三个人买了学生票，坐了南下十多个小时的火车才到。

他们挤在一间房里，纪真宜一个人睡床。半夜，他迷迷瞪瞪醒来时，发现韩放筝和丁晃坐在地板上，小声地交谈着。

纪真宜忽然诈尸一样直挺挺地坐起来，吓得丁晃一抖，差点儿撞上桌角。

"我也要听。"

韩放筝置若罔闻："你听什么！闭眼，睡觉。"

"我也想听你们说什么。"

"有什么好听的？不准听，赶紧睡觉。"

"为什么你们可以讲悄悄话，我不可以听？"

韩放筝换了个姿势，又践又傲地觑着他："我规定你不可以。"

"那我也规定你不可以讲。"

韩放筝看着他，眼里带着点儿笑意："怎么？还想管到我头上了？"

纪真宜说："不是，是我觉得你们讲的肯定不是什么好话，听了指不定要脏了我的耳朵。"

韩放筝气急败坏，骂纪真宜："你有没有良心？就记着你自己，我看你就是个活生生的白眼儿狼，我对你的那点儿好还不如喂狗！"

被殃及的"池鱼"丁晃眨巴眨巴眼睛想：你这人思想有点儿矛盾呀。

纪真宜眼睛一亮，突然说："狗？我想养狗！"

韩放筝也直接顺着他的话回道："你想要什么品种的狗？萨摩行吗？"

午夜，他和韩放筝坐在房间的阳台看月亮，皎皎一轮明月挂在天边，下面是蓝沉沉的一片海，在月光下沉静柔和。晚风一拂，泛起阵阵涟漪。

他抱着膝盖，靠在椅子上，惬意得骨头发酥。

韩放筝瞥他一眼，又抬头看月亮，突然说："但愿人长久，千里共婵娟。"

纪真宜缓缓地看向他，不合时宜地质疑："这不是形容中秋的吗？"

从上了初中开始语文就没及格过的韩放筝好不容易憋出这么一句，却被当场拆台，怒不可遏，当即起身，嘴上吼得声势浩大，脚步却纹丝不动："你早晚把我气死！"

纪真宜赶紧拦住他，不停求饶："哥，哥！我错了，我错了！"

纪真宜找了个最舒服的姿势重新坐好，嘴角扬起来又放下去，海面潋滟潋滟，浮天无岸。

他笑起来，也说："但愿人长久，千里共婵娟。"

睡着的丁晃翻了个身，心里却道：有病。

纪真宜醒来时已经十一点多，谢桥不在房里。他的头发乱糟糟的，他趿拉着拖鞋，蹲在阳台看了会儿海，闻着自己一身汗臭，便去冲了个澡。

等他清爽干净地下楼，正见谢桥从门外回来，便出声喊对方："站住！小桥，被我抓住了吧！你竟然一个人出去玩不带我！"

谢桥说："鱼又不能走路。"

纪真宜一头雾水，疑惑道："什么鱼？你说什么东西？"

谢桥低头笑笑，与他擦肩而过，只说："没什么，我和'人鱼'说话呢。"

纪真宜看着他的背影，隐隐约约觉得自己被嘲笑了。

滨哥的表弟是黎族人，家里的孩子在生下来的第十三天有"穿衣礼"。滨哥的爸爸是老渔夫又是长辈,便被请去主持仪式。午饭后滨哥带他们去凑热闹,纪真宜不清楚情况,以为是庆祝新生儿降生,孩子的爸爸抱着孩子来挨个接受祝福。

纪真宜看着挥着小肉拳头的奶娃娃,半蹲下来笑着说:"欢迎你来呀。"

——欢迎你来到这个世界呀。

谢桥受他误导,跟着说:"岁岁平安。"

回去的时候日头已经降下来了,谢桥有些口渴,在店里的冰柜买了罐椰奶。一转头,纪真宜骑着滨嫂的小电驴在店门口来了个"神龙摆尾",目光坚毅却语气焦急:"来不及了!小桥,快上车!"

等谢桥跨上了小电驴,他又不急了,趴在车头冲店里喊,缠着要滨哥给谢桥一根吸管。

等滨哥无可奈何地拿着吸管来了,他又在兜里掏出一块钱来,笑容灿烂道:"我们不白拿,跟你买!"

谢桥第一次坐电动车,穿着背心、短裤、人字拖,坐在纪真宜的车后座,风迎面吹来,他新奇又兴奋地跟着纪真宜骑过一条条人声鼎沸却狭窄的街道。

纪真宜技术不佳,好几次差点儿撞上小摊儿,被当地人用方言骂一句"你神经哦",他一边苦哈哈地道歉一边没心没肺地大笑。

谢桥也跟着快乐起来,他多想这就是他们的生活,两个在海边无忧无虑的小镇少年,骑着电动车满大街地蹿。

咸腥的海风,吞天的落日,人情温暖的小镇,单调乏味又意趣丛生。

二人总算有惊无险地出了小镇,纪真宜骑着小电驴,瘦弱得像要被风吹走。他握着把手往前倾,嘱咐道:"小桥,坐好!下坡了!"

一阵狂风袭来,面前是蔚蓝如珐琅一般无垠的海。

长长的沿海公路,蜿蜒在湛蓝起潮的汪洋边,点点白浪溅到路上,岸风穿过,衣服被风鼓得满满的,太阳挣扎着在海面起起落落,进行夜与昼的交替。

沿着海岸线骑小电驴的纪真宜,带着一腔孤勇,像在追赶这轮盛大壮阔的落日。他笑着叫起来，风吹拂过他白净俊美的脸。他是清澈的、凌乱的、无惧的，随风飘荡又摇摇欲坠的。

太阳渐渐被海吞噬，光线尽收，他们把车停在一处空旷的海滩上。

这附近有个渔港，远远听见风吹得那些耷拉在桅杆上的白帆猎猎作响，被晒了一天的沙地残留着灼热，夜晚的海滩充满了大海幽暗的气息。

"这里的海真漂亮。"纪真宜在海风中张开手，"我们来大喊吧！"

纪真宜说："我听人说，站在山顶大喊三声，什么烦恼都烟消云散了。对着海，我估计更有用。"

他将双手摆出喇叭状，刚喊出一个音节，就有一群提着鱼桶的小孩儿从礁石后边走出来，目光警惕地打量他们。

"草……长莺飞二月天，红香消断有谁怜。"

他自我感觉倒好，还笑容灿烂地对谢桥说："小桥可不要太崇拜我哦。"

谢桥觉得实在丢脸，偏过头道："才不会。"

附近渔港的人陆陆续续从他们身边走过，周围慢慢儿安静了下来，只剩他和纪真宜一起坐在海滩上。

海风温柔，初月弯钩。

纪真宜捡着散碎的小礁石往海里丢，看谢桥把空的奶瓶拿在手里，问他："小桥，椰奶好喝吗？"

谢桥答道："好喝。"

纪真宜偏过头，含笑凝视着他说："你知道我最喜欢吃什么吗？"

只这一个问题就把谢桥打了个措手不及。他不知道，他竟然不知道纪真宜喜欢吃什么。

纪真宜好像一点儿也不在意他的迟疑和沉默，自问自答："花生米，我最喜欢吃花生米。"

他双手撑在身后，懒洋洋地抬起头，闲适地仰看星空："这还是因为我爸，他是个酒鬼嘛，老用花生米做下酒菜，还喜欢喂我。后来我自己老吵着要吃，但你知道，几岁大的小孩子牙没长好，是不太能吃花生米的，所以我妈不让，我爸就打她。我小时候不懂，我还以为我爸更爱我，有时候他打我妈，我还会鼓掌。"他非常干涩地笑了一下，"你能想象吗？她被打得鼻青脸肿，满脸都是眼泪，看着我吃花生米，每吃一颗她就对我说，'乖，真宜嚼三下，一、二、三，嘎嘣脆'。"

纪真宜说完最后一句，眼睛已经红了，却没哭，笑了笑又继续道："我小的时候，她想和我爸离婚，我爸对她说你要滚就你自己滚，你敢把我儿子带走试试。他就是个疯子，我妈不敢把我留在那儿，也不敢带我走，她就自己留下来，天天挨打。"

浪潮轻轻拍岸，夜空星斗点点，纪真宜的声音和海浪渐渐混在一处。

"她之前也只是一个小女生呀，她才二十岁，不过比我现在大一岁，就嫁给了一个人渣，成了我的妈妈。

"她也不是生来就想当我妈妈的呀，她是女人，不得已而成为一个母亲。我有时候想想，觉得好可怕，又觉得好伟大。"

谢桥怔怔地不讲话。

他以前总想，这么简单的题，怎么会有人考得那么差？那些人脑子里真的在想东西吗？他们在想什么呢？

原来纪真宜连喀斯特地貌成因都不懂的脑子里，在想这么了不起的事情。

纪真宜回过神来，自嘲道："我在胡说什么？呸呸呸！小桥要好好谢谢妈妈呀。"他又笑起来，偏过头看着谢桥，故技重施，"她把你生得这么帅！你不要偷偷怪她，有什么不开心的告诉她就好了，她是很爱你的。"

谢桥缄口不言。

他又用那种哄小孩子的语气说："是真的，她说小桥小时候很喜欢雪，每次下雪都特别高兴，一定要堆一个大雪人，后来看了《雪孩子》，再也不堆雪人了。"

何止如此，年幼的谢桥把每一个雪人都当朋友，给它们戴帽子、戴围巾，还要守在那里照顾。每次雪要融了，谢桥他爸都只好把他哄走，再告诉他雪人回家了。

谢桥下意识地说："他变成了水汽。"很轻很轻的水汽。

"她还说小桥小时候特别爱撒娇,长大了好冷漠,都不理人。你才不是这样的对不对?我们回去就告诉她,小桥明明现在也很爱撒娇!"纪真宜眉眼弯弯,话里带着一点儿戏谑和调侃,总归还是在循循善诱,"小桥这么聪明,可他们不懂,大人就是笨呀。你不要自己难过,不满意就告诉她,发脾气也没关系,因为小桥还没有长大,任性一点儿也没有关系,好不好?"

谢桥抬了抬下巴,很有骨气地说:"我要考虑一下。"

纪真宜被他的样子逗乐了,想了想,又问:"小桥这么喜欢雪,圣诞节给我打电话是想看雪吗?"

谢桥的目光垂下来,落在海滩裸露的碎石上,答道:"不是。"

他再也不问纪真宜去哪儿了,他从来不笨,有些事情自己能想到,却又不想知道,只是说:"我们说好那天晚上要一起出去玩。"

他不等纪真宜解释,率先抬起头来,眼神纯澈,语气深沉地说:"没关系。"

他已经原谅纪真宜了。

海面风平浪静,石崖峻峭,路灯昏黄。

纪真宜骑着小电驴,对谢桥说:"我们明天回去吧。"

谢桥问:"不继续跑吗?"

纪真宜就笑:"都跑这么远了,你还要跑到哪儿去?"

谢桥不说话了,垂眼的模样有几分让人不忍的落寞,俊美而脆弱。

纪真宜在前头骑着车,说:"我妈都打了几十个电话了,她很能哭的,她能不要我,我还能不要她吗……"

谢桥看着深蓝的海面,这场幼稚的偷跑终于和退潮的海水一起结束了。

他回去就接到了叶莺莺的电话,她在那头急得直哭。

"宝宝!你怎么才接电话,你跟真宜出去玩也跟妈妈说一声嘛,急死我了!要不是你舅舅查你的消费记录,我都不知道你去哪儿了!我知道你长大了,觉得我很烦人,但你告诉妈妈一下好不好?妈妈好害怕……"

真不是谢桥故意不接电话,只是她打过来的时候永远在深夜,而谢桥习惯晚上关机睡觉。她的关心从来这样马虎,时差在她眼里是不存在的,要不是许意临提醒,估计这天还会在半夜打来。

谢桥无端地有些怨恨她,怨恨她情感充沛,怨恨她心思天真,怨恨她不像一个平常的妈妈。

可她哭得那么委屈,隔着两个大洲,眼泪都似乎要把谢桥淹了。

"没有烦人。"他说,声音却不自觉地放低,"不要哭了,肚子里的宝宝也会跟着你难过的。"

叶莺莺一下子就笑了,她摸摸自己的肚子说:"这个小胖子天天睡觉才不会难过呢,再说宝宝现在更重要。宝宝考完试来这里玩好不好?让许叔叔带你去看雪山,他懂很多的,这里的爷爷奶奶也特别欢迎你。"

谢桥使了一个久违的小性子,答道:"我要考虑一下。"

"还考虑呀?不要考虑了嘛!这次房间都给你准备好了,结果你没有来。这里的爷爷奶奶看了你的照片,都说你特别帅,我还说你成绩很好,喜欢骑行,他们都觉得你又聪明又酷。宝宝大帅哥,来嘛,来嘛!"

谢桥把眼神投到别处,语气听起来十分勉为其难:"好吧。"

第二天,在机场排队过安检时,谢桥将东西递给纪真宜:"给你。"

那是一个透明干净的玻璃瓶,装着满满一罐贝壳,螺纹斑斓又精巧,底部铺着层细细的彩沙。

纪真宜接过来,高兴地道:"还有礼物呢,你是什么时候捡的?真漂亮!"

谢桥不答,只问:"比你房里的那个怎么样?"

纪真宜恍惚半秒,立刻从善如流地捧场:"这还用说?当然是小桥捡的更漂亮!"

谢桥觉得这个回答可以了,就算是敷衍也没关系。

纪真宜回到家,一推门就吓得原地蹦了起来。

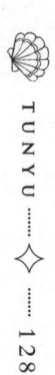

祝琇莹站在玄关口等着兴师问罪，柳眉倒竖，纤盈的身材吼出了倒拔垂杨柳的气势："还知道回来呀你！招呼也不打一声就走了！还敢带着小桥！纪真宜，你胆子大得要包天了！给我进来！"

谢桥第一次见到这个孱弱温婉的女人爆发出这样骇人的能量，本能地往前跨了一步："阿姨……"

纪真宜拖住他，安抚道："没事。"接着把自己的东西放他怀里，无奈地低声说，"准备好，今晚的菜绝对特别丰盛，她估计扛了一车东西回来。"

祝琇莹在外面那样威风，进了屋里反而像个做错事的孩子，垂头丧气地坐在床上，低着头，好久才出声："妈妈知道委屈你了，我那天太激动了，对不起，真的，我太急了，妈妈不是故意的。"

纪真宜看着她，眼眶涩得发疼，脸上却笑嘻嘻的，浑不在意地说："妈，我没觉得委屈。"

她忏悔不已，歉声道："你莫叔叔都说过我了，也跟他哥谈过了，我知道你心里委屈，是妈妈不对……"

纪真宜嗤笑出声："真没委屈，你正儿八经跟我说这个，我还怪想笑的。"

祝琇莹红着眼睛站起来，一脸愠怒地扇在他的肩膀上："我真不知道你这没心肝的德行是好还是坏，我宁愿你跟我吵一架，总好过憋在心里！"

纪真宜从身后扣住她的肩膀，脑袋乖巧地搁在她的肩上，说："吵什么架呀？架是要和别人吵的，自己人哄哄就好了。好不好，我哄哄你好不好？"

祝琇莹看着他，两只眼睛红红的，哽咽得语无伦次："你真是，我真是，我……"

纪真宜连忙把她抱住，用手在她背上帮着顺气，安慰她说："哭什么呀？别哭了别哭了，谁家小姑娘在这哭鼻子呢？小桥听见都要笑了。"

祝琇莹被搂进儿子单薄却足够依靠的胸膛，捂着脸，眼泪从指缝里流出来。她摇着头抽噎："对不起，妈妈没做好，我只想着我自己。我太想和他在一起了,我让你看脸色,我让你受委屈,对不起……"

这是谁规定的呢?难道妈妈就不能为自己多想一点儿?

纪真宜竭力瞪大了眼眶却也没绷住,还是让泪从眼角滑出。他压抑住几乎要溢出来的颤音,故作镇静道:"我没觉得你对不起我,我觉得你做我妈特别好。真的,你做我妈妈,特别特别好。"

第四章
再见，小桥

纪真宜没待几天就去参加考试了，祝琇莹在这关口生了病，还硬撑着要陪他去。

纪真宜阻止她："你比我还焦虑呢，我自己好得很。"说完就拍拍屁股走了，走之前还麻烦谢桥帮忙照顾一下她。

这考试其实很麻烦，考点不统一，各个学校的规定也不一样，冗杂又烦琐。

多数考生都是家长全程陪同，各个考点都被家长们围得水泄不通。纪真宜在一众嘘寒问暖中形单影只地背着十几斤重的画具，自己管着自己的衣食住行，起早贪黑，往天南地北的考点乱飞。他倒是真没说大话，确实将一切打点得井井有条，至少从没错过考试。

他每天晚上都给祝琇莹发自拍报平安，多数时候是结束考试了在考点外随便照的，满手铅黑，笑容灿烂，但看着还是那种失血过多的苍白，藏在衣服下的身躯是不健康的瘦弱。

纪真宜每每发来自拍还要附几句话：我画得太好了，就跟欺负人似的。真想谦虚，奈何实在天才。"

祝琇莹和谢桥说："这孩子小时候的胆子真就老鼠那么点儿大，长大了不知道怎么这么自信！要说自信点儿也不是什么坏事，可他也太自信了!"

她把自己都说笑了。

纪真宜考试期间饱受关怀,叔叔、妹妹、画室的同学和老师、田心,还有让田心转达关心的小马。他也难免要礼尚往来,关心一下田心的"事业"。

田心说:"挺好,播放量稳步上升,创作热情高涨。"

袁纤纤都来问他:"都回来了,你什么时候回来?"

她话里有弦外之音,但纪真宜成天连轴转,不说焦头烂额,却也实在忙碌,没什么劲头来琢磨她话里的意思。

谢桥的书桌上放着一个雕琢精巧的机械天文钟,黑色的木质外壳,电缆驱动,蓝色的宝玑指针,时间推着它无声无息地转动。他的日常说来实在枯燥,全神贯注高效率听课,下课回来做题做到十一点半,再阅读半个小时。

他翻来覆去地回忆和纪真宜跑出去玩的那段日子,每天都想问问纪真宜的情况,又怕打扰对方。纪真宜总是意气风发的,将考试过程说得游刃有余,还得意地说自己参加考试也没忘看鲁迅的著作。

谢桥听他的声音就能想象他的样子,他一定是笑着的,可能坐在床上,两条腿晃来晃去,有股自命不凡的乐天派气质。

他特意把上次生日纪真宜送的杯子翻了出来,白底的草莓玻璃杯,连杯底傻乎乎的卡通小人儿都越看越觉得有趣,心里想着:它可真像我。

他又想起那晚在海边,他连纪真宜喜欢吃什么都不知道,实在过分,应该谴责。思来想去,还是上网向陌生人讨教,倒也学了些为人处世的要领。

可是,纪真宜什么时候回来呢?

这天早上十点,(1)班的学生在勤知楼开完会出来,谢桥和杨昊申并排落在最后,走到一楼大厅。

杨昊申瞥见迎面进来的那人总觉得在哪儿见过,苦思冥想,终于顿悟——这不是上次来找谢桥的那谁吗?

他扭头一看,旁边的谢桥竟然人间蒸发了,他像追着尾巴咬的狗一样滑稽地在原地转了几圈儿,自言自语:"人呢?人呢?"

纪真宜来领缺的资料书,刚好和谢桥一伙人撞见,悄悄朝他眨了眨眼,笑还噙在嘴边,擦肩而过的瞬间,被一把拽走。

谢桥问他:"你怎么今天就回来了?"

纪真宜挑眉道:"怎么,你还想看我在外面流浪多久呀?"他又低低地笑起来,问谢桥:"怎么?我几天不在,这么不习惯?"

谢桥不顺他的意,只说:"才没有。"

纪真宜心说:没有的话你这么着急过来找我说话?

上课铃响,谢桥下意识要往教室走,又想着还是要再跟纪真宜说会儿话,脚尖的方向变了又变。

纪真宜看着谢桥纠结的样子,笑得都站不直,蹲在走廊上直抹泪。

谢桥无奈道:"别笑了。"

纪真宜回到教室,发现班上的人差不多到齐了。

这天天色阴郁,空气干冷,寒风呼啸,田心告诉他天气预报说会下雪。

下午有节体育课,田心搂着他的脖子绑他去打球。

纪真宜小胳膊小腿的,嫌累得慌,决定找袁纤纤一起上楼。他到处找了一圈儿也不见人,还以为她已经回教室了,最后终于在小篮球场下边那排废弃的水龙头找着人了,旁边还围着两个男的。

此事说来有些绕,袁纤纤对一个男生很有好感,这人叫姜显,是学音乐的,长得不错,但人品不怎么样,心气还高。这个姜显的同班好友正是袁纤纤见义勇为时得罪的孙文栋,她把孙文栋干的坏事告诉了学校,孙文栋因此记了过,而姜显感兴趣的人正是向来眼高于顶的乐陶。

袁纤纤不知前情,在他回学校那天,为他写了贺卡又折了一罐千纸鹤,满怀期待地送过去。姜显平时对女生们也还行,只是为了给孙文栋出气,故意笑她没有自知之明,还阴阳怪气地讽刺她。

孙文栋自此更是一见她就要笑几句,说她叫什么"袁纤纤",长这么胖不如叫"圆滚滚"！姜显怪腔怪调地得意道："你怎么好意思？我们长相不合适，你看不出来吗？"

这二人最近闲坏了，稍微看她落单就要奚落几句，倒不真动手，话里半是恐吓半是鄙夷。

袁纤纤年纪小，在班上没什么特别好的朋友，被吓得再也不敢告诉老师，每次都被欺负得抹眼泪。

纪真宜皱了皱眉，昂首阔步上前挤开二人，把袁纤纤拖过来问："妹妹，怎么了？别哭了。"眼见她哭得停不下来，又说，"算了，算了，你去那边哭哦，去吧，去吧，没事。"

孙文栋看他横插一杠，怒道："你谁呀？"

纪真宜双目发直，看着前方说："哇，那儿有两条狗！脸上还有字呢！"

二人连忙转头，被他唬得四处看："哪儿？哪儿有狗？"

纪真宜的眼神在他们脸上转来转去，恍然大悟道："我横竖睡不着，仔细看了半夜，才从狗嘴里看出字来，你们满脸都写着一个字——'蠢'！"

对方彻底怒了："你骂谁呢？"

纪真宜反击道："说蠢字也算骂人吗？再说这话也不是我说的。"

孙文栋扬声恶骂，气得一掌掼过去，可纪真宜早悄悄退出一个安全距离，他没打着。

纪真宜像个拳击手似的蹦蹦跳跳，二人围着水龙头跑，好似老鹰抓小鸡，姜显看着都觉得蠢。

孙文栋对他破口大骂，纪真宜一声不吭。孙文栋急了："你是哑巴吗？说话！"

纪真宜却说："人和狗有交流障碍，我说话你也听不懂。"

孙文栋气得肺都要炸了，恨不得撕了他这张破嘴。

姜显把孙文栋拦下，问纪真宜："你什么意思，你要为她出头？"

纪真宜说："我为全世界遭遇不公的人们出头！"

纪真宜不矮，大致和姜显持平，只可惜他实在太苍白单薄，显得人单势微,特别羸弱。

孙文栋瞅他许久,终于想起来他是谁,哼道:"你不就是跟在瘦猴屁股后头的一个小喽啰吗?也敢给人出头,我可听说这人的大哥早就翘辫子了,不知道上辈子造了什么孽,竟然早夭了!"

纪真宜的神色一下子凝住,也不顾什么安全距离了,一步步朝他走过去,狠话是一个字一个字从口中飙出来的:"你什么东西,也配提他一个字?"

孙文栋人高马大,魁梧非常,往前一跨,单手攥住纪真宜的衣领,语气阴狠刻薄:"你再说?你能耐哇,你信不信我让你看看什么叫动真格的?"

袁纤纤吓得大哭,要去找老师,被姜显拦住。

纪真宜的心脏"咚咚"跳着,脑袋都开始充血,有什么话隐约从他思绪间飘了过去。

纪真宜悄悄提起了左脚,孙文栋早防他这一招,身子往一旁侧,松了手。

纪真宜黄雀在后,直接换了右脚,使了巧劲。孙文栋一时不察,直接被绊倒在地,摔得结结实实。

纪真宜立即蹦出五米开外,大喊:"瘦猴!田心!来人啊,小马!班长!老师!这里有人狗急跳墙了!"

姜显要捂他的嘴都来不及。

第一个赶到的是贾程,他听见声音风风火火地跑过来,到了现场后有些蒙,指着地上的孙文栋问纪真宜:"什么情况?"

姜显也觉得孙文栋这样子怪丢脸的,勉强想给自己找场子,便说:"你这人也够死脑筋的,我说她丑关你什么事?怎么着,你这么为她出头,这么关心人家呀?"

贾程的到来让纪真宜挺直腰杆,故意道:"是呀,我就是关心她!而且我最看不惯自以为是的丑人,你真当自己是什么风华绝代的帅哥?"

纪真宜边说"你等着",边蹿上楼梯,四处张望,发现(1)班正围着小篮球场跑步,谢桥在人群中鹤立鸡群,自成风景。

纪真宜一眼扫到他，笑盈盈地喊："那边的帅哥来一下！"

（1）班的人还在云里雾里，就见谢桥已经自行脱队，跑去和老师请了个假，往纪真宜这边走来。

纪真宜拽着他就跑，拖到姜显面前，腰杆挺得更直了，俨然是找了座大靠山。

刚才纪真宜那一嗓子叫来许多人，姜显已经被围住了，眼下便露了怯。

"长了两只眼睛一张嘴就敢鼻孔朝天给我玩相貌歧视，没见过真正的大帅哥？我怕你不知道什么才是明月彩霞！"纪真宜气势磅礴地撂完狠话，转头寻求认同似的看向谢桥，得意道："哦？"

谢桥垂眼看他盛气凌人的样子，看似冷静实则好笑地"嗯"了一声。

纪真宜睨着姜显，更有种小人得势的张狂了："烂泥也敢与皓月争辉。"又抬头问谢桥："你看这男的长得丑不丑？"

众目睽睽之下，谢桥说："丑。"

乐陶和好姐妹远远地赶过来，看见袁纤纤眼睛红红的，安慰了她一会儿，才拨开开人群挤进来，见是姜显和孙文栋，当即生气地道："姜显、孙文栋！怎么又是你们……"

她用余光一下子扫到谢桥，霎时呼吸都停了，闭着眼睛把头侧到一旁，恨不能钻地底下去。她羞愤交加正要跑开，又扭过头来，涨红了脸冲着姜显一顿批判，才像个女侠一样头也不回地走了。

事情最后还是被老师知道了，所幸没有闹得太大，纪真宜只落了个写保证书的惩罚。

他从办公室出来，在楼层尽头的水龙头洗手。

袁纤纤请假提前回家，背着包来找他，眼睛还是肿的，又道歉又道谢。

纪真宜的喉咙涩得发疼，但还是说："没事。不过就这男的，妹妹你觉得他哪儿好呀？"

袁纤纤支支吾吾地道："有一次我抬垃圾桶，他帮我提了。"又连忙说，"我以后不理他了，我看还是你最好了，你是第一个为我出头的男生。"

纪真宜忍俊不禁:"哈哈哈……妹妹你也太可爱了吧!"

袁纤纤意识到自己被嘲笑了,有些难为情地说:"怎么了吗?你这样就是很酷,很好呀。"

纪真宜甩甩手上的冷水,问她:"你觉得姜显好,就是因为他帮你倒过一次垃圾,你现在觉得我好,就因为我给你出头?"

袁纤纤反问她:"那你为什么为我出头?"

纪真宜倒是很坦诚:"因为我喜欢你嘛。"

袁纤纤不解道:"那……"

"可是这种喜欢不是那种喜欢呀。"他说得很慢很温柔,"是把你当好朋友,当小妹妹的那种喜欢,我觉得你很可爱,所以我愿意帮你。"

袁纤纤不说话了。她的手搭在双肩的包带上,小学生似的抠来抠去,嘟囔道:"其实他们也没说错,我就是胖嘛,叫'圆滚滚'也没什么,还挺可爱的。"

她抬起头,小心地笑着。

纪真宜开导她:"你可爱是你这个人本身可爱,才不是一个恶心的绰号可爱,妹妹不要妄自菲薄呀。"

袁纤纤确实直白又可爱,她又说:"你说这种话,不就是让我在意你的吗?"

纪真宜啼笑皆非。他双手合十,好似作揖,摆出一副可怜的贫嘴相:"真没有!妹妹,我这人天生油嘴滑舌,你又不是不知道,我说的比唱的还好听呢,千万别浪费感情在我身上。你难道忘记了,你不是说猪才关注我吗?"

袁纤纤臊得脸上发热,只好说:"那我该怎么谢你?"

纪真宜心想别以身相许就行,却道:"送我幅亲手写的锦旗吧。"他思量半晌,"就写'学者纪真宜,天下属第一',哇,还压上韵了!"

晚上下了场雪,三月份都入了春,下雪还真是头一遭。

于是这场雪更加令人惊喜,学生们都沸腾起来。

纪真宜特地给谢桥发了条短信:"下雪了,小桥!"
银白的月光照在回家的路上,积雪如同白绒绒的雪缎织了一路。谢桥撑着伞,伞下还有个自己没带伞却对谢桥的打伞方式挑三拣四的纪真宜,一路上叽叽喳喳全是他的声音。
冷不丁地,谢桥忽然问:"明月彩霞是什么意思?"
纪真宜花了点儿工夫才明白他说的是什么,解释道:"就是……你很帅,光彩夺目的意思。"
谢桥停下了,偏头看他,继续问:"为什么要用明月彩霞?"
纪真宜苦恼地回:"就……就……我们别这么锱铢必较行不行?你还能不知道为什么吗?就是这么念顺呗!"
谢桥仍然目不转睛地看着他。
纪真宜终于败下阵来,这才说:"好吧,好吧,其实是我妈老看还珠格格,我路过的时候给记下来了行吗?"
谢桥轻轻笑了一声,轻轻转了一下伞柄,雪花四散。
纪真宜少见他这般模样,知道是因为自己,提醒说:"你不要太崇拜哥。"
谢桥又转了一下伞,回道:"很崇拜。"
"这么崇拜我呀?"纪真宜心虚于和他对视,故意说,"你叫声'哥哥'我就考虑……"
"哥哥。"谢桥眼里堆满了亮晶晶的真诚,像摇晃的碎银,又抿嘴笑了一笑,"哥哥。"

纪真宜的思绪乱成一锅粥,晚上盖着被子睁眼到天明,第二天五点就爬起来去了学校。
早自习时,班主任手撑在讲台上,看见教室里一张张或生或熟的面孔,感慨万千。
多少风华正茂的脸都聚在这个班呀,又精神又会打扮,能画的、能写的、能唱的、能跳的,个个都多才多艺。
"因为集训的关系,班上的人数一直不固定,我还没有和这么整齐的大家见过一次面。怎么说呢？你们是我带过最特殊的一个班，我也相信能成为最优秀、最光荣的一个班！以后大家跟着我一起冲，学习不可耻，不奋力一搏才可耻，越学习越光荣。"

"我们班不仅吃喝玩乐第一名，我们吃苦耐劳也很行！"

全班都被班主任鼓舞了一番，虽然晚上小考完他就在教室里吼"你们是我带过最差的一个班"，但被调动的热血还是在身体里短暂地涌动了一阵子。

第二天没课，纪真宜现在恨不得成天上课，不想在家碰见谢桥。在想出解决方案前，他决定暂时当只缩头乌龟，一大早就准备偷偷摸摸出门，结果被祝琇莹撞个正着。

祝琇莹把他拦在门口数落："你怎么就知道出去玩，学习一天能要了你的命？"

纪真宜心里叫苦不迭，说："妈，我之前考试折腾这么久，你就让我放松一下嘛，就当是放放风也好呀。"

祝琇莹不许，二人在门口纠缠。

身后谢桥的房门适时地开了，纪真宜从脚底到头顶一寸寸石化，仿佛丧钟在他脑子里敲响。

祝琇莹一见谢桥出来，就连忙道："小桥起了。"又看着纪真宜，严肃道："你不是要放风吗？等会儿吃完早餐你和小桥去买点儿菜回来，小桥监督着你，最多一个小时半，必须给我回来！"

纪真宜脸和心一起苦了起来，忙说："算了，算了，我不出门了。"

祝琇莹哪能由他随着性子来，当自己是逮着他现行了，便责令他去也得去，不去也得去。

于是纪真宜就带着谢桥出门了。

走到熙熙攘攘的菜市场门口，纪真宜本能地不想让谢桥进去，里面人又杂又多，味儿也不好闻。

想着想着纪真宜又刹住车，心想：不行，不能对他太好了。

纪真宜连忙扼杀了这种心理，硬起心肠对谢桥说："等下你去跟阿姨讲价，记得笑，我推你一下你就笑。"

谢桥被赶鸭子上架，站在摊前干巴巴地说："阿姨，二十块钱好不好？"

"小伙子，二十五……"

纪真宜用头撞他的后背，提醒他："笑一下，笑一下。"

谢桥不怎么好意思地抿出一个笑："阿姨，好不好？"

"拿走，拿走！"

二人如法炮制，肉买了、鱼买了、虾买了，还买了几斤生蚝，买青菜时还让摊主送了两串辣椒。

纪真宜又把初衷抛到脑后了，为自己误打误撞赚来的小便宜得意忘形："这就是传说中的帅哥砍价法！"

谢桥附和说："嗯，真聪明。"

纪真宜的理智瞬间回笼，一下子收了笑，故意道："我这人就爱占小便宜，出门不捡钱都算丢，俗吧？"

谢桥摇头，也不知想了些什么，才说："很好。"又补充说，"精打细算。"

纪真宜如遭雷击，恨不得掐着谢桥的肩膀疯狂摇晃道："你醒醒，醒醒呀！小桥。"

他对董元柏说狠话的时候可谓铁石心肠，可当对上谢桥，一下子变得不知该如何才好，怎么解释才能不让谢桥那么难过？

可谢桥确实不一样，谢桥是他主动想交的朋友。在他最煎熬的时候，谢桥充当了他救命的浮木，可谢桥一无所知，还在这期间将他视为极重要的人。

他多么无辜，多么傻乎乎。

眼前提着排骨的谢桥甚至说："以后我们可以一起买菜，我学会了。"

"小桥。"

谢桥掀起眼帘看他，还是那样一双明亮的眼睛，带着一丝疑惑道："嗯？"

明明话就哽在喉口，纪真宜却说不出来了，只能改口道："我们……我们……赶紧回家吧！我妈要催了！"说完就提着菜，闷头往前走。

纪真宜实在不知道怎么办，思来想去，头都要秃了，于是又开始躲着谢桥，早上天还没亮就跑了，晚上还没下课就开溜，找的借口是出去玩。

谢桥最近怏怏的，杨昊申看着忧心不已，问他怎么了。

谢桥问："你被人故意躲过吗？"

杨昊申小心翼翼地问："怎么了？谁躲你了？"

谢桥没立刻回答，只是看着窗外，用自己觉得很平静，可在杨昊申听来要多委屈有多委屈的语气说："他好像……不是很想跟我一块儿玩。"

杨昊申一听就火了，仿佛见了鬼粗着嗓子吼："不想跟你玩？！凭什么不想跟你玩，这人是谁呀？这么对你？"

他一副撸起袖子就要找人说理去的架势。

班上好些人都看过来了，他也意识到自己太引人注目了，转过身去面对班上探寻八卦的目光，张开手臂双手朝下，笑容和蔼道："安静、学习。"又低声询问谢桥："他为什么躲着你？"

谢桥没回答这个问题，只说："他喜欢跟别人玩。"

杨昊申简直如遇晴天霹雳，谢桥说的这个人在他心里已经是个有眼无珠、不知好歹的瞎子了。他又心酸又心焦，简直痛心疾首，却又不得不给谢桥出谋划策："他是不是觉得跟你爱好不同呀？不然你跟着他一起去玩？"

"一起？可他一直在躲我。"

杨昊申撑着肉肉的腮帮子苦思冥想，两个往常一门心思只有学习的好学生聚在一起笨拙地讨论出一个不怎么聪明的方案。

纪真宜又从后门溜了，还带着田心，田心和小马成天连体婴似的待在一起竟然也会闹别扭。纪真宜劝他别和小马闹脾气，对方眉毛一挤，不耐烦道："又不是我不搭理他，是他先不理我的！马盛淇有病！"

二人一边走一边嘀嘀咕咕，纪真宜回家的路就八百米，却还犯懒抄了条小道，于是就让人给堵在黑灯瞎火的巷子里了。来人说来也不陌生，他们都认识，是纪真宜原先学校同级的一个不良学生，本名叫胡冠涛，诨号"胡光头"。

他们一共有五个人,田心起先还不甘抗争,结果也被制服。他还想打电话求救,手机却被一脚踢飞。

胡冠涛扯扯裤子蹲在他们面前,笑道:"我就说看着像你,果然真是你呀!纪真宜,有人特意让我来'教育教育'你,你真是好本事。"

纪真宜想想近日结怨的就孙文栋和姜显了,嬉皮笑脸地说:"都是老熟人,你放了我呗。"

胡冠涛笑:"那可不行,我早想教训你了,正好赶上这么个机会。怎么回事?我听说,丁晃和徐森宁到处找不着你呢,原来只是换了个区,我还当你消失了呢。"

纪真宜也笑道:"我怎么能消失?你消失了我都还在家嗑瓜子呢。"

胡冠涛倒没恼羞成怒,只是起身的时候踹了下纪真宜的膝盖,说:"等着,马上收拾你。"他从裤兜里摸出手机打电话,纪真宜听着他和那边商量,说情况有变,这里多了个人。

田心咬牙切齿地道:"他们就趁马仔,呸,趁马盛淇不在,等明天我让他们好看!"

纪真宜好奇道:"小马很厉害吗?"

田心撇撇嘴道:"你别看他那样,其实厉害着呢。"

纪真宜惊讶道:"真的?你呢?"

田心想了想说:"我就比他差点儿吧……"

纪真宜"喊"了一声。

田心勃然大怒,叫嚣道:"你好意思?要不是你在这儿拖后腿,我跑起来起码甩他们五条街。"毕竟他中长跑也是年年在省里拿奖的。

胡冠涛带来的人呵斥他:"看不起谁呢?!"

田心还在那不知死活地呛声:"谁应声就是谁!"

眼看着又要把人惹急了,纪真宜赶紧拦在田心跟前,笑着对那人说:"这位哥,你们看这样行不?我这儿也有些好处,你去跟胡哥商量商量,之前大家都是一个学校的,这样多伤和气呀。"

那人还发蒙呢,田心反而犯轴了:"纪真宜,你有没有骨气?!谁要给这群家伙好处？"

纪真宜捂住他的嘴，对那人说："哥，你别管，去商量吧。"又回过头对田心说："能和平解决的事情你非得搞大是吗？"

那边胡冠涛扫兴地挂了电话，神色阴沉地盯着纪真宜说："算了，亏就亏点儿。他人都不在了，对付你们，也算我给他添点儿堵了。"

那小弟凑过去："哥，他们说……"

纪真宜腾地蹿起来喊："二百五！给你们这群二百五！"

胡冠涛没什么反应，掏掏耳朵吩咐："按跟那边谈好的来。"

"住手。"

清越而冷冽的，是纪真宜似曾相识的声音。

谢桥走了出来，他人高又长得俊俏，战斗力先不谈，胡冠涛一干人眼看他们这边多了个人，心里也开始打鼓。

谢桥说："我报警了。"

胡冠涛对他的威胁轻蔑地偏头一笑。

谢桥又道："佳锭分局马路派出所，我想你应该很熟。"

胡冠涛瞪大眼睛："你……"

谢桥还是一样的语气："你唯一的选择是立刻走。"

胡冠涛被他气定神闲的模样激出一身火，咬牙道："那不一定，至少我还可以教训你一顿再走。天王老子来之前，我也要教训教训你。"

谢桥面无表情。他的眼睛生得冷，透出一股子高傲，看谁都像看傻子。他说："你不能打我。"

胡冠涛都被他冷峻的气势震慑住了，问："为……为什么？"

谢桥理所当然地说："因为我不会打架。"

此时田心心里何止骂了一万句——你不是本校明珠吗？你不是有基金会吗？你不是很牛吗？你干吗那么神气地告诉人家你不会打架？

对面的人静了几秒，接着一齐大笑。胡冠涛走上前，搡他肩膀："不会打架？报警了呀？就要打你，怎么着，就打你，就打你……"

谢桥被推得一步步后退，不慎趔趄了一下，抽起包带直直地甩过去，胡冠涛不怎么当回事地抬起左臂挡住。

谢桥的包是斜单肩包，包带很长，接着在场所有人都听见了重物和地面相撞的声音——这不是包该有的声音。

田心都惊了——这什么情况？

谢桥趁他们蒙圈，冲过去拽起纪真宜就跑。

田心孤零零地被遗忘在原地，等人追过来了，才在地上抓了把沙扔过去，而后捡起手机，骂骂咧咧地分头跑了。

谢桥每天都在跑步，又人高腿长，牵着纪真宜一路跑进小区，气都不带喘的。

纪真宜感觉肺都快跑炸了，撑着膝盖不停地喘气，好一会儿才呼吸不匀地问："小桥，你怎么在那儿？"

谢桥的唇抿成薄薄一线，有些难以启齿："我一直跟着你。"

纪真宜差点儿说不出话来，好久才又问："你包里那动静怎么回事？"

谢桥答："我捡了块砖放在包里。"

纪真宜几乎要笑出声来。谢桥胆子怎么这么大，幸好没出什么事。

"对不起。"谢桥垂下眼，语气落寞里透出几分愧疚，"我没有打过架。"

——对不起，我没有打过架，我不能很有底气地把你救出来。

纪真宜感觉自己要愧疚死了，可是怎么办呢？谢桥是这么好这么好的一个人。

纪真宜恨不得扇自己两耳光才解气，自己干吗要去招惹谢桥呢，干吗要把他从天上拽下来，和自己混在一块儿呢？

纪真宜诚恳地说："都怪我，以后小桥再也不用打架了，小桥的手是握笔的手，不是打架的手。多亏小桥来救我，不然我今晚又得挨揍。"

谢桥浓密的睫毛像把小扇子，神情愉悦地看着纪真宜。

"那我们清明节……"谢桥想了想才继续，"一起出去玩好吗？我还叫了别人，我们一起去玩好吗？"

夜色稠黑，月朗风清。

纪真宜仿佛置身于某种夜晚催生的成分不明的迷雾，这团无名迷雾同样将谢桥笼罩其中，丰神俊采的少年小心翼翼地将一腔真诚送到他面前。

纪真宜很难判断出自己这一刻是怎么想的,他眼神涣散地看着谢桥,破罐子破摔地想:不管了,不管了。

他也不确定自己此时清不清醒,脑子里权衡的天平还是否理智,他只鬼使神差地觉得,他或许可以走出来,谢桥给了他逃出生天的曙光。

纪真宜说:"好。"

翌日清早,田心偷偷闪进了教室,好死不死,让晃着椅子眼神不断往门口扫视的马盛淇撞个正着。田心偏过头不悦地"喊"了一声,带着满身火气挤去后座坐下。

小马腾地起身,拽着他的手生生把他转过来,往日的沉静全然不见踪影,指着他手臂上的擦伤问:"怎么回事?是谁弄的!"

田心不领情,故意说道:"关你什么事?走开!"

二人在那里僵持不下,纪真宜正好背着包磨磨蹭蹭地踱进来。

小马迅速将战火引到他身上,直起身来,眼神冷厉道:"他的伤是谁弄的?"

纪真宜喉头滚了滚,说:"我们昨晚被堵了,应该跟孙文栋有关吧……"

小马阴着脸一言不发地出去了,好久才通身戾气地回来。

下课后,有人敲响了教室后门,孙文栋也一身火气,身后跟着两个人。他怒气冲冲道:"马盛淇,出来!"

一石激起千层浪。

后排同学哗哗起立,椅子摩擦地面的声音此起彼伏,他们个个魁硕,高声问:"小马,怎么回事?"

马盛淇倚着椅背,微微掀起眼帘,一双眸子阴沉沉的:"他找我碴儿。"

班上的男生齐刷刷地起身,队长拍拍他的肩膀,镇静道:"等着,哥哥给你做主。"

孙文栋带了三个人来,三十几个人把他们轰了回去。

两个班从来相处和乐，但人都欺负到班级门口了，不出来反而跟怕了似的，因此两班人开始对峙。

——他来找谁的碴儿知道吗？我们小马！

——昨晚找人堵了谁知道吗？我们猴儿！

弄清事情来龙去脉的班长插进来说："还有我们纤纤和小宜。"

纪真宜心道：不必给我长辈分。

班长提前立了规矩："先说好，注意文明，我听不得脏话。虽然我们明显占理，但总有人要袒护自家人，知道大家都认识人，直接打电话吧。要不我来联系，反正那些人我都认识，我倒要看看到时候哪个敢动一下。"

没人说话了。

班长亲自上去把孙文栋拽出来，气道："孙文栋，你好样的哇，你这样真的让我很难做人。我第一回当班长，工作安排得井井有条，班级管理得蒸蒸日上，哪个不说我们班人杰地灵，人才辈出？！"

在场的各位同学纷纷清清嗓子，正正衣领，可谓人模狗样。

班长接着道："你呢？你这个家伙，真是坏到根子上了！"

贾程附耳提醒："班长，注意措辞。"

他缓缓转过身来，问道："我说脏话了？"

全班人的头摇得上下一心——没有，没有。

事情解决得很快，人群散开前，班长警告孙文栋："绷紧你的皮，别找不该找的事。"

又一节课后，小马来示好，田心摆谱儿道："是你先不理我的，凭什么你说和好就和好，你算老几？"

小马说："我错了。"

这一句话让田心破了功，圆溜溜的眼睛涨得发红，愤愤道："你这个该死的马盛淇，你竟敢不理我！竟敢不理我！"

马盛淇少时有些轻微自闭，在很长一段时间里只和田心讲话，二人从来孟不离焦焦不离孟，锯都锯不开。小马又说了一次："真的错了。"

田心大人有大量地原谅了他："那好吧，今天午饭你请客，捎上纪真宜。"

小马蔫地嚓了声,沉默了两秒才道:"好。"

"好个头,你哪儿有钱?!我早发现了,你昨天也没吃饭,午饭和晚饭都没吃,你要成仙哇!没钱了你说一声呀!"田心纨绔派头十足地把自己的钱包摔小马怀里,眼神凶狠道,"拿着,不准还给我!"

小马怔怔地接住钱包,低头认命似的笑了笑。

事后,纪真宜问小马是不是家里出事了。

马盛淇家里不算特别富裕,但也跟拮据扯不上关系,怎么会吃饭的钱都没了呢?

小马缄口不言,纪真宜用那个秘密威胁,他才坦白:"瘦猴的视频点击量太低,我怕瘦猴难过,花钱去买播放量了。播放高了,他拍得越来越勤,就……"

竟然因为这个没钱吃饭,小马多傻呀。

枝虬叶茂,草长莺飞,花茵团团,春天又催着万物发芽了。

说是清明节出去玩,事实上是清明后一天,清明当天祝璛莹门都不许纪真宜出。纪真宜也安分守己。自从那晚答应谢桥后的每一秒都在怀疑自己当时那个轻飘飘的"好"到底对不对,但他和谢桥的日常相处明显自然了许多,不管怎样这于他而言都是件好事。

傍晚出门时,谢桥说叫了杨昊申一块儿,去城东的"霓虹"春日美食嘉年华。

谁知纪真宜一听杨昊申就说:"我知道他。"

谢桥立即看向他。

纪真宜又说:"上回模拟考试他的数学不是满分吗?我听到广播里说到他了。"

谢桥眉头微敛:"我也是满分。"

纪真宜不解道:"啊?"

"上上次也是满分。"他又强调说,"只有我一个满分。"

纪真宜明白过来,夸赞道:"不愧是小桥,学校有你,真了不起。"

这该死的胜负欲。

碰面的时候，谢桥向纪真宜介绍杨昊申："我朋友。"

杨昊申差点儿迎风泪三尺，捂着嘴不让自己哭出来，"朋友"这两个字重得跟谢桥授予他的是皇冠似的。但他看纪真宜懒洋洋的模样分外不顺眼，这人也是谢桥的朋友吗？

他对这个头衔也被授给纪真宜感到十分不满，私下认定这人就是死活赖着谢桥跟来的！

于是纪真宜说句"小桥，帮我拿一下"，他都要呛声："你没长手吗？"

纪真宜被他不管三七二十一通抢白，懊恼地问谢桥："他是你的粉丝吗？"

谢桥只好说："是朋友。"

杨昊申倍加感动的同时愈感肩上责任重大，谢桥好说话，可他作为朋友不能向恶势力低头，他怕头上的友谊皇冠会掉，一路上和纪真宜见招拆招，闹得风生水起不亦乐乎。

到最后，他却和纪真宜勾肩搭背，乐不思蜀已然忘了使命，等他落了单才嚼着丸子琢磨，到底是谁会躲着谢桥呢？

长龙一般的彩车，彻夜通明的灯笼，沿街的小摊子上人群熙攘，因为是第一天，所以客流不断，摩肩接踵。谢桥买了根糖壳很硬的苹果糖，不知从何下口。

纪真宜经过每个小摊子都兴致勃勃地探头看一看，带着谢桥在拥挤的人群里游鱼一样穿梭自如，买了烤花枝串边走边吃，问他："小桥去过日本吗？"

谢桥立在他身后，把他和拥堵的人流隔开，回答道："去过。"

纪真宜好生羡慕，笑意盈盈地问："有穿浴衣吗？"

谢桥点头。

纪真宜想象了一下眉目如画的少年穿着蓼蓝色浴衣站在异国街头，火树银花在天空燃散，清冷贵气自成一景。小姑娘们要是一眼瞥到他，该是多惨的一场跨国苦恋。

他看着谢桥，谢桥一笑，他也忍不住跟着笑。

突然身后有个他避之不及的声音迟疑地喊出他的名字："纪真宜？"

纪真宜仿佛顿住了，整个人顷刻间蒙了。

丁晃。

他不知道该回头还是该逃跑，地面把他的脚死死焊住，旁边的情侣仍在打闹，谢桥噙着笑问他要不要御好烧，满街的繁闹欢乐都在继续，可他像被按了暂停键。

直到那只手不怎么确定地搭上他的后肩，又叫了一句："纪真宜。"

他像被人扼住了咽喉，惊恐万状地挣脱那只手落荒而逃。

他如遇鬼煞般慌不择路，在人群中狠狠地摔了一下，掌心蹭地，又踉跄着爬起来，惶恐而机械地回过头，穿越人潮与灯火，看到自己狼狈的身影映在丁晃锐利的瞳孔里。

一瞬间，骨骼都开始疼，所有刻意逃避的回忆纷至沓来，像锋利的碎玻璃扎满他自欺欺人的大脑。

谢桥艰难地挤开人墙走到他身边，问道："怎么了？"

纪真宜张开嘴，一个字也说不出来，逃出来以后才敢喘气，外面的夜晚要空寂许多，黑沉沉的，燥意与寒意交织。

田心骑着机车刚到门口，马盛淇坐在后座，无所事事地在吃一根棒棒糖。

田心刚摘下头盔就看见他和谢桥了，心下狐疑，上前把拦住他们，正要盘问，突然双眼发直，大惊失色道："丁哥……你怎么回……"

纪真宜牙关磕动，目眦欲裂，推开田心拔腿逃窜。

他一直跑，一直跑，跑到嗓子眼儿涌起腥甜。

他以为身后追着鬼煞魍魉，追着洪水猛兽，追着要一脚将他踹进深渊的过去，追着唾骂他的丁晃和田心。

其实他身后只追着谢桥。

谢桥拽住他，轻声问："你怎么了？"

他错了，他不该抱着痴心妄想，期盼走进新的生活。

他回身过来，疯狂奔跑后仍是惨白的一张脸，黑眼珠仓皇无助地躲闪："小桥，对不起，对不起，我们不能当好朋友，真的。"

早上天色很暗,铅云低垂,远处的天边只有一条亮线。

纪真宜背着包,匆匆地从小区出来,在转角处被身后的谢桥上前拦住去路。

他不敢看谢桥的眼睛,小声道:"小桥,不要这样。"

谢桥低下头:"我知道,你有个很重要的好朋友,你没忘记他。"

纪真宜看着他,眼睛湿得要沁水,却是在笑的:"死了,他死了。"

所有的一切都有迹可循,下雨天、简笔画、没有铃芯的手绳、桌上的贝壳、和别人去过的海边,再是行事矛盾的纪真宜。

谢桥并不笨,他只是在推算出的结果中挑了最轻的一个,他心知肚明。

他一下子失了力。

"纪真宜!"

他们一齐扭头过去,看见怒不可遏的丁晃和被逮来带路的田心。

田心跟在丁晃身后,低着头不敢和纪真宜对视。他忸怩不前,觉得自己现在里外不是人。

纪真宜转来他的学校,他瞒着丁晃和徐森宁,最气的时候也没透露一句,昨晚被丁晃发现,早上天没亮又被拎来这里堵人,简直是个可耻的双面间谍。

丁晃个子并不算太高,但很结实。他冲上来,握起拳头就要往纪真宜身上砸,被旁边的谢桥一把拦住。

丁晃赤红着眼看向纪真宜,恨不能把他生吞活剥,忽然笑了:"你到底怎么想的?他到死都不放心你,你怎么敢这么无情!"

"我以为你去哪儿了呢!我们到处找不着你人,他生日那天我们在那儿蹲了一天你也没来,合着你躲这儿开始你的新生活呢。你知道我回来干吗吗?清明节我回来看看他,你早忘了吧?徐森宁是昨天早上回的学校,我就多留一晚,你瞧我运气多好,让我撞上你。"

纪真宜一步不退地和他对峙,脸上肌肉抽搐,拳头都要握碎。

"我就没见过你这么没良心的,一年,人才没了一年,你是真了不起。你但凡是个人,但凡长了点儿心,你也不该忘得这么快!"

纪真宜忍住眼泪的样子就像一个灌满水的窄口玻璃瓶,为了不让水溢出来,涨得整个瓶身都是要碎裂的痕迹。

他红着眼,气势咄咄逼人:"你要我怎么办?要一辈子因为他走不出来你才愿意吗?你这是道德绑架!我才十九岁,你要我难过一辈子吗?是他自己要我向前看的,我……我……"他终于说不下去,崩溃地抱着头蹲在地上,"你别说了,我求你别说了……"

他想起这一年,这整整一年,所有人都仿佛排着队来干预他的生活,把那个叫韩放筝的烙印一点儿一点儿烫得更深。

——你们为什么都这样,他死了,我也难过,为什么没有一个人来安慰我?却都来警告我你不准忘记他。

——丁晃和徐森宁可以去外地上大学,可以在街头喝酒时怅惘地说起他;田心可以活得随心所欲,可以一时兴起就当个视频博主;为什么我活得开心一点儿你们就认为我好像犯了罪呢?

他有那么好吗?他有那么好吗?

他真就有那么好。

纪真宜的眼泪猛地涌出来,拥挤得眼眶酸疼。

旁边的田心也蹲在地上,哭天喊地,比纪真宜还吓人:"你有新的生活、新的好朋友了,那韩哥怎么办?韩哥……"

谢桥怔怔地站在那里,仿佛置身一场闹剧,他们的愤怒与悲伤让他茫然无措,好像他和纪真宜交好是多么忘恩负义的事情。

他错了吗?

纪真宜到最后也不知道自己是怎么回家的,他只记得自己抱着他妈哭了好久好久,要被自己的眼泪淹死了,整个胸膛都是破碎的哭声。

他关门躲进房间里,祝琇莹在外面哭着不停地敲门。他只好说:"妈,你让我待一会儿,我一下下就好了,我求求你让我待一会儿吧,我不做傻事。"

纪真宜哭得脑子发晕,脑子嗡嗡响。他抱着腿坐在床上,从头到尾捋着这件事情。

这所有乱七八糟的事情里,谢桥是可以摘出来的。

谢桥多可怜,他从头到尾都是无辜的。

纪真宜发现自己做错了,错得离谱儿。考试回来的那天晚上他就该明白地告诉谢桥,或许更早,谢桥开始靠近他,对他好时,他就该叫停。

他总想找到一个最无害的理由,其实最好不过是一开始就明确画好界线。

他开门出去的时候,谢桥就待在外面,正因为他在,祝琇莹才敢放心离开。

纪真宜的嘴唇惨白,像久置的蜡像一样虚弱,扯开一个苍白的笑,叫道:"小桥。"

谢桥拽过他,将人推进了浴室,催促他洗漱。

纪真宜看着镜子,轻声道:"小桥,再也不要这样对我好了。"

谢桥站在门口,问他:"你就真没把我当过好朋友吗?"

纪真宜狠狠地闭了一下眼睛,没有转头,回道:"没有。"

"那你为什么对我那么好?"

"因为我坏呀,我有病好不好?"

"你既然一开始就没想把我当好朋友,为什么要……"

纪真宜转过身,缓缓道:"因为你太优秀了,性格又很有趣,谁和你待久了不会想和你做朋友呢?"他说得那么理所当然,好像全是谢桥的错,"而且,你刚开始不是看我很不顺眼吗?我又没叫你对我改观。"

谢桥第一次感受到这种切实的欺负:"你讲不讲理?"

纪真宜看着他,脸上是谢桥常能从他脸上看到的那种笑,带着哀悯和暖意:"不讲。"

谢桥直直地站着,眼尾泛红,薄唇紧抿,一下子就哭了。

他白得欺霜胜雪,像是玉做的人,眼泪一落像晶润的滚珠。

这两滴泪落下来,纪真宜方才的伪装全作了废:"小桥,对不起,对不起,不要哭,小桥。"

他方寸大乱,觉得自己罪大恶极。他错了,他又错了,谢桥被他说哭了,他到底该怎么办?

他并不很聪明,他做不到面面俱到,他没厉害到能让所有人都称心如意,他不能保证自己的每个决定都不出错。

他也会自私,很自私,他会想有一个让他暂时栖存喘息的地方。

每当熄灯后,夜晚空寂,他躺在床上,胸口都像压着一座大山。一到下雨,他就开始感同身受韩放筝死前那种要将人吞溺的悲伤和冰冷的绝望。他太冷了,太害怕了,他渴望一些改变,一些能让他忘记过去的新事物。

他对谢桥好,一方面是他本性就这样,他下意识地不想让身边的人难过;另一方面,谢桥实在过于有趣,尤其是本性与外表的反差。

纪真宜从小就讨厌故事里被偏爱的那个人,谢桥不管从哪方面看都是那个人,唯一的烦恼不过就是担心母亲有了新家庭不再那么爱他。可纪真宜忍不住想要开导他,连这点儿烦恼也不想让他拥有。

"小桥,别对我这么好,你看我这个人,一无是处。哪里值得你对我这么好呢?"

谢桥用一双犹如浸着清泉一般的纯澈眼眸注视着他:"你又骗我。"

"才没有骗你,是真的。纪真宜是什么呀,一个坏家伙。"

谢桥想:才不是,你明明是最好、最酷的纪真宜。

"你凭什么这么说自己?"谢桥深深地看着他,"我第一次把一个朋友看得这么重要。"

纪真宜也很难过:"对不起,小桥,我太坏了。"

门口响起窸窸窣窣的动静,大概是祝琇莹回来了。谢桥偏头过去,转身离开了。

纪真宜无力再挪步,整个人似乎都成了灰色的,死气沉沉的。

谢桥坐在桌前,无意识地摩挲着那个草莓玻璃杯,心里空落落的。耳边突然响起叩门声,纪真宜在叫他:"小桥,吃饭了。"

谢桥浑身一耸,腾地站起来,杯子从桌沿掉下去。他眼睁睁看着它"砰"的一声碎了。那个画着 Q 版谢桥的杯子,碎掉了。

天阴了一整天,雨是在晚上来的,雷声沉闷,雨帘连绵不断。

谢桥开了盏台灯,专注地看着眼前碎开的玻璃片,来回拼了几次,都没成功。

他浑浑噩噩地打开冰箱,把冰箱里剩的九瓶不同品牌的牛奶全拿出来,搂在怀里回了房间。

上次,他在圣诞夜等了纪真宜一整晚只等来一句"关你什么事"的那次,也半夜起来喝了七罐牛奶,喝到最后他都觉得自己迷糊了,可能是醉奶吧。

又或许难过和牛奶能酿酒。

他单手拧开拉环,仰起头一口喝到底,如此往复了五次,喝完的牛奶罐被扔得东倒西歪。

谢桥倒在床上,觉得脸上有点儿发热了,他要开始醉了吗?

他想或许真的该用点儿强硬的法子,把纪真宜脑子里那些乱七八糟的人和事全部洗掉,洗得干干净净,那样纪真宜就不会难过了,是一个崭新的纪真宜了。

可这样一来,纪真宜还是纪真宜吗?

这不就是忒修斯之船?替换了部件的船还是原来的船吗?

雨悄悄停了,夜深人静,谢桥轻轻打了个充满哲思和寂寥的奶嗝。

他又想,不行的,小人鱼困在篱笆里是会死的,鳞会脱落,血管会干涸。

他坐起来,把吸管插进另一种牛奶里,喝了两瓶,觉得不行,有点儿酸,真奇怪,为什么纪真宜给他买的牛奶是酸的?

谢桥想:纪真宜买的牛奶是盗版的吗?他真坏,什么都骗我,连给我的牛奶都是假的!

他坐在床沿,怔怔地开始胡思乱想,窗口溜进来的斑斑月光投射在桌上的天文钟上,已经快要五点了。又过了会儿,窗外成了暗暗的蓝色,天亮得越来越早,又要跨进一个新的夏天了。

上次他一整夜没睡,七罐牛奶促使他做了个决定——他再也不理纪真宜了,结果当然失败了。

这次他做了一个新的决定,变数很大,期限很长,是他一个人的路,他不知道结果如何,但他想试试。

他从床上起来，把桌上的杯子碎片用袋子收拾好，准备丢进房间的垃圾桶里，想了想又转而走到厨房里，丢进了脏兮兮的厨余垃圾桶。

祝琇莹一醒就会把厨余垃圾丢掉，那他就没那么多时间后悔了。

他脚步一转，见纪真宜站在厨房门口，脸色还是那种沉重的、不透明的白，脸上还带着笑："小桥，我们再谈一谈好吗？"

他眼下一片青黑，显然也是一晚没睡。

他们一起上了天台，地上湿漉漉的，风轻轻地吹着，朝云暧暧，城市空旷。

"小桥，我想了很久，你之所以把我看得这么重要，是你一直觉得没人关心你，我天天和你待在一块儿，误打误撞就让你把我当精神支柱了。其实大家都是很在意你的，我也不是特别的，你以后再和性格更好的人做朋友就好了。真的，你会发现满大街都是'纪真宜'，我根本不值一提。"

谢桥被牛奶掩盖的难过又汹涌起来。他说："满大街都是？那你给我找一个。"

这个"纪真宜"要会玩手影，要会叠毛巾兔子，要一得意就仿佛有尾巴往上翘。

谢桥又说："就一个。"

纪真宜从没这么拙嘴拙舌过，他想了整晚的话，一下子就说不出口了。他讷讷地张了张嘴，只说出两个字："小桥……"

谢桥想了想，问："你那个朋友，他是个怎样的人？"

他其实早就在脑子里拼出这个人的大致轮廓了，但他想知道在纪真宜眼里对方到底是个什么样的人。

纪真宜愣了一瞬才明白他说的是谁，只道："没什么好说的，你不用知道。小桥，你会有很好的未来，不要被现在的事物困住。"

谢桥执拗地说："我想听。"

韩放筝第一回顺手替纪真宜解围的时候，觉得他就像个窝囊的旧皮球，谁都能上去踹一脚，每天都在被教训，所以他很快就又"顺手"帮了第二回、第三回。

第三回是在学校厕所，莫燊和一群人围着他，不怀好意的口哨声和哄笑声聒噪刺耳。

抽条期的少年身形纤细，纪真宜脊背上凸起的骨头透过洗得发白的汗衫清晰可见，肤白瘦削的他看起来孱弱不已。

韩放筝看着纪真宜在慌乱的反抗中不小心把扔厕纸的垃圾桶扣在了莫燊头上，忽然就笑了。他一脚把莫燊蹬开，半蹲在纪真宜面前说："又是你呀，啧，这是第三次，我给你一个愿望怎么样？你想干吗？"

纪真宜半身都是湿的，不知道是水还是挣扎出来的汗，一双狭长上挑的狐狸眼看着莫燊说："我想让他和我一样。"

纪真宜蹩脚的人生终于开始像模像样了，他也嬉笑怒骂，他也恣意妄为，别人有的他也应有尽有了。

他都不知道怎么了，原本一切都好好的，校考前韩放筝还跟他说："等你回来，哥给你个惊喜。"

可突然间就天翻地覆了。

他那时候每天去医院前都绕去庙里，一到医院就巴巴地跟在医生后面问："能救吗？有救吗？今天没办法，明天呢？"他整夜整夜地失眠，像要冻死的人一样无望地乞求，"救救他吧，救救他吧，他才十八岁。"

他不知道该怎么办，这时候要是有人说割肉能救韩放筝他也会割，可偏偏求救无门。

该来的总是要来的。

惨白的病房墙壁，空气中漫着股甘苦参半的医院特有的药水味，一个干哑的声音在说话："当初答应的环游世界，蓝天白云，红花绿草，哥不能和你一起看了。你找别人跟你一起去吧，找个像我一样能护着你的，别犟。"

纪真宜嗤笑道："你以为我会因为你就放弃环游世界吗？呵，还像你一样能护着我？你护着我？你有多护着我？真想护着我那你别死呀！"

纪真宜当然是胡搅蛮缠地故意出难题，谁也不会自己想死，韩放筝也是一样。

"我知道你不会。别记着我,把我忘掉吧,往前走。最好我死了你马上就开始新生活,虽然这挺难的,不过这辈子你别随随便便的,就那么稀里糊涂地过了。"

他都要死了,还是一副"纪真宜由我罩着"的德行:"我都帮你想好了,以后罩着你的人,起码长得要帅吧,我成绩不好,可他不行,他得聪明,得成绩好,不要像我这么爱打架,但起码关键时候得能让你脱险吧。"

纪真宜拼命憋住眼里的泪,在心里大骂自己窝囊,人还没死呢,哭什么哭?!他真不想哭,可韩放筝不放过他。

"说起来真好笑,以前总想跑远一点儿,去很远的地方看看,带着你一起。可我总怕你不习惯,总担心我安排不好,总觉得时候还不到。"他短促地笑了一声,很虚弱地自嘲,"谁知道现在全身都是管子,说会儿话就累得喘不上气。"

他的呼吸变得沉重起来,他熟练地给自己扣上氧气罩,吸了会儿氧,又推上去。那只从空荡荡的袖管里伸出来的手,干枯得骨节和青筋都清晰可见,像漏了气似的,只剩一张皮。谁也无法联想到他之前指间甩着车钥匙,嬉笑怒骂,张扬得不可一世的样子。

他瘫在病床的靠枕上,目光呆滞地看着天花板,脸色白得像鬼,眼睛都深陷进去,眼神空洞洞的,嘴唇枯得没有一丝人气。他毫无起伏地"啊"了一声,语气中带着干瘪又苍白的遗憾:"还是好想带着你出去玩一次。"

他们从头到尾没有对视,纪真宜盯着地,韩放筝看着天花板,借此阻断那种闷闷的痛苦。

纪真宜痛苦地捂着头蹲在地上,他实在受不了了,某个跃动不息的器官像被人死死攥在手里,他疼得快不能呼吸了:"你要死就去死!你要死当初干吗还来救我?你害我……我一闭眼就能忘了你……"

韩放筝像听不到他的话,安静了一会儿,才又自顾自地说着:"我跟我妈说好了,我死了让他们把我存的那些钱全送给你。你这辈子想干吗就干吗，买最好的纸、最好的颜料，最好的笔，以后你每次买新笔都当是我送的……"他紧接着骂了一句："又忘了让你把我给忘了，真烦人。"

又是一阵沉默，空旷的病房里除了雨打窗户，只有纪真宜哭到抽搐的颤音。

"我到死都没出过一次国，还是想跟你一起环游世界，下辈子行吗？"

纪真宜要是还能说得出话，开口一定是骂韩放筝的。

韩放筝长长的一声哭吟哽在胸腔和喉头之间，那样不甘却又无力："我可真不想死。"

韩放筝死在另一个下雨天，城市里大雨倾盆，天色阴暗得像要塌下来，没有雷，雨势汹涌得空中都漫起了雾。

纪真宜看着天上泼下来的雨，落到地上汇成一道道翻涌的小水流，顺着排水板的洞一股脑儿钻进下水道里，消失不见。

那样恢宏盛大的一场雨就这么无声无息被吞掉了。

每一个下雨天他都无比难过，都会让他想起韩放筝死的那天。铺天盖地的大雨和悲伤一起席卷他，那样潮湿，那样沉闷，空气凝滞得叫人呼吸发紧，积郁的悲伤哽在喉头，非得哭出来一场不可。

——纪真宜，你再不吃药，我揍死你！张嘴！

——这片海算什么，以后蓝天白云，红花绿草，应有尽有，哥带你环游世界！

——纪真宜，别怯，大摇大摆，横着走！

韩放筝一死，他的脊梁骨就断了，又成了扶不上墙的烂泥。

可能韩放筝活着，他们过不了几年就会吵架，会闹掰，会老死不相往来，再往后十年说不定谁也不记得谁。

可韩放筝死了，死在最好的、最该盛放的年华。

国产青春电影里最恶俗的结局降临到了他头上。

谢桥耐心地听纪真宜颠三倒四地表述，心里有了些计较。

谢桥心想：他很会打架，我不会，可就算我没那么好的身手，也不会让你被别人欺负。

——他成绩很差，我的成绩很好，我很认真地上每一堂课，做每一道题，我给你做了一本重点集，还没来得及给你。

——我也很重视你，我没有比他差。

谢桥说："如果我们先……"

纪真宜脸上挂着惨淡的笑："那你根本不会想和我做朋友，我既胆小又没用，跟黏在椅子上的口香糖一样惹人厌。我跟你同班你都不会记得有纪真宜这号人，你这种光芒万丈的人物，我哪敢跟你说一句话。"

说完，他们都不讲话了，令人焦灼的沉默蔓延开来。

纪真宜的眼睛早在之前说话时就红了，他哭得很隐忍，啜泣声很弱，但一说话就哽咽，眼泪像两条清河在他苍白哀恸的脸上流动："我不该招惹你，对不起……我做错了，我太坏了！小桥，对不起。"

谢桥无声地凝视着他。他和纪真宜相处，就像在剥一颗洋葱，一层层剥开纪真宜的皮，剥到最后，哭的却是纪真宜自己。

他想，原来纪真宜是一颗伤心的洋葱。

天光渐熹，赤红的太阳从远处的建筑群后面升起来，热烈的白昼即将占领整座城市。

谢桥转头看着攀升的红日，又一次问道："所以我们不可以做好朋友是吗？"

纪真宜的心像沙包一样被吊着，既沉又鼓。

谢桥的未来会有那么多新朋友，凭什么来迁就他这个活在过去的人？多不公平。

纪真宜问："小桥，这件事情会让你的学习受影响吗？"

谢桥觉得如果自己说会，那纪真宜或许会有所顾虑再讨好他一段时间。

可他说："不会。"

这是实话。他只想过帮纪真宜提高成绩。

——我把你当好朋友，是希望你变得和我一样好，不是我将就你，贬低我自己。

——我可以继续把你看得很重要，可是我的人生也要持续往前走。

谢桥不允许自己走下坡路，从理智上来说，他也不想要维持一段不对等的关系。

虽然很多时候，理智是一回事，做出来又是一回事。

纪真宜长吁出一口气，迎着太阳笑起来，日光映在他脸上，灿烂极了："我就知道小桥最拎得清了，别在意这些过眼云烟，大帅哥要前途无量。"

这个夏天蓬勃得像过于贪吃的怪物，日头阴毒，草木疯长。这是纪真宜人生中最刻苦的一个夏天，前所未有的高强度学习，他们整个班都在班主任的带领下铆足了劲儿要一飞冲天。

纪真宜从没想过自己有一天会为了做题而熬到半夜两点。

祝琇莹每天换着法子给两个孩子进补，午餐和晚餐都是做好了送到学校去，嘘寒问暖，饭都恨不得直接喂嘴里，再替他们嚼了。

谢桥又变成寡言少语的谢桥了，照样清冷高贵，照旧样样优秀。他把之前花去的精力和专注全补了回来，他的备考精密且严酷，作息严格，时间划分规整。他的成绩是稳扎稳打提上来的，底子厚、基础好，难题也得心应手，对备考自有心得。

叶莺莺如今怀孕月份太大，不能常来看他，但许意临是隔一天就来一趟，大大小小的东西堆了一屋子，不可谓不上心。

可还是出了意外，谢桥考试当天发起了高烧，脸颊通红，浑身乏力，考完直接被送去打点滴。

这个夏天最躁动的时候终于过去了。

纪真宜的生日在考试结束的第一天，他的人缘有些过于好了，他们班差不多倾巢出动，房子里都待不下，和物业说了声后，一大帮子人便抬着东西去了顶楼天台，谢桥也在。

一群人在顶楼烤肉，祝琇莹倒没忙什么，班长领着大家带着东西来，又收拾好了才走，倒是省心。

纪真宜很快活，举着杯子站起来，眉眼弯弯，嫣然而笑："今天我生日，祝大家都快乐！"

第二天一早，祝琇莹在收拾行李。纪真宜偷懒，带着谢桥躲到天台，有一搭没一搭地聊天儿，有些事情说开了反而容易相处。

纪真宜懒洋洋地趴在栏杆上，无所事事地玩自己的手指，缓缓道："其实我也不知道，忘记一个死掉的人要多久。"

谢桥给了他一个非常明确的数字："八年。"

纪真宜有点儿意外地扭头看他："八年？"

谢桥平视着远方，目光空远："我妈忘记我爸，花了八年。"

叶莺莺嫁给他爸的时候就是个公主，是十指不沾阳春水的大小姐，娇憨天真不谙世事，是个有情饮水饱的傻女孩儿。他爸也够宠她，一个小警察忙里忙外，早上去上班时，早餐都买好了给她温在锅里。

他爸因公殉职时才三十岁出头，警队最俊俏最有前途的后生，死在出任务的途中。楼道里飞短流长，有些人明里暗里说他妈一身富贵煞，把他爸克死了。

当年情窦初开的叶莺莺，满心满眼都是爱情。她告诉谢桥，她那时候半夜打电话给他爸，用手按住胸口那颗甜蜜悸动的心，脸蛋儿红红的，凭着一腔浪漫不知天高地厚地说："谢致肴，我们私奔吧？"

结果他真就来带她"私奔"了。

谢桥觉得私奔是这个世界上最浪漫的爱情。

可那样值得铭记的男人，那样隽永刻骨的感情，终究还是随时光一并抛去了。或许现在这样养尊处优、呵护备至的生活才是她真正应该拥有的。

纪真宜笑着说："我妈忘了我爸，花了八天。"

纪真宜额前的发被风吹得扬起来，笑容苍白，淡淡道："八年可太长了，我可能两三年就忘了，哪那么多愁善感呀？"

空气安静了一会儿，两厢无话。

纪真宜看着谢桥，还是说："虽然我觉得像你这么聪明的人，可能早就不在意我了，但还是想说几句。我不配做你的好朋友，你记得那天莫桑是怎么说的吗？我克人呢。"他想了想又说，"不过，在意也没什么，我们这个年纪的热度能撑到几时呢？再过几天你就该把我甩到一边了，我算什么呢？搞不好我以后讨饭讨到你家门口，你都认不出来面前这个叫花子还被你喊过哥哥呢。"

他说完倒把自己逗笑了。

谢桥毫无波澜，幽深的眼里没有任何情绪。

这时，纪真宜的手机响了起来，是祝琇莹的电话，要他赶紧下去，准备走了。

纪真宜挂了电话，握着手机朝谢桥摇了摇，眉眼弯弯道："拜拜，帅哥，我走了。"

没有得到回应，他也不计较，又笑一笑，道了声"再见"，便自顾自转身走了。

谢桥站得笔直，下巴微仰，没回头，风轻轻地卷起他白T恤的下摆，有种少年孤傲的意气。

"哥哥。"

——你叫我声哥哥，我就考虑一下。

纪真宜顿时觉得自己成了走在刀尖上的人鱼，每一步都走得艰难，可他还是走了："再见，小桥。"

——你别再害他了呀，纪真宜。

那一年谢桥的夏天很蓝，心情也很 blue（此处指忧郁）。

他站在天台上，极目望去，天高路远，他这点儿微不足道的忧愁放在这样广大的天地下卑微而可笑。

纪真宜落了个盒子在玄关的鞋柜上，是别人送的生日礼物。

谢桥打开看到满满一罐的千纸鹤，和一幅垂着黄色流苏的锦旗。锦旗上是疏朗开阔的柳楷，气势雄浑，笔笔劲道，笔锋、骨力和弓张弩拔之雄强足见功底。

锦旗上写着：学者纪真宜，天下属第一。

"学长，我不去。"谢桥再次拒绝。

学长劝他:"哎呀,说什么任性话?来都来了。"

谢桥直接说道:"是被骗来的。"

学长说:"什么骗!多见外呀,为学院做点儿贡献,有你这么推辞的吗?"

谢桥皱眉道:"为什么不找学校的美院合作?"还来这种地方的包厢。

学长解释说:"这不是我有熟人吗?再说,人家的专业比我们学校强点儿,选精选优嘛。"

谢桥对他的目的心知肚明:"不能找季学长吗?"

"别跟我提他,你知道他为了开溜都想出什么招来了吗?他说他急着回去看老婆孩子!你说他是不是信口开河,他还没满二十岁,跟你一年生的,还老婆孩子,亏他编得出口!"学长央求他,"来都来了,大帅哥、男神、桥哥、小桥……"

谢桥眉间挤出一个"川"字,冷声说:"别这么叫我。"又侧过头,淡淡道,"我进去一趟就走。"

"行,行,行。"他们学校里个个是优中选优,眼高于顶的人物,学长觉得自己实在能屈能伸。

谢桥在他的指引下走入包间,脚刚跨进去,目光一扫,登时定在原地。

纪真宜还不清楚此行的目的,是被女生们拖来做护花使者的,不过他的职业操守上佳,场子热时不吭声,场子冷时来暖场。对面来了两个年纪相仿的男生,女生们言笑晏晏地在和他们交谈。

他便自动隐形,瘫在沙发里在玩一个比较有年代感的小游戏,这天手气格外不顺,"死"了好多次,回回卡在游戏的第九十六层。

他正和这破游戏较劲,突然听见三声齐呼。他狐疑地一抬头,恰好和门口的谢桥四目相对。

快两年没见,谢桥变得更帅气了。他是按着最正统的路子长的,孩童时是最粉嫩的娃娃脸,青春期是最出彩的少年模样,年纪稍长一些,他的五官也渐渐开始凌厉,眉眼疏朗清秀,清贵无比,半张脸隐在包厢斑斓的彩光里,干净出尘得格格不入。

谢桥率先别过头去,一言不发地坐在了包厢角落。

纪真宜的手机嗡嗡直振,女生们在微信群里疯狂刷屏。

女生A:"救命!姐妹们行行好,等会儿起哄拱我上去和他唱首歌吧!"

女生B:"真的!让我和他唱首歌吧,求求啦!"

女生C:"帅哥,帅哥,帅哥!好帅的帅哥!"

…………

纪真宜如坐针毡,不自在到了极点,低头一看手机,发现又"死"在九十六层,看来他这天注定赢不了。

此时场子格外热闹,三两句就说完了所谓的正事,女生们争先恐后各凭本事地向谢桥抛橄榄枝。出人意料的是,谢桥倒并不很抗拒,虽然也不算热络,但是较他先前的冷漠已经好了不少,一旁的学长都有些惊讶。

女生们的热情简直是空前高涨,谢桥被她们围在中心,被五花八门投来的梗逗乐了,偶尔还会低头笑笑。

他们之间隔着五六个人分开坐着,像两个一无所知的陌生人。

纪真宜怎么也没想到,两年都没见过,竟然就这么狭路相逢了。他像暴风雨前被困在鱼塘里的鱼一样,恨不得蓄力跃出去喘口气,简直要闷死了。他悄悄起身,被身边的女生眼明手快一把拽住,问:"干吗去?"

纪真宜答:"上个洗手间。"

对方嘱咐道:"那你得回来呀,不然我们一群女生喝醉了多危险。"

纪真宜急于脱身,连声应好,逃也似的跑了,手撑着墙壁微弓着身大喘气,就一路这么扶着去了洗手间。

他对着镜子看了一会儿,琢磨着自己是不是有点儿小题大做,谢桥压根儿没多看他一眼。他洗了把手出去时,谢桥正好进来,和他迎面相对。

纪真宜刚洗过的手心生出一把黏汗,心里打鼓,舌头打结:"小……"

谢桥和他错身而过,一个多余的眼神也没放到他身上。

纪真宜摸摸鼻子,尴尬之余又有些庆幸,行吧,这样最好。他回到包间门口，还是决定当个缩头乌龟赶紧溜了好，都跑下楼了，一摸兜发现手机落在包间里了。

他只得又硬着头皮回去，做贼似的溜进去，谢桥清冷的目光阴郁地扫在他身上。所有人都跟着一并看向他，女生连忙拽着他坐下来，嗔怪道："你怎么这么久才回来，不会是想跑吧？幸好我聪明，把你的手机扣住了。"

纪真宜灰头土脸地被留住了，大家决定一起玩游戏。

游戏问的问题很奇怪，有种四不像的文艺范儿，听起来反而很怪异——用一种味道形容自己的初恋。

第一个就是谢桥。他端坐着，神情陡然变得阴沉，冷声道："我没有初恋。"说完将面前的酒一饮而尽。

纪真宜差点儿上前去拦他，一句"哎"刚出了口，又讪讪地偃旗息鼓。

轮到纪真宜，他告饶地笑笑："我喝酒，我喝酒。"

后面的问题就普通许多，不算什么尖刻的问题，谢桥再不理会，纪真宜也意兴阑珊。场子时暖时热，但好歹没冷下来。

好不容易熬到结束了，纪真宜第一个往外跑，跨步出门的时候，身后突然传来一声："纪真宜。"

纪真宜浑身霎时像被灌了铅，地上仿佛生出藤蔓来把他绊住了，后背针扎一样的难受。

谢桥喝醉了，一动不动，谁来扶他都不起身。

他就坐在那里，醉玉颓山。他看着纪真宜的后背，喃喃地叫："纪真宜，纪真宜……"

光听着，就觉得他可怜极了。

众人齐刷刷地看向纪真宜，简直大跌眼镜，谁也没想到他们认识，看起来还有些恩怨。

纪真宜脑子里仿佛成了个蜂巢，密密麻麻的情绪纷纷涌涌，最后只剩一句——别回头，别害他。

纪真宜一意孤行，仍然要走，女生们将他一把揪住，几乎在怪他："他叫你呢！"

众目睽睽之下,纪真宜简直是被押到谢桥面前的。他一对上谢桥就要出岔子,只能强行硬起心肠,把眼神瞥到别处,说:"谢桥,起来吧。"

醉酒的谢桥就像朵枯萎的小花儿一样缓缓地垂下了头。

纪真宜见不得他这样,把手伸到他面前,软下声来:"小桥,听话,我们回家吧。"

谢桥抬头看着纪真宜,继而借他的力站了起来。

送谢桥回去自然而然地成了他一个人的任务,女生们直接表明不需要他护送她们回校了,学长把谢桥房子的地址告诉他,也离开了。

纪真宜打车到了地方才发现,谢桥住的地方离他就读的美院很近,走路过去也就几分钟。

谢桥个子太高,又不复之前清瘦,身板精壮不少,纪真宜被压得抬不起头,连背带扛才把人弄了回去。

他还以为谢桥一个人住外面,家里会给他请个家政之类的,结果并没有。

纪真宜只得又费力地把他扶回房间,放到床上。

谢桥被醉意熏得脸蛋儿通红,乖巧地坐在床沿,脑袋一晃一晃的。

纪真宜烧了壶热水,将帕子沾湿了又拧干,递给他擦脸降温。

谢桥醉得没了意识,很不配合,任性地左右闪躲不肯擦。

"小桥,擦擦脸,马上就好了。"他开始自言自语,毕竟这么长时间没见,"我就知道,小桥一定会越长越帅的,大帅哥,真帅。"

他都没正儿八经给谢桥画过一张像,像谢桥这种长相,失之毫厘谬以千里,即使在纸上毁了也不行。

"刚才进门是不是撞着哪儿了呀?我看看,没事,没事,不疼了。"纪真宜蹲在谢桥面前,"小桥在学校交到好朋友了吗?"

他抬起头,轻轻笑起来:"今天都一起出来玩了,你们学校是不是还挺有趣的?"

谢桥醉得神志不清,当然回答不了,纪真宜也不要他回答,他要是清醒的,纪真宜估计一个字也难吐出来。

正是因为谢桥醉了,醉得不省人事,不会有记忆也不会有回忆,纪真宜才敢这么放心地照顾他。

纪真宜自然是也把谢桥看成是很重要的朋友，正因为看重，所以总害怕耽误谢桥，有些想法实在复杂，他自己也很难说清。

他像妈妈一样去摸谢桥的头："小桥要好好长大呀，不要喝酒了，一杯就倒，再说多难受是不是？"

纪真宜又去泡了杯茶来给谢桥解酒，四处看看好像也没事可做了，便想着赶紧走，又仔细看了会儿谢桥通红的脸，似乎红得有些不正常。

他轻声问："怎么越来越热呀，发烧了？你不是酒精过敏吧，小桥？"

谢桥头脑昏沉，含混不清地问："你是谁？"

"我是谁？"纪真宜觉得好笑，装腔作势地说，"我是大魔王，嗷呜——"

谢桥的眼睛略微睁开一条缝，隐隐看清了他的轮廓。

见纪真宜要离开，他哑声挽留说："别走了，头疼。"

纪真宜竟然真的安分了，只低声提醒了一句："那什么，起码吃片药吧？"

谢桥不应话，只拽着他，什么也不想了，终于满足地睡过去。

纪真宜天没亮就醒了，蹑手蹑脚准备溜，走到门口又折回来了。他在厨房里翻箱倒柜，很不熟练地淘米煮了锅粥，想着也就个把小时，来得及。

结果他刚坐沙发上就睡着了，手机掉下来砸在脸上也没把他砸醒。一觉醒来水都煮干了，因为是用小火煨的，粥倒没有烧煳，只是硬得跟铁盔似的。

谢桥出来的时候，正见他冒冒失失地把锅一翻，整个"粥盔"直接滚了出来。

纪真宜难得有些尴尬，摸摸脸给自己找台阶："我都是按网上的菜谱做的，怎么还变异了？"

"等我一下，我下去给你买个早餐。"他麻溜地下楼买粥，回来时那个"粥盔"竟让谢桥吃得只剩一半了。

谢桥起身，边往卧室走边说："饿了。"算是对吃了"粥盔"的解释。

他想，就算有千万种缘由，可纪真宜对他的好还是真的，实打实的。这么说来，要是他没有得寸进尺，还能算个既得利益者。

纪真宜窘迫道："小桥，我走了。"

谢桥顿在那儿，没有回头。昨晚那杯酒后劲似乎很大，他甚至现在还有一刹那的眩晕。他将身板挺得笔直，道："我考了第三名。"

——我联考全省第三名哦，厉害吧？

——我也考第三名。

纪真宜瞬间失力，谢桥怎么会这么轴呢，一条道走到黑。他说："小桥，你多好呀，又帅又有钱，人还聪明，多少人想和你做朋友。"而他算什么呢？

谢桥却道："这些东西就够让人想和我做朋友了吗？"

纪真宜失笑道："哪用这么多，这些你有哪一样都够了。别忘了，你可是个有基金会的校草。"

他又用这句话揶揄谢桥。

谢桥反问他："那你呢？"

纪真宜故意曲解他的意思："我？我就是个烂泥扶不上墙的废物呗。"

谢桥觉得自己还在醉酒，要不然纪真宜怎么会把这种话脱口而出。纪真宜不该这样的，不该这样卑微，把铮铮的骄傲寸寸折碎。

"一个有基金会的校草这么对你，你怎么会是个废物呢？"他说完，很轻地自嘲了一声，"我这样，很烦人是不是？"

纪真宜的喉咙像给人掐住了，顿时后悔不迭，自己应该早点儿走的，留在这儿两个人都煎熬。他已经决定投降了："小桥……"

谢桥转身就走，洒脱得半点儿停留也没有："出去的时候把门关上。"

纪真宜觉得他们陷入了一个互相折磨的怪圈。

好奇怪，没重新遇上之前，他们的人生好像已经错开进入两个世界了。可那天之后，这么大的一座城市一下子变得很小很小，好像不管去哪儿都能遇到。

谢桥渐渐开始社交，纪真宜本就各个圈子都混，偶尔和他撞个正着，他一声不吭，掉头就走。后来纪真宜放聪明了，见到他会自己先走，跟同行人道歉完，再歉疚地朝他笑笑，笑容的大致意思是"让你扫兴了"。

谢桥看着他的背影，觉得好苦，吃一百颗糖、一千份甜品、一万瓶奶也救不了的苦。

于是他们渐渐又见得少了。

纪真宜找着份兼职——在鬼屋扮鬼。他觉得这很符合自己先锋艺术家的形象，今天扮个清朝僵尸，明天演个欧洲吸血鬼，后天包成个埃及木乃伊，猎奇又新鲜。

他那晚十二点下班，和同事一块儿在街头撸串，兴致高了一瓶瓶地喝酒，醉得东倒西歪，张嘴就是胡言乱语。

一起喝酒的同事不知怎么地把电话打给了谢桥，问他能不能来接人。

谢桥已经睡下了，稍做思量又起来，穿过小半个城市去接他。

他拖着纪真宜走在城市街头，纪真宜脚步虚浮，发着酒疯，对着凌晨空荡的街道一直叨叨着："我喝醉了，韩放筝！我会迷路的……我摔倒了，韩放筝！你死了吗？"

纪真宜说完，狠狠地抖了一下，又哭又笑，满脸都是眼泪："是哦，你死了，你死了！"

纪真宜的酒品极差，几次都差点儿挣脱谢桥的控制。他硬要走到马路中央去，次次被谢桥拽回来。

一直到谢桥把他带回家，他还在喃喃念着那个名字。

谢桥看着他，说："我是谢桥。"

醉梦里的纪真宜一下子顿住了，谢桥以为自己这句话无情地戳破了他的梦，他对自己无话可说。

结果纪真宜痴痴发笑，含混不清地呓语："小桥王子……别难过，妈妈很爱你的……"

第二天一早，纪真宜在谢桥家的沙发上醒来，喉咙干涩，头疼欲裂。

谢桥正背对着他坐在电脑前，肩胛在T恤上显出自然的线条，端正挺拔。

他见是谢桥,勉强松了口气,挣扎着起来,刚想说"小桥,能给我拿杯水吗",谢桥却像后面长了眼睛似的,手指在键盘上快速敲着,头也没回地说:"我下个月去Y国。"

纪真宜像当头被人狠狠抡了一锤子,眼冒金星,宿醉的后遗症涌上来。他使劲眨眼看了看谢桥的背影,终于回过神来,哑着嗓子道:"这样呀,挺好的。"过了好久又说,"我也要走了,读书没意思,我想买一部单反相机,到处逛逛拍照。"

他突然笑了,是他脸上常见的那种没心没肺的笑:"拍得好看就寄给你,别嫌弃哦。"

谢桥没告知离开的具体时间,于是每一架飞过头顶的飞机纪真宜都会抬头看一看。

这个夏天,天比谢桥那一年的更蓝,纪真宜的心情比当时的谢桥还blue。

再见,小桥。

第五章
如明珠，如明月

晚上十点多的小酒馆，老旧，热闹，摇头风扇卡顿着送来并不解暑的热风。

四人围了张小桌，气氛热烈，从乐陶下个月回台聊到老申年底走人，再到成余来年结婚，桌上众人的情绪百转千回，经久不息。

纪真宜游离在话题之外，他觉得热，是闷闷的却又像黏在皮肤上的那种热，呼吸都发涩。也不知道是醉的还是热的，他整个人无精打采，闷闷不乐。

田心夹了块肘子进他碗里，说："别光吃花生米，回去叫饿我可不做饭。"

孙中也跟着看过来，嫌弃道："啧，你这苦大仇深的模样看着跟在诅咒人似的。"

纪真宜从善如流道："我'诅咒'亲爱的兄弟们万事如意！"

场面静了两秒，成余和孙中纷纷要掀桌，谁让他恶心人了，弄他！

田心一拍桌，霸气道："谁敢弄他？！"他是田径运动员出身，顶着张可爱圆润的娃娃脸，身板却劲瘦结实。

二人先告了饶，紧接着又壮着熊心豹子胆调侃："猴哥，你成天这么护着他，不会有什么把柄在他手里吧？"

田心扬声叱骂，得逞的孙中和成余乐不可支。

纪真宜没良心地跟着笑，在嘈杂的背景中端起酒杯摇晃着往嘴里倒，恍惚间透过玻璃门看见街边停了辆车。车窗半掩着，露出副驾驶座上那人清冷的半张侧脸。

他腾地站起来，喉头哽了一下，移步时不慎被旁桌绊到，跟跄着推开门追出去。街头人影寂寥，只间或有几辆出租飞快地驰过，无影无踪，他内心空落落的，就那样站着，热风一吹，云烟般聚起的往事又被拂散了。

田心关切地从后面追上来问："怎么了？"

纪真宜神思游离地甩甩头，答道："没事。"

他往街尾看了看，扯着衣领扇了扇，身上还是那股挥之不去的燥热。夏天要来了。他想。

喝完酒，二人打车回去。

纪真宜之前租的房子不太行，主要是邻里素质参差不齐。楼上的小孩子早上五点就开始蹦跶，楼下的老大爷天天半夜吹唢呐，他屡次交涉无果，后来邻居的态度变得越来越差，就连敲门都不应了。他实在火大，买了个震楼器放在屋里开着，自己拍拍屁股住酒店了。

结果一回去房东就通知他租约到期，她儿子回来了，要打通隔壁那间做新房，不继续往外租了。他一时间找不到房子，只好去田心那儿借住。

纪真宜开了车窗，街上夜风莽莽，霓虹璀璨，他问田心："是不是夏天要来了？"

田心笑他："你过的什么混账日子？六月了，早夏天了。"

哦，原来已经是一个新的夏天了。

进门时将近午夜，楼道里静悄悄的，田心按开了灯，白光一亮刺得人眼睛疼，二人前后进了屋。田心的爸妈在他大三时生意失败，身无分文还背了债，他的机车都卖了。

纪真宜一进门就瘫进沙发里，酒意泛上来，他有些眩晕，动也不动。田心拨开他额前垂散的乱发，手在他额上贴了片刻，没觉出异样，便摆摆手洗澡去了。

纪真宜热得有些灼心，胸口好似憋着团火，走到阳台拉开了窗，用力深呼吸了两次。他抬头看见天上竟然有星星，装模作样地夜观星象："这也不知道是吉兆还是凶兆？"

烈日当空，绿意密匝。

这是纪真宜第三天来这个公园了，赶着花期给约拍的模特拍了组正片，按理说最多一天就能拍完，可这模特就是不满意，总有新点子，加了钱来来回回折腾了好几趟。

最后总算拍完，其他事宜在线上商量。他挥挥手拒绝了对方一起吃饭的提议，田心的电话突然来了。

那边说，这周末给G行拍宣传片的活儿派给他们了，让他别在群里接新闻，又说家里衣架上挂的那串香蕉马上就要发现自己"死"了，让他赶紧吃了，要不该坏了。

纪真宜点了根烟叼在嘴里，说知道了。

他低着头边走边查看单反里的图，不留神一头撞上了人，那人手里的冰咖啡顿时洒了他一身。

纪真宜倒退一步，取下嘴里的烟，满身狼藉地骂了一句。

他听到头顶的声音，清越沉稳，居高临下地问："你没事吧？"

纪真宜烦躁地抬起头，看见那人俊朗的脸，脑子里顿时如山呼海啸，回忆纷至沓来。

他愣住，嘴巴张了好几次，才如梦初醒地说："谢……谢桥？"

男人的目光落到纪真宜脸上，不禁皱起了眉头，似乎要从他不修边幅的衣着和垂肩的中长发中看出点儿熟悉的影子，好久才不确定地说："纪真宜？"

纪真宜干笑着点头，一时找不到什么话说，干巴巴地问："你是什么时候回国的？"

谢桥握着那杯冰咖啡，也不回答，懊恼地看着手腕上蜿蜒的咖啡渍，问："有纸吗？"

"哦。"纪真宜背上斜挂着三脚架包，左肩的包装着台里的摄影机，脖子上还挂着单反相机，人看起来还没那堆器材重。他不得已先把摄影机放下,顺便把烟熄了,这才手忙脚乱地掏出包纸递给谢桥。

"谢谢。"谢桥拆开纸包,细细擦干了溅到手腕上的咖啡,才想起回答他刚才的问题,"挺久了。"又看了看他被泼得脏兮兮的一身,英俊的脸上波澜不惊,"你没事吧?"

纪真宜低头看看自己又黏又脏的衣服:"哦,还好,没关系。"

不知道是不是错觉,纪真宜隐约觉得被人瞪了。

谢桥转身就走:"那我走了。"

二人即将错身而过时,纪真宜下意识把他的衣服扯住了:"哎!等……"

谢桥再次看向他,视线从他拉住自己衣摆的手到他渗汗的脸。

谢桥眉头蹙着,他生得太好,眼睛又冷,情绪稍微低一些就显得十分不耐烦:"清理吗?我住前面。"

纪真宜都不知道自己想了些什么,应道:"好吧,谢谢。"

谢桥住得离这儿不远,地段很好,小区也高档。进门后纪真宜难得安分,一直跟小尾巴似的跟着,直到谢桥把浴室指给他:"里面有个洗衣机。"

他才像上了发条的机器人似的缓缓点头,而后走进去,把衣服脱掉放洗衣机里洗了。

浴室空间很大,摆放着好些瓶瓶罐罐,上面的字也不知道是哪国的,他也没看出哪瓶是洗发水,都往头上抹了抹,用了那瓶起泡多的。

水打在身上,他还是觉得如在梦中,整颗心都绷着,呼吸发紧。白雾升腾,他在心里哼歌放松:"你身上有她的香水味,是我鼻子犯的罪,不该嗅到她的美,擦掉一切陪你睡……"

洗完澡后,纪真宜裹着浴袍坐在沙发上,指间捏着烟轻轻在地板的烟灰缸上敲着,烟灰抖落而下。

谢桥倚在床头,仰起下巴,喉结滚动,漂亮的烟圈从他两片薄红的唇间飞出来。

纪真宜笑道:"你真厉害,抽烟也学会了。"

谢桥没什么表情,也不觉得被夸奖了,面庞隐在呛人的烟雾里看着甚至让人觉得眉目深沉。

五年没见，他的变化确实大得可怕，不仅喝咖啡还抽烟。

他们之间不仅陌生了许多，也好像无话可说，纪真宜只好调侃道："怎么样？大帅哥，这几年情史丰富吗？"

谢桥弹了弹烟灰，淡淡地道："谈过两个。"

纪真宜顿了一下，又笑起来："两个？才两个，真难追。"

谢桥不置可否，看了一眼时间，对纪真宜说："你回去吧。"

纪真宜还没明白怎么回事，就听他说："我室友要回来了，他有洁癖，我们说好了不让陌生人进门。"

纪真宜一个鲤鱼打挺，差点儿闪着腰。他问："那你刚刚为什么让我去洗澡？"

谢桥蹙着眉，神情懊恼而冷漠："不是你需要清理一下吗？"

纪真宜到最后也不记得是自己怎么出来的，应该是灰溜溜地、小心翼翼地，可能还说了一堆有的没的。

现下他坐在小区门口，眉头紧锁，郁闷地抽着烟。

他想过可能会和谢桥再见，但绝没想到会是这幅光景。这怎么会是谢桥呢？

当年学校的明珠，众星拱月，谢桥是月呀，纪真宜知道所有的褒义词都在他身上用过。

谢桥怎么就变成这样了呢？

天不知道是什么时候沉下去的，将黑未黑，夏日傍晚的穹顶呈现出一种忧郁的苍蓝。已经快七点了，七点半他要到音乐厅去拍某大师亲传弟子的独奏会。他小心地站起身，背着那堆东西上了辆出租车。

折腾到十点多他才回到田心的单人公寓，身心皆疲，像根皱巴巴的梅干菜。

田心狐疑地打量他："你怎么回事，感觉别别扭扭的，走在路上让人撞了？"

纪真宜登时像只被尾巴上点了炮仗的猫，浑身乍毛，此地无银三百两似的扬声道："怎么可能？！"说完赶忙闪进房间，"我……我去找个长焦镜头。"

他埋头一阵翻箱倒柜,之前的红绳三月份的时候磨断了,毕竟戴了快十年,他也不知道该怎么处置,就收进了抽屉。这下子一打开,就毫无防备又见到了它。

都说回忆多的人是没出息的,因为他总是活在从前,难以再有勇猛的进取。

纪真宜恍惚觉得自己的青春时代已经过去很久了,好像逝去的潮声,杳杳地远去了。他怔怔地戳在那儿,直到田心叫他去洗澡,才如梦初醒,连着那罐贝壳一起把抽屉推进去,答道:"来了!"

纪真宜脖子上搭了条毛巾,散发着一身白腾腾的水汽从浴室出来,田心在客厅支好了小桌,摆了几罐啤酒、一碟牛肉干、一碟鱿鱼丝和一碟花生米。

纪真宜踩着拖鞋来坐享其成,灌了口酒,嘴唇贴着冰冷的金属罐外壁,又想起白天遇见谢桥,总觉得没有实感,稀里糊涂,云里雾里,好似梦一场。

田心在跟他说话:"小果她爸妈说想见见我,但你知道,我现在没存着什么钱,又不是本地户口,记者这工作他爸妈也看不太上,自媒体估计更……"他抓耳挠腮,异常烦躁,"再过两年,我就该把家里欠的钱还完了,其实我想那时候再谈这些。今年年底老申要调走,组长空下来,我想着争一争,以后上小果家说着也好听。"

小果是田心的女朋友,温柔漂亮,是非常知足的一个女孩儿。他们谈了快两年,一直很甜蜜,纪真宜也很喜欢她。

田心叹道:"车、房子、钱,我现在能给她什么呢?"

田心高三时他爸妈连他要高考了都不知道,现在他却要扛起这个家的全部。他穿着件皱巴巴的白背心,烦恼地细数着成人世界的鸡毛蒜皮,还是那张天真肉感的娃娃脸,却早已不是那个咋咋呼呼、飞扬跳脱的少年,他的肩膀变得宽阔,压着那么多东西。

他郑重地看着纪真宜:"我说你,是不是该好好过了,成天这么混着叫什么事啊?你又不跟我似的,家里一堆烂事。好好赚钱,好好过日子,人总得往前看。你要实在不想待在民生版块,想回去跑一线,管你妈怎么拦你，闯呗！"

纪真宜无声地注视着他，伸手和他碰了碰酒瓶，笑起来："好呀。"

电视里吵吵闹闹的，是个晚会在重播，纪真宜定睛一看，某个偶像团体在表演，正切到马盛淇的脸部特写。田心立刻把头别过去了，不自在道："换个频道吧。"

纪真宜至今也不知道田心和小马是怎么闹掰的，就像他也不知道小马怎么突然就上电视当明星了，别人不愿意多说，他也就不多问。

生活之所以是生活，就在于人的肠子弯弯绕绕，人的心思也弯弯绕绕，各种事情的发生是众多因素的集合，再没心没肺的人也不是直肠子的鱼。

纪真宜换了个频道，他遇到了谢桥的事情到最后也没跟田心说。

晚上他怎么也睡不着，烙饼似的翻来覆去，又爬了起来，找了部恐怖片看，叫《夺命双头鲨》。这影片的好处在于不管他走神到哪儿了，回过味来再看都能毫无障碍地骂一句："什么东西？"

月光冷冷地洒进来，烟灰缸里堆着好些个烟蒂，一点忽明忽暗的火光在纪真宜指间闪烁。他穿着条短裤伤春悲秋，伤到小半包烟都空了。他回过神来一看，片子都放完了，旁边还有系列推荐，什么《夺命三头鲨》《夺命五头鲨》《夺命六头鲨》……

星期日一早，纪真宜和田心一块儿去G行大厦拍宣传片。

做这种外包工作时他们常作搭档，各有所长，都属于能给台里创收的。田心比他还厉害点儿，他的无人机航拍证是教练级的，水准很高。

出门前，田心叫他带着台里印的名片，去银行这地方，多认识个人就多条路，他不怎么在意地应了。

来和他们交涉工作的是个三十多岁的男人，叫刘名亮，长篇大论地和他们再三重申了要求——先要体现银行的风貌和效率，又要展现银行的实力雄厚、蒸蒸日上，还要表现银行与民众生活息息相关。

"展现银行内部风貌和效率这个我们已经安排好人了，找的人都是我们行里个顶个的好相貌，还有我们'行草'呢！就是拍摄不要太吹毛求疵,时间尽量短点儿,大家手头工作还是比较忙的。"他突然看到什么,笑着挥手招呼道:"谢总!"

谢总?

纪真宜陡然生出一种万分不妙的预感,他和田心一齐回头,就看到戴着眼镜的谢桥被刘名亮迎了过来。

纪真宜心里顿时咯噔一下,好一个狭路相逢。

田心比他还激动,眼皮眨得好似抽筋,说话都结巴了:"这,这,这,谢……谢……谢桥?是吧,是他吗?"

有时人与人的区别,就体现在细节处,比如同时穿着西装的谢桥和刘名亮,一个是金融才俊,一个则像房产中介。

田心把名片递过去,客气地说:"你好,谢总。"谁还记得他当年叫嚣着"谢桥是本校明珠,我是鱼目混珠"的模样。

谢桥接过来,抱歉道:"不好意思,没带名片。"

纪真宜于是只问了好,谢桥冷淡地应一声:"你好。"

拍摄过程很顺利,银行里漂亮的女孩子不少,个个肤白貌美,素养极佳。谢桥被簇拥在人群中间,很淡漠地应付着拍摄,十分纡尊降贵的样子,显然不太喜欢这类活动。

纪真宜在监视屏前看着,谢桥哪里都是出色的,就连在镜头里身上的光也好像比别人亮些,清朗出尘,湛然生辉。

田心在他耳边低声问:"你们还……"

纪真宜接话:"他跟我不熟。"

他冲田心笑,田心"喊"了一声,不吭声了。

下午田心先走了,去接小果下班,交代纪真宜会晚点儿回去。

纪真宜自然心领神会,他留下来和刘名亮交涉工作,其间喝了杯咖啡又喝了杯浓茶,舌根隐隐发苦。

银行里的空调开得很足,纪真宜被吹得头晕,交代得差不多时,他们开始闲谈。纪真宜脑子里过了一圈儿,突然说家里妹妹毕业要考银行单位,问对方银行岗位方面的事宜。

刘名亮侃侃而谈,说银行岗位很多,不仅柜员,投行业务岗也最受名校生青睐，云云。

纪真宜作恍然大悟状："那个谢总也是吗？"

刘名亮说："谢总呀，他是贸易融资的，属于直接给银行带利润的高薪岗，要求是很高的。这个岗位要经常跟境外代理行谈判，得对贸易和法律相关知识相当熟悉，还得对过程中涉及各方关系运筹帷幄，不经历几年的磨砺是很难胜任的。"

纪真宜听他言语夸张，也不知这话几分真假，只说："他看着也挺年轻呀。"

刘名亮摇头道："别看他年轻，已经工作好几年了。他进来的时候我们银行动静很大的，大帅哥嘛。我听说他二十一岁就硕士毕业，之前在国外银行工作，前景很好，后来就进我们这儿了。"

纪真宜涣散的目光投在某处，笑着对刘名亮说："真好呀，真厉害。"

拍摄六点半才结束，刘名亮原本想邀纪真宜吃个饭，纪真宜说自己有约，婉拒了。

走出银行大厦不远，纪真宜发现自己把三脚架包落里面了。他这天的状态格外不在线，把吃饭的家伙落下实在不专业。

他急匆匆往回赶，迈上台阶的时候，正撞上谢桥要出来，身边跟着另外两个男人。几人间或交谈几句，和他迎面走过，仿若不识。

纪真宜抬起头，神色无常地继续走进大楼，二人形同陌生人般擦肩而过。

就这样吧。他想。

纪真宜随便找地方吃了饭，本来想开个特价钟点房洗个澡，左右嗅了嗅也没觉得有什么异味，便直接打车去酒吧了。

时间尚早，人还不多，他一进去就坐在吧台的高凳上，自然而熟稔地对调酒师说："周珺玉呢？"

调酒师快三十岁了，纪真宜和他认识了两年多，只知道他英文名叫Joey（乔伊），依稀听周珺玉提过他本名叫什么王小志之类的，被他锁着脖子强制遗忘了。

Joey说周珺玉在楼上睡着呢，然后熟门熟路给纪真宜调了杯尼克罗尼，往他身后瞟："上回跟你一块儿来的那个娃娃脸帅哥呢？今天怎么没来？"

纪真宜笑道："你倒是很记得他。"

Joey 的语气中带着点儿看透世事的凉薄："这世上，记不得才是好事，记得可不一定。"

纪真宜意兴阑珊地拒绝了两个来搭讪的女孩儿，抽着烟和 Joey 有一搭没一搭地聊天。他挂着头一眼瞥到台上新来的驻场歌手，模样俊秀，穿着 T 恤，白白净净的，眼睛大皮肤白，像个乖巧温驯的大学生。

纪真宜饶有兴致地提了句："哟，新来的歌手？"

Joey 跟纪真宜介绍："是小老板招进来的，心思活络得很呢！"他下巴朝那边抬了抬，"不知道哪儿吸引了个大学生，成了他的铁杆粉丝，整晚都待在这儿。"

纪真宜一看，果真见台下站着个高高瘦瘦的男孩子，在一众乱舞的群魔中显得清新打眼，专心地盯着台上，像个忠诚的信徒。

这歌手嗓音清透，声色不错，舒缓动听，有特色也有味道。

"上天都有过错，

创造悲欢离合，

要我们承担结果，

每一个人，

是另一个人的景色……"

纪真宜用指腹摩挲着杯壁，抿了一口，又将杯子抵在嘴边，若有所思："这什么歌？"

Joey 说："不知道，感觉不怎么好听。"又兴高采烈道，"对了，说起新来的，我们这来了个超一流的客人！"他比了个十足夸张的大拇指。

纪真宜挑眉："哦？什么人？"

"大帅哥！"Joey 双手举在身前夸张地摇抖起来，"又高又帅的大帅哥，真是帅得要了命了！那天他坐吧台问我要了杯莫吉托，我闻着他身上的味儿，想着果然是帅哥，香水都这么会挑，不过我仍不知道那帅哥所用的香水的牌子。"

纪真宜笑出声："莫吉托？"

他对莫吉托没什么意见，纯粹觉得爱喝这酒的女生居多。啧，好清纯的帅哥。

"他还挺喜欢莫吉托的。他跟我们老板好像认识，真的好帅。你知道两三年前，就是现在那个很火的偶像团体Leeway吗？那会儿还不怎么红的时候，团里面的那个林汀来过我们这儿，我说实话，都没这个帅哥帅，真的，这个帅哥他……他……"

Leeway就是马盛淇在的团，这两年势头很足。

"你不懂那种感觉。"Joey看着远处的小歌手，继续道，"你看上面那个唱歌的，有一回不小心撞到那帅哥，他那个铁杆粉丝还当他贫血犯晕，赶紧把他扶起来，嘘寒问暖，还说要他带医院去检查，你说有什么可检查的？"

纪真宜被他的话逗得笑个不停，他记忆里自己被外貌所震惊还是第一次见到谢桥的时候。他的胃口也被吊起来了，转着高凳，视线在酒吧里打量："这么神奇？这人今天来了吗？我去会会他。"

Joey扯住他："你算了吧，他看着相当不好说话，别惹出什么事来！"

纪真宜道："你想多了吧？我就看看。"

Joey暗忖后，说道："不，你上，试试去，成功了今天的酒算我请你的！"

纪真宜挑眉："怎么算成功？"

Joey说："搭话不被赶走就算。"

"行！"纪真宜这会儿既有兴致又有斗志，仰头一口闷了整杯酒。他的长发在脑后低低地绑着，几缕垂下来的头发修饰得脸庞秀致温和。他神气地说，"调杯莫吉托给我。"

Joey看他这天状态恍惚，一会儿神思低迷一会儿斗志昂扬，但也没多问，很快调了杯莫吉托推给他。

透明无色的酒液里浸着几片青翠的薄荷，纪真宜闻了闻，清爽冷冽，酸甘有味。

"走了。"他道。

Joey 看他一挑眉,眼波盈盈流转,一派游戏人间的样子,端着酒漫不经心地朝那边的卡座去了。

卡座区光线比较暗,偶尔有彩色的射灯扫过,Joey 嘴里的帅哥背对纪真宜坐着,看不清脸,身边挤着许多人。

纪真宜背靠着一个装饰柜,他对和这个被夸得神乎其神的帅哥认识倒不是真有多大兴趣,只是他这会儿心绪太乱了,实在想找点儿什么乐子。

再一看,那帅哥竟然起身了。他赶忙端着酒贸然走上去,眼看就要撞上。

莫吉托叩击着杯壁传来叮咚一响,纪真宜适时地撞了过去。

头顶传来一个清越熟悉的男声:"你没事吧?"

纪真宜心头剧颤,惊恐万状地仰起头来,当即语言系统失灵:"小……谢……谢总。"

谢桥没什么表情地俯视他,不冷不淡地应了声,不知是应的"啊"还是"嗯"。

纪真宜方才的玩世不恭游刃有余全作了废,感觉自己仿佛赤裸裸地暴露在谢桥眼底,窘迫得口干舌燥,头皮发麻,连忙站好。他看着谢桥身后那一张张或抱着敌意或等着看戏的脸,卡壳的思绪慢慢儿回笼,却不知道怎么问了句:"你室友呢?"

谢桥不甚在意地说:"搬走了。"

纪真宜哽住了:"是我……"

"是。"谢桥皱着眉心,露出些显而易见的烦躁,"因为你去过,他觉得房子脏了。"

纪真宜的脸色倏地变了,十分之难看。

谢桥又说:"不过跟你也没多大关系,谁去那儿都一样。"他的语气古井无波,话却薄情,"反正我也厌了这么个室友。"

想来应该是谢桥不想再和对方继续合租,但对方倒是还好,谢桥又急于摆脱他,于是在街上随便找个人带了回去,故意留下痕迹,成功把人逼走了。

在街上被随便找去的纪真宜再一次郁闷了,眼前这个谢桥陌生到让他心慌。

谢桥的视线从他的脸虚虚地移到他手上,问:"有事?"

"哦,那个,想请你喝杯酒。"纪真宜直接把酒杯塞到谢桥手里,干笑着说,"我过去了,你好好玩。"

转过身后,他的笑就淡了。正恍惚着,被人从身后冲得往前一个趔趄,肩膀被揽住,与此同时听见来人带着睡意惺忪的嗓音:"哟,舞姬来了,失算了吧,济棠不在!"

纪真宜的舞蹈功底全数来自大学期间被学院强制参加的啦啦操比赛,换言之毫无功底,但这根本不影响他烂醉后翩翩起舞。他第一次来这儿时喝得烂醉,手脚并用爬到台上去,挤开上面跳舞的演员,有样学样也来了一段。

动作虽然不标准,但感觉是到位的,于是周珩玉后来嘲笑他是"天生舞姬"。

当时美中不足的是他摔了一跤,麻了半边身子,疼得他坐台上哭:"我摔倒了,我好痛,谁来扶我?"

程济棠是酒吧老板,那天来转场,正撞见他这一出,忍不住笑了。

周珩玉生得白净,俊俏里带点儿顽劣的痞气,熊孩子似的扯他的头发,盯着看,问道:"你这头发怎么越长越长了?"

纪真宜说:"怎么?还能越长越短?"

周珩玉不怀好意地压着声说:"你说你头发这么长,我抓着它把你往墙上撞,是不是还挺刺激的?"

纪真宜用手肘一把将他推开,坐回吧台,说道:"滚,别贫。"

酒吧的人渐渐多了,已经开始忙碌起来的Joey看见他兴致不高,分明是铩羽而归,便拍拍他的肩膀以示鼓励。又见周珩玉醒了,于是问小老板要吃什么,而后拿了瓶酒出来,就和旁边的客人搭话去了。

周珩玉两手叠在脑后,懒洋洋地伸了个懒腰:"烦死了,导师让我明天回学校,不知道得耽搁多久,今晚得找点事情发泄一下。"说着转着高凳就开始思索。

纪真宜这小半辈子遇到过不可貌相的人中，周珺玉绝对算是个中翘楚。他一直以为这二十来岁的小孩儿是家里有钱给骄纵宠废了，眉眼风流、唇舌如蜜，是个混迹欢场、手段下流的浑蛋。

不承想周珺玉其实是 X 大研究生，专业还是什么超导电子学，极大颠覆了他在纪真宜心中的固有形象。尤其戴一副眼镜从实验室出来，和人打电话说的全是电压基准、量子干涉器件、交流约瑟夫逊效应等内容，斯文博学的模样和他见过的着实判若两人。

人不可貌相的高才生这厢正坐在高凳上，无所事事却又暴躁异常，喝着威士忌满腹牢骚，好似囚犯敲碗等饭："济棠怎么还不来？！"

周珺玉有狂躁症，会产生周期性焦虑，发作有两种解法，一是找个人来打一架，二是被程济棠安抚下来。

纪真宜就被他的病连累过，和他一起被困了一天一夜。

纪真宜直到如今都记得那个铁皮小仓库，射进来的太阳光线饱和度很高，肮脏的尘埃在光影里清晰地浮动。他握紧拳头，神经一刻不敢松弛，防备着周珺玉。

纪真宜在周珺玉弄出的令人不寒而栗的动静中，移到他对面，靠着墙警惕地和他对峙。随着时间渐长，他的神情不知不觉由恐惧到愕然再到关切。

纪真宜看他渐渐平静下来了，想着这会儿他也该没力气反击，便摸着墙根过去敲他后颈，把他击晕了。这是他采访武警大队演习时学的招儿，第一回实践没轻没重，探了探对方的呼吸后才将人抬到旁边。

他正要准备实施自救，程济棠神色冷峻地破门而入，替周珺玉收拾妥当，把人带走了。

事后程济棠压着周珺玉的脑袋让他来道歉，而他还能毫无芥蒂地冲纪真宜嬉皮笑脸道："这下我真有点儿佩服你了。"

纪真宜把他当脑子有病的疯子，他把纪真宜当生死之交。

周珺玉不仅有狂躁症，还有些其他毛病，具体是精神上的还是心理上的，纪真宜不清楚。

他有点儿记吃不记打，何况周珵玉不发病的时候人还挺有意思，虽然时常说些不着四六的浑话，却也不再真的对他怎么样。

　　周珵玉拿起吧台上一个羽毛小彩饰抛着玩，配着送来的吞拿鱼和牛肉条倒酒喝。纪真宜跟着喝上了，二人你一杯我一杯。周珵玉说了什么他一个字也没听，心绪不宁之下眼神无意识地往别处瞟。

　　周珵玉眉毛微挑，撑着脸饶有兴致地和他一起看，忽然说："是他呀。"

　　纪真宜仓皇地对上他的眼睛，惊疑道："什么？"

　　"济棠认识他。他确实很帅，可惜太高了，我不喜欢比我还高的人。"他笑盈盈道，"干吗在这儿看？过去聊呀。"

　　"谁看了？"纪真宜劈手拿过酒瓶，不再看了，又灌了几杯，喝得脸上有些发热，心烦意乱，起身往洗手间去。

　　进门时他正好见谢桥洗完手从里面出来，当即目不斜视想着若无其事地走过去。

　　谢桥的眼神在他身上短暂地停留，皱了皱鼻子，嫌弃得明明白白："一身酒臭。"接着错身出去了。

　　纪真宜怔怔地站着，喉结动了动，回过神来特意进了隔间，抬起手臂把自己细细闻了，也没闻到什么臭味。洗手的时候他还是不放心，对着镜子把衣服也嗅了。

　　他在出去的走廊撞见两个人，是那个驻场歌手和谢桥。小歌手双眼明亮地仰视着谢桥，一直笑着不知在说什么，谢桥微微俯下身倾听。

　　纪真宜站在原地看着，然后转过身往另一边走去，健步如飞之下一转角差点儿撞上靠着墙抽烟的周珵玉，不知道对方在这待儿多久了。

　　"吓我一跳。"他说完仍急匆匆要走。

　　周珵玉拽住纪真宜的手腕把人拖回来，纪真宜怕他对自己发病正要操开，就听他说："你这几天是不是干坏事了？"

　　纪真宜惊得魂不附体，但他当然也不可能傻傻地反问，只说："你胡说什么？"

　　周珵玉置若罔闻，吊儿郎当地看着他："我看你成天一副没有明天、悲惨凄凄的模样,还当你没那个胆呢,原来不是?"

"起开。"纪真宜垂下头,看不清表情,轻轻撇开他,说道"先走了,回头见。"

周琤玉显出些聪颖沉稳来,说道:"Joey 常说,人总是失去了才知道后悔。"烟雾从他面上缭绕散开,"我不懂这些。但我想着你到时候像他一样边哭鼻子边后悔也挺好玩的,我还没见你哭过呢,是不是?"

纪真宜顿住,手机亮了一下,是田心发消息告诉自己可以回家了,便说:"我先走了。"

说完,他逃也似的出去招了辆出租车就钻进去了,结果车上的电台也恰好在放刚才酒吧唱的那首歌。女声舒缓悠长,像在蚕食人的神经。

纪真宜静静地听了一会儿,没忍住又问:"师傅,这是什么歌?"

司机一直在跟着哼,回答也没犹豫:"叫《错过》。"

纪真宜像起了疹子一样坐立难安,一会儿玩手机一会儿看窗外,闭着眼睛放松呼吸,脑子里走马灯一样,猛地睁开眼狂拍司机的车座,急道:"麻烦您开回去,我有贵重物品落下了,怕被人拿走,快点儿,谢谢!"

车在路口堵住了,纪真宜等不及,先下了车,在街上跑起来。

他也不知道回酒吧做什么,可能谢桥已经走了,又或许没有,他此时心里乱八七糟的。

他快跑到酒吧门口的时候,谢桥正走出来,孤身一人,好像冷不防被室外的热浪燎了一下,神色不耐烦地松了松领带。

华灯熠熠,街道明粲,恍惚间他还是那个如明珠、如明月的谢桥。

纪真宜喊他:"谢总。"

谢桥略微错愕了半秒才偏头来看他,神色不变,没有应声,却也没有移开视线,隔了三四米的距离,持续凝望着他。

纪真宜无端心情极好,如释重负,轻盈地朝他快步走去。

到谢桥跟前,纪真宜已经想好了一套说辞:"能跟你借个打车钱吗?我手机没电了,又没带现金。"

诚然,这是个相当拙劣的谎言,只是用于搭话的借口。

谢桥审视他，漂亮的眼尾斜斜上挑着。片刻后，他撇过头去，好生傲气地说："不能。"

纪真宜猝不及防地哽了一下，稍缓片刻就重整旗鼓："我真的是没办法了，要不然大半夜的，我就只能走回去了。你行行好吧，我一定还你。"他继续睁眼说瞎话，"我真没认识的人了，就你一个，拜托你了。"

谢桥好似被他缠得没办法，拿出皮夹，抽出一张，可能觉得一张不太好看，又抽了一张，拿了两百块钱给他。

纪真宜接过钱，趁势说："我们加个微信吧？我回去方便把钱转给你。"

谢桥的眸子黑沉沉的，好似要把他看穿。

纪真宜被他看得发毛，以为他要拒绝，却听见他说："说号码。"

纪真宜第二趟打的是网约车，心情极佳，还第一回使用了打赏功能。

他把戏往全了演，一直到进了门才装作手机刚来电开机的样子，把两百块钱给谢桥转过去。

谢桥的微信名也叫"谢桥"，丝毫不花里胡哨，头像也简单，是一片海。

相比之下纪真宜的微信名内涵就要丰富许多，他叫"深藏 blue"，自以为集幽默、忧郁、优秀于一身，取得可谓别致精巧。

田心嗤之以鼻，说一看就是个心眼儿多的。

虽然一时头脑发热要到了微信，但纪真宜又觉得不知所措，像捧着个烫手山芋似的。他对如今的谢桥着实有些无所适从，这人较先前出入太大，他难以将两个谢桥重叠在一起。

但这也不影响他找谢桥聊天儿，既然微信已经加了，当然要发消息，何况谢桥现在也没有那么排斥他，沟通之后才知道还能不能和好嘛。他们如今关系不近了，他也不好再叫"小桥"，叫"谢桥"又显得太僵，所以他就叫"谢总"。

他强迫症似的隔一会儿就给谢桥发消息，在网上刷到个好笑的，觉得乐呵，都没反应过来就给谢桥发过去了，不过这种没营养的消息谢桥从来不回，也不知道看没看。

当然也有破天荒的时候，有回他问谢桥在干什么，谢桥说在洗澡。

不过，这么时冷时热的，纪真宜还真觉得挺好。

上午去市政厅拍完片子，在电视台旁边一家瓦罐汤吃饭，接着祝琇莹打来的电话。

祝琇莹问他："吃午饭没？吃的什么？"

他嘴一快，说吃的冬瓜排骨汤，把祝琇莹在电话那头急得不停数落他："猪瘟那么严重，不要命了？新闻里才说死了一家人你怎么还敢吃排骨！"

纪真宜连忙岔开话题："妈！你和莫叔叔最近感情怎么样？还好吧？"

"还能怎么样？凑合着过呗。"过了一会儿，她的语气又带了点儿娇嗔，"前几天他还给我买了条项链，真是，又不是什么大日子，他说路上见着好看就买了。"

祝琇莹还说："对了，昨天莫燊回来了一趟，还在搞他那个公司呢，这一阵子也不知道怎么样了。你跟他一比，也算懂事了，说不上多出息，但工作稳定，人也踏实，每个月还能寄钱回来，妈很知足了。"

莫燊倒不是个没主意混日子的主，他这人看着浑蛋，其实脑子聪明，创业花了不少精力。纪真宜不想在背后贬他，转而问："你上回说胸口疼，怎么样？去医院看了吗？"

祝琇莹说："没事，小毛病，就是闷得慌。"

纪真宜叮嘱道："你哪天一定得让莫叔叔陪你去医院瞧瞧。"

"知道了，知道了。"祝琇莹过了会儿又说，"你最近怎么样了？对象什么的一直……"她支吾着又怕惹他不高兴，"没事，不着急，我们条件好，慢慢儿找，妈不着急。"

他听着笑了。

这天是个节气，台里下午派他去了趟气象厅，做完成片就回家了。

在回家的地铁上他打开微信，看到自己和谢桥的对话框，基本是他发十几条，那边间或回一个"嗯""哦""睡了"，他越看越觉得可气。

他发消息过去："谢总，过两天有事吗？"

他的手又自作主张了！

他想趁谢桥没看见赶紧撤回来，他早怀疑谢桥给自己设置了消息免打扰。结果他刚撤回来，那边就回："有。"

谢桥问："你撤回干什么？"

之前纪真宜给他发条消息，一晚上都没个回复，这次竟然这么快就回了。

纪真宜："哈哈，没什么，手滑，我也有事。"

谢桥没回。

纪真宜："台里派我下乡去拍羊。"

他发了个羊被抛进河里的表情包。

纪真宜："这几天有大暴雨，谢总要添衣带伞哦。"

纪真宜第二天中午一下火车，就直骂气象局这群人一点儿都不靠谱儿，说好大部分地区降温，不日就有暴雨，哪儿呢儿哪呢儿，暴雨在哪儿呢？到了肉羊市场更加要命，到处是人挤人羊挤羊，人味、汗味、羊骚味混在一起。在这大太阳底下，纪真宜扛着大摄影机差点儿熏晕过去。

也委屈了和他一块儿来做采访的小姑娘，干干净净来惹得一身羊骚回去。

这次拍的是个专题片，主要对准周边某市县，借用互联网平台交流宣传的肉羊市场，以科技带动经济，走出一条致富路。片子的重点采访对象是地县肉羊市场总经理，是个五十几岁的老大叔，笑得一脸和蔼，对着手机应用软件在直播："小羊羔子肉是二十二到二十五块一斤，哎，这么个价格。公羊九到十一块，母羊是十一到十三块，明天的肉羊市集请大家参考……"

软件自带的滤镜把老大叔脸上的褶子都变成双眼皮了，人嫩得跟棵长满了胡楂的粉桃似的，纪真宜一看就乐。一旁的老乡严肃地教育了他："小同志，你不要看不起我们的生意和平台，我们的文化素质是不高，但这可是真正为百姓民生带来益处的……"

纪真宜诚恳认错，总算取得了老乡们的原谅。

第二天中午小姑娘就回去了，采访任务还剩一点儿，纪真宜帮她顶上了，毕竟人家还得回去见见男朋友。于是孤家寡人纪真宜下午又扛着机子补了几个镜头，被热情的老乡强行留住吃了顿羊肉宴，吃得满身羊膻味，赶着晚上六点那趟火车回去。

他现在说话嘴里味儿都怪难闻的，在火车站买了盒口香糖嚼了三颗才把那味儿给压下去。他坐了三个小时的火车，等回到市里都九点多了，天公倒是会作美，晚上一场暴雨把整座城市淋得没精打采。

他还在琢磨这么大雨怎么回去，刚想打个网约车，就接到了栏目总监的电话，让他赶紧去西关口，和另一个同事做降水紧急报道。

纪真宜去火车站旁边的店子买了件雨衣，趁雨势小点儿了就背着三脚架和摄影机跑了段路前往地铁站，暗自在心里骂了领导一通，坐了快三十分钟地铁总算到了。他从地铁站出来，路上见不到一辆车，也不见人影，黑漆漆的，只好又穿着雨衣走了两条街，鞋都泡了水，好不容易找着个地势相对高点儿还有遮顶的梯阶口，摸着黑一脚不慎磕到台阶上，下意识护着摄影机，直直地跌下去，蹭破好大一层皮，鲜血直流。

他咝咝抽气，等了好久也不见人来，便在工作群里问是谁和他一块来西关口做紧急报道。还没两分钟，他就接到罗总的电话："西关口？！我跟你说的西关口吗？我说的是南关口！一天天耳朵长着用来打蚊子……"

要是录了音，纪真宜真想把录音摔这总监脸上，心道：你要是说的南关口，我就遭个天雷。

罗总骂完也觉得说重了，也或许骂爽了，又说："行了，行了，我叫孙中去，你赶紧回家去吧，刚出差回来也怪累的，滩河肉羊那稿子怎么样了？"

纪真宜说："素材拍好了，稿子我和丁纷纷一块儿写，明天回台里就剪辑。"丁纷纷就是那个和他一块儿拍羊的女孩子，算搭档，他们经常合作拍片子。

街上的积水越来越深了，这边是规划区，周围都是建了五六年的烂尾楼，排水系统特别差，内涝严重。积水都淹到小腿上了，又黄又浑，脏得很。纪真宜的膝盖有伤，他压根儿不敢去淌。

他想着自己实在和雨犯冲，下雨天他一定遭殃。

是不是该找个人来接一下他？

周珺玉肯定不行，这玩意儿现在指不定在哪儿疯玩呢。他跟同事的关系还可以，可大晚上的哪好意思麻烦人家来接呢？唯一能让他安心添麻烦的田心还正好到邻市出差去了。

纪真宜叼着根烟，看着夜色茫茫中哗啦啦的大雨，出神地想：命中该有一劫呀。

他想了想，拍了张下雨的夜空，发朋友圈时配了首《六月的雨》。

"一场雨把我困在这里。"

本没指望谁能看出这条朋友圈的弦外之音，手机却突然响了，他看着屏幕愣了一愣才接起来。

清冷的男声直抵耳道，谢桥问他："在哪儿？"

他的脸被冷雨冻得有些僵，好一会儿他才笑着应声："没在哪儿，拍新闻呢。我市积水量再创新高，有望造成城市内涝！谢总今天过得好吗？"

谢桥又问了一遍："在哪儿？"

纪真宜矫情了半秒，说："西关口，和郊区搭界的那块儿。"

"找个暖和的地方等我。"谢桥刚要挂电话，又想起什么，"保持手机畅通。"

那边已经挂断了，纪真宜才空落落地"哦"了一声。他瑟瑟发抖地蹲在那儿，身上竟然回暖起来，甚至觉得有点儿热。他使劲甩了甩头，又眨了眨眼，大口出气，才勉强平静下来。

雨还在下，积水更深了，以他的身高来说，几乎要淹到膝盖了。他看着四面浑浊的水，觉得自己好像困在一座孤岛。

骤雨不歇，冷风森森，纪真宜后知后觉——这么深的水，谢桥怎么过来？

他正要打电话让谢桥别来了，结果谢桥说已经到了。

积水太深，谢桥把车停在外边，撑着伞淌水走向纪真宜。他这天穿着一身运动装,既年轻又朝气,上身看着干干净净,下身全泡了水。他看着纪真宜,瞳孔泛着寒光,倨傲而冷漠。

纪真宜赶紧笑脸迎人:"谢总!"

谢桥手机的光先照到他腿上,又照到他脸上,脸上全是嫌弃:"你怎么跟只可怜虫一样?"

热脸贴了冷屁股,纪真宜摸摸脖子,讪讪道:"还不是倒霉嘛。"

"为什么不叫人来接?"

谢桥气势太足,纪真宜有种被训话的感觉,老老实实道:"不想麻烦人。"

"不想麻烦谁?"谢桥皱眉道,"别人找你帮忙的时候怎么不怕麻烦你?你干吗把人想得那么不情愿,你问过没就觉得麻烦人了?"

纪真宜从没听他说过这么多话,他的语气又冷又冲:"你成天跑上跑下帮别人不是为了别人也帮你?还是你只喜欢帮人的时候那种无私的自我感动?"

"纪真宜——"谢桥笑了一声,一针见血地讽刺,"你好高尚。"

纪真宜简直被他说得抬不起头。

谢桥不由分说把伞塞他怀里,不悦道:"拿着。"

纪真宜手忙脚乱地握住伞柄,雨把伞面砸得咚咚作响,他在这种连绵的雨声里听见谢桥说:"不准这样了。"

冷雨被风带着,从四面八方劈头盖脸地袭过来,纪真宜顷刻间整个人就像一颗风干的话梅。这句话不知道按到了他哪个开关,他觉得鼻酸眼涨,呼吸艰涩,黑眼珠乱转了一会儿,才认命地去看谢桥。

直到谢桥说"收伞",他才仓皇回神,收了伞坐进车里。

谢桥的小腿全淌湿了,纪真宜也一身是水,都形容狼狈,车里没人说话,全是氤氲的水汽。

谢桥问:"你住哪儿?"

纪真宜答:"啊,我……我跟田心一块儿住,但是他出差去了,我身上又没带钥匙,不知道外面现在酒店还开……"

谢桥不耐烦地打断他,说道:"去我那儿吧。"

纪真宜连连点头道:"好呀!谢谢!"

车上没人说话,纪真宜格外不自在,他没由来地异常紧张,反应过激甚至催生出一种呕吐感,整个人焦躁难安。他开始没话找话:"你这么年轻就成谢总了,真厉害。"

谢桥说:"靠关系当的。"

纪真宜忍俊不禁,谢桥没什么情绪地瞥了他一眼。他如坐针毡,又问:"我去你家不会不方便吧?"

谢桥眉梢一挑,神情淡漠地转头去看交通灯:"怎么?不想去?"

纪真宜如梦初醒道:"不是……"

绿灯了,谢桥把车开出去。

回到家,谢桥把药箱丢给他说"自己包扎一下",转头就去洗澡了。

第二天一早,纪真宜迷迷瞪瞪地醒来,过了一会儿才想起自己在哪儿。一出房门,就见谢桥正在熬粥,等他洗漱好,正好喝粥。

纪真宜忽然想起什么来,说:"我记得有一次,你喝多了,我也给你煮过粥,煮得不好,都没水了。"

谢桥握匙的手稍顿,反应淡漠,甚至没抬头看他,只淡淡道:"有吗?不记得了。"

纪真宜愣了一瞬,转头喝了口热粥。熬粥的米是好米,香而糯,吃进嘴里清甜而温热。他也不觉得尴尬,又道:"这就叫贵人多忘事嘛,谢总是做大事的人,心里当然只记得大事,我记得是因为平常也没什么大事让我记着。"

谢桥说:"我可不是什么贵人。"

纪真宜不同意:"怎么就不是贵人了,你昨晚上不就是我的贵人吗?没你我可得在那冻一整晚呢。"

谢桥说:"没什么贵不贵人的。"

纪真宜搅了搅面前的粥,抬头时又是没心没肺一张笑脸,点头道:"也是。"他脑子混沌,抱有一丝希望道,"那你觉得我们现在还能……"

谢桥不置可否地挑起眉,看他时眼神幽深,显得阴郁而冷漠,语气好似轻蔑:"我不缺朋友。"

纪真宜咬着汤匙，笑一笑："这样呀。"

谢桥放下汤匙，起身道："我先走了，你出去记得关上门。"

纪真宜叫住他："那个，谢总。"

谢桥回身，问道："什么？"

纪真宜说："你这房子这么空，对外租吗？瘦猴有女朋友了，我跟他在一起住有点儿不方便，我想跟你租一间房。"

谢桥稍做思忖："一个月一万。"

纪真宜的心梗了一下，强颜欢笑道："您不觉得这个价有点儿太离谱儿吗？"

谢桥倒是慷慨起来，挑眉道："是吗？那我给你减一块钱吧。嫌贵？"

纪真宜咬牙道："没有，挺好。"

谢桥走了，纪真宜端着碗囫囵几口喝完粥，起身收拾碗碟。收好从厨房出来时，他看见谢桥刚才坐的椅子上放着个黑色皮夹。他刚拿起来，正想着要不要追出去，谢桥就去而复返了，问："你拿我钱包干什么？"

纪真宜被他用那种冰冷的眼神扫视着，活像捧了个烫手山芋，结巴道："我……我没想拿你的钱，我就是正好看见了。"

谢桥只说："还给我。"

纪真宜递还给他，硬着头皮为自己辩解："谢桥，我真不至于。"

谢桥接到皮夹就打开了看了一眼，又连忙合上，掀起眼帘觑着他，问道："你没打开吧？"

纪真宜摇头，他再吊儿郎当也是个有分寸的人，从来不乱翻人家东西。

谢桥转身就走，只说了句："那就好。"

纪真宜站在那儿，感觉有一点儿委屈，他发誓只有一点儿，但还是觉得难受。

他想：我这人再怎么不行，也不至于拿人家的钱吧。

他到了电视台，钻进机房里装模作样地剪片子，脑子里走马灯似的，乱成一团。

有人拉开旁边机位的椅子坐下来,纪真宜没察觉,直到女孩子气冲冲地把新买的包甩到他面前,气愤道:"纪真宜!我要死了!"

纪真宜吓一跳,转头看见丁纷纷泛红的眼睛,其他栏目的人看了过来,他连忙把她带到外面休息室去,关切道:"怎么了,纷纷?"

丁纷纷是个长相甜美的女孩子,家境富裕。她怒气冲冲地道:"真是没一个女生能从男朋友的手机里笑着出来,恶心死了!我还特意跑回来跟他过节,你知道吗?他昨天给我转了一千一百一十四块钱,我给他转了五千二,结果这穷鬼从我那五千二里转了五百二给一个读大三的小女生!"

她几乎气哭了,接着说:"我看那女生还发什么'哥哥来给我喂糖了',这女生说是他养的,还不如说我养的呢,他算老几?还当中间商给我赚差价!她叫谁哥哥?应该来叫我!"

纪真宜都被她说乐了。

丁纷纷下午要上镜,擦了眼泪补着妆,跟纪真宜说那穷鬼会再来缠她,叫他假扮她男朋友去羞辱一番,他答应了。

星期一例行要开会,罗总可能事后想起自己昨晚说的确实是西关口,会上明里暗里夸纪真宜挽回面子:"大家还是要努力为栏目争荣誉,像我们纪老师去年就得了台里的'爱心记者'称号。在采访低保户廖淑贞老人,发现老人年轻时对国家有贡献,但晚年生活困苦,纪老师慷慨解囊,当场捐助了五千元!"

在电视台里大家都互称"老师"。同事起哄,会议室掌声雷动。纪真宜装出一副荣誉加身的样子,一边说着"过奖过奖"一边站了起来。

罗总接着说:"台里也很为这种精神感动,特地奖励了我们纪老师二百五十元。"

顿时起哄声四起,好一个二百五!纪真宜听完又坐下了。

开完会,大家三三两两都走了,纪真宜去八楼机房接着剪片子,正好罗总来逛机房,问他:"怎么还在?"

纪真宜存好档,回答道:"正要走呢。"

罗总叫他留一下,二人去机房外面的环形窗前抽着烟聊天儿,罗总率先道:"你们应该早听到风声了,你们二组的申圆喆要调去演播厅,空下来的这个缺,我和毛总的意思大致相同,不是你就是田心。"

纪真宜道:"哦,就他吧,我当个副的就行。"

罗总说:"哪有副的?"

"没关系,名义上做个副的就行。"纪真宜笑起来,又道,"您看我这人吊儿郎当的,不靠谱儿,不还把南关口听成西关口了吗?再说了,田心比我需要,也比我合适,我无官一身轻,当不了大任。"

罗总说:"我看不是。"

纪真宜笑说:"罗总那您真是看走眼了。"

"嘿!"罗总作势要发火。

纪真宜麻溜地往电梯那边跑,嬉皮笑脸道:"谢罗总栽培,等发工资了我请您吃饭。"

话一出口他又愁得直拍脑门儿,自己哪还请得起饭呀!撇去寄给他妈的那一半钱,等他付完谢桥那九千九百九十九块钱的房租,估计吃根贵点儿的冰棍儿之前都要给自己打个气:"加油,纪真宜,你值得!"

其实说来纪真宜和田心收入都不低,虽然自嘲一句"新闻民工",可电视台记者大小是个招牌,总有外快赚,台里外包的活儿分配到他们手上也有提成。田心还无心插柳柳成荫,成了个挺有名气的自媒体人,每天忙得连轴转,但收入非常可观,可惜家里还背着债。

纪真宜能画能拍,什么活儿都接,挣得虽多,但买起镜头来也花钱如流水。

他从口袋里掏出钥匙,打开了公寓的门,田心还在邻市出差。他在微信上和对方说了一声,收拾好行李就打车去谢桥那儿了。

半路他叫师傅停了一下,去买了个蛋糕,进小区时正好遇上谢桥下班回来。

他看谢桥又穿着西服,觉得在银行工作也不容易,大夏天都得裹两层,虽说工作场合大多在室内,可也总有外出的时候,又一想自己拍新闻成天在外面跑,不由有种农夫操心皇帝的多管闲事之感。

谢桥顺手帮他提起箱子,开了门进去:"等会儿把你指纹存上。"

纪真宜把蛋糕拎起来,邀请道:"谢总,切个蛋糕吃吧。"

谢桥有些不解地看他,不禁思量这天是什么日子。

纪真宜笑起来,解释道:"恭喜我搬家。"

谢桥答道:"我吃过饭了。"

纪真宜却说:"再吃一点儿吧,我买都买了,就当饭后甜点好了,不会很腻的。"

谢桥被他缠得勉为其难地坐下了,拿小圆勺斯文地将蛋糕吃进嘴里。

纪真宜坐对面看着他,年少的记忆浮光掠影般泛上心头。谢桥吃红豆米糕,吃栗子,吃小曲奇,笑着对他说"好吃"的模样,好像在近在昨日。

谢桥突然抬头,纪真宜赶紧垂下眼。

他说:"早上,我没怀疑你要拿我的钱。"

纪真宜有些错愕,好一会儿才想起来,不介意道:"哦,我知道啊,当时就是刚醒脑子乱,想岔了。你要真怀疑我拿你钱,也不会还把房间租给我。"纪真宜笑吟吟地看着他,真诚地道歉,"是我错了,误会你怀疑我,对不起啦,谢总。"

纪真宜晚上一个人在卧室收拾行李,蹲在地上把东西一件件拿出来。他的东西多是衣物和摄影器材,拿到箱底时,则是收着的贝壳和红绳,旁边还有一罐子贝壳。

那红绳很老旧了,上面挂着的银铃铛都氧化发黑了。他以前整天戴着它,心都像吊着块石头一样沉沉地坠着,多看一眼,五脏六腑就会跟着抽疼一次。

红绳断掉的时候,他清楚地知道,不是韩放筝放过他了,是他放过自己了。

鲁迅说,悲剧是将人生的有价值的东西毁灭给人看。

他想,不管怎么说,韩放筝死了都是个悲剧。不是因为他才是悲剧,是韩放筝本身就是有价值而又美好的,撇开其他不谈,这样一条恣意鲜活的生命的逝去本就让太多人无法释怀。

纪真宜未必是这些人中最重要的,但他一定是最自我折磨的。他难过的时候,好像一条鱼,身上每一块鳞片都在切割他的皮肤,是看不见的鲜血淋漓。

人的情绪是很驳杂的,而且矛盾。

其他人也这样,希望他为韩放筝的逝去难过,却又不希望他长久地耿耿于怀,他们希望他的悲伤有限度,从哀痛欲绝到释怀坦然必须是个所有人都能看到的递进的过程。

该难过的时候他不能走出阴影,要不然就是畜生,该重获新生的时候还沉浸在过去时,他们又劝他忘了吧。

最后,到底还是时间在做刻度。

他不想再困囿不前,他不想永远背负着回忆在那片雨后的阴霾下踽踽而行,他想大步跑进粲然欢欣的春光里。

然后谢桥回来了,这个不一样的谢桥,纪真宜也很想与他成为好友。

纪真宜心想:多简单,想交好就去行动呀。经年未见又怎样?只当他们是两个全新的人,开始了一段全新的联系。

他把红绳和贝壳收进抽屉里。

田心的电话是十点多打来的,纪真宜坐在床沿,穿条短裤双腿交叉着接通电话。

"消息太多了,我才看到,得把你置顶才行。你搬哪儿去了?怎么不再等几天,我帮你搬。"

"没事,东西少。"纪真宜停了一下,坦然道,"我搬到谢桥这儿了。"

那边静了两秒,才问道:"谢桥是哪个我不知道的小区名,还是谢桥……"

纪真宜听笑了,回道:"就是谢桥。"

田心有些晕,震惊道:"你不是说你们……你们这是又变成好朋友了?"

"没有,我租了他的房子。"纪真宜思忖片刻,坚定道,"我要跟他和好。"

"啊?哦,挺好的,太好了!"田心在那边踱来踱去,有点儿语无伦次,"我之前就觉得你们……哎呀,就是挺好的,只是那会儿年纪小,韩哥又……现在想想自己怪讨厌的,你又这么死脑筋,早知道你要难受这么久,当时不那么闹多好。不过那时候,唉,就是,反正太好了,你们……太好了。"

纪真宜低头看着自己动来动去的脚趾,田心的激动让他有些莫名其妙地想笑。

"对了,今天我妈告诉我,我爸能站起来了。"田心的父母三十多岁才生的他,大半辈子都耗在工作上,他爸没经住破产负债带来的打击,中风偏瘫了。

"再告诉你个好消息,罗总跟我说等老申调走了,他和毛总都属意我当组长。放心,以后我罩着你,让你当个副的!"田心又兴奋道。

纪真宜应道:"好!"

田心爽朗地笑起来:"这么多好消息,有种苦尽甘来的感觉。"

他瘫倒在床上,跟着笑起来:"是哇。"

回头去看这些年,好像能看见一条笨鱼在挣动着逆流而上,它游啊游啊游啊,游过险滩,游过激流,终于游进一片湖泊。

纪真宜等啊等啊等啊,终于等到自己完全放下,终于等到谢桥回来,终于等到生活重新开始。

纪真宜做了个梦,梦见有什么载着他高高地飞起来,风云疏淡,心意自由,他畅快地大笑,不知降到何处。

一个声音遥遥地传来:"你走吧,早就叫你走了。"

他醒来的时候满脸湿凉,一下起得太猛,脑子里空荡荡的,左右环顾一圈儿,什么也记不得了。

房间的陈设很陌生,好一会儿他才想起自己住到谢桥这边来了。

但其实合租对二人修复关系也没什么帮助,谢桥多数时间都在工作,经常回来还要办公,不是待在卧室就是书房,纪真宜在外面敲门说话他压根儿不理会。

他偶尔跟谢桥说哪里有什么活动,一起去瞧瞧吧,谢桥永远只回他一个硬邦邦的"不去"。平常他发微信问谢桥在哪儿,谢桥也不回,行踪不定,这让他一筹莫展。

不过好在谢桥一般九点前会回来,二人好歹能打上个照面儿。

可这天过了九点,谢桥还是没回来。

纪真宜拿平板电脑坐在客厅画画,到处找事做,把冰箱清理完,又把水槽的碗放进洗碗机,把谢桥养的鱼也喂了——谢桥有两个大鱼缸,一个里面养着条黑旗真鲨,另一个养着两条金鱼。

纪真宜偷偷给他们取了名字,鲨鱼叫"脆脆鲨",两只金鱼叫海尔兄弟。谢桥回来的时间不定,纪真宜就在网上搜了喂食标准来喂。

他喂完鱼就蹲在门口,完全是无意识的,结果醒过神再一起身,腿都给蹲麻了。他跛子似的拖着两条腿倒在沙发上,谢桥这沙发的型号他问过,想着去店里看看有没有,结果在网上一搜价格先吓了一跳,但躺着确实很舒服。

纪真宜拿出手机一看,谢桥还是没回信息。他盯着鱼缸,看着吃饱了的鱼在鱼缸里吐泡泡,自己躺在沙发上也闲得快要吐泡泡。

周琤玉给他发微信消息:"来会所。"

纪真宜觉得没劲,回:"不去。"

周琤玉发了张图过来,是个男人的背影,照片上光线比较暗,那人肩宽窄腰大长腿,正是谢桥。

周琤玉:"不去?"

纪真宜一个鲤鱼打挺去换衣服,给他回:"来了,来了,谢谢。"

等电梯的时候他又犹豫起来,问周琤玉:"我去没事吧?"

周琤玉:"没事,都是济棠的朋友,大家一起玩儿呢。"

他这才放下心来,一路让出租车风驰电掣开到了程济棠的会所。

纪真宜上楼到了包间门口,外面走廊站着个人,凑近了看才发现是那个小歌手。他比对方稍高一些,他迅速并仔细地把对方端详了一番,看着年纪确实很小。

他们打了个短暂的照面儿,小歌手低下了头,纪真宜径直进包了间,是周琤玉给开的门。

纪真宜和他低语:"他怎么在外面?"

"谁呀?"周琤玉说着就要开门,被纪真宜拽回来,说道:"就是酒吧那个小歌手。"

周琤玉疑惑道:"歌手?哦,你说杭舒呀,不对,叫什么来着?舒杭还是杭舒?这人来干吗?"

对啊,这人来干吗?是谢桥叫过来的吗?

纪真宜想:算了,管人家怎么来的,反正还在外面,但我进来了。

"小玉。"

纪真宜一偏头就和程济棠的视线对个正着,下意识地笑了笑。程济棠是个气质重于外貌的人,长相冷峻,气质冷硬,是那种一看就知道心思很深、手腕很硬,很不好惹的人。

包间里几个人正在玩牌,六人桌玩的德州扑克,身为荷官的周琤玉撂下满桌人跑了,被程济棠叫了回去。

室内灯光不是太亮,掺着点儿晕黄,因为有人抽烟,烟雾缭绕的。但他们真是正经来玩牌的,这其中有位朋友家里妻子管得严,本人又对家庭确实忠贞,叫大家一起避嫌,所以都喊的是熟人。

除了纪真宜自称是周琤玉的朋友,但一去就站在谢桥后边对他道:"谢总,来玩怎么不叫上我一块儿呀?我一人待家里多无聊。"

谢桥讥诮道:"你有什么用?"

纪真宜犯懒地趴伏在椅背上,肩胛骨支棱着,漫不经心道:"怎么这么说呢?我的用处可大了。你看就像现在,我站你身后多给你撑场子是不是?再说你出来玩喝了酒,我可以给你开车呀,也不用找什么司机代驾了,多方便。"

谢桥对他的歪理不置可否。

纪真宜看他们玩牌,德州扑克他其实不怎么了解,也就看个大概。他看着筹码来来去去,好像在看赌神,还真有些热血沸腾。

他偷偷问谢桥:"谢总你怎么玩起这个来了,不会又是现学的吧?"

"好玩。"谢桥一边加注一边道,"参加过比赛。"

他空闲下来就会找动脑子的游戏，围棋、桥牌、德州扑克都迷过，本身他所处的金融圈子也好玩这些。

周珺玉听他说比赛，一下来劲了："哟，什么比赛？国内的还是国外的呀？玩得怎么样？"

程济棠睇他一眼，说道："发你的牌。"

周珺玉委委屈屈地站直了，应道："知道了。"又发了张公共牌，是个红桃"7"。

谢桥回答："在 Y 国，赢了点儿钱。"

有人说："这类比赛能进钱圈，起码得百分之十吧，不错呀。"

谢桥只说："运气好。"

他输给一个戴高尔夫帽的老头，对方很厉害，开出一手同花顺挑了他的4A，最后进决赛局得了冠军。

桌上另一位已经弃牌的玩笑道："济棠，你这可不行呀，怎么还叫个专业的来坑我们呢？"

程济棠头也不抬道："输不起就走。"

玩德州扑克斗智商也斗心理，还要再拼点儿运气，牌桌上是暗流汹涌的博弈。

这局已经有两个人弃牌，一个人下不注。谢桥八风不动，程济棠稳如泰山。

纪真宜不知怎么，突然想起好些年前在那个闹哄哄的夜宵摊和一群阿姨们打麻将，谢桥也是这么气定神闲，端端正正地坐着，透出一股隐隐的聪明劲。

最后一轮河牌圈翻牌，谢桥手里只是一张"3"和一张"5"，选了三张公共牌，全是红桃，开出个同花。程济棠一张J一张Q开出个顺子，比谢桥的牌力小一级。

纪真宜看了十来局，有些口干舌燥，把谢桥手边那杯酒端起来喝了，放下杯子就对上谢桥的眼神，问他："不是要当司机吗？"

纪真宜咂咂嘴道："喝完了。"又笑着弥补道，"没事，谢总，代驾我来找，累不着你。"

他说完又接着饮了几杯，谢桥沉着脸伸手拿酒瓶。

纪真宜拦住他，酒意醺醺地道："别喝了吧，谢总，喝酒多不好呀，又伤肝又伤胃的，我去给你弄杯热牛奶来吧，护着胃，等会儿也好睡觉。"

旁边有人笑着调侃："还是你们小年轻有意思。"

谢桥淡淡道："别理他。"

纪真宜也不低落，照旧趴在谢桥的椅背上，笑嘻嘻地说："我去拿了。"说完还真就去拿了杯牛奶过来。

牌桌上每个人的杯里都是洋酒，只有谢桥手边放着杯暖香的热牛奶，场面一时有些滑稽。

周珲玉还笑话纪真宜不嫌丢人。

纪真宜不言语，一直趴在椅子上，看谢桥玩牌。谢桥这天没戴眼镜，清俊冷傲，嘴唇薄薄的，抿成一线，目光锐利，看着冷静又聪明。

纪真宜中途跑了趟洗手间，周珲玉发牌越发散漫，还玩了会儿手机，被程济棠瞥了一眼，又讪讪地把手机收回去了。

刚过十一点，就有人要回去，被其他人强留下来，过了十二点才散场。

谢桥稍落后两步，有人在后面拖了他一下，他转过来时对上纪真宜笑意盈盈的脸，明晃晃的不怀好意："谢总，我们也玩一局吧？输的人答应赢的人一件事情好不好？"

谢桥垂眸道："德州扑克？"

纪真宜点头，嚣张地表示："我看会了。"

"我一个新手，你不会不敢跟我玩吧？"他开始软磨硬泡，"玩一玩吧，又不亏，你这么厉害还能输给我呀？"

谢桥不动声色地看着他，目光沉沉道："来吧。"

纪真宜还特意把下楼下到一半的周珲玉叫回来发牌，周珲玉懒洋洋地回过身，皱着脸，很嫌麻烦的样子："吆三喝四的，尽给我找活儿。"又冲楼下喊着："济棠，等我，就来。"

两人桌的德州扑克，只玩一局，不能弃牌，还不用下注，洗牌、发牌、翻牌，整个过程就不到一分钟的事情。

纪真宜开出三个 Q，赢了谢桥的顺子。

"输了。"谢桥不怎么在乎地说，接着平静地瞥了周珏玉一眼，起身出去了。

周珏玉无所事事地拿着手里剩的那沓牌抽着玩，纪真宜朝他比了个拇指，赞扬道："演技了得。"

他之前趁着去洗手间的工夫，发消息和周珏玉通了气。

周珏玉往门口投去一个眼神，说道："他发现了。"

纪真宜没懂："什么？"

周珏玉说："我给你出千，他发现了。"

"真的假的？"纪真宜惊了，又立即没脸没皮地表示，"哎呀，不管了，反正没让他抓正形，我会死不认账的。走了，我的亲兄弟，下回我做你马前卒。"

他语重心长地拍拍周珏玉的肩膀，忙不迭追着谢桥去了。

周珏玉嗤笑，这个纪真宜，耍起小聪明信手拈来，真正该聪明的时候又犯蠢。

这么拙劣的出千，人家发现了没拆穿，顺着演了，这意思还不明显吗？

他无趣地把手里的扑克往桌上一扔，也出去了。

纪真宜下去时，在会所大厅又看见那小歌手了。他刚才出门两趟都没见到这人，还以为走了，才两句话的功夫，对方就和谢桥聊上了。

对面的谢桥蹙着眉，神色竟然有点儿困惑："你在说什么？"

纪真宜疾步过去插在二人中间，用很公式化的语气说："你好，请问找谢总有什么事吗？"

他这模样，叫人看着还以为不是谢桥的助理就是秘书。接着他又转头恭敬地对谢桥说："谢总，您先回车上休息吧，这里交给我。"

谢桥狐疑地看了他两眼，真的就走了。

"等……"小歌手神情黯然，双手紧紧地攥着，一副难以置信的样子，喃喃道，"他忘记了吗？他之前……"

纪真宜打断他："他就是这样的，冷漠又高高在上。像你这样想巴结他的人，我一个月要处理一百个，放弃吧。"

他从兜里掏出一百块钱，想想又觉得不太好看，拿了两百块钱放进对方手里，语重心长道："这么晚了，打个车回去吧。"

他转身就走，心下唏嘘，可真不容易，刚开始缓和关系，就得花钱帮谢桥处理麻烦了。

不过一进车里纪真宜就把此事抛到脑后了，司机是程济棠安排好了的，车平滑地驶出去。

夜色黑浓，谢桥靠着座椅闭目养神。

纪真宜看他应该没睡着，便小心地问："谢总，你跟程……老板是怎么认识的呀？"

谢桥没睁眼，回道："亲戚。"

这个答案让纪真宜着实吃了一惊，但也没上赶着多提。他踟蹰了两秒，绕回正题上："谢总，你看，我们刚才进行的那场公平公正公开的比赛，我……"

谢桥还是没睁眼，直白道："要干吗？"

"你喜欢看话剧吗？"纪真宜斟酌着说，"也没什么，就是我得了两张票，据说口碑很不错，又没人跟我看……"

谢桥说："好。"

"那我明天……"纪真宜想想又觉得不安心，改口道，"回去就把票给你吧。"

纪真宜这两张票还是从丁纷纷那得到的。

丁纷纷原本要和前男友一块儿看，结果遇上那档子恶心事，哪还有心思？作为教训前男友的预付报酬，就给纪真宜了。

话剧开场当天，早上谢桥出门时，纪真宜半暗示半提醒地说："话剧要提前入场，我们直接在剧院门口见吧。"

谢桥这天穿了身运动装，随性朝气，弯腰换鞋的时候额前几缕发垂下来，沉声应了。

这天也正好是纪真宜答应和丁纷纷去会前男友的日子。

纪真宜打扮得很合丁纷纷心意，她还特意从包里掏出眉笔给他描了眉。

二人挨得近，女孩子的身上带着化妆品那种精致的甜意："你皮肤真好，就是眉毛太淡了，别动，头抬起来点儿。"她的声音又轻又细，"以前我还总觉得你气色差，现在好多了嘛。你呀，思虑太重了吧，不要想那么多。"

她画完满意地笑起来，夸道："真帅！"

纪真宜回她一个笑："那就好。"

话剧七点半开始，纪真宜教训完丁纷纷那个口口声声说"我对你一心一意，那个女人诱惑我，我只是犯了天下男人都会犯的错误"的渣滓前男友出来时都过六点了。出门的时候丁纷纷挽着他的臂弯，下巴抬得很高，却偷偷哭了。

纪真宜说："这种人也配让我们仙女掉眼泪？以后我给你介绍好的，他给你提鞋都不配。"

丁纷纷破涕为笑，拽着说要请他吃饭。

纪真宜拒绝了："纷纷，我今天还有事，下次吧。"他看了看手机，"先走了，我有点儿急。"

丁纷纷看着他渐行渐远，想起刚进电视台实习的时候，她还特别内向单纯，也曾喜欢过他。他当时还没签转正合同，二人不太熟稔，她体寒，每月必痛经，脸色惨白，她就默默在办公室喝红糖水。

同办公室的一个男记者，三十多岁，现在已经转去做栏目了，当着许多人的面问她，语气流里流气的："你们女人喝这红糖水可以治痛经，那我们男人喝这能干吗呀？"

上来送硬盘的纪真宜笑嘻嘻地横插一杠："能痛经，您试试？"

她真的好喜欢他，做事机灵，性格温柔，模样也生得好，秀气又不女气，笑时多情烂漫，忧时仿佛有万般思愁，照顾人时面面俱到，从来不叫任何人难堪，多好多值得喜欢的男孩子呀。

她找他搭话，主动申请和他做搭档，每一个他无意中的小举动她都记下来，攒了好久的勇气去跟他摊牌告白。

纪真宜却说："对不起，纷纷，我不想谈恋爱。"

丁纷纷觉得窘迫，甚至觉得是自己太差劲了，纪真宜才用谎话来骗她。第二天去电视台，她生怕遇见他，更怕自己成了同事间的谈资，东躲西藏。但他谁也没有说，到现在都没人知道她喜欢过他。他照样来找她说话，像那件事情没有发生过一样嬉皮笑脸的，逗得她挥着拳头作势要打他。

她后来谈的恋爱总也不长久，每遇一个渣男，她都朝纪真宜发脾气："都怪你，都怪你！"

"都怪你没和我在一起！"

这话听起来多骄纵，多蛮横，多无理取闹啊。

她知道纪真宜其实是个看似没心没肺的烂好人，对于她的抱怨照单全收，于是她又要对他发火："我喜欢你，你不喜欢我，你哪里错了？！"

她看着人影绰绰的街道，前行的纪真宜脚步轻快，她快步追出去，喊道："纪真宜！"

穿着小西装的纪真宜转过身来，笔挺精神，懵懂地偏头看她。

她话到嘴边，未说出口，只多此一举地嘱咐道："要好好的呀！"

纪真宜笑起来，比了两个很大的OK手势，又朝她挥挥手。暮色四合，霓虹明灿，纪真宜像一滴水汇进奔涌不息的大海，隐进人潮消失不见。

时间比较紧，但好在这里隔剧院近，纪真宜给谢桥发了条微信消息："我在门口等你。"

其间路过一个面包店，他看见里面刚做好的格雷挞，思忖着要不要给谢桥买点儿。忽然感觉有人在自己耳畔说话，阴森森的："喂。"

吓得他没出息地一耸，转过身，眼前是转着车钥匙笑嘻嘻的周珏玉。他身后跟着个女孩儿，不算非常漂亮，但一身书卷气，温柔干净，和平日里他身边跟着的人不太一样。

周珏玉问："这是要去哪儿？找谢桥？"

纪真宜点头："嗯。"

周珏玉笑容更盛，揽住他的肩膀，得意道："是不是得谢谢我？多亏了我吧？"

纪真宜连忙道:"是,是,是,谢谢你!你来这儿干吗?"

周珺玉也不答他,反而说:"你说的那个杭舒我想起来了,挺有心思的一个小家伙,不是一般人。"

纪真宜还没反应过来,周珺玉又凑过来,他这天格外不对劲,故意对纪真宜道:"给你弄来这么大情报,你不报答我?"

纪真宜看见女生被晾在一边半天,赶紧把他推开,说道:"别闹了!人家女孩子都生气了!"

"哟,宝贝生气了?"周珺玉把所有和自己厮混的人都叫宝贝,因为名字记不住。

纪真宜趁他转身问人的工夫跑了:"我走了,回见。"

到剧院门口时正好六点半,他虽满城跑新闻对这边却也不熟悉,这剧院看着挺大,但并不新。他有些紧张,这么老旧的地方谢桥该不会嫌弃吧?一看手机谢桥还没回自己的消息,他就守在门口等,一直等到快七点半,谢桥还没来。

纪真宜多少有些急了,在剧院门口踱来踱去,发了好多条微信消息都石沉大海。他开始打电话,打了不知道多少个,直到天已经完全黑了,手机发热,电量告急,也没联系上谢桥。他急忙跑到旁边,刚借了个共享充电宝,手机就没电关机了,插上充了会儿才又开了机,手机被五花八门的垃圾短信挤满了通知栏。

纪真宜顿时感到焦头烂额,生出一种可怕的担忧来。他甚至唐突地联系了刘名亮,银行里他就只认识这一个人,可对方说谢桥不在银行,而且也联系不上。

不可能的,以谢桥的性格,答应了不可能会不来,除非出事了。

不会的,谢桥不会出事的。

纪真宜抱着种微妙的侥幸一直等到九点多,他心急如焚,立刻叫了辆网约车回去,脚下打跌着跑进保安室问:"×户的业主回来没有?"

他神色惶恐地形容谢桥的模样和开的车,保安明显记得谢桥,说没见人回来。他又再三确认了好几次,保安都被他问烦了,跟他说回去看看不就行了。

外面下着小雨，纪真宜被淋湿了，走出电梯的时候，腿都是软的。他哆哆嗦嗦地开了门，屋里是黑的，不见谢桥人影。

他掏出手机，当即就报警了，找了他之前采访过的一个副队长，那边说人口失踪的时限是二十四小时，要是有证据表示人身安全受到侵害可以随时立案，让他先去一趟警察局。

采访过的血腥镜头走马灯一样打眼前过，纪真宜一下子就把电话挂了。他又给周珺玉打电话想让他帮忙，结果对方也没接。

他在客厅里踱来踱去，口干舌燥，心道：不会的，不会的，要是出事了肯定会联系亲友的，一定不会出事的。

窗户被雨打得发出滴滴答答的声音——为什么又下雨了？

纪真宜脑子里嗡嗡的，像正被水鬼拽着脚往下拖，渐渐地，仿佛要没顶的绝望淹没了他。

他不自禁地走进某种先入为主的情绪的死胡同，丧失了理智和正常的思考能力。可他也没办法不胡思乱想，他害怕那些痛苦再重来一次，他怀疑自己可能真的克人。

他才刚刚决定要和谢桥和好，他还想和谢桥成为真正的挚友，他甚至还没郑重地和谢桥道一次歉。

他宁愿谢桥是爽自己约，就算是和别人看话剧去了也好，千万，千万不要出意外，他不知道自己还有没有力气再承担另一条生命的逝去。

只这么想一想，他都觉得周身的血仿佛凉透了。

他光着脚缩成一团坐在沙发上，西装皱巴巴的。他双手抱头，冒尖的指甲在头皮抠出一道道血痕，双目猩红，眼睛一眨不眨地盯着门，像个歇斯底里的神经质。任何一点儿小声响都被无限放大，他的神经敏感得仿佛一碰就会断。

纪真宜呼吸沉重，因为每一次换气都困难，很费力气，胃部涌起一种想要呕吐的烧灼感。他磨牙般啃咬着自己的小臂，靠这个来发泄在身体左冲右撞的癫狂。

门从外面被推开，谢桥穿着运动服，神情漠然。

纪真宜从沙发上跳下来的时候差点儿崴了脚,整个人沉浸在谢桥没事的庆幸里,不知哭好还是笑好:"小桥,你回来了,没事吧,你去哪里了?"他恨不得把谢桥浑身上下看一遍,确认对方完好无损,才声音嘶哑道,"没事吧?你去哪儿了?"

谢桥垂眼看他,漂亮的眼睛里犹如一片黑沉的海。他说:"关你什么事?"

纪真宜茫然地愣在原地,谢桥无动于衷地错身而过,自顾自地进了房间。

谢桥沉着脸,心里已经气炸了。

他这天和几个需要维护关系的中间人去爬山,是那天牌桌上一个人牵的线,临时叫上他的。一群三四十几岁发福的中年人,养尊处优惯了,破天荒玩了一遭,走一步歇三步,拖拖拉拉好不容易到山顶,他才知道他们计划要在山上住一晚。

他急着下来,抄的小径太陡,不慎踩空了,手机内屏直接被摔坏,小腿还磕在裸露的石尖上,疼得钻心,简直倒霉透顶。他好一会儿才撑着站起来,手在麻了的右小腿上抹了一把,一手黏腻腻的血。他都不知道自己最后是怎么下山的,竟然还强撑着开车回了市区。

他都没想去医院,径直往剧院开。只在路边停了两分钟买瓶水的工夫,他就看见纪真宜正和人说着话——又是那个周珺玉。

谢桥不知道纪真宜和这个周珺玉怎么就那么要好,在哪儿都能见到他们窃窃私语,偏偏这个周珺玉又不是什么好人,风评相当不好。

就算知道纪真宜没那个学坏的胆子,他也不想看纪真宜和周珺玉走得太近。

谢桥看见他们熟稔的模样,瞳色渐深,正要下车把纪真宜叫过来,可他下车后,纪真宜又不见了。

他又开了半个小时,说好在剧院门口碰头,纪真宜却还没来。剧院占地很大,翻修得也辉煌漂亮,海报贴得到处是,电子屏闪烁不休。

谢桥在外面等到了七点半,可等他进了场,身边的座位也是空的。

他实在焦躁，不得已冒昧向邻座的女观众借了手机，给纪真宜发短信："我是谢桥，你在哪里？"

发短信的时候，谢桥还为自己把他的手机号码记得那么清楚而生气，又想是因为自己本身记性就好，不是刻意记的，才好受一些。

可那边没有回应。

或许这真的是场很棒的话剧，观众席反响热烈，谢幕的时候掌声经久不息。面无表情的谢桥在其中格格不入，他一直坐到散场，也没等到纪真宜的人影。

他心里渐渐泛起一阵掺杂着烦躁的可悲——他又被耍了，这么多年，真是一点儿长进都没有。

纪真宜骗过他多少次，他怎么还相信纪真宜？

谢桥迟迟不动，邻座的女观众支吾着问他要不要一起去坐坐，他拒绝了。他乍一起身，右小腿痉挛发疼，稍缓了一会儿才走出去。

他开车到了酒吧街，正见一个人被搀着出来。

周琤玉醉得步伐虚浮，晕醺醺地把钥匙扔给人去开车，自己扶着垃圾桶在吐。那是个半人高大口圆形的垃圾桶，容积很大，估计是酒吧用在后勤的，拖出来要倒。

谢桥面容沉肃地立在他身后，双手揣在运动服裤兜里，冷眼旁观，忽然一脚把他蹬进了垃圾桶，情急之下用的还是右腿，当时就崩出了血。

这是他为自己这幼稚又愚蠢的一脚付出的代价，酒吧外面有监控，程济棠事后肯定还得来找他问罪。可他现在哪管得了这么多？

手机坏了，他想给罗跖打个电话都没办法，也没去医院，买了几杯青稞红豆奶，硬加了三倍的糖。他坐在车里吹夜风，一口奶一口烟，甘苦参半，等到最后一颗红豆都吃完了，也没觉得舒服多少。

纪真宜还敢问他去哪儿了，他倒要问纪真宜去哪儿了？

谢桥伸手探了探右腿，伤口和裤子的布料被干涸的血粘连在一块儿了。他无端觉得烦闷，一把扯开了，腿上的血又把周围的布料浸湿了，蜿蜒着流下去。

好奇怪，痛感好像是逐次递减的，这一次他已经不觉得如何疼了。

纪真宜用额头抵着门在敲，怨念又可怜道："谢总，我知道不关我的事，你就当我多管闲事好不好？你的腿是不是磕着了？开开门嘛，可怜可怜我吧，好吗？我给你看看，求你了，好吗？"

纪真宜耗在房门口，不断道："谢总，你开开门嘛。"

他还是觉得庆幸，不管这天谢桥去了哪里，不管谢桥说了什么，只要谢桥全须全尾地回来，他都觉得庆幸，太好了。

"我就看一看好不好？"纪真宜依旧用额头顶着门，好声好气道，"谢总，你开一下门，你就当我多管闲事，就看看嘛，看一下好不好？你扶着东西慢慢儿走过来行吗？要不，外面你放钥匙了吗？我去拿过来开？你的腿疼不疼呀……"

门倏地从里面拉开，提着医药箱的纪真宜差点儿栽进去，一抬头，谢桥已经往里走了，他紧紧地跟着。卧室里是浅色地面，白色墙壁，胡桃色的家具，黑色金属门窗线，一切都干净利落，黑白分明。

谢桥坐在床沿，面沉如水。

纪真宜蹲下去，小心将他的裤子挽起来，伤口在健壮有力的右小腿外侧，本来是一道破口很大的长条伤口，被明显暴力撕扯后一片血肉模糊，新血旧血混在一起，血迹斑斑，触目惊心。

纪真宜看着都觉得难受："你是怎么受伤的呀？是不是爬山的时候蹭着了？要慢点儿走。"

谢桥不答话，纪真宜手法利落地给他清理伤口周围的血迹，作为新闻记者，包扎和现场急救知识他多少还是懂点儿。

他不讲话了，怕谢桥烦，低眉顺眼地处理伤口，屋子里逐渐安静下来，只有他拧开酒精瓶的些微声响。

一言不发的谢桥突然出声："哪里找的医药箱？"

纪真宜答道："哦，在你书房里找的，我乱翻之下差点儿还把你桌上的仙人球撞掉了。"

谢桥问："仙人球没事吧？"

纪真宜摇头道："没事，放心，我接住了。"

接住了？谢桥把他正握着棉棒的右手翻过来一看，上面扎了一手的软刺。

谢桥陡然生出些怒意来，眸色深沉地看着他，冷冷道："纪真宜，你是故意的吧？"

纪真宜迟疑片刻，又嬉皮笑脸道："是呀，你见不得吗？"

谢桥松开他的手，生硬地移开目光，淡淡道："我随便你。"

"那我不随便你，我可见不得你受伤。"纪真宜用棉棒蘸了点儿医用酒精，语调轻柔，"有一点儿疼，马上就好了，你疼就告诉我。"

纪真宜猜想，以谢桥现在的脾气，肯定会隐忍着不说。

谁料他棉棒刚碰上伤口，谢桥就说："疼。"

纪真宜赶紧停下，动作放轻，再一碰，谢桥又说"疼"……总之，这个"疼"字贯穿始终。等消好毒涂完药，都已经过去许久了。

谢桥看他悻悻的，将视线移到别处去，问道："你今天干什么了？"

纪真宜埋头帮他缠纱布，脑子还没转过弯来，真就从头到尾一五一十地交代："你今天早上出门以后，我就去喂鱼了，'脆脆鲨'吃了好多，它好像长大了点儿，耀武扬威的，特别凶。"

谢桥皱眉，心想："脆脆鲨"？

纪真宜毫无重点地絮絮叨叨："然后我就去电视台了，没有吃到便利店的香菇肉包，上午剪了个片子……陪我一个关系很好的同事，叫丁纷纷，去教训她的极品前男友了，耽误了点儿时间。然后我就去剧院了，对了，半路上我还遇见了周琤玉。"

谢桥斟酌半秒，才问："你去剧院了？"

"对呀，你一直没来，我还以为你出事了，急死我了。"说完又怕谢桥觉得自己在抱怨，又解释道，"不过没关系，你人没事就好。"

谢桥突然说："票给我。"

纪真宜左右口袋都摸了摸，不明就里地掏出票递给他。

谢桥接过来瞥了一眼，又递回去，再次确认："你确定去了？"

纪真宜立刻为自己不平起来，道："当然去了！我在门口等了好久，地都要被我蹲坏了，怎么可能没……"

他定睛一看票面上的地址,又去看谢桥,难以置信地在两者之间来回扫视,突然支吾起来:"这……这上面什么时候多出个'大'字?我难道……我居然去错地方了,我……你去了是吗?"他急切地看着谢桥,问道,"你去了是吗?"

原来谢桥去了,原来谢桥即使腿受伤了,也去了。

谢桥好似被纪真宜蠢得无话可说,长呼出一口气,语气透着淡淡的烦躁:"纪真宜,你到底要干什么?"

纪真宜提起医药箱一路溜出房门,眉开眼笑道:"我要跟你和好呀!"

他在床上滚来滚去,像个圆规一样绕着床滚了一个整圈,最后四肢摊开呈"大"字躺在床中央,气喘吁吁地看着天花板。

因为这场乌龙,他一整天的情绪可算跌宕起伏,可那些波折跟最后的结果比起来都变得微不足道了,他又像狗刨地一样在床上不知疲倦地拱来拱去。

纪真宜早上醒来,竟然收到谢桥发的一条微信消息,是个网页链接,标题是"被仙人球扎了怎么办",他顿时又乐得在床上滚了两滚。

G行的宣传片原本已经完工了,刘名亮联系他说要再加一个高空运动镜头,从广场一直拍到银行大厦。

因为就补一个镜头,田心便没去,是纪真宜独自去的。但当天风比较大,无人机拍出的镜头很晃,耽误了些时间,拍完已经四点多了。他想着谢桥也该下班了,就在银行大厦一楼坐着吃青口梅,一直等到六点,才见谢桥从电梯里出来,还是清冷帅气的一张脸,低着头理袖扣,在一众人里俊美得卓尔不群。

纪真宜叫道:"谢总!"他迎过去,连连发问,"腿今天怎么样?你换了新手机?"

谢桥冷静地觑着他,问道:"你来做什么?"纪真宜昨晚的举动和那句"我要跟你和好"好像没给他带来任何影响。

纪真宜说:"来等你呀。"

谢桥反问:"等我?"

纪真宜觉得他心情好像不错，也跟着笑起来，眼尾弯弯的："谢总，我以后都来等你吧？"

谢桥漫不经心地用余光打量他，纪真宜拍着胸脯，把话说得很满："你放心，我一定每天都来！"

结果第二天他就失约了——他和孙中被派去下级县拍塌方引起的事故，跟施救队员一起跑上跑下，弄得满身都是土，原本五点就要回市里，结果七点还没在山上找着信号，一直到八点才打着手电筒下山。他心想：完了，完了。

纪真宜背着堆器材到处找信号，气喘吁吁地给谢桥打电话："谢总，你下班了吗？我今天……今天恐怕不能去找你了……"

电话直接被挂了，纪真宜顿时蔫儿了。

孙中开着台里的车很够意思地把人送到了小区门口，纪真宜和他挥手告别，这时都十一点了。他颓丧地去坐电梯，脚步沉重，一眼就看见等在电梯前的谢桥。

谢桥把西服拿在手里，单穿着件熨烫整齐的黑衬衣，袖子挽起，露出截儿精瘦的小臂，左手腕上戴着名贵的表，脊背挺拔，余光看见纪真宜一路小跑过来，仍目不斜视。

纪真宜率先打了招呼："好巧呀，谢总。"

谢桥没理会，自顾自进了电梯。

纪真宜重整旗鼓，继续道："谢总，今晚工作很多吗？你怎么也这么晚回来？"

"你说你要跟我和好。"谢桥说，表情和语气都带着淡漠的讽刺，"这就是你的态度吗？这么三天打鱼两天晒网地献殷勤。"

纪真宜没什么底气地反驳道："我没有。"

谢桥置若罔闻，声音清越："你说话当过真吗？你又跟我开玩笑？"

电梯"叮"的一声，谢桥走了出去。

纪真宜背着一堆沉重的摄影器材无措地站在原地，衣服被带子勒得皱巴巴的。

他也觉得自己很不好，昨天把话说得那么满，第二天就做不到，何况他还前科累累。

　　谢桥半夜还在书房办公，纪真宜现磨了一杯咖啡，特地拉了花送过去，但也没捞着句好话。

　　回到房间，他给罗总打电话，申请这段时间只接市内新闻报道的活儿。

　　纪真宜挂了电话就郁闷地瘫在床上。

　　他打开平板电脑看电影，视频软件自动播放了《夺命三头鲨》，而后蹲在地板上抽烟，一根接一根。

　　他又开始反省，从再遇谢桥开始。

　　这是第八年，是谢桥出国的第五年，红绳断在这一年的三月，又迎来一个新的夏天。

　　太巧了，他和谢桥重逢的时间点来得太巧了，谢桥最开始那样的态度，他抱着某种自己都觉得无稽的妄想。

　　可后来谢桥对他实在冷漠。

　　他摸不透现在的谢桥，不知道谢桥想干什么。

　　当然，谢桥不理会他才是情理之中。他闭上眼睛给自己打气，没关系的，加油，纪真宜！

　　第二天一早，谢桥出门时跟他说："你要和好是你的事情，我可不管。"

　　纪真宜道："好，你放心，不麻烦你。"

　　说是这么说，但纪真宜也不知道该怎么办。虽说依然斗志昂扬，可是该怎么对症下药呢？

　　他之前都冒冒失失的，叫谢桥去看话剧，结果自己走错了地方，夸下海口要天天去等他，第二天就食言。

　　谢桥显然不信任他了，他还是得慢慢儿来。

　　谢桥开始应酬了，据银行的人说，那些高管基本没有十二点前回家的。谢桥不怎么喜欢应酬，除非是实在难以推脱的。

　　纪真宜终于说到做到，开始兼任谢桥的司机。谢桥在里面应酬，他在车里等，闲暇时间长了就胡思乱想。普通饭局还好，要是在私人会所里，他难免要想着谢桥会不会被那些人带坏。

还好是他杞人忧天，谢桥每回出来都是光风霁月的。其他人都是被架走的，而谢桥将西装搭在手腕上，脸上泛着醉酒的薄红，戴着眼镜，步伐沉稳地走过来。

纪真宜连忙把准备好的温牛奶递过去，关切道："难受吗？"

谢桥坐进后座，摘了眼镜，按着眉心"嗯"一声，把牛奶喝了。

回家路程短时，纪真宜就和他说话，他应得比较少，纪真宜经常以为他没听，可偶尔说到什么卡壳了，他又会冷不丁出声提醒。

有时候车程稍微长些，谢桥会在车上眯一会儿。他睡得沉了，到了楼下都没察觉，纪真宜也不忍心叫醒他。

他透过内视镜看见谢桥仰头睡了，眼睫在挺直的鼻梁两侧覆出安谧的阴影，肤色皙白，薄唇微翘，因为睡前喝了杯牛奶的关系，整个车里都好像被他睡得有了奶味儿。

谢桥怎么能喝酒呢？他明明就是该喝牛奶的人。

纪真宜看着内视镜，无声地笑起来。

进入社会的生活匆匆碌碌，日复一日地倥偬奔波，流景骎骎，他在这种望不到尽头的庸碌里，终于一头撞到端着咖啡的谢桥身上。

纪真宜抬头见到他的那瞬间，清清楚楚地知道，自己等这一刻已经等了太久了。

第六章
梦也何曾到谢桥

　　孙中念叨了两个月的女神乐陶这个星期终于回台了,结束了为期半年的外派交流,下周就复工回午间新闻主播岗。原本栏目组里定了这个星期五晚上给她办个欢迎会,她知道后大方地掏钱请大家都去市里有名的酒楼,吃喝玩乐一条龙。

　　她的女神风范从小保持到大,既漂亮又努力,家世好、能力强,脾气也比读书时收敛不少,镜头内外都落落大方。她、纪真宜和田心三个人可以说相当有缘分,既是同学又是同事,乐陶和田心差不多是同期进电视台的,纪真宜晚他们一年,是经田心介绍进来的。

　　谢桥这天又有饭局,纪真宜想着只在乐陶的欢迎会露个面,结果一进去就怔住了。

　　"古老师。"他愣道。

　　谢桥接到纪真宜的电话时已经快要十点。

　　纪真宜虽说没醉,但喝了不少,绝计是不能开车了。他一听谢桥说没喝酒,就一定要谢桥来接他,拖着长腔喊:"求你了,谢总,就今天……"

　　作为栏目两位单身汉之一,又被女神无情奚落的孙中冲过来干号:"我只有你了,纪真宜!你可不能丢下我……"

　　纪真宜一脚把人踹开,听见电话里谢桥说:"你在哪儿?"

纪真宜忙告知地点,谢桥说:"顺路。"

十点半,纪真宜从酒楼出来时,谢桥正等在外面。纪真宜又被灌了一轮,酒量再好也已经微醺,神经亢奋。他看见谢桥时笑得嘴都快要咧到耳根了,人晕晕的,差点儿要扑倒。

付完单的乐陶和几个一同下楼的同事从他身后走出来,她怔怔地看着面前的人,喊道:"谢桥。"

她穿着一条红裙子,干练美丽,明艳动人。

乐陶走上前来,步履都凌乱了,好似不知怎么才好,低头把垂落的发别到耳后去,自知失态地笑一笑,问道:"你不记得我了吧?"

有三三两两的人从旁边走过,干燥的热风吹拂,城市犹如忽然变得寂静。

谢桥说:"你好,乐陶。"

乐陶坐在车上,街景匆匆掠过,风把头发吹乱了。她看着车外,脸忽然就湿了。

谢桥的车开到江边,他们从车上下来。散步到目的地时,纪真宜说:"听说今晚这里要放烟花,想着一定要带你来看看。"

谢桥不太领情:"我很困。"

纪真宜只好赔笑道:"对不起嘛。"他去买了一个很大的甜筒,送到谢桥手上,眉眼弯弯地说,"赔这个给你好不好?"

谢桥看似不怎么乐意地接了过来。

此时不到十一点半,十二点才开始放烟花,因为第二天是周末,所以这里聚集了很多人,很热,也拥挤。纪真宜怕谢桥不喜欢,提议先回车里。谢桥的车停得远,位置僻静,走回去又花了点儿时间。

路上他们还遇着条脖子上挂着项圈的小比熊,摇着尾巴一直跟在谢桥脚边,被纪真宜一唬,夹着尾巴呜呜着吓跑了。

他们回到了车里。

秋天的前半段都是绵热的残夏,江畔芳草萋萋,蝉鸣尚还聒噪,草丛间闪烁着几只尾部灰冷的萤火虫。

远处人群骚动,江上孤月高悬。

纪真宜瘫在副驾驶座上,有些触景生情道:"我们以前是不是学过一首诗呀,什么花夜月的,月亮年年月月都在这儿,照着不同的人,也照着不同时候的我们,是这个意思吧?"

他和谢桥一起看过很多次月亮,次次都像这天一样孤高美丽。

"你小时候想过长大以后要做什么吗?"纪真宜看着他,脸颊上是两团酒后的潮红,"其实你现在跟我想象中你长大以后的样子一模一样,骄傲优秀,干净得要命。"

谢桥因为他的胡言乱语而蹙起了眉,忍不住问:"你喝了多少?"

纪真宜矢口否认:"我没醉,我发酒疯会跳舞。"他自顾自地笑起来,"我小时候想做一个胖子。"

谁都能看出来他这个不知所谓的理想失败了。

"我小学班上最厉害的人是个胖子,大家都听他的,也没人敢欺负他,我就以为胖子都很厉害。"他玩笑般把自己细细的小臂举起来,颇为遗憾道,"结果好像太难了。"

他点了根烟,捏在指间,很颓废地靠着车窗,喃喃道:"我当时入记者这一行,带我的老师是个很好的记者,入行十多年,一直跑一线,至今都没结婚。我不是那些人里条件最好的,但他问我敢不敢,我说敢。我跟着他采访过传销,也卧底过黑工厂,跑灾区一线,每天都有事做,我想着要和他一样做个有正义感的记者。

"前年的时候,他办事没按台里的意思来,就被处分了,只是很小的一件事情,竟然就……我妈后来知道我在干吗,死活不让我继续干了,我就到这个台来了。

"我今天本想露个面就去等你,没想到遇见带我的老师了,他又回一线当记者了。他就是那种热血难凉的理想主义者,说了好多话勉励我。

"他才不知道,前些天我才和我们总监说,我这段时间都只接市内新闻了。"

谢桥拿着甜筒,神情冷肃,从他这些费解的胡言乱语中找出一条线索:"你说这些是要告诉我,你做事都喜欢半途而废吗?"

纪真宜笑了:"不是,是要告诉你,这些年我都在干吗,也告诉你我的路还长。你看，如果我现在问你愿不愿意跟我和好，你肯定会拒绝，但是也没到说我失败的时候，毕竟未来很长呀。我到现在还没成为胖子，可我一直吃一直吃，总是会变成胖子的。"他沉吟片刻，接着道，"当然，如果你觉得胖子不好，我也可以不那么坚持，毕竟对我来说胖起来还是挺难的。"

"我现在窝在民生新闻栏目组，也不代表我一辈子都要窝在这儿，我懒，但也没有想懒太久。"他撑着扶手厢，神情严肃道，"谢桥，我没有跟你开玩笑，我说话当真，我一定要得到你的谅解，跟你和好如初。"

谢桥没什么波澜地注视他，好似四大皆空的神佛。

"你真好。"纪真宜定定地注视着他，脸上带着笑，话说得荒腔走板，"你身边有那么多关心你的人，你记得他们每一个人吗？像你今天记得乐陶一样。"

"我醉了。"纪真宜说。

午夜十二点，远处砰砰齐响，发出震耳欲聋的爆炸和浩大呛人的白雾，铁树银花在天上璀璨，夜晚的平湖跟着斑斓满彩。

烟花持续不到两刻钟，车内也静了下来。

纪真宜懒懒地笑着，视野渐渐收窄，上眼睑盖下来，意识变得模糊。

夜风微微，吹在他醉后汗津津的脸上，拂动了他的乱发。他撑开眼帘，只看到天垂那轮朦胧的明月。

祝玥莹出发的前一天纪真宜才得知她要跟着莫海华去出个闲差，乘飞机到纪真宜工作的城市再转一个小时的高铁过去。飞机十点多到，高铁是下午五点的，中间特意留出时间来见见他。

纪真宜早上拍完素材，紧赶慢赶好歹赶上接机。祝玥莹和莫海华一起出来，男俊女俏的中年夫妻十分般配。

祝玥莹原本是不想跟来的，但怕纪真宜这年中秋节又不回家。

纪真宜一见她就问："妈，你的乳腺增生怎么样了？"

祝玥莹恼道："什么乳……不嫌丢人，小点儿声！"

莫海华说："大惊小怪，一个病名有什么丢人的？"

祝琇莹问他:"我要是在这儿嚷嚷你有男科病你不丢人?"

莫海华答:"我没男科病。"

祝琇莹捂着胸口道:"我这病就是气的,让你们气的。"

纪真宜带着他们吃了顿饭,又在市内转了转,趁莫海华去洗手间的空当,祝琇莹拖着纪真宜问准备什么时候买房,她把首付钱给他攒好了。

纪真宜却说:"我又不结婚。"

"这跟结婚有什么关系?你结不结婚,妈都得给你买房。"祝琇莹面露忧色,苦口婆心道,"你之前那工作是好,是大电视台,说出去是了不起,可你那工作成天瞎跑……妈总是提心吊胆的。你看现在多好,单位也不错,安逸稳定,平常也清闲,我现在就愁你没个房,有房就有自己的家了,在自己家谁也不能把你赶出去。"

纪真宜又说:"谁没事把我赶出去呀?"

祝琇莹瞪他一眼,提议道:"要不你还是回家吧,在我的眼皮底下,我还能照顾你。你嘴巴又刁,瘦成这样,我看着都难受。"

纪真宜笑了:"我瘦也不是一天两天的事了,从小就想吃胖点儿,也没见你把我喂多胖。"

祝琇莹说:"我不想跟你说了,你这孩子说不听!"没过两秒又问,"你和那朋友怎么样了?不是说之前闹得特别僵了吗?"

纪真宜说:"挺好,挺好,在努力和好呢。"

祝琇莹说:"那你的态度就认真点儿,以后把人带回家来玩玩。"

临进高铁站前,莫海华说:"等出差结束,正好周末再来这儿玩两天。"

纪真宜说:"行,把特产礼物都先买好,那两天光带你们玩。"

祝琇莹嫌弃道:"你别瞎买,尽浪费钱。"末了又扯着他嘱咐,多去中介那儿看看房。

过了两天,纪真宜去买特产,这些东西他每年都买,吃不一定多喜欢吃,主要是为了回去送亲戚朋友。他在商场吃了个饭,路过家首饰店,接到了田心的电话。

田心又在外面出差,他包揽了栏目组里绝大多数的出差任务,倒不是为了那么点儿差补，主要他兼职做自媒体时，需要拍各地不同的探店素材做噱头。

纪真宜还当他又要自己帮忙导个素材库，结果一接就听见那头气势汹汹的声音："组长原来是你不要让给我的？纪真宜？"

纪真宜眼皮一跳："谁跟你胡说的？"

"我问罗总了。"田心稍微激动一些说话就带出股委屈的哭腔，听着都让人觉得委屈坏了，"纪真宜，你施舍我是不是？谁叫你这样了？是因为我在你面前说想当组长，然后罗总问起来你就说你不乐意当对吗？我现在想起来觉得自己心机得要命，你是不是觉得我是故意在你面前那么说的？我真是可怜又可悲！我怎么那么窝囊？！"

田心家里遭逢巨变后，虽说没有性情大变，但在自尊一事上变得格外偏激，格外受不了别人的同情，也不愿意在经济上表现出拮据。纪真宜之前借住在他的公寓，他都不要纪真宜和他一起承担房租。

纪真宜听声音甚至都觉得田心哭了，急得不得了，越急越拙嘴拙舌。他们在那里鸡同鸭讲，最后田心把电话挂了，还把他拉黑了。

纪真宜只能在工作群找他，但也不敢直说，又去找他的女朋友小果，让她帮着解释，结果连累小果也被拉黑了。

田心就是一辈子的小孩子脾气，看着成熟稳重了很多，实际上一生气就炸毛。

纪真宜躺在G行街外的广场长椅上，买了瓶泡泡水，忧郁地对着天吹泡泡，身边全是几岁的小娃娃，笑呵呵地追着泡泡打，要求还挺多："打没了，哥哥，你快点儿吹！"

纪真宜更忧郁了，坐在那儿无偿地吹了一下午泡泡，小孩子们没完没了，走了一拨又来一拨，直到谢桥下班开车经过。

纪真宜这天有种花儿没浇水似的蔫不唧，怏怏不乐，一路上也没说几句话，连谢桥也不理会。

回去没多久，天一暗下来谢桥就换了身运动服，清爽帅气地出门，他的应酬告一段落了。

瘫在沙发上咸鱼躺的纪真宜一个鲤鱼打挺，问他："去哪儿，谢总？"

谢桥说："夜跑。"

纪真宜眼巴巴地问："可以安慰一下我吗？"

谢桥兴致不高，只是淡淡道："说吧。"

纪真宜斟酌后道："是这样的，我有一个朋友，他和他一个很多年的好兄弟在一个电视……喀，公司，而且还在一个部门，领导要在他们中间选一个组长……可那个好兄弟偏偏觉得自己是被施舍了，自尊受挫。"

他说得颠三倒四，语焉不详，明明说了"安慰我"，又毫无意义地口头扯谎说"我有一个朋友"。

谢桥问："那你为什么让给他？"

纪真宜苦恼地说："就是，不是我……我也不知道。"

原因太多了。一方面纪真宜真不在乎这个组长，他无拘无束惯了，这小领导当着没意思，田心想当当好了，可这些说出去，田心肯定更生气。再一方面他也确实心疼田心，在田心最难的那一年里，家里破产，父亲偏瘫，再加上和马盛淇闹掰，所有的苦难接踵而来，境遇一落千丈。

那时候纪真宜在干吗呢？他迷路在 L 市西北的 N 城，脖子上挂着单反相机，在一群人种不同、肤色各异的外国人里看得眼花缭乱。他没能陪着田心走过最煎熬的那段时间，又一路见证了对方的挣扎，当然不忍心。

纪真宜自以为机灵的脑瓜犯了难："我就是不适合，我当不好，他想当就让他当吧，他挺适合的，我压根儿没想要当，怎么说就……"

谢桥好像已然耐性告罄，开始玩手机，纪真宜郁闷地看着他把手机贴在耳边说："你好，是田心吗？我是谢桥。"

他顿时惊得浑身一耸，仓皇抬头间正对上谢桥写着"你闭嘴"的眼神。

谢桥对那边说："纪真宜不当组长，是他想转一线，在民生待不长了，到时候交接反而麻烦，你是他的好朋友，你的能力他很清楚。请你想明白以后尽快联系他，他现在因为你要死要活的。再见。"

谢桥利落地挂了电话，而后俯视纪真宜，说道："如果你们真闹翻了，我就来安慰你。"说完就出门了。

纪真宜怔忪地看着他走了，回过神来后只想追上去，但到底还是没行动。

门铃响了，纪真宜懒散地从沙发上滑下去，慢吞吞地踱去开门。

门外竟然是那个小歌手，一双眼比鹿还大，看见纪真宜后眼神由兴奋慢慢儿转为无辜的错愕："请问谢先生住这里吗？他有东西落在我那里了，我给他送……"

纪真宜的视线从小歌手的脸落到人家怀里抱着的纸袋，只说："找错地方了。"说完"砰"的一声把门关了，堪称冷酷。

门铃又响了一阵子，纪真宜没理。

谢桥夜跑回来时，纪真宜正在客厅自斟自酌，手边喝空了几瓶。谢桥霎时沉了脸，一言不发就要回卧室。

结果纪真宜叫住他，没头没尾却又瞻前顾后地问："谢总，你最近有没有什么东西落在哪儿了？"

谢桥反问："哪儿？"

纪真宜只好说："就是……外面。"

谢桥答道："没有。"

纪真宜又问："之前也没有吗？"

谢桥为他这个莫名其妙的问题而皱起了眉："不记得了，但重要的东西我绝不会落，会落的都不重要。"

这个答案让纪真宜晃了神，眼看谢桥要走，提议道："谢总，喝一杯吧？"

"我不喜欢喝酒，"谢桥冷漠地觑着他，淡淡道，"也讨厌酒鬼。"

纪真宜慌忙把酒杯放下，手不拘小节地在衣服上揩了揩，像要抹掉上面的酒味，继而道："那喝杯水吧，运动后要补充水，还是你要喝奶？我去给你倒。"他说着就起身了，很快便一只手端杯水一只手端杯奶回来了。

谢桥只得坐下。

纪真宜拄着下巴看谢桥喝奶,说:"我以为那晚上我跟你说的你都没听,原来你记得呀。"他笑起来,"说起来我要转一线应该也干不了太久,很多一线记者其实都很年轻,都是刚参加工作的新记者,年轻、体力好、有冲劲,85后占绝大多数,我老师那年纪的都是少数了。他现在也不在电视台,转去纸媒了,电视台其实说是做新闻,更多是宣传吧。我要是一直待在台里还得想想以后是找路子进中台,还是转去纸媒,确实很麻烦。"

他懊恼地皱了皱鼻子,苦恼道:"新闻行业怎么说呢,工作时间不定,出差多,待遇不高,规律性也差,还有一定危险性。"

纪真宜把话说出口了又觉得不该说,毕竟听起来是很不稳定的工作,可能会让别人觉得他不够靠谱,于是苦思冥想,准备找些优点弥补。

谢桥冷不丁问他:"你为什么不画画了?"

纪真宜因为这个问题怔了怔,片刻后才回答:"画呀,怎么不画?我偶尔会接稿画插画。正经画家得有艺术思想,再说画得好的那么多,我……"

谢桥打断他:"你画得很好。"

纪真宜有些错愕道:"啊?"

谢桥垂下眼,重复了一遍:"你画得很好。"

纪真宜马上又得意起来,尾巴都要翘到天上去,得意道:"那是,我的插画要价可是很高的,去年台里的人物志全是我画的。"他说着声音低下来,"我好像没怎么画过你,总觉得画不好,你长得太好了。"

谢桥却说:"画过。"

纪真宜笑说:"画杯子底下那种不算的,因为怕正经的画不好才画在杯子底下的,不过挺可爱是不是?"

谢桥握着水杯,唇抿成薄薄的一线。

纪真宜借着酒劲,又开始想起一出是一出,建议道:"要不就今天吧,来我房间一下好不好?我给你画一张,很快的,不耽误时间。"

谢桥是被纪真宜强行拖过去的,纪真宜按开一盏墙灯,昏黄而温暖,蹲在地上把好久没用的画架翻出来支上,又把炭笔也翻出来。他现在多用数位板和平板电脑画画，纸笔反而用得少了。

固定画纸的夹子不见了，纪真宜烦躁得很，去外面翻箱倒柜找出一盒图钉，回来时正见谢桥坐在椅子上，在那片晕黄的暖光里削炭笔。

耳畔有寒风呼啸而过，纪真宜感觉自己仿佛一下子被拽回了那个冬天，那个沉闷压抑、塞满人的画室集训大班，谢桥蜷着长腿坐在那个小马扎上，低着头专注地给他削炭笔。

两个时空的谢桥在他视线里重叠，清俊干净的少年，沉而有锋的青年，兜兜转转，倏忽八年。

纪真宜一时眼热得厉害，手克制地攒成拳。

谢桥发觉他回来了，不太自然地起身，把削好的炭笔递给他，说道："画吧。"

纪真宜画了这么多年，削起炭笔来偶尔都还会断，谢桥却削得很好，就连削痕都规则圆润。

他看着这支炭笔，思绪复杂地伸手接过。

谢桥坐在床沿，纪真宜坐在画架前，他就这么开始画谢桥了。

谢桥也不知道过了多久，他没说话，纪真宜也没说话，房间里只有炭笔磨在画纸上沙沙的声音。

忽然，纪真宜说："画好了。"

他把画取下来，递到谢桥手上。

谢桥愣怔着接过来一看，画上是一架精致可爱的南瓜马车，载着一位头戴王冠的高贵王子，前面的马上还有一个竖着剑的呆头勇士。

谢桥问："这是什么？"

纪真宜仰起头看他，脸上是得逞后的忍俊不禁，眼睛弯成一线，笑道："是小桥王子呀。"

谢桥看着这张画，没有生气，就这么看着，忽然泄气一般地倒下去，躺在床上。

纪真宜还以为他怎么了，上去探查，发现没事后不自觉也跟着躺下了。

二人瘫倒在床上，不约而同地看着天花板，像数星星的孩童看着遥远的夜空,许久都没说话。

最终还是纪真宜先打破了平静,缓缓道:"谢总,在国外这些年过得……有什么好玩的事情吗?"

谢桥答道:"学校有很多舞会。"

纪真宜笑起来,问他:"那一定很多人跟你搭讪吧?"

谢桥没回答。

他们难得融洽地说了一堆无关紧要的话题,纪真宜小心地维持着这难能可贵的氛围,柔声道:"有没有学别的语言呀?不对,Y国是说英语的。"

谢桥说:"会点儿法语。"

纪真宜心想既然会点儿,那他就挑几个日常的问题问了问:"法语的再见怎么说呢?"

谢桥看着天花板,好一会儿动了动嘴唇:"Au revoir."

纪真宜又问:"你好呢?"

谢桥回答:"Je suis désolé(对不起)。"

谢桥的声音温和,读起法语来沉静迷人。

"这么长?我怎么记得是什么'帮猪(Bonjour)'?"

谢桥稍做停顿,面不改色道:"Je suis désolé 是随意些的表达。"

纪真宜心想随意不就是说两人关系好的意思吗?于是高高兴兴地学舌,学得卡卡顿顿:"Je suis désolé,谢总。"

不知道是不是纪真宜喝了酒产生错觉,他好像看到谢桥笑了一下,淡淡的,转瞬便隐去了,无端让人觉得凄美又哀伤:"再说一遍。"

纪真宜回过神,才发现自己又把那句本就记得磕磕绊绊的法语忘了。

谢桥转过来,面对着他说:"Je suis désolé。"

谢桥从床上坐起身,纪真宜则像刚从真空里放出来,胸膛起伏,大口喘气,酒意瞬间涌上脑门儿。他晕得厉害,跟着说了遍:"Je suis désolé,谢总。"

谢桥问他:"有中性笔吗?"

纪真宜不知道谢桥要干什么,懵懂地答道:"抽屉里。"

谢桥拿着那张画下床，一拉开抽屉，里头的东西顿时就让他冷静下来，又接连着把旁边几个也拉开，没有他要找的。他被抽屉里的那抹红刺到了眼睛，觉得这一切可笑至极。

纪真宜学舌上瘾，躺在床上自娱自乐地念："Je suis désolé，谢总，谢总，Je suis désolé……"

谢桥把抽屉推进去，转过身来，虚倚着书桌，冷声说："你配吗？"

纪真宜一时没明白过来，疑惑道："什么？"

"你要跟我和好？凭什么？性格稀烂，嘴上说的比唱的好听，你配做我的朋友？"

纪真宜坐起来，委屈道："我有那么差吗？"

谢桥讥讽地一笑，反问道："你觉得呢？"

纪真宜说："我觉得没有。"

纪真宜还真为自己辩驳起来了："我这人还算可以吧。性格的话，我也觉得不太好，老是吊儿郎当的，让人觉得不踏实……但我也有优点，我很会拍照，而且我脾气还不错……"

谢桥闭了眼睛，脸上是说不出的苍白与虚弱。他说："你走吧，房租我退给你，你出去。"

纪真宜走到他跟前，根本没反应过来，怔怔道："为什么？"

谢桥睁开眼睛，却也没看他，把手里的画丢到他怀里，语气冷硬："你现在就走。"

纪真宜无暇去接，画纸轻飘飘地落在地上。他十分不解道："突然怎么了？"

谢桥说："我累了，没意思。"

谢桥看着纪真宜，深邃的目光里灰冷一片。纪真宜几乎能感受到他的无望，慌张道："是不是我做错什么了？你告诉我好不好？我给你道歉。"

"你没错，是我的问题。"谢桥扯了一下嘴角，悲凉地自嘲道，"你走吧，我看着你觉得很烦。"

纪真宜的黑眼珠在眼眶里仓皇无措地转动，连嘴唇都哆嗦起来，着急道:"为什么？你说清楚，怎么突然就烦了？"

谢桥侧过身，说:"你不走我走。"

谢桥真转身就要走，纪真宜把他拦住，垂着头，嗓音里有些涩涩的哑，妥协地说:"你别走，我走，我走。"

早秋的夜大致还是热的，依稀有了点儿萧瑟的寒意。纪真宜孤单地走在深夜的街头，肩头沉沉地塌着，路上几乎没有行人，只偶尔有辆车飞驰而过。

前几天他才跟他妈说"谁会把我赶出来"，这天就被赶出来了，果然话不能说得太满。他形单影只地站着，看着深夜的街道，一时间怅惘难消，觉得路灯的光都冷冷清清的，分外寂寥。

他身上什么都没带，还好有手机，只是他没带身份证住不了酒店，正思忖着该在哪儿落脚，田心的电话就打来了。

对方羞愤地质问干吗让谢桥打电话，吓死他了，又问纪真宜是不是真要转去一线，噼里啪啦说个不停，看来确实消气了，最后惊讶道:"我递名片的时候都没想到谢桥真会存我的手机号码呢，你们这是和好了？"

纪真宜顿住了，长吁一口气，沮丧道:"没有，我被赶出来了。"

纪真宜用在老地方藏着的钥匙打开了田心公寓的门，田心出差已经一周，屋子里很空。

他躺到床上，却又睡不着，坐起身想看电影，又想到平板电脑没能拿出来，只好用手机看《夺命五头鲨》。

其实他是不想跳过第四部看第五部的，奈何这个剧组好像已经蠢到连数都不会数了，竟然没拍《夺命四头鲨》，只能将就着看这部了。

鲁迅所有的书纪真宜基本都买了，当时没能全部搬走，留了许多在田心这儿。谢桥当年推荐他看鲁迅诚然是再正确不过了，鲁迅伴着他走过太多个好似等不来白昼的黑夜。

他又开始翻，一页一页地从祥林嫂翻到刘和珍再到阿Q，从"哀其不幸，怒其不争"到"真的猛士，敢于直面惨淡的人生，敢于正视淋漓的鲜血"再到自欺欺人的阿Q精神。

他活学活用——没关系的，好朋友哪有没有吵过架、红过脸的呢？

——没什么的，纪真宜，你不会因为这点儿小事就哭吧？

奈何眼泪还是吧嗒吧嗒地往下砸，他边啜泣边想：鲁迅写得真好，《夺命五头鲨》拍得真感人。

眼泪簌簌不止，他的脸又苍白起来，悲恸委屈带来的红晕布满他整张脸，他抬起胳膊来揩了揩脸，眼睛里的水擦也擦不完。

他觉得自己真没用，二十几岁了还因为这点儿小事哭哭啼啼，鲁迅见了都要说："我们先前比你苦的多了，你算是什么东西？"

可是好难过，他说不清是谢桥说他不配，还是说看见他就烦，或是叫他走，哪一个更让人难过。

他跟自己说，谢桥当年也因为你难受过，现在就当还给他了，没关系，这晚哭完，第二天就去问清楚，别哭得不明不白。

翌日，他等那条新闻三审完毕就走了，在银行大厦没等到人，又回了谢桥的房子，按了很久的门铃也没人来开，他只能蹲在门口等着谢桥回来。

门其实是指纹锁，但纪真宜不敢开，他怕发现自己的指纹已经被清除了，也怕谢桥看见他私自闯进去会生气。可他蹲在那儿瞌睡都打了两回，一直等到下半夜谢桥也没回来。

他联系不到谢桥了，打电话打不通，发微信消息得到的是红色感叹号，应该都被拉黑了。他等在门口蹲了两天，谢桥没回来，反而被查监控的保安找上来叫走了。他实在没办法，厚着脸皮上去银行问，结果人家告诉他，谢桥出差了。

他问："去哪儿出差了？"

对方答："R 国。"

R 国？

这个秋天确实是个多事之"秋"，纪真宜脚步沉重地走出银行不久就接到了莫海华的电话。

祝琇莹这些天消瘦乏力，还发低烧，莫海华以为是水土不服，去出差地的医院看病，发现她腋窝处的淋巴结肿大，做了 B 超和乳腺钼靶，查出是乳腺癌。

纪真宜听到这个消息的时候整个人差点儿栽下去，眼前发黑，耳道轰鸣，世界仿佛在他的脑海里轰然倒塌了。他想，难道扫把星成天就盯着他一个人吗，倒霉的事怎么一层一层全套在他身上？

好在莫海华紧接着说只是早期，不过这个医院的医疗条件不太好，问他能不能联系到上级医院转院，毕竟他工作的城市比家乡那边的医疗资源要更好一些，也更近一些。

而办转院如果医生不能给病人联系上级医院，就得自己联系。纪真宜满城跑了两天，好点儿的医院都说没床位。他心里特别虚，总觉得癌症从早期到晚期也就那么几天的事情，他焦头烂额，有种求路无门的无力感。

他去医院采访过医生，现在还有对方微信，可人家是个妇产科主任，这可怎么开口？他又问了交好的同事上司，大家都挺愿意帮忙，一直帮着联系医院，只是床位这事儿似乎都挺麻烦，最近可以排的床位也要等两周。

纪真宜联系不到周琤玉很多天了，周琤玉自从看话剧那天见过后就跟人间蒸发了一样，再也不见人了。要不然找他的话，肯定会有些路子。

纪真宜这边正心灰意冷，想着第二天还是没有的话，就休假回去陪他妈看病好了，这么拖下去他心里越发没底，无力极了。

结果医院主动联系他，告诉他有床位了。

他历经大悲大喜，简直有种劫后余生的感觉。祝琇莹特别悲观，觉得自己已经半只脚踏进坟墓了，郁郁寡欢的，怎么也想不通自己怎么突然就从乳腺增生发展到乳腺癌了。

莫海华说："之前是庸医误诊，好在还算发现及时，以后我再也不气你了。"

纪真宜则说："妈，你别告诉我你的存折密码了，早期不是什么大病，百分之九十都能治好，你起码活到八十八岁，我从没想过自己会没有妈妈。"

纪真宜这几天奔波在电视台、医院之间，偶尔回一趟田心的公寓。

田心回来了，还成天帮祝琇莹熬汤，电视台的同事也来探病，带着果篮和花束，都说："纪真宜，你妈长得真漂亮。"

可能他这几天精神实在太过萎靡，坐公交车时还被一老太太搭讪了。老太太围着他神神道道地说了一通，还拽着他的衣服。

纪真宜赶紧下了车，生怕老太太在他面前再做出点儿什么事，下车他就报了警，说有人在公共场所非法传教，也不知道警察叔叔有没有空理会。

这段时间纪真宜忙得无暇联系谢桥，偶尔想到都会难受。

好在祝琇莹的穿刺活检很顺利，肿瘤切除手术的时间也定下来了。病友交流之间时，都奇怪祝琇莹的医生是个非常好的专家，手术安排得满满当当，怎么会来给她做这种小手术。

纪真宜也觉得这种馅饼掉不到自己头上，可问了所有人都无果。他很异想天开地，抱着十分渺茫的妄想给谢桥打了电话，竟然通了。

他开门见山道："那个，谢总，我妈生病，你是不是……帮忙了？"

那边沉吟半晌，才说："和你没关系，我帮的是阿姨。"

"知道了，谢谢你，特别感谢你。"他还是觉得高兴，激动道，"我都没想到电话能打通呢，你把我从黑名单里拉出来了？"

谢桥沉声说："前天就放出来了，你不上心罢了。"他说完就挂了电话。

纪真宜看着被挂断的电话，决定这晚还是要回谢桥那一趟。

他把微信、支付宝和卡里的钱都看了看，心想：没错，谢桥明明没把房租退给我，我凭什么不能回去？

当晚，纪真宜在医院陪他妈吃完晚饭就理直气壮地回去了。

到了谢桥家，他按门铃还是没人开，于是忐忑地按了指纹锁，门竟然开了。

原来没删他的指纹。

不过房子里确实没人，纪真宜回到自己的房间，画架还摆着，炭笔也还在那儿，只是地上扔着的那张画不见了。

他在屋子里来来回回转了几圈儿，给谢桥打了电话："你在哪儿呀，谢总？"

旁边有个男声小心地问道："谁呀？"

谢桥思考了半秒才轻描淡写地回道："租客。"又问纪真宜："有事吗？"

纪真宜迟疑了片刻才笑着说："没事，没事，能有什么事，就我妈手术的事情，她想谢谢你，多谢你了，谢总。"

谢桥那边有冰块碰击酒水的声音，估计是他在晃酒杯，声音漫不经心："嗯，没事我挂了。"于是真就又挂了。

纪真宜泄气地把自己丢到床上，盘腿坐起来玩手机斗地主，等把所有欢乐豆输光了，终于觉得任务完成了，可以睡了。到了半夜，他仍然翻来覆去睡不着，心想还不如在医院陪床呢，至少睡得着。

纪真宜越窝在床上越烦躁，干脆起身下床。他刚出房门，就听见玄关窸窣作响，客厅的灯一下子亮了起来。

一个斯文俊秀的男人架着谢桥的一条胳膊，把人扛了进来。男人和纪真宜猝不及防对上了眼，对方似乎当他是鬼，惊得整个人都小幅度后跳了一步。而纪真宜很是嚣张地问："你是谁？"

这人戴着副眼镜，立即反问："你又是谁？"

纪真宜大声道："我是他室友！"

男人看着他，突然低头笑了，揶揄地说："我怎么没听他说有新室友了？"

纪真宜张口就来："我们吵架了，他赌气呢。"

男人好整以暇地看着他，眼里还有一丝零星的笑意："你们为什么吵架？"

纪真宜心说：你管得还挺多。他把谢桥扶过来，对男人说："要你管。"

"那好吧，他就交给你了。"他做了做样子，轻快地走了，走到半路又折回来，笑眯眯地说，"对了，仙人球你注意一下，别让他碰，麻烦你了。"说完又走了。

纪真宜听着摸不着头脑——这人怎么连仙人球都知道？

他扛着谢桥，心里憋着气，心想要不是谢桥才帮了自己的忙，自己已经上手去揪人了。

不是说不喜欢喝酒吗？不是讨厌酒鬼吗？他愤愤地想：你怎么就这样了？

他把谢桥抬到沙发上，想恶狠狠地教训一下谢桥，结果谢桥好像清醒了一些，往旁边躲了躲，抗拒地说："别碰我。"

纪真宜顿时又不敢动作了。

谢桥抬起头来，这次显然醉得不轻，白净的脸上是两坨粉红，眼睛勉力眨了几下，像才对好焦似的，皱着眉含混不清地喃喃："讨厌你，讨厌你，纪真宜……"

纪真宜一边觉得他这副样子十分有意思，一边又因为他的话怄气，打断他道："不可以！不准讨厌！"

谢桥"哼"了一声，把脸埋进沙发，小孩子一样使性子说："就是讨厌你，讨厌你……"

纪真宜也有些委屈道："为什么呀？"

祝琇莹的手术非常成功，住院观察了几天，状态稳定，回去前便想专门见见谢桥，谢谢他。但纪真宜自己都不敢见，哪能让她去见，于是说："别急，有机会的，等我带他上我们家玩你再谢吧。"

祝琇莹骂他："你这孩子懂不懂礼貌，哪有他来我们家的道理？当然得是我们专门去谢人家！"

她到最后还是没见着谢桥，他们回去是坐的高铁，因为做了手术，就算医生说搭飞机没大碍，祝琇莹还是害怕。纪真宜把买好的特产拿给他们，进站前往祝琇莹手上戴了个手镯，喜滋滋道："你老公送你条项链，儿子送你一只手镯，多合适。"

祝琇莹连忙往下摘，推拒道："你别乱花钱，还要给你买房呢！"

纪真宜弯腰抱了她，说："戴着吧，这是奖励你的，奖励你生了这么大一场病都没吓哭。"他又抱了莫海华一下，感激道："麻烦你照顾我妈了，叔叔。前段时间我的钱花得没规律，只给你买了个小礼物，在袋子里，您可能不喜欢，回去再看吧。"

纪真宜坐地铁回去的路上很平静,觉得浑身轻松,他有一件大事要做。

他一回到家就看到客厅里坐了个男人,是前些天送谢桥回来的那个人,他温文有礼地率先起身向纪真宜问了好:"你好,我是罗跣。"

纪真宜也坦荡道:"你好,我是纪真宜。"

"我是谢桥的朋友。"罗跣笑起来,两只眼睛都眯着,"你好,谢桥的……新室友。"

谢桥正拿着本书从书房出来,随手递给罗跣,问道:"是这个吧?"视线在他们之间转悠,问,"你们在说什么?"

罗跣接过来,在手上翻了翻,是本外文的医学专著。

"没说什么,只是进行了亲切友好的会晤。"他看着谢桥,意有所指道,"你怕我说什么呀?"

谢桥眼神凌厉地扫他一眼,罗跣耸耸肩没再说话。

纪真宜叫他:"谢总。"

谢桥的视线这才落在纪真宜身上,语气无波无澜:"阿姨回去了?"

纪真宜点头道:"是呀,谢谢你。"

谢桥没应。

纪真宜这天异常安分,既没有插科打诨,也没有嬉皮笑脸,而是坐在那里,难得的沉静安稳。他一直坐到罗跣走了,谢桥也要回卧室,才仿佛如梦初醒地叫住了谢桥,是经过深思熟虑的模样:"谢总,你在这等我一下好吗?我们聊一下。"

谢桥不明就里,停在原地,看着他跑进房间里。

纪真宜把一罐斑斓漂亮的贝壳放到桌上,轻声道:"这个——"他笑了一下,"是你之前送我的贝壳,因为有几个小的紫贝,又都装在玻璃罐里,我怕打开抽屉的时候撞坏了,就没放抽屉里。"

谢桥垂眼定定地看着这个玻璃罐,张了张嘴,一个字也没有说。

纪真宜又拿出一个盒子来,是个中型的礼品盒,眼神殷切地注视谢桥,慢慢儿推过去,说:"这是你出国的时候我答应要寄给你的照片,有很多,我做成了明信片,现在送给你好不好?"

谢桥动作迟缓地接过来，状态恍惚地打开这个盒子，看见满满几摞的明信片。

他的喉结滚了一下，好一会儿才抽出一张来。图上是一个叫"谢桥"的路标，翻到背面，写着的时间是三年前的七月份，下面有纪真宜的字。

——小桥，我今天跟老师来J省出差，路过一个站，竟然叫"谢桥"，其实它是个区。我去转了转，可能因为和你名字一样的关系，我觉得这里也很漂亮。原来你的名字真是诗呀——醒也无聊，醉也无聊，梦也何曾到谢桥。

谢桥看了一会儿，又抽出另一张。

图上竟然是在Y国时候的他，他翻过去，后面只有日期和四个字：看见你了。

那是谢桥去Y国的第二年，纪真宜挂着单反相机独自走在N城，这里的春天诚然十分美丽，枝虬叶碧，花木复苏，兼具古典与现代的学府城市，处处渗透着厚重的历史与文化气息。

纪真宜其实并不知道谢桥在哪个学院，他之前知道谢桥的消息全来自谢桥的高中同学，一个叫杨昊申的朋友圈。他这次也并没有想真的会遇到谢桥，他只是想来看看。这里太大了，他的英语又不怎么样，频频迷路，到后来根本不知道自己走到哪里了。

可他就这么毫无防备地遇到了谢桥。

纪真宜刚过一个转角，就见谢桥正从一栋修道院似的楼里出来。可能是要参加考试，他穿着一件很大的考试袍，眉目疏朗清秀，顾盼湛然。旁边有几个白人同学，但他身形颀长，在一众白人里仍然十分出挑。

纪真宜听不到他们在说什么，就算听得到他也听不懂。他朦朦胧胧地感受到，他和谢桥的这个距离已经是两个世界了。

在决定人生轨迹的大事上，谢桥一直是足够冷静又理智的，从来走高处，从不落下风。

纪真宜远远看着他，等人都要走了，才慌忙拿出单反相机拍了一张照片。

他抓拍的时机特别好，春光璀璨，光线明亮，谢桥半低着头，竟然就这么笑了。

他没想过谢桥会回来,他觉得这样就很好了。

纪真宜蹲在谢桥面前说:"对不起,没有早点儿拿给你,我以为你现在已经不在乎这些了,我以为你对我……"

谢桥抱着那个盒子,几乎要嵌进怀里去,问他:"那为什么现在又给我?"

纪真宜仰起头看他,答道:"因为我要搬去我好朋友那里住了。"

谢桥简直觉得自己被耍了:"什么好朋友?"

纪真宜比他还惊讶:"你不知道吗?你怎么会不知道?不就是你吗?"

谢桥一时没懂他的话,英气冷峻的脸上呈现出一种懵懂的错愕,呆呆道:"什……什么我?"

纪真宜看着他,笃定道:"就是你呀。"

谢桥皱着眉:"你在胡说什么?"

纪真宜明显留有后招,面露顾虑地看着谢桥,小心翼翼道:"先说好,你不准生气。"

谢桥的下颌线固执而冷峻地绷着,问:"什么事?"

纪真宜不松口,依然道:"你先说你不生气。"

谢桥没说话,纪真宜说:"那就是默认了。"他把手机拿了出来,又看着谢桥柔声说,"不要生气呀。"继而播放了录音。

谢桥先是听见窸窣一阵响,而后是自己的声音,带着酒后的含混不清。

"三年不行,为什么八年也不行?他的红绳、他的贝壳,我的在哪里?小桥的贝壳呢?我捡的时候手都扎破了血,你把它们丢了,那么多都比不上一个。

"你说拍得好的照片要寄给我,没有寄!为什么没有寄?我又不嫌弃,我等了那么久,我想要的呀……粥你都不记得是什么时候给我煮的,你不尊重那锅粥也不尊重我!我的彩票呢,我的彩票在哪里?你也没有给我,两块钱你都舍不得……"

他记得那么清楚,一桩桩、一件件地控诉。

纪真宜连忙道:"对不起,对不起,小桥,我没有不记得。"他直接抽自己嘴巴,狠狠地扇了两下,保证道,"都给你,全给你好不好?"

谢桥又道:"你的求和做得很不好,我很不满意!讨厌你……"

"好,好,好。"纪真宜安抚着他,"可把小桥委屈坏了,看看,我看看,哭没哭?"

谢桥硬气地说:"才不委屈!才没哭!"

曾经有人这么说过,男人像个小孩子似的吹牛没意思,优秀的男人突然像个小孩子似的才有趣。纪真宜深深体验了一把这个不知出自谁口的真理,被喝醉酒的谢桥逗得忍俊不禁。

纪真宜笑道:"纪真宜是大笨蛋,我给小桥道歉,对不起,我没做好……"

谢桥听完录音,脸上的表情几乎绷不住,甚至想上前检查一下这录音是不是合成的。

纪真宜有些后怕地盯着他,反道:"说好了的,你不准生气。"

谢桥的脸色变了几变,显出些窘迫无措的薄怒。他抱着那个盒子,不自然地别过头去,只留半张脸给他,说:"那我也没有同意跟你和好,我说了,你做得很不好,我很不满意。"

当时纪真宜执意追问他为什么生气,可他该怎么说呢?

——说你为什么让我看见这些东西出现在我家里,我的呢?

纪真宜看看他,眼圈都是红的,竟然笑了:"我知道我没做好,老是掉链子,我们把那些都抹掉,重新认识好不好?"

那天晚上,他把喝醉的谢桥扛到床上,无声地看了一会儿,就起身去医院了。

他有些害怕面对谢桥,他不知道用怎么一种珍重才能对得起这一份真诚。

深夜的病房里,祝琇莹已经睡着了。

纪真宜睁眼坐着一动不动,精神太过亢奋,生理反应也跟着出现,他的腹部有些轻微的痉挛,干呕的欲望一阵阵泛上来,味觉都好像失了灵。他调整呼吸,竭力让情绪慢慢儿趋于平静。

可下一秒，他忽然指尖颤抖地按开了手机翻译器，磕磕绊绊地读出那句很不标准流利的"Je suis désolé"，看到屏幕上翻译出"对不起"的时候，防线终究还是轰然崩塌。

谢桥没说话，和纪真宜对视片刻，又错开视线，才道："说得再好听，也得重新来。"

纪真宜骤然失笑，将自己的脸埋进手心里。谢桥感觉到他的肩膀渐渐颤动起来，而后听到他闷声闷气带着抽噎的话："Je suis désolé，小桥。"

谢桥从银行大厦出来，天已经近黑，秋分一过，黑夜比白昼要更长一些了。他看见纪真宜戴着顶鸭舌帽等在外面，一见他望过来，嘴一咧，两只手跟着欢快地挥着。

谢桥没走过去，纪真宜蹦蹦跳跳地来到他跟前。

他没什么表情地注视着纪真宜，伸手摘了对方的帽子，果然看到一个"寸草不生"的光头。

他问："干吗剪掉？"

纪真宜鼓了鼓腮帮子，说道："太长了嘛，留着怪麻烦的，再有就是……借个意头吧。"他摸了摸脑袋，有些不自然，又冲谢桥笑起来，"想一切从头开始。"

谢桥把帽子扣回他头上，自顾自走到前面去，嘴下不留情："还以为你要出家。"

纪真宜绑好安全带，问谢桥想吃什么，他不吭声，纪真宜就一个个试探着问。

谢桥就是这种脾气，他想要什么自己不说，要别人来猜，猜错了他要生气，猜对了他就算心里美滋滋的，面上也要装得生气，总之想方设法给人脸色看。

纪真宜觉得他太有意思了，笑着看他。

谢桥视若无睹，纪真宜坚持不懈。

谢桥终于被看恼了，沉声说："别看我了。"跟着扫了一眼屏幕，总算开口:"程济棠有事找我,去酒吧随便吃点儿吧。"

他们到酒吧的时候才七点多,刚开始营业,客人不多,驻唱八点才开始,谢桥上楼找程济棠,把纪真宜丢在楼下。

纪真宜坐在吧台好半天,Joey才发现是他,被他摘下帽子后锃亮的光头晃了眼,问他是不是疯了。

纪真宜把帽子夺了回来。

"你看见没?那个大帅哥今天又来了。"Joey眉眼忧郁道,"最近我都不知道是老眼昏花了还是怎么?竟然对一个,啧,就明明哪儿都不怎么样的小孩子看对眼了。人家可不想跟我做朋友,我还一颗真心守着别人,怎么就……"

纪真宜安慰他:"别气馁,你看我,受了挫也不放弃,还能张开怀抱迎接新生活。"

Joey闻言摇头:"你算了吧,就你现在这美妆蛋一样的脑袋……"他嫌弃地做出点评,"像个刚下山的土炮,赶紧把帽子戴上吧。"

纪真宜听他说得夸张,虽说不至于低落,却也有些忧伤地意识到,头发长出来之前,他在别人眼里的定位都将是"土炮光头"了。

他点了几个平日里周琤玉常吃,他也觉得味道还行的菜,而后问:"宝宝辣可以做吗?"

Joey嫌弃道:"你怎么总整些新词,这又是什么东西?"

纪真宜置若罔闻,对着酒水单发牢骚:"你们是不是有点儿太宰客了,外面一罐牛奶五块钱,你们卖五十!"

Joey正想说哪有人来酒吧喝牛奶,就听纪真宜先是碎碎念"王子就该喝天价奶",又咬咬牙说:"给我来一瓶。"

纪真宜边等谢桥边聊天,Joey讳莫如深却又八卦地告诉他,周琤玉和程济棠闹翻了。

纪真宜舌挢不下,料想周琤玉可能已经疯了,怪不得一直联系不到人。

他觉得还是得想办法联系到周琤玉,怎么说也是朋友,正想问问Joey能不能联系上人,Joey看着一侧,苦笑着说:"又来了。"

纪真宜循着他的视线看过去，是那个总跟在小歌手后面的大学生，他想着这人在，那小歌手不也得在？

他忙不迭跟过去，果然看见谢桥被杭舒拦住，谢桥皱着眉，又是那句："你到底在说什么？"

小歌手眼里的光慢慢儿地暗了下去，嘴唇都颤动起来，难以置信又歇斯底里地喊："你真的忘记了吗？你为什么不承认？"

谢桥说："我早告诉过你，如果你不是在演戏，那请你去医院看看。"

杭舒经受不住他这几句话的重量，惨白着脸浑身一软，差点儿栽倒下去。

那大学生连忙把人扶住，对谢桥的冷漠出离愤怒，眼睛圆瞪着，鄙夷又愤恨道："杭舒，别跟这种人说话了，他不配！"

纪真宜上前把谢桥拦在身后，反驳道："你才不配呢！谁有眼谁能看出谁不配！他都说没有了，你们听不懂？脑子不转？脖子上顶的这是猪头？还'这种人'，这种明月彩霞般举世无双的人物你就且看且作揖吧！"

这大学生平日应该挺斯文，被纪真宜呛得满脸通红，还来不及还嘴，纪真宜就把酒吧经理招来了："赵经理，歌手算不算你们的工作人员，他找顾客的麻烦你们管不管？不管我要上去找你们老板了！阴魂不散的绿头苍蝇，烦死人！"

他像一个护短的家长，拽着谢桥往外走，想到花了五十块钱天价点的牛奶还没喝，半路上又没骨气地折回去了，正好菜也上来了。

纪真宜用开水烫了餐具，递过去时谢桥低声说："又是明月彩霞。"

纪真宜没听清："什么？"

谢桥没答，纪真宜把菜推到他面前，说："尝尝，将就吃点儿。"又问，"谢总，你跟程济棠到底是什么亲戚？"

"他是我未来表姐夫。"谢桥吃了一口吞拿鱼沙拉，可能味道不是太好，他含了会儿才开始嚼，而后说，"和我舅舅的女儿结婚。"

纪真宜将吞拿鱼换到自己面前，把酱牛肉推过去。

纪真宜这个方向正对着驻场歌手的舞台，视线一移就看见杭舒上台了。对方的状态还没调整过来,低头笑了笑,透出几分苍白惨然,还在朝谢桥的方向探看:"今晚我有一首歌,送给……"

身后有嘈杂的人声,纪真宜又一直盯着,谢桥察觉了,有些好奇地扭头。

纪真宜止住了他的动作,定定地看着他:"吃饭,专心吃饭,不要到处看。"

谢桥的视线定在他的脸上,道:"放手。"

纪真宜这才把手收回来,想了想,又把手边的牛奶递过去。

谢桥看着这个口含桃心的斜眼仔,又注意到旁边人明目张胆地打量,干咳一声:"我不喜欢这个牌子的牛奶。"

纪真宜安抚他:"我也知道这种幼稚的奶你不喜欢,但是它花了我五十块钱,不喝实在有点儿肉疼,你就勉为其难,将就将就着喝了吧?都怪我。"

谢桥只好勉为其难,将就着喝了。

纪真宜时不时往台上看,不可否认小歌手唱得很好,是一首纪真宜并不明白内容的外语歌。

谢桥手中的筷子稍顿,纪真宜怀疑他在听歌。等歌唱完了纪真宜问:"你觉得怎么样?"

谢桥以为纪真宜问菜品,看在牛奶的面子上勉强说:"挺好。"

纪真宜的胜负欲不合时宜地爆发了:"我唱得也挺好,你等我,我也去给你唱一首!"他说完就起身走了。

谢桥过去时,纪真宜已经站在了台上,也不知道他是用什么方法上去的,反正他站在台上,抱着的竟然还是杭舒的吉他,神气活现的,又是活的纪真宜了。

他扬着下巴,得意扬扬地对着话筒,身后的尾巴俨然已经翘到天上了:"我也有一首歌,要送给我又高又帅又聪明,又冷又有趣的好朋友!"他咳了一声,"下面请欣赏男声小独唱!"

他坐在凳子上,抱着吉他唱一首不太大众的民谣,歌词通俗清新。

酒吧里人声嘈杂而混乱,彩色的射灯在靡暗的空间里闪烁,谢桥站在人群中间，仰头看他。

纪真宜低着头，他唱歌唱得并不太好，但唱民谣也不太要求唱功，于是听着也有些味道，每一句都清晰而动人。

他抬起头来，笑得好不灿烂，眼睛都笑眯了，咧出两排光洁的牙。

"你是什么时候学的吉他？"回去的车上谢桥状似无意地问。

"我不会呀，放的伴奏。"纪真宜自鸣得意地笑起来，"没看出来吧？我唱得怎么样？"

谢桥说："一般。"

纪真宜也不沮丧，马上给自己找了理由："因为是临时的嘛，太仓促了，以后给你唱更好的！"

谢桥发出个单音，不知是"嗯"还是"哼"。

纪真宜突然道："对了，谢总，十月十三日，就是下周四，有猎户座流星雨，你想看吗？"

谢桥敛着眉："你怎么总知道这些东西？"又是烟花又是流星的。

"我是跑新闻的呀。"他拿出手机，等到红灯时，把查到的流星雨图献宝似的拿到谢桥眼前，"你看，流星雨，好漂亮对不对？"

"这不是流星雨，是星轨。"谢桥指着图上那零星几条乱飞的亮线，无情地泼冷水，"这才是流星雨。"

他继续给纪真宜解释："而且流星雨不是雨一样的流星，基本一小时有一颗就可以叫流星雨。"

纪真宜听他这么说，也觉得自己这个提议有些无聊了，便说："这样呀，那还是别去了吧。"

谢桥看着他道："你就不去了？"

"当然去！怎么可能不去，我第一次看流星雨，小桥陪我去吧。"他笑起来，眉眼弯弯道，"看流星是没什么意思，但也让流星看看你嘛，看看我们地球的球草有多帅。"

回去途中路过一个广场，旁边新规划出一条游客街，全是特色小吃和传统手艺，这天正好开业，人声鼎沸。

谢桥把车停了，二人一起下来走过去，整个广场都亮堂堂的，是一看就让人觉得热闹红火的明亮，繁华而有人气。

他们要走到广场对面去，还得过一条街。这条街上全是开业表演，喧嚣热闹的队伍比比皆是，前面是一伙人在虎虎生风地舞龙，后面跟着吹拉弹唱民间乐器的乐队，再是一排排穿着食物玩偶服招手的工作人员，戴着面具跳舞的男人女人……像动画里包罗万象的梦境游行，让人叹为观止。

他们在夜晚幽幽的秋风里沿街往广场而去，纪真宜踮着脚往小街眺了眺，因为宣传到位，那边客流拥堵，灯火通明。人挤人的地方难免气味不太曼妙，他便不太想让谢桥过去了，开口道："小桥，你别……"

谢桥却打断他，说："我请你。"

纪真宜摆手道："没事，这有什么请不请的。"

谢桥的语气强势："我请你。"他显然是看出了纪真宜想要把自己留下的意图，说这话的本意是想一块儿去。

结果纪真宜又问："你带现金了吗？"

谢桥一时间没明白他的意思，下意识地掏出皮夹。

那支敲锣打鼓的队伍眼看又要来了，纪真宜夺过他的皮夹，边跑边回头说："你不要过来，在这里等我，我马上回来。"

"喂！"

谢桥不满被晾下，蹙着眉神色不悦，几次想过去，无奈这支队伍没完没了地在他眼前晃，每次想过去都被堵回来了。

纪真宜在队伍来临之前跑到了对面，惬意自满地朝谢桥招了招手。他看着皮夹心下怅然，之前他碰一下谢桥都要生气，现在竟然到他手上了。

他往小街那边去，怀着扬眉吐气农奴翻身的心情打开了皮夹，不承想也打开了谢桥的秘密。

皮夹里放着他和谢桥唯一的合照，拍摄于七八年前的海滨广场，谢桥花了二十五块钱买下了高清过塑的照片，定格下两个偷跑的半大少年——

白衣黑裤、身姿清俊的谢桥和苍白秀气、言笑晏晏的纪真宜。

纪真宜看着这张照片，又缓缓地回过头看着幢幢的人影中几次想过来的谢桥。

他直到这天才发现，原来当时谢桥在他肩上比了个剪刀手，原来自己那时候笑得那么灿烂傻气。

纪真宜买的微单是隔天到的，一万多的相机。

那一晚他在灯火通明的广场中怔怔地合上皮夹，而后跑起来，不顾一切地往回跑，钻进表演队伍中间，在抱怨和推搡中踉踉跄跄地挤到对街，跑到谢桥面前，声音都在颤抖："小桥，小桥，你怎么这么好呀？"

谢桥不自在地转了转头，也清楚他看到照片了。

好一会儿纪真宜才渐渐恢复平静。

谢桥不悦道："干吗把我留在这儿？"

纪真宜说："太挤了，挤到你可怎么办？"

谢桥有了一点儿脾气："别把我当小孩子。"

纪真宜连解释的声音都细细的，像是怕凶到他："没有把你当小孩子呀。"

纪真宜又看着他说："我们以后一起拍好多好多照片好不好？"

谢桥立得笔直，声音发哑："我就喜欢那张。"

纪真宜抬头看他，仿佛沁水的眼睛笑意盈盈："那张第一喜欢，那还可以有第二喜欢，第三喜欢的呀，我想跟你合照嘛。求求小桥了，就配合我一下吧？不会耽误你很多时间的，好不好？"

谢桥冷着脸，矜持地考虑良久，纡尊降贵地答应："随便你。"

十九岁、二十一岁、二十二岁、二十三岁、二十四岁的谢桥，纪真宜都没有见过，那些时候的谢桥是什么样子的呢？谢桥出国后，他去过谢桥家里两次，一次是花园洋房，一次是湖边别墅，不仅没见到谢桥，连谢桥家里人都没见着。失联这么多年，纪真宜总觉得遗憾，可是如果没有中间这些年，他怎么敢坦坦荡荡地去找谢桥和好呢？

很多东西他只能眼睁睁地看着失去，可又有些东西在他不知不觉中一直拥有。

纪真宜不知道以自己这种糟糕的性格和一到关键时候就犯蠢的性子，怎样才能让谢桥觉得他的态度是认真的，他剃光头是警醒自己，要对谢桥更照顾一点儿，要将心比心。

看流星雨的前一天，二人一起去逛超市，纪真宜列了很长的清单，推着车满超市地转。

谢桥站在奶制品区，看着不远处的纪真宜，暗忖许久还是把印着斜眼仔的牛奶放了回去，换成了一瓶看起来比较成熟的奶。

结账的时候推车里却装着一箱那个牌子的牛奶，纪真宜说："这牛奶在做活动呢，图便宜就买了，谢总帮我一起喝好不好？"

星期四当天，纪真宜先去银行找谢桥，回去换洗了一身才又出的门。谢桥这天没有穿西装，也没有穿运动服，穿着一件秋款的套头毛衣，搭了条牛仔裤，干净清爽得像个还没出校门的学生。

天气预报说晚间晴朗无风，他们开车去光污染少且空气质量好的郊外矮山，田心和他女朋友小果也去，但并不与他们同行。田心接了这条新闻，先去天文台做了采访，另要为他的自媒体账号做一期以"边看流星雨边吃叫花鸡是怎样一种体验"为主题的视频，所以早他们一步到了。

纪真宜在车上时说希望晚上流星多一点儿，想和谢桥一起躺在草坡上看。谢桥说，猎户座流星雨是哈雷彗星的产物，流量很稳定，找准辐射点就好。

他们到的时候，田心的叫花鸡都埋好了，这座矮山是视野极佳的观测点，一路上见到不少人。

小果在那儿摇着手等他们，她是个漂亮女孩儿，年纪要比田心小一岁，穿一条过膝的百褶裙，笑起来很温婉，谢桥和他们简单地问了好。

田心天生对谢桥有些发怵，自认是因为"鱼目混珠"四个大字刻在了他的灵魂深处，一看见"本校明珠"就胆怯了。

小果对纪真宜的发型好笑又好奇："你真的剃了个光头,干吗这样？"

他还没回答，谢桥先冷声答了："形式主义。"

纪真宜笑了："没错。"

谢桥的长相过于出众，气质又冷，看着特别不近人，站在面前就有了距离感。小果见他第一眼自然是十足惊艳的，觉得是个清贵的大帅哥，渐渐就有些气虚了，他眉头一皱都让她觉得自己被厌恶了——他太干净，衬得身边人都像乱哄哄的苍蝇。

但纪真宜一点儿也不怕他，叽叽喳喳的，一直和他讲话，他也应得少，意兴阑珊的样子，像是被强迫来的。

小果看着，心想纪真宜怎么会和这样的人做朋友，这么冷冰冰的人，看起来一点儿也不友好的样子。

纪真宜和田心一起搭帐篷，这是顶租来的大帐篷，搭起来比较麻烦，便没让谢桥动手，又怕谢桥觉得无聊，一直和他说话。

帐篷搭到一半，小果被蚊子叮了，田心给她抹花露水，纪真宜笑着调侃了两句。结果话还热着，谢桥就被叮了。他挽起袖子，看了看起了一个小红包的手臂。

刚才说风凉话的那个仿佛又不是纪真宜了，他一把将田心手里的花露水夺过来递给谢桥。

"对了，驱蚊手环忘记让你戴上了。"他把驱蚊手环翻出来，一边递给谢桥一边说，"没事的，再也不会咬了。"

秋天的山蚊子格外毒，被咬的地方原本只是个小红包，渐渐扩大，红了一片。纪真宜抬头问他："小桥，还痒吗？"

谢桥说："痒。"

"那我给你扇一扇。"他轻轻给谢桥那个被咬后的包扇风。

谢桥很受用："再扇，凉凉的。"

纪真宜于是又给他扇一扇，嘻着笑看他："这花露水喷着很舒服吧？"

田心和小果全程旁观，田心啧啧道："纪真宜，又是抹花露水又是戴驱蚊手环的还扇风，你怎么不再支个蚊帐呢？"

纪真宜也不和他吵，看天快全沉下来了，便把微单拿给田心，叫他帮自己和谢桥拍一张合照。

太阳在远山后只剩下一个尖，落日的余晖还没尽收，晚霞在天际堆砌分层，周围是笔直高耸的榉树，叶子被秋风吹得摇曳。他们背对夕阳站着,没有多余的动作,只是并排站着,可在快门按下的时候,纪真宜抬起头看向谢桥。

田心照完就嚷嚷:"纪真宜!你没看镜头!但还不错,你们看看行不行?"

纪真宜拿过来看了看,又递给谢桥,问道:"你看一下怎么样?"

照片是五比五构图,人与景融合恰当,纵深感很强,光线是暖色调的昏暗,画面中的两个人都年轻帅气。

谢桥低头看着屏幕,白净的侧脸线条分明。他说:"这张我也第一喜欢。"

搭好帐篷后田心就把叫花鸡掏出来了,边看流星边吃的效果准备后期再剪辑,四个人吃一只鸡有点儿少,好在小果还带了熟食。

几个人围在一起斗地主,来了两个搭讪的女孩子,可能是看他们这边有三个男人,又都长相出众。纪真宜正愁都是自己人怎么玩得开,欣然接受了她们的加入。刚开始的三个人是纪真宜、田心和一个搭讪的女孩子。

纪真宜前两把手气不太好,被赢了两把就自满的田心嘲讽:"你太弱了,换谢桥上吧。"

纪真宜说:"你可不要自取其辱。"

田心放下豪言:"别的我没把握,在斗地主里我可以称王。"

纪真宜笑着问:"小桥,要不要玩玩?"他当然是很想谢桥来玩的,他怕谢桥觉得无聊。

等谢桥坐下来,他又颇有些狐假虎威地说:"一把也别让他赢!"

可惜田心半路去采访看流星雨的观众了,换上了小果,纪真宜笑他临阵脱逃。

纪真宜坐在谢桥身后,像只忙碌的小蜜蜂,一会儿给谢桥递颗草莓,一会儿拿一块蛋糕,又打开一罐牛奶,插了根吸管进去——吸管是他特别买的,蓝色的长吸管,上面还卡了个小王冠,然后给到谢桥手里去。

采访回来的田心无语道:"你消停一下行不行?"

纪真宜浑不在意,讲了一堆歪理邪说,小果笑笑没应声,田心挤眉弄眼让他别瞎说。旁边两个年轻女孩子紧紧绷住表情,纪真宜看到她们对视一眼后竟然嘿嘿发笑。

然后她们就笑不出来了,因为谢桥真就一直赢,一直赢,玩到最后也没让其他人翻盘赢一把。

他们一直打到十点多,眼看时间差不多了,便没再打下去。田心扛着摄影机去了另一边,这边留给纪真宜帮忙拍。

纪真宜看着他的背影,忽然想到当年有个人为了给他买播放量,饭都没钱吃。两个从小焦不离孟,关系特别好的男孩子,人生的道路一下子就断开了,愈加相去甚远。

他看着身侧的谢桥,万般思绪涌上心头,而后笑起来:"那愿望就交给小桥来许吧?不要让流星跑了呀。"

谢桥没回应纪真宜这个听起来有些笨的嘱咐,他的手机响了,他看着屏幕愣了愣,到底还是接了:"喂。"

那边不知道说了什么,他蹙着眉问:"你在哪儿?"

纪真宜担忧地小声问他:"怎么了?"

谢桥摇摇头,也没解释,自顾自转身往后边去了。

这里只剩小果和纪真宜了,她蹲在纪真宜身旁,纪真宜回头看了看谢桥。

纪真宜是那种很适合分享心事的人,温柔而循循善诱,很会开解人,平日里吊儿郎当的,但相处起来很轻松,小果和他的关系也处得很好。

"真宜。"她做了会儿思想挣扎到底还是说了,"我知道我不该多嘴说这些,但这是我第一次看到你这样。"

纪真宜问:"怎么了?"

她说:"你的朋友确实看起来很优秀,但是我觉得……他好像没有多把你当朋友,对你好冷漠,你这么一头热,我有些替你不值。"

纪真宜手忙脚乱地辩解:"不是的,小果,小桥超级好,他也不冷漠,你误会了。"

小果也觉得自己实在失言,脸上不禁燥热起来,抱歉道:"对不起,我胡说八道,这是你的事情,我不该……"

"没关系，谢谢你，但小桥真的很好，他笑起来特别好看，一点儿也不冷漠。"纪真宜顿了一下，眼里有些悲伤，"是我以前对他不好，你以后会知道的，反正我会和他当一辈子的好朋友。"

她看见纪真宜笑起来，是他脸上常有的那种笑，没心没肺又带着一丝生动烂漫。

谢桥没一会儿便回来了，小果就像背地里打了他的小报告一样，慌忙站了起来，在旁边局促难安，可还是觉得这人冷冷的，矜贵得高不可攀，这种人真的是如纪真宜所说的那个样子吗？

纪真宜扭头问道："小桥有事要先走吗？"

谢桥站在他身后，淡淡道："不用，不关我的事。"

流星应该要来了。

谢桥抬头看着晴朗的夜空，广袤无垠，夜风缓缓地吹过来，矮山上的所有人都翘首以盼第一颗流星来临。

谢桥先是听到周围人的惊呼，然后再看到天边飞逝的流星。他阴鸷而紧迫地盯着夜空，几乎是威胁，恶狠狠地在心里对流星说：让我和纪真宜别再闹掰了，听到没有？

纪真宜这几天又忙了起来，整天待在机房剪片子，工作量太大，他很怕又耽误了，不能去银行找谢桥。

午休的时候，他出了机房想下楼随便吃点儿东西，听到女同事们在机房外的休息室聊天儿。乐陶的声音带着播音腔，很清亮："我们那时候学校贴吧都叫他本校明珠，真就跟神仙一样。他每一年的生日礼物我都托他身边的人转送，特别周折，我还给他创了个基金会，现在归学校了。"

听墙角的纪真宜当下目瞪口呆，基金会？竟然真的有基金会？

他惊得给田心发微信消息时手都在抖，虽然人不在眼前，但是他可以想象出田心那副看傻瓜的鄙夷神情："什么呀？我不是老早就告诉你了吗？"

谁能想到呢，世事无常呀，谢桥自己的情报竟然是错的。

少女果然是世界上最了不起的生物，乐陶这么有手腕的女孩儿竟然屈才待在电视台，怎么说也应该在国际舞台叱咤风云才是。

乐陶说："我考完试那天跟他表白，被拒绝我还哭了。我好朋友气得骂他渣男，我现在都记得他当时说'不喜欢她，就是渣男吗'。"

女孩子们嘘声一片，都说他好冷漠。

乐陶继续道："但他又摘了朵花给我，其实就是草坪上常见的小野花，白色花瓣黄色花蕊。他说'毕业快乐，乐陶'。"

纪真宜靠在墙上，联想了一下，低头笑了。

"前段时间我又见到他了，那天小琪也在，就是在酒楼门口那里。"有个女同事兴冲冲地应和，乐陶说得漫不经心，语气怀念，"我没想到他还会记得我的名字，坐在回去的车上我哭了。其实未必是还喜欢他，就是想起来了，十几岁的时候那么喜欢他，觉得他遥不可及，他偶尔看过来一眼都能高兴一整周。"

接着她的嗓音一下粗犷起来："我好怕他这些年发福变丑了，幸好他还是又高又瘦的大帅哥，也不枉我迷恋他那么多年了！值！"

这两天降温明显，出门前纪真宜提醒谢桥换了件厚点儿的长款风衣，然后自己蹲下去换鞋。他有个习惯，在穿鞋之前会把鞋子翻过来晃晃。他把自己的鞋子晃一晃，又把谢桥的也晃一晃。

因为去的地方不远，停车反而麻烦，他们是走路去的，本以为最多一刻钟，结果走了快半个小时。

目的地是一个日料店，入目便是日式廊门、竹篱矮墙、庭院石灯、青石路和竹帘，环境清雅闲适。

进包间的时候，罗跬已经到了。他还是那个样子，戴副眼镜，看着温润斯文，但笑起来比纪真宜还要不怀好意。

他是谢桥在Y国认识的朋友，二人是一起回的国，纪真宜透过他好像看见了这些年的谢桥。但此人性格和外貌十分不符合，大多数时候都在发牢骚。

"我为你们操碎了心，你说你都答应好要等他了，怎么就没来呢？

他在那儿一直等到八点。那天我好不容易休息，他又非要去钓鱼，大夏天的夜钓你知道吗？蚊子叮了我一身包。"

纪真宜脑子里瞬间联想到：幼稚园放学所有小朋友都被接走了，谢桥孤零零地坐在小板凳上等着他去接，顿时觉得自己罪该万死，简直该千刀万剐。

他又冷不丁看向谢桥，疑惑道："钓鱼？"

等等，等等。是钓鱼！原来那天谢桥去钓鱼了！

谢桥扬着下巴，一脸傲气，也不说话。

罗跖浑然不觉，接着吐槽，说谢桥特别爱钓鱼，年纪轻轻的，不知道怎么就有了这种老年人爱好，关键是他还钓得很多，专门养了条黑旗真鲨来吃鱼。

"没那条鲨鱼之前，他还把鱼养水族箱里过！你说谁受得了，谁受得了，屋里跟个水产市场一样！"最后，罗跖愤愤道。

谢桥嘴唇一抿，有些委屈的样子："这是我学长教的，他说这样保鲜。"

纪真宜赶紧说："我受得了，我就喜欢水产市场，我就喜欢鲜。"

罗跖有一万吨的苦水要倒，牢骚不断。他回国前畅想成为万花丛中过片叶不沾身的多情浪子，结果现在还在医院累死累活地当个住院医生。

他怒道："我精心准备了一系列方案，结果这半年来每天都耗在医院，一个女孩子都没能有进展！"

谢桥无情地指出："主要还是你魅力不够。"

被无情打击的罗跖先是惊怒地瞪着谢桥，又诡异地对纪真宜笑了笑："谢桥的书房有盆仙人球你看见没？"

谢桥脸色大变，立刻道："闭嘴！"

罗跖说个不停："谢桥给它取了名叫'小纪'，一喝醉酒就对仙人球发脾气，骂仙人球说它讨厌说它坏，仙人球又说不了话，他打仙人球扎了自己一手血，最后刺都是我挑出来的！"

纪真宜赶紧去看谢桥的手。

谢桥愤然起身，恼道："我们走。"

"我还有正事呢！"罗跖恳切地看着纪真宜，"怎么说我也算帮了你不少忙吧？连你妈妈那个床位和手术都是我安排的。"

纪真宜吃了一惊："你不是住院医生吗？"这么大面子？

罗跖一笑，眼睛笑得都眯了起来："没办法，谁让我爸是院长呢？"

纪真宜："……"

"其实我今天主要想和你讨论一下正事。"他笑得讨好，竟然有些忸怩，"你们台午间新闻那个叫乐陶的主持人，那么温柔美丽大方，不知道有没有男朋友？也不知道你能不能知恩图报，帮我引见一下？我这人比较传统害羞，讲究媒妁之言，但我个人觉得我和她还是相当般配的，从外貌到气质再到职业，无一不契合，虽说很冒昧，但我单方面已经和她私订终身了。"

纪真宜这一刻忽然想起什么来，对谢桥说："小桥，乐陶说她真给你办了个基金会！"

二人从日料店出来时也就八点，深秋的夜确实有些凉了，偶尔风吹过来，冷飕飕的让人忍不住缩脖子。

他们并排走着，多是纪真宜在讲。讲着讲着他忽然一下子停住了，街边竟然有个彩票亭，非常难得，随着网络日新月异，彩票亭、书报亭都几乎销声匿迹了。

纪真宜眼睛亮晶晶的，大方地提议："我们去买一注吧，两块钱我出！"

等走上前才发现彩票亭好像已经成了小吃摊儿，烤玉米、烤香肠、瓜子零食，还有一个铁沙炉，里面是翻炒的栗子，守摊子的老头昏昏欲睡地坐在旁边，守着看起来很有烟火气和人情味的栗子。纪真宜又笑着问谢桥要不要吃栗子，不等他回答就自作主张买了一袋，放到他怀里。

纪真宜差点儿忘了买彩票的初衷，刚要走又折回来，幸好这里还卖彩票。他们没有自己挑数字，是机选的。

谢桥把那张彩票放在掌心，轻轻攥着。

纪真宜说："你运气这么好，搞不好会中特等奖！"

谢桥冷冷道:"你还想中特等奖?"

纪真宜笑嘻嘻地说:"能跟你和好就是我的特等奖了,千年不遇的特大奖。"

谢桥没应声。

他们接着往回走,纪真宜给他剥栗子,他吃到嘴里去,很糯,很甜,有一点儿烫。

纪真宜问他:"好吃吗?"

他说:"还可以。"

萧瑟的秋风似乎都变得惬意起来,纪真宜和谢桥并肩而行,氛围难得和谐,却被人从身后一下子挤进中间,纪真宜猝不及防被撞得一趔趄。来人是那个总跟在杭舒后面的大学生,他上来就拉扯谢桥,语气急促:"走,你跟我走,我们去见杭舒!"

丁呈这年才大二,脸庞还稚气,清清爽爽的,其实长相不错,可现在他明显失控,整个人看起来极为疯狂。

谢桥蹙眉把手挣脱出来,丁呈又缠上来,呼吸粗重,蛮牛似的横冲直撞,把谢桥手上的栗子都挥散了。

谢桥一脚把他踹倒了,他没有站起来,抱着腿痛苦地蜷在地上,哀求道:"你去见见杭舒吧,我求你,求你。你明明答应杭舒了,为什么反悔,为什么这么对杭舒?!"

"我没有!"这句话谢桥是看着纪真宜说的。

纪真宜当即就火道:"小桥显然没答应什么,你怎么还青口白牙污蔑人呢?"

谢桥俯视丁呈,不解道:"你们为什么总说一些我听不懂的话?有妄想症吗?"

"你为什么这样,为什么?你知不知道,杭舒都差点儿出事了!"他既悲且愤,说这话时双目含泪,目眦欲裂。

"我知道。"谢桥十分出人意料地说,"那个杭舒之前给我打电话了。"

"你是不是人?!你为什么不去看他!杭舒那么可怜……"丁呈佝

偻着蜷成一团，吃力地抬起头，一双含泪的眼睛一片赤红，喃喃念着，"那么可怜，你为什么不去……"

谢桥的语气十分不耐烦："我在看流星雨。"

丁呈瞠目结舌道："什……"

谢桥甚至有些骄傲地说："我还报警了。"

他当时接到一个陌生来电，那头自称是杭舒，听起来情绪很不稳定。他在脑子里把名字和人对上之后，觉得有些棘手，稍做思忖后，问对方在哪儿，问到地址他就打电话报警了，报完警又接着看流星雨去了，还许了愿。

至于最后杭舒有没有出事，谢桥认为和自己没关系，他仁至义尽了。

"我说最后一遍，别再来烦我，否则我不客气了。"谢桥看着脚下散落的栗子，厌烦又冷漠地觑了丁呈一眼，带着纪真宜走了。

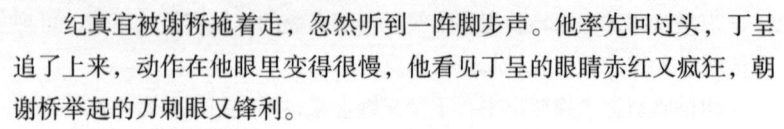

纪真宜被谢桥拖着走，忽然听到一阵脚步声。他率先回过头，丁呈追了上来，动作在他眼里变得很慢，他看见丁呈的眼睛赤红又疯狂，朝谢桥举起的刀刺眼又锋利。

纪真宜本能地抬起手去挡，先是觉得小臂一片凉，再是温温的热，然后才是红色的血和皮开肉绽的痛。

第一刀扎下来，第二刀刚碰到纪真宜的皮肤，丁呈就被谢桥一脚踹飞出去了。

"你干吗用手挡？！"谢桥厉声吼了他。

纪真宜这时候脑子有点儿锈，愣神地想全身还有哪里扎一刀比手受伤更轻。又后知后觉地想，啊，他可以像谢桥一样踹人呀。

可电光火石之间，他哪有空想这么多？全凭下意识动作罢了。

谢桥把风衣脱了裹在他手上，边把他按进出租车里边报了警。谢桥看起来冷静得出奇，报完警又联系了最近的医院，到最后只按着纪真宜的手，对司机说："快。"

伤口很深，但不算太长，纪真宜缝了七针。

纪真宜打点滴的时候，谢桥去警察局做了笔录，丁呈被踹伤了，现在还在病床上。

风衣上都是血，谢桥只穿了一件衬衣，纪真宜还没打完点滴，麻药刚过，疼得出了满额头的冷汗。他看谢桥穿得单薄，问对方："小桥，你冷不冷？"

谢桥摇摇头，沉默地站在他身边。

谢桥和杭舒只有一次交集，就是在酒吧给杭舒解过一次围。当时他甚至都没跟杭舒讲话，后来更加没怎么和这人来往。

谢桥在这件事情中自觉无辜，可对纪真宜来说，这更是一场无妄之灾。

他们从医院出来时快十二点了，外面很黑，车辆很少。纪真宜说："去坐地铁吧，人应该不多。"

他们上了地铁，车厢里果然只零星几个人分散地坐着，他们站在靠门的地方。

"对不起。"谢桥的脸色十分不好，薄唇抿着，沉声道，"这件事情跟你没关系。"

纪真宜看着他说："但你是我的好朋友呀。"

他还在庆幸，幸好这两刀没划到谢桥身上，要不然谢桥肯定很疼。

他笑起来，有些不知死活道："我是故意的，就是想让你内疚一点儿，你看你现在多不好意思。"他又说，"没事的，就是流了点儿血，这点儿小伤对我来说根本不算什么，都没住院。"

明明是他自己死活不住院。谢桥腹诽。

纪真宜突然道："我以后都会罩着你的。"

他这些天总在不停回忆，他想到当年的谢桥，从没打过架，却在包里装一块砖就敢站出来救他。

谢桥清晰地感知到自己的妥协。

他"斗"不过纪真宜，一次，两次，次次。

他问："你忘记了吗？"

纪真宜清楚地明白忘记后面是什么，他的牙关都颤动起来，喉头哽咽："忘记了。"

谢桥未必是要让他真的把那段记忆抹去。

谢桥只是想让他毫无负担地往前走,不牵挂任何人,也不愧对任何人。

他说:"你问我。"

纪真宜茫然地抬头,问道:"什么?"

谢桥说:"问我愿意跟你和好吗?"

于是纪真宜说:"谢桥,你愿意跟纪真宜和好吗?"

谢桥抬了抬下巴,应道:"嗯。"

第七章
彩虹制造机

纪真宜和谢桥一起走出地铁,机械而亢奋,雀跃得两只脚走路都不知道该哪只前哪只后,一时间竟然有些怕自己出同手同脚的洋相。

他的心蓬勃地跳动着,每一下都在提醒他——谢桥彻底原谅他了,他跟谢桥真的和好了。

他这种高昂激越的情绪一直持续到出地铁站,谢桥忽然说:"这个月我们是普通朋友。"

纪真宜惊恐地抬头看他,如闻噩耗。

"好朋友也不是一蹴而就的,"谢桥缓缓道,"要慢慢儿来。"

纪真宜并不很有底气地说:"可我们都是室友了呀。"

同住一个屋檐下,还来这种"通关游戏"着实有些艰难了。

谢桥似乎也觉得有些为难,权衡片刻后说:"这样,你的房间就当你家,我的房间就是我家,回去就别出来了。"

这是什么扮家家酒吗?还一人分了一个家。

可纪真宜怀疑自己要是拒绝,以此刻谢桥的较真搞不好会让他搬出去,等关系亲近到可以做室友的那一个月再让他搬回来。于是,他便说:"好。"

进了门,他要回房的时候谢桥叫住了他。他回过头,谢桥嘱咐道:

"睡觉小心手。"

纪真宜跟谢桥正式和好的第一天就又好像回到了原点,心里又高兴又惆怅。他翻来覆去睡不着,多忍了两分钟,还是没有忍住,给谢桥发了消息:"谢总,我们出来一下好不好?"

谢桥回:"做什么?"

做什么?做什么呢?

纪真宜此时的脑子就像一个温度过高导致故障的仪器,不仅不能运作,还随时有高温致废的风险。

谢桥又回他:"散步吗?"

散步?散步!

纪真宜立刻回了一个"小人狂点头"的表情包,又发:"嗯,嗯,嗯,我们去客厅散会儿步吧。"

他发完把手机一丢,仓促地蹦下床,趿上拖鞋猛地拉开房门,却发现谢桥已经先自己一步出来了。

谢桥站在自己房门口,穿着睡衣都能显得英挺清贵。

纪真宜也没过去,两相矗立,半天没说话。

他觉得这样下去不太好,赶紧干咽了一下口水,咧嘴朝谢桥笑,眉眼弯弯地蹦过去:"散步吧,小桥。"

散步,散步。

走着走着纪真宜突然在落地窗看见了自己的身影——结果发现没戴帽子。他的头发长得慢,到现在都还只生出些不长的发楂,比起刚剃时被Joey调侃的土气光头,如今更像个刚放出来的劳改犯。

他沮丧地问谢桥:"我的发型丑吗?"

问完又觉得自己不该问,谢桥才讲过他形式主义。

可谢桥说:"还不错。"

他很有点儿难以置信:"真的吗?"

谢桥又看了看他的脑袋,说:"嗯。"

再次回到房间里后,纪真宜躺在床上,还是睡不着。

他自我催眠:快睡吧,快睡吧,明早起来又是离下个月更近的一天了。

结果手机叮咚一响,谢桥发消息说:"出来。"

他可不敢多嘴问出去干什么,当下就回:"嗯,嗯,嗯!"

他又丢下手机就钻出来,这回谢桥比他慢一点儿,他喜滋滋地翘首以盼。可谢桥走出门,把东西往他怀里一塞转身就走。

这人怎么就走了?

纪真宜还没来得及看是什么,下意识先去拦住他,问道:"这是什么呀?"

谢桥说:"礼物。"

那是一块品质极佳的青金石,深蓝纯正无裂痕,质地细腻带有十分漂亮的金星,这种宝石级的稀有矿物是天然群青的原料。

他以为纪真宜会一直画画,所以总有意无意地注意这些东西,回过神来时做颜料的原料矿石已经收集了很多。

谢桥侧过头,说:"每天都有。"

纪真宜惊喜得晕头转向,急不可耐地哀求道:"我申请快进好不好?不要一个月一个月地来好不好?这个礼物我太喜欢了!"

谢桥神色不悦道:"手不痛了?"

纪真宜说:"快进了就不痛了。"

谢桥早上起来的时候又懊悔起来,昨晚不应该一时头脑发热就答应纪真宜了,更不该稀里糊涂就开始送礼物了,明明计划好慢慢儿重建关系的,都怪纪真宜花言巧语!

打是不行的,但谢桥又实在气不过,跑去纪真宜那边戳他的被子泄愤,差点儿把人弄醒,于是当即收回手,心虚地退了出去。

纪真宜再次醒来的时候,谢桥已经起床了。他看了看自己的小臂,又肿高了些,但似乎也没裂开的样子,疼还是疼的。他心大地想:应该没什么大事吧?

他要洗澡,谢桥用塑料把他受伤的小臂包住,又帮他找衣服,准备妥当才让他进了浴室。

中午纪真宜和田心在机房外边的休息室吃饭。田心数落他,说他没一天安生,这回手出事了,又好长时间拍不了新闻,本来就两个月都只拍市内了,再这么下去,就算他不辞职,罗总都要容不下他了。

纪真宜心不在焉,微信上谢桥正发消息问他晚上想不想去看戏曲。他哪里会拒绝,别说看戏曲,就是看跳大神也义不容辞。

田心说了半天,见他一声不吭,光顾着对着手机傻乐,于是不满道:"你干吗?听见我说的没?"

纪真宜神情严肃,难掩喜色道:"有件事情跟你宣布一下,我跟谢桥和好了!"

田心疑惑道:"你们不是早和好了吗?看流星雨的那会儿还没和好?"

纪真宜说:"没有。"

田心一脸"不懂你们"的表情,狠灌了两口饮料。

纪真宜再看微信,谢桥又没回他了,来消息的是他们隔壁栏目一个姓叶的同事,五十来岁,是个挺关心小辈感情状况的热心大姐。丁纷纷对坏男人深恶痛绝,决定这次要找个奔着结婚去的,纪真宜便托叶姐给她筛选相亲对象。叶姐十分上心,隔一阵子就发几张条件相符的适龄男青年的照片过来。

纪真宜看了看,存好后又给丁纷纷发过去。

田心说:"我跟你说,申圆喆这个月就走,原本下个月有部专题长片要派他去,他这么拍拍屁股一走,事儿又得落我们身上。"

纪真宜"啧"了一声,申圆喆这人滑头又嘴碎,当初告诉田心纪真宜放弃当组长的就是他,纪真宜有时候都要琢磨,这男的舌头怎么那么长呢?

他放桌上的手机嘀嘀响个不停,一看全是丁纷纷发来的消息——

"啊!"

"我宣布相亲成功,我是他的未婚妻了!"

"啊啊啊!

"你是在哪个金窝里淘到这种帅哥的?"

纪真宜翻到对话框最上头才发现自己错手把谢桥的照片也发过去了,眉毛挑了一下,回她:"对不起,发错了。"

这天是星期一，下午五点例行开会，好在丁纷纷和成余出采访去了，纪真宜逃过一劫。

开完会也才五点半，他和孙中一起下楼，孙中是大男生性格，闹了两句就要勒他脖子，纪真宜拽孙中的小臂试图挣脱。

他们幼稚地缠斗着出了大厦，孙中故意强硬地和纪真宜勾肩搭背，不防备视线一投，看见外面站着个人——一个西装革履的帅哥，五官特别出挑，但因为气质冷，丝毫不显得阴柔，只让人觉得沉稳冷厉。

他呼吸一凛，还没来得及收回手，就被纪真宜粗鲁地一把推开了。纪真宜蹦蹦跳跳跑到谢桥面前，笑意盈盈地问："小桥，你怎么来了？"

这是谢桥第一次来电视台，不满道："你太慢了。"

可是明明才五点多。

"因为今天开会嘛。"纪真宜没管呆若木鸡的孙中，小尾巴一样跟着进到谢桥的车里，欢欢喜喜地把手里提着的麻薯球给他，笑嘻嘻道，"我也每天给你礼物。"

谢桥把包装好的绿松石给他，说道："昨天你没给我。"意思是还欠他一份礼物。

纪真宜道："那明天多补一份！"

谢桥哼了一声。这时，纪真宜的工作群有人发消息。他点进去一看，是有人误发了一段海绵宝宝的剪辑。

谢桥扫了他的手机屏幕一眼，状似无意问："在看什么？"

纪真宜答："海绵宝宝。"

二人一起去餐厅吃饭，因为纪真宜的手刚缝了针，所以吃得很清淡。纪真宜撑着头看谢桥吃麻薯球，这个麻薯球大得有点儿不同寻常，比成年男性的拳头还大一圈儿，里面是满满的红豆咸蛋黄肉松。谢桥吃相斯文利落，但偶尔也会咬一大口，腮帮子稍鼓出来，像只仓鼠。

戏曲七点半开场，是新编秦腔剧目《游西湖》，观众很多都是老票友，对台上的角儿极富热情。谢桥的票是别人赠的，听说这天表演的是个秦腔大家。他对戏曲没什么研究，只是问了纪真宜，对方也说想看，他就收下了。

《游西湖》这出戏大致讲的是南宋一对互许终身的爱侣，遭奸人强抢杀害，导致阴阳两隔，九天玄女怜其不幸，使之还魂再续前缘。

谢桥越看脸越冷，神色阴沉，在人物还魂的时候腾地起身。纪真宜不明所以地跟上去，疑惑道："不看了吗？"

谢桥停了脚步，偏头问他："你觉得好看吗？"

纪真宜哪有在认真看戏，随口诌道："很好呀，剧情很有意思，我很喜欢。"

谢桥的脸更冷了，阴沉沉地俯视他："你就这么喜欢这种故事？"说完转身就走。

纪真宜愣在原地，赶紧追上去，说道："什么？我不知道，我压根不知道演的什么，我就想着你好不容易主动请我看戏。"他拦住谢桥，不让对方走，"我没有看那些剧情，我在想这场戏完了以后，要给你买什么奶喝。"

谢桥冷静下来，也觉得自己草木皆兵了，有些不好意思道："刚才的话你别放在心上。"

纪真宜古灵精怪地笑了："那不行，你的话每句都很重要。"他又说，"但是你以后生气之前提醒我一下好不好？不要直接走掉，我笨，看不出来，你告诉我，我来跟你道歉好吗？"

谢桥不说话。

纪真宜仰头问他："吃夜宵去吗？大帅哥，我饿了。"

谢桥看着他，好一会儿才闷声说："我有时候不太能控制自己的脾气。"

纪真宜哪里会怪他："没关系，没关系。"他垂着头，语气温和道，"再说那也不是发脾气，这么小的事怎么能叫发脾气呢？小桥就是委屈了是不是？"

谢桥到现在都是这样，拧巴又幼稚，什么也不愿意说，就要人猜，好在纪真宜知道。

谢桥委屈地垂着头："嗯。"

纪真宜心想：这确实不怪他，怎么能怪他？谢桥不安，是因为那个人已经不在了，他和一个死人较劲多憋屈。

纪真宜只这么想一想，也忍不住替谢桥难过，如鲠在喉，想把这些年浸在苦水里的谢桥捞出来，用牛奶和甜食给他盖一座城堡。

开车准备去吃夜宵前，纪真宜接到田心的电话，眼睛登时就亮了。

谢桥到了才发现是一个街边烧烤摊儿，生意十分红火，摊子旁边停着许多车。田心已经占好了一桌，热情地朝他们挥手。

谢桥看着桌上的烧烤和啤酒，神色沉冷地对纪真宜说："你不能吃。"说完朝田心点点头，转身要走。

纪真宜拽住他，谢桥还是说："不准吃，等我。"

田心看着他走了，抓耳挠腮，拘束无措地说："他是不是挺看不上这儿的？其实这儿也不便宜，味道特别好。你看这摊子旁边那么多豪车，都是大老远开过来的，就好这一口……"

纪真宜赶紧打断他："你胡说八道什么？是因为我的手！我才缝完针，哪能吃这些？酒也不能喝。"

原来是个乌龙，田心有些讪讪的："是我蠢了，竟然给忘了。"说着又怪起纪真宜来了，"在电话里你怎么不说？还来这儿干吗？真是添乱！"

纪真宜没滋没味地过了一天，馋得狠了，拿起桌上的肉串一边往嘴里送一边说："别说了，他回来之前我先尝点儿。"

田心一把夺过，眼睛瞪得溜圆，严肃道："羊肉是发物，你也敢吃！"然后严防死守，坚决不让他尝一口。

二人坐那儿等谢桥回来，你一言我一语地扯皮。

田心其实对谢桥还是颇有微词的，他向来站在纪真宜这边，当然要优先为纪真宜考虑。

谢桥这个人，怎么说呢？太不真实了，看着不食人间烟火，诚然优秀能干，可性子闷话又少，不仅要时时仰望他的高傲，还要不断揣度他的心思，整天不冷不热的，跟捧着个仙子似的，想想都累。

纪真宜当然不这么觉得，他无法控制地要给谢桥镀上一层完美无缺的滤镜，真正再好也没有了。

但他也不知道该怎么向田心解释，就像他那次不知道怎么向小果解释,他不可能告诉他们太多。

纪真宜只能说:"我压根儿不觉得累,他也不是你想的那样,你别想当然地瞎猜。别替我操闲心了,我乐意得很。"

田心也觉得自己喝多了开始瞎扯了,骂了他一句就揭过这一页了。

谢桥没过多久就回来了,手里提着两盒打包的食物,在深秋的夜色中不疾不徐地朝这个喧嚣哄闹的烧烤摊子走来,一张脸清冷逼人,和周围的环境确实有些格格不入。

他带回来一份热汤小馄饨和一份寿司,还有一盒不伦不类的花生米。

纪真宜勤快地抽纸给他擦了遍凳子。谢桥摇头表示没关系,毫无负担地坐在了老旧的红色塑料凳上,和田心打了招呼。

田心既别扭又嘴拙,脸有些发僵。他好歹也算是个有些圆滑的成年人了,但对上谢桥,除了那次递名片还算动作流畅,余下几回都多少有些不自在。他看着谢桥说:"看流星雨那回我就有点儿……那什么,说起来,我一直有点儿怕你呢。"

谢桥似乎觉得有些不可思议,眉心皱了皱,竟然露出一个短暂的笑容,继而疑惑道:"你怕我?"他垂下眼睫,眼里没什么波澜地回望田心,"我还被你骂过一次。"

多年前的圣诞夜,他在电话里被田心骂得狗血喷头。

一石激起千层浪,不仅田心震惊了,纪真宜也震怒了,辩白和护短的心情混在一起。

谢桥插了一句:"这里有什么推荐菜吗?"

田心一时有些愣怔,眼前的谢桥好像确实没先前那么冷傲了,不再那样目下无尘,高不可攀。田心整个中学时代都在和其他人一起仰望谢桥,难免要惯性地高看对方一眼,可他此时仿佛看见谢桥在尽量放下某些与生俱来的架子,尝试着也走进纪真宜的交友圈。

纪真宜跟着催问,田心这才回过神,恍惚间明白些什么,语气也随意起来:"有,有,有!这烤腰子绝了,二十二块钱一个呢!好多人大老远跑来就是为了吃这一口,一般男的最多五个,我能吃八个!"他看着谢桥,斟酌着问,"要不,你来一个?"

谢桥说:"十个吧。"

这该死的胜负欲。

纪真宜心里已经在叫救命了,嘴上劝道:"别吃了吧,小桥,这东西味重,又辣,难道要人家给你做宝宝辣呀?"

谢桥说:"没事,我可以吃微辣了。"

好嘛,还偷偷进步了。纪真宜还想多劝几句,那边田心已经不嫌事大地吆喝上了:"老板,来十个腰子!微辣!"

他喊完就说起了自己最近的烦心事——他和小果吵架了,他们从那回见过小果的爸妈就生了间隙,看流星雨的时候也不复以往亲密。

"我不是有个狂热粉丝吗?女的,经常给我打赏、送礼物、刷收益榜,我就跟她聊了两句。"田心苦恼道。

纪真宜问他:"你干吗跟人聊?"

田心把酒饮尽,无辜道:"那不是平台要求嘛!那简直是硬聊,她不说我也就没话,末了她还莫名其妙问我一句'你过得好吗',我觉得奇奇怪怪的,什么好不好的?不就瞎过呗!我就回她'还行,日子不就这样吗?得不到的总比得到的多'。小果就看见了,问我还想得到什么。"

这时,谢桥点的烤腰子上来了。纪真宜跟他说:"不好吃就别吃,吃多了也不好。"

谢桥点了头。他吃了一串,觉得味道尚可,香嫩可口,两个腰子下肚,确实感觉浑身热燥起来。

田心喝了不少酒,娃娃脸有些红了,闷闷不乐道:"我一边割舍不了她,一边又觉得分手对她好得多,她条件好又漂亮,何必跟着我委屈自己?"

田心神情懊恼,纪真宜坐到他身边去,谢桥体贴地保持沉默。

闹哄哄的烧烤摊儿上边支着或黄或白的灯,投在纪真宜白净的脸上。他仿佛天生善解人意,永远知道怎么开解别人,和田心说话的时候也是嬉嬉笑笑中带点儿不易察觉的包容,神情鲜活灵动。

不知道被他哪句话逗乐了,田心笑骂了声,气氛渐渐又活起来。

田心举起啤酒:"这叫什么?"

纪真宜用饮料和他碰了杯，脸上带着意气风发的笑容："这就叫日子！"

他豪迈地一饮而尽，笑容还挂在脸上，一看谢桥，当即就垮了脸。

"小桥，你怎么一会儿就全吃了！"他焦急地拍谢桥的背，慌张道，"快吐出来，十个腰子你受得住吗？"

谢桥的睫毛扑闪扑闪的，看似无辜，眼睛却黑亮的："我受得住。"

纪真宜再次怀疑手上的线开了，早上起来灼痛难忍，但他没跟谢桥说。正好这天换药，谢桥开车先把他送到医院再去的银行。

好在医生说没事，又给他消了次毒换了新药。他带着满脑子医嘱出医院时破天荒接到了周琤玉的电话，对方在另一个医院，他在半路上买了些水果和补品前去探望。

他进门时，程济棠正好出来，英气俊朗的脸上照旧是冷峻的神色，让人辨不出情绪。程济棠略略冲他点了下头，他没正形地回之以耸肩。

病房里，周琤玉穿着病号服，断的那条右腿打着石膏绑在床尾，人瘦得脱相，简直像是缩水了，苍白俊秀的脸上青红交错，竟然还朝热络地对他笑道："哟，来了。"

纪真宜被他这模样骇住了，问他："这些天你去哪儿了，这又是怎么了？"

周琤玉轻描淡写道："没去哪儿，我被人给困住了。"

纪真宜更惊讶了："真的假的？谁呀？你怎么老遇到这种事情？"

周琤玉回道："说了你也不认识，是我实验室一女的，看起来挺正常的，谁知道爱我爱疯了。"

纪真宜的大脑飞快地转了一圈儿，想起那次在欧包店外面那个和周琤玉同行的女孩儿，看着温柔秀气还有些腼腆，谁承想这么偏激。

周琤玉一副事不关己的神态，还是花花公子的腔调："那晚济棠没来，我随便找了个搭讪的女孩儿，后来发现事儿比较多，我嫌麻烦，就走了。"

结果后来在实验室他出了点儿意外，和实验室里一个女孩儿一起待了一夜，其间他狂躁症发作，是那个女孩儿帮他稳定了症状。

事后他们在一起了几天，后来又借了个由头把她甩了。

他和程济棠刚吵架，消失不见的这些天程济棠没去找他，没承想让人钻了空子，落得这副德行。他放浪形骸小半辈子，欠过的情债无数，这回阴沟里翻船也算报应。

他一副不甚在意的样子，问纪真宜："你跟谢桥和好了吗？"

纪真宜回过神来："嗯。"

周琤玉当即面露憾色，怒道："都怪那女的把我困住了，要不然我一准让你们和不成。也不知道哪儿惹着这位了，我在那儿吐呢，他一脚过来把我蹚进垃圾桶里了。我跟他什么仇什么怨？垃圾糊了我一脸，我差点儿让吐出来的恶心东西给憋死。"

纪真宜极力否认："怎么可能？是你自己醉傻了栽进去的吧？"

周琤玉冷笑道："要看监控吗？"又说，"他可比你想的要狠。"

二人胡闹了一阵子，门又开了，程济棠问周琤玉午饭想吃什么。

周琤玉笑容不变道："都行。"

等程济棠又关上门出去了，纪真宜才想起什么似的问："他还结……"

周琤玉看着他，淡淡地笑了一下，说道："结呀。"

纪真宜出来时还在想，程济棠的结婚对象是谢桥的表姐，到时候自己搞不好要出席婚礼。程济棠结婚总归是他自己的事，连周琤玉也不过是一个被他娇惯坏了的弟弟。

纪真宜接到 Joey 的电话是一周之后，是关于丁呈的事情。他拆完线刚出医院，谢桥开车来接他。

Joey 先是骂了一大通杭舒脑子有病，自己干干净净却害得别人为他闯了大祸，然后才支吾着问纪真宜能不能撤诉。

纪真宜没想到 Joey 竟然出面为丁呈求情，他觉得荒唐。丁呈犯蠢冲动的时候怎么不想想未来？

纪真宜没理会此事，后续也没关注，他再没见过杭舒和丁呈，反倒是知道了伤了周琤玉的女孩儿也没事了。是周琤玉主动提出的和解，事情过了没多久,她就又跟在周珲玉身边了。

这天谢桥跟一个境外行代理打高尔夫,对方打趣说:"谢总看着比上次壮了些,是不是最近心情不错,胃口变好了?"

壮?这个字人生第一次落到了谢桥头上。

他下午回银行时,下楼时纪真宜正跟大厅的 AI 机器人吵架,嘴巴说个不停,终于把胖乎乎的机器人气跑了。

晚饭是在家里吃的,上个月底买了盒阿根廷红虾没吃完,谢桥全做了青芒柠檬虾,配着金沙玉米,菠菜粉丝丸子汤和砂锅焗鸡,还蒸了几个奶黄包。

饭后,谢桥吃着奶黄包说:"我胖了。"

纪真宜把碗碟收拾好放进洗碗机,仔细地看了看他,说:"没有吧,哪里胖了?这么帅。"

谢桥心里的小人偷偷气成了河豚,他胖了二点七三千克。

谢桥当晚就去夜跑了,回来又做了半个小时平板支撑。

纪真宜在赶一张商用画稿,盘着腿聚精会神,出来倒杯水看见他背肌绷着做平板支撑纹丝不动。纪真宜临时起意,调侃道:"我踩上去你会塌吗?"

谢桥让他试试,他真踩上去试了试,谢桥不仅没塌还坚持了挺久。

纪真宜闹够了,又自己倒在床上,懒骨头发作不想画了,拿平板电脑跟甲方讨价还价:"我的手被热水烫了,医生说最起码休息一天,能后天交稿吗?"

经过这一晚,纪真宜总算看明白谢桥的决心,为了不给谢桥的减重路上再添阻碍,再去银行找人就没带甜品。

谢桥不说话了,他这么加大运动量不就是为了安心吃甜食吗?纪真宜竟然自作主张把他的甜食取消了!

纪真宜这天竟然又没看出来他的心理活动,像藏着什么事一路上多次欲言又止,快到家时终于开口道:"小桥,我跟你说件事情。"

谢桥不悦地用余光看他。

纪真宜弱弱地说:"我要出个差。"

这事说起来一波三折,原本只是几个画家约着去某个非物质文化遗产的村庄采风,后来画家协会介入,和当地旅游局合作,找上了电视台的文化频道,准备做个专题长片。文化频道人手太少来纪真宜他们栏目组借人,出差时间少则半个月多则一个月。

这本来是申圆喆的活儿,他提前一走又成了个遗留问题。罗总点兵点将点到纪真宜头上,谁叫他当时申请只拍市内时的交换条件是事成之后什么苦活累活他一马当先。

田心开始马后炮:"当时知道有这苦差事,我就猜会落你头上。"

谢桥听完,也没有说什么。纪真宜出发那天是周末,还是谢桥开车送他去的机场。

谢桥照旧话不多,临去排队安检时,谢桥才敷衍似的嘱咐他一句:"好好工作,注意安全。"

纪真宜不知道该说什么好,只能打趣道:"小桥工作这么忙,一个人在家待着要是照顾不好自己,多让人不放心呀。"

谢桥却郑重其事地答了,很傲气,甚至带点儿上翘的尾音:"我才没有那么没用。"

纪真宜还没来得及笑,谢桥就又催促他了:"走吧,到时间了。"

一直等到纪真宜过了安检又笑着招了招手,谢桥又站了一会儿才转身回去。出机场大厅时,他抬头,正好看见天上有飞机低空飞过。

纪真宜本身就是那种爱为别人出头的性子,大大咧咧不在乎受伤,精力无限又柔而有锋,比起画家来,记者这工作其实更适合他。

等新的一年到来纪真宜就会离开现在的电视台,那时候天南地北地飞,出差会变成家常便饭。

谢桥独自开车回去的路上不由自主地想:纪真宜走了,自己一个人待着会不习惯吗?应该不会吧。

可是回去打开门,家里空荡荡的,谢桥和两缸傻鱼面面相觑,心里的小人问他:"你真的不会觉得不习惯吗?"

谢桥在心里没底气地说:有一点儿。

年底前两个月谢桥就开始忙了，没太多时间去想别的，有时下班比纪真宜还晚。

纪真宜结束拍摄发消息过来，他都只能抽空回一句："在工作。"

过一会儿再看，那边又发来一条两秒的语音。他一点开，纪真宜欢快又活力的声音就传出来："小桥加油！"

谢桥一下子就笑了。

等他结束工作，纪真宜都睡了，好在纪真宜每天会给他发电子明信片，一张拍的图配些话，或长或短——经他暗示后，每条消息都变得很长。

谢桥忙过这一阵子才能喘口气休息几天，而纪真宜此时已经出差大半个月了。

谢桥夜晚独自坐在卧室，把之前纪真宜给自己的盒子打开，里面除了明信片还有其他东西，那张写着"Je suis désolé"的画、一些和纪真宜一起去玩的票据、好些没去兑奖的彩票——纪真宜一见到就买，次次中的都是洗衣粉。

盒子里占大头的还是明信片，谢桥数过，有三百七十二张。

他怪纪真宜，为什么写得这么不勤快，平均五天才写一张，实在懒惰。

他抽出来一张，画面上是依山垒砌，群楼重叠的宏伟建筑，沐在日光中的布达拉宫巍峨壮观。

明信片上写着——

小桥，你过得好吗？

我来拉萨了，刚来那天高原反应，我差点儿以为要死在这里了，吃完药今天又活过来了。还去了布达拉宫，台阶长得望不到头，我拍得好看吗？难得上来一次，帮很多人求了愿。

想了好久该给你求什么，后来想你本来就什么都有，不必我再多此一举。

但我还是想给你求一个，思来想去，又觉得什么祝福都想给你。

纪真宜真的像他说的，去过很多地方，透过这些明信片，谢桥就像在触摸对方这些年的生活轨迹。

谢桥很喜欢这张，纪真宜写下这张明信片的时候，那时的谢桥想要什么呢？

他只不过想让纪真宜也记得自己，就像他一直记得纪真宜那样。

谢桥从不后悔这些年的分离，这么多年确实遗憾，可他做不到等在原地，他还有很多事情要做。

他要纪真宜自己走出来。

谢桥这么多年一直讨厌喝酒，就算现在酒量好了，还是讨厌。他是什么时候开始喝酒的？可能是纪真宜一拳打碎了他的奶瓶，让他知道这个社会多么"人心险恶"开始。

谢桥其实心里很计较，他先把纪真宜当成那么重要的朋友时就已经输了一仗，经过这些年又输了一场。回国端着咖啡撞到纪真宜身上更是节节败退，扯虎皮做大旗吸引纪真宜注意也不过个台阶。他迈出去的步子太多，总觉得不忿。

可他又豁达，他想要什么从来清楚，无谓的误会、错过与折腾他不喜欢，人生不过数十载，多浪费一天就少一天。

快十一点了，纪真宜的明信片还没发过来。他带着气点进微信，看见纪真宜换了新的个性签名，写着"醒也无聊，醉也无聊，梦也何曾到谢桥"。

谢桥盯着看了很久，自认为十分矜持地、意思意思地、出于礼貌地笑了笑，在微信上给纪真宜发了个"喀"字。

那边立刻就回了："谢总，还没睡吗？"

谢桥看着"谢总"二字蹙起了眉，不准备继续回话，他等纪真宜自己意识到错误。在纪真宜连发了几句"怎么了""人呢""睡了吗"后，他才意识到隔着屏幕纪真宜是看不见自己的脸色的，才勉为其难地回他："没有。"

纪真宜又回他："这阵子忙完是不是可以休息几天了？小桥太辛苦了。"

他还接着发了个"猫咪按摩"的表情包，又问："罗跄最近有假吗？

要不约他去钓鱼吧？记得穿厚点儿。"

谢桥不想去见罗跖。

罗跖整天不是忙着医院的事情，就是忙着追乐陶，奈何佳人无意，他的追人进度一直为负。而且知道学生时代乐陶和谢桥的那些往事后，一见到谢桥，他除了吐苦水就是夹枪带棒的讽刺。

谢桥反问纪真宜："你那里怎么样？"

纪真宜回复道："很好。"

要说的太多，纪真宜干脆发来一段语音："这里真的特别漂亮，前两天不是下了场雪吗？我们今天捉了次山雀。真的跟鲁迅的书里写的那样，扫开雪，露出一块地，支个筛子，撒些饭粒什么的，竟然真给我们捉住了！哈哈。"

纪真宜上学时功课那样烂，竟然把这段记得这么清楚，可见也不是脑子笨，就是玩心真的重。谢桥又想到当年纪真宜自称"鲁迅学者"，不禁莞尔。

纪真宜发了几张照片过来，是借了地势拍的，视野辽阔，连绵的覆着皑皑白雪的群山争秀，青翠挺拔的松树被掩在厚重的雪下愈显风骨，整个画面寒气逼人，意境空远。

谢桥仿佛身临其境，那股凛人的寒意夺面而来，忍不住打了个电话过去。夜里是静的，他看着壁灯在墙上投出的昏黄阴影，说："很好看。"

"嗯。"纪真宜难得没有得意，但说话时嘴角是扬着的，噙着笑，"下次我一定要和你一起来。"

他说："小桥，这里真美。"

莫名其妙的，这么平常的一句话，谢桥就听得坐不住了。深夜叫人盲目，美景让人冲动，电话一挂，他就订了去商市的机票。他正好有假，明天去后天回，权当旅游好了。

谢桥决定不告诉纪真宜，要突然出现在他面前，好好吓吓他。

世事总是不如人愿，第二天午后，纪真宜在拍摄时接到村民的电话，听到那边方言浓重的声音告诉他，有个叫谢桥的小伙子上山崴了脚，被救到了村民家里，要他去接时，他都吓蒙了。

这里重峦叠嶂又大雪封山,谢桥是怎么来的?不会是徒步来的吧?纪真宜顿时七魂吓没了一半。挂了电话后,他匆忙请假回到借宿的人家,问那里该怎么去。

公路被厚雪封住了,要走两山低处雪水泥泞的间道过去。汽车太宽过不去,摩托在山路上难行,那谢桥脚崴了怎么过来?

老汉说:"没事,我那儿有匹马骡,后面架辆车就能把他载回来!"

这马骡比马还高大,体态强壮,大冷天里鼻息粗热,后面搭了辆轮子很大的斗车,纪真宜看着看着沉默了。

老汉又说:"莫怕,我从小就驾骡车,驾驶经验有五十多年了!保证完成任务!"

行吧,也没办法了。纪真宜坐到车斗里想:来吧,坐着骡车的纪真宜要来解救被困的小桥王子了!

山路窄而颠簸,混着雪水泥泞难行,纪真宜一路担惊受怕,总算有惊无险地到了。

在他面前的是一栋外观不错的楼房,旁边的杂房檐下还垂着冰凌。谢桥正站在屋阶前等他,脸被冻得发红,漫山白雪也不如他干净。

纪真宜连忙上前问道:"小桥,你怎么来了?脚没事吧?疼不疼?"

他的头发原本长了,在村里剪过一次,现在看着是个板正阳光的小青年,干练活泼。

谢桥薄唇抿着,回道:"想告诉你。"

纪真宜不解道:"什么?"

他说:"谢桥自己来了。"

二人谢过主人家,还塞了些钱,谢桥看着骡车,脸色比纪真宜刚才的还要来得精彩。纪真宜说了不少好话才让他坐上去。

纪真宜看着谢桥的表情,问他:"小桥在想什么?"

谢桥第一次来这么穷乡僻壤的地方,看着泥泞的山路和前面那头马骡,沉思良久才道:"想捐款。"

纪真宜忍俊不禁,又想起谢桥以前在学校的时候让送早餐的女生去捐爱心早餐，果然是见了人间疾苦就想慷慨解囊。

两侧冰天雪地，翠树落白，风景极美，寒风呼啸，冷极了。

大爷在前面驾着车，突然问："这个后生也是画家吗？"

谢桥答："我在银行工作。"

大爷又问："银行，好工作呀，你是柜员吧？"

柜员？

大爷没等到回答，自顾自地继续道："你穿得这么好，柜员工资高吗？工资高，服务态度可得再上来点儿……"

纪真宜赶紧解释，大爷还不信邪："银行不就只有柜员吗？是柜员经理吗？"

纪真宜无奈地想：大爷，您再说下去，这款可就捐不成了。

回到村里时已快下午五点，路上雪厚，纪真宜下去推了好几趟车，都懒得再上车了。

到屋门前时，他们遇上了几个人。

这一次拍摄其实很轻闲，全围绕着风土人情、羌寨文化和几个画家的画作展开，说是专题片，其实是部旅游宣传片，画完了再办画展，接着把画家们的画作卖出去，一举多得。

突然有人热情地喊："谢总！"出声的是个三十多岁的画家，艺名叫胡瓜，为人健谈，没什么艺术家的清高，"记得我吗？我还给您送过票呢，秦腔的《游西湖》！"

他跟旁边两个人说："这是 G 行的谢总，年轻有为！"

"青年才俊，青年才俊呀！"

"不可限量，不可限量呀！"

不可限量的青年才俊从骡车上下来，心下尴尬难言，扯出个公式化的笑来。

此地是个建在高山山腰的羌寨，房屋依地形而建，多是用石片砌成的平顶庄房，落了雪便像一个个憨态可掬的方堡。摄制组人员不多，十来个人，再加上几个画家，都借住在村民家。

纪真宜就住在赶车老汉家，老汉的儿子、儿媳在外务工，只剩他带着孙子留守老家。老汉家是个二层的庄房，牲畜在屋后设圈，庄房内有壁饰，是简单大方的风轮，环境还算干净。

原先并不单是纪真宜借住在这户，还有文化频道一个叫郭诚的摄影师。此人性子一般，长相不错，跟纪真宜因为一些事情产生了分歧，对方执意搬了出去，前两天生了场病，现在可能还躺在床上。

谢桥坐在堂屋的长凳上，新奇地看了这个庄房一圈儿。纪真宜打来盆热水，蹲在地上给他脱鞋。

谢桥的裤脚和鞋底都是湿的，脚踝还没肿起来。

谢桥说："不用，我自己来。"

纪真宜回道："你自己怎么来？脚踝等下还得给你冰敷，天这么冷，多受罪……"

谢桥垂下头，突然说："我瘦了。"

纪真宜仰头看他，脸上带着笑，说道："工作那么忙，小桥累坏了吧？我又不在，你肯定只随便吃点儿是不是？"

是的，是的。谢桥想。

纪真宜拿了瓶牛奶给他——这是他住进来时给老汉的孙子买的，买了两箱。

谢桥坐在堂屋的长凳上喝奶，敞着的大木门忽地一暗，门口站了几个人，是来时遇见的那三个人和一个没见过的年轻画家。

谢桥含着吸管和他们撞个正着，场面微妙地沉默了，还是胡瓜率先笑着打破僵局。

谢桥把瓶子放下，顺着解释："没水，喝这个解解渴。"

气氛又活过来了。

纪真宜出来时，几个人聊得热火朝天，内容全是什么股市、基金和期货。

那个年轻画家叫住了纪真宜，这人艺名叫幸司，本名姓叶，刚回国发展不久，还在熟悉国内的画家圈子。纪真宜跟他还算熟，听到对方问："谢总怎么住你这儿呀？"

起先来的时候纪真宜在骡车后面，又都顾着跟谢桥说话，还没什么人注意他。

胡瓜像这才反应过来，乐道："哟，我们小纪摄影和谢总这什么交情呀？"

视线一时全聚了过来，纪真宜笑说和谢桥是老同学。

叶幸司还想问，被谢桥一语插过去。

他们约谢桥吃饭，谢桥不想在人前示弱，装作腿无碍的样子，不让人扶，走路很自如。

平常工作人员都是一起吃饭的，因为人多，分了几桌，这档节目的执行制片竟然还跟谢桥在一个饭局碰见过，更加要将人迎到上座去。

晚上回去后，谢桥的脚踝果然肿起来了。纪真宜低头给他冷敷喷药，一直不说话的人突然出声："我们只是老同学吗？"

他一大早赶飞机，八点多就落地，转了三个小时的车才找到这个山村，结果大雪封山，汽车寸步难行，他徒步攀着山径过来，丢人地崴了脚还坐骡车，只落得这么一句"老同学"。

纪真宜说："不是，这么多人呢，我怕多说多错。"

谢桥反问："你在银行等我的时候怎么不怕？你凭什么自以为是？"

纪真宜喊道："小桥……"

谢桥别过头，赌气道："别说了，没用。"

纪真宜说："好了，好了，我错了，小桥，你打我吧。"他像是拿准了谢桥不会打。

等谢桥消气，已经是深夜，躁动的夜凉下来。谢桥忽然想到一事，便问纪真宜："你在布达拉宫给我求了什么愿？"

纪真宜没说话，谢桥又问了两遍，他才动了动嘴："祝你平安。"

——祝你平安，道路都宽阔，前程都光明。

纪真宜的闹钟六点多就响了，等他洗漱回来，谢桥还懒洋洋地躺在被窝儿里。

纪真宜轻声道："小桥，八点要起来吃饭知道吗，我让大爷给你下碗面条。"他说完要走，被半梦半醒的谢桥叫住，又问了几句才出去。

纪真宜一出门就冷得一哆嗦，没待多久鼻子便红了。和摄制组会合后，又跟着那几个用浪漫主义情怀防寒庇体的画家上山了。

谢桥是七点多醒的，他刚洗漱完，老汉的小孙子就给他送面过来了。他吃面时收到了纪真宜发来的视频，是山顶的日出。

大雪初霁，满山银白，空中漫着雪后洁白清新的气息，盛红的亭曈从远处的雪顶冉冉腾升，既红且烈，谢桥隔着屏幕都被山后的金辉洒了满身。

接着他听到了纪真宜的声音，欢欣雀跃："这太阳好大哇，小桥！"

谢桥差点儿被面呛到，他早有了心理准备，以为纪真宜会说"正道的光，照在了大地上"，相较之下，"太阳好大"倒也能接受了。

画面经过一阵摇晃对准了纪真宜，画面里的人眉眼都带着笑，橙红的日光和未褪的雪色映在他被冻红的脸上。他笑盈盈道："我等会儿就回去，路过小卖部给你买零食，现在要工作了，拜拜。"

谢桥看完，把视频保存了下来。

初升的太阳被云层遮蔽，天气仍旧阴冷料峭，郭诚正在往老汉家走。

郭诚前两天被大雪冻得发起高烧，嗓子都快烧哑了，鬼压床一样躺在床上，挣扎数次却怎么也起不了身。一直到下午轮班时，纪真宜才发现他没来，打电话也没人接，郭诚搬去的地方远，摄制组没人愿意去看，可纪真宜怕出事。

郭诚一睁眼见纪真宜在自己床边，还当他趁病来报复自己，做出防备状。

纪真宜无语地扫他一眼，转头出去了。

过了一会儿，村里的赤脚医生来给他吊水。他再醒来时已是晚上，仍然没力气起来，刚开始是烧的，现在纯粹是饿的。

纪真宜在打游戏，问他要不要吃东西。

郭诚手上还扎着针，医生却已经走了，气若游丝道："我没劲，"

等他再被摇醒时，端粥上前来的却是这户的女主人，五十多岁，穿着很朴素，能当他们妈了，纪真宜一口一声"姐"逗得她直笑。

他吃完粥就又睡着了,醒来时手上的针已经拔了。

纪真宜在外面跟人打电话,郭诚听得到他的笑声,打了好久才走进来。

"哟,你醒了。"纪真宜有点儿困倦的样子,懒懒散散地说,"那什么,我回去睡了,我跟刚哥说了,他会起夜来看你两次,你要什么就跟他说。"

刚哥是这家的男主人,也不知道纪真宜是什么时候认识的。

纪真宜真走了,第二天也没来。郭诚又躺了一天,才差不多好全了。他看群里说早上去拍日出,估摸着纪真宜也快回来了,想着正好去找对方,既要道声谢也要警告一下:虽然你这人还行,但别指望我会改变态度。

郭诚一路上走得心神不宁,到了门口不客气地一推门,和一个陌生男人撞个正着。

男性大多时候都对自己的相貌有种不可言说的自信,认为自己不是帅哥就是有成为帅哥的潜质。郭诚更不必说,他本来就帅。可单从外貌上来说,他在这个人面前体会到一种彻头彻尾的自惭形秽,仿佛萤火对上了皓月。

明明是自己也住过的地方,他一时竟然有些怀疑,问道:"这……这是……纪真宜住这儿吗?"

"皓月"敛起了眉:"有事?"

郭诚说:"我找纪真……不,你是谁?"

"皓月"答道:"他的好朋友。"

纪真宜是十点多回来的,身上凉飕飕的,还带着袋吃食,欢欢喜喜地告诉谢桥:"拍摄明天提前结束!只是不知道那时候雪化了没有,不知道我们能不能出去。"

谢桥愣道:"我才又请过假。"

纪真宜问:"能销吗?"

谢桥没答,转而说有人来找过纪真宜。纪真宜问是谁,谢桥只说不认识。

纪真宜又问："长什么样？"

谢桥想了想："丑。"

丑？纪真宜琢磨了下，大家都是一起收的工呀……他恍然大悟道："不会是郭诚吧？对了，他感冒了，来待了多久？没传染给你吧，我看看。"说着围着谢桥转了一圈儿，像真能看出有没有被传染。

转完他点点说："应该没事，小桥可千万别感冒了，脚扭伤就够疼了，再感冒该多难受。"

谢桥摇摇头，垂下眼，说道："我身体好。"

这人才刚崴过脚，磕着碰着能青一大块，让纪真宜想起豌豆公主。他正要笑，就见谢桥抬起下巴，说："我告诉他，我是你的好朋友。"

纪真宜眉眼弯弯道："我又不在乎这些！"

谢桥略微瞥开些眼光，转移话题道："阿姨最近怎么样了？"

纪真宜稍稍恍神，然后笑起来："挺好的，说起来我还没告诉她我们和好了。其实我是想之后直接带你去看她的，吓她一跳！"略微思忖后又接着道，"不然拍摄结束我们直接回去吧，假别销了好不好？"

谢桥别过头，没说话。

纪真宜道："小桥这么好的朋友，终于又被我盼回来了，当然得赶紧告诉我妈！"

谢桥哼出一声，还是答应了。

余下一天半，纪真宜带谢桥在村子里转了转。穿着羌族服饰的村民，外观有如古楼的建筑，每个羌寨都有几座碉楼屹立于比肩走袂的村寨中，高高低低。这儿有两座古碉楼，九层约三十米，布满了枪孔。

他们赶上村寨里有人新婚，全寨人聚在一起，铲完雪在空地上燃起篝火，咂酒、唱歌、跳锅庄，摄制组也去凑了热闹，火光照在他们脸上，所有人都在笑。

离寨的前一晚，摄制组有个杀青聚会。纪真宜去之前，谢桥嘱咐他不准喝酒。

这趟外派工作，同事间相处融洽，纪真宜自身是学画画的，从这些画家身上又学到不少，总的来说体验很好。

这些画家中，胡瓜擅工笔，长于花鸟画，对葡萄尤其情有独钟。纪真宜在画展上见过他画的葡萄，晶莹剔透的葡萄，枝蔓苍劲的葡萄藤，浓荫蔽日的葡萄叶，栩栩如生。没有背景门路的画家要混出头是很难做到的。进入圈子后，接洽愿意出资炒作的投资人，从青年画家到中年画家，能坚持的很少，没出头的青年画家再废心血，一幅画能卖几千块都算顶了天。

纪真宜听他们谈画展，说某个姓齐的青年画家这年才二十二岁，一幅画被丹麦商人用六位数拍下，真是人比人气死人。

叶幸司端着酒，意味深长地道："你们也不看看他背后是谁。"

其余人默契地不说话了，只纪真宜被吊足了胃口，瞪着乌溜溜的眼珠问："是谁？"

叶幸司眉毛一挑，说道："你干了这瓶我就告诉你。"

纪真宜醉了，醉得一塌糊涂，就开始跳舞，跳得人热血沸腾，可跳完就坐在地上不起来了。

纪真宜喝酒之前声称自己是"乙醇之子"，谁也没想到他醉了会这么棘手，去把谢桥找来是叶幸司的主意，他恶劣地想看出戏。

摄制组这群人中，叶幸司最先看到的就是纪真宜。他在一众大老爷们里很出挑，皮肤十分白皙，给人的第一印象却不太好，总让人觉得不怀好意。

第一次上村寨后山时，天色暗，他不留神一脚踩空，碎石滚落，是纪真宜手疾眼快把他拉回来的，他吓出一身后怕的冷汗。

纪真宜说："你走里面吧。"

他对纪真宜有了点儿好奇，看纪真宜拍摄之余躲闲蹲在那儿玩游戏，叼着烟十分游刃有余。他无意间瞥了几眼，发现纪真宜打得很差，打完还被队友拉了个群来骂。

纪真宜说："怎么还骂人呢？你要学会包容别人。"对面继续骂，纪真宜又说，"算了，我包容你，相逢即是缘分，是你我在这无边无际的网络世界冲了同一片浪。"

他说完就把人举报了，把群也举报了，自己退了群，不胜唏嘘地抬起头对他说:"现在这些小孩子的素质教育真是堪忧。"

叶幸司当时就觉得这人还挺有意思的,尤其后来他知道纪真宜竟然还是国内顶尖美术学院毕业的,却只在里这儿做个小摄影师。

纪真宜这人整天嘻嘻哈哈的,看起来什么也不在乎,不记仇也不疏离,永远给人一种体面的亲近感,这或许算某种不算圆滑却温柔的处世哲学。

叶幸司没想到纪真宜会和那样的人玩到一起去,来时他就见着了,坐骡车本来是件挺憨的窝囊事,可这人生得太好了,欺霜胜雪,漂亮与俊朗在他身上如此恰如其分地得到了中和,单靠着脸就跟其他人生出道界限,另辟出一个次元来。相处时,这人的气质就跟他的身高一样,得仰着头看他,看久了脖子都酸。

这人竟然是纪真宜的好朋友。

可几次接触下来,叶幸司也并没有看出他对纪真宜多与众不同,照样清清冷冷,多说一个字都仿佛是纡尊降贵。可他能看出纪真宜对这个人是不一样的,太明显了。

但谢桥仍是一个眼神都欠奉,两相对比,难免让人觉得这是热脸在往冷屁股上贴。

叶幸司看纪真宜平时对什么都满不在乎,故意用此事刺激他,纪真宜烦了才回他,也不怕得罪人:"你怎么跟苍蝇似的?"

谢桥听到纪真宜喝醉时脸就沉了,尤其见他喝得烂醉又坐在地上时,这让他想起一些非常不好的回忆。

叶幸司确信自己看到了谢桥冷漠的脸上那一闪而过的嫌恶,原本只想看戏,一时间都有些同情纪真宜了。

可刚才还谁拉都不起身的纪真宜,突然朝谢桥伸手,要求道:"小桥,拉拉我。"

众人顿时鸦雀无声。

谢桥站着没动,脸隐在阴影里,让人觉得很冷漠。

纪真宜的脸皱了起来,发出些作假的哭腔,口齿不清地说:"小桥,我摔倒了,我好疼,你拉我起来好不好?"

谢桥的脚踝还没完全恢复，迈步时会有片刻的抽疼，可他大步走上前，利落地拉起纪真宜，敷衍般朝其他人点点头，转身就走。

路上有些未化的残雪，寒风凛冽，刮得人脸疼，纪真宜安分地跟在谢桥身后。

谢桥不可否认自己刚才在害怕，恐慌在纪真宜开口时达到极点。在纪真宜朝他伸出手时，他甚至没有立即反应过来。

五年前那个夜晚，在纪真宜烂醉后一声声的"韩放筝"中，即使再难受谢桥也决定要离开，可偏偏纪真宜又说："小桥王子，别难过，妈妈很爱你的……"

命运好像一条象征循环的衔尾蛇，谢桥在无意识地自我吞食。

可他现在再回过头看那些年，好像真的就这么过去了，总归是有了好的结局，才觉得暂时的分道扬镳不算什么了。

谢桥抿了口飞机上的咖啡，被苦得蹙眉。他内心有些不易察觉的焦躁和忐忑。他和祝琇莹很多年没见，对纪真宜的继父更是十分陌生。

决定好去看祝琇莹的那天，他就给叶莺莺打了电话。叶莺莺比他还焦急，喊着："天哪，怎么办？礼物？妈妈给你准备！"

身边的纪真宜正惬意地享受头等舱的飞机餐——香煎鳕鱼配西兰花、胡萝卜和香芋卷。他叉了香芋卷递给谢桥，说道："小桥尝尝，好吃！"

谢桥吃了一口，香芋卷入口香酥甜脆，便说："好吃。"

纪真宜等空姐来收拾走餐具就又拿着杂志陷进座椅里，头懒洋洋地靠在一侧。窗外是茫茫无际的厚云层，映出纪真宜半张光照下的侧脸。

纪真宜研读飞机上的成功学杂志，看到一半突然指着纸页转过身，满目愕然地跟谢桥分享自己刚刚看到的名人八卦。

一直到取了行李，纪真宜才状似无意地问："你不会紧张吧？"

谢桥没说话，面上仍然是高高在上的矜持傲气。

"这有什么好紧张的？虽然你好多年没见我妈吧，但她一直很喜欢你。"纪真宜说，"小桥这么好，她搞不好还得拷问我当初是怎么把你气走的。"

他把自己逗笑了，带着谢桥一边大步向前一边说："不过呢，好歹也是你要拜访长辈，我们回去的路上买些礼物，空手不太好！"

他被谢桥拽回来，趔趄了一下，谢桥说："车在外面等，礼物已经准备了。"

司机已恭候多时，把行李安置好，载着他们往纪真宜家开去。

说是纪真宜家，其实是莫海华的房子。纪真宜跟谢桥说起那个小区，他说小区里栽着一种树，枝叶清秀，夏天里会开白花，小小的，花团锦簇，风一拂就芬芳幽幽，他很喜欢，不知道叫什么，他在北方见得少。

谢桥回答道："女贞。"

纪真宜惊讶道："对！好像就叫这个，你怎么知道？"

谢桥垂下眼睫，说道："听你描述很像。"

纪真宜不疑有他，又笑道："小桥怎么什么都知道呀，是'小桥百科'吗？"

纪真宜一直以为礼物准备好了是放在后备厢，直到看到小区门口停着辆重型卡车，旁边黑压压的，围着好多人。

谢桥咳了一声，不自然道："我妈有点儿不放心。"

纪真宜第一次有了"我的朋友是有钱人"的实感。虽说谢桥是精英做派，但也并不算太挑，常和纪真宜吃路边摊，在家也自食其力，纪真宜都快忘了他是个"地主家的少爷"。

东西多得着实有些夸张了，于是他们也只挑了几件合适的，贵重的大件又都让人载回去了。

纪真宜推开家门的那一刻，心里简直在敲锣打鼓：快来看呀，快来看呀，都来看看我跟谁回来了！

但他表面上还装得宠辱不惊，喊道："妈、莫叔叔，我回来了！"

祝瑢莹显然等急了，一听见声响就慌慌张张地跑过来，喋喋不休道："你这孩子怎么不说一下航班信息？我们好去接你呀！"她边说边往纪真宜身后看，看到谢桥还没反应过来，"这是？小……小桥怎么来了？上次医院的事情我还要谢谢你呢，我给你妈妈……"

纪真宜佯装无事地摆摆手，说道："不用谢了，不用谢了，我们谁跟谁呀？"

谢桥抿出个含蓄的笑来，问候道："阿姨好。"又谦逊地朝她身后的莫海华点头道："叔叔好。"

祝琇莹迟钝地张了张嘴，最后还是莫海华揽住了她肩膀，提议道："先让孩子们进来吧。"

这天莫桑也在，他长得高大，延续着少年时的桀骜帅气，从沙发上起身，朝纪真宜和谢桥点点头，开口道："回来了。"

他跟纪真宜之间其实说不上原谅，也谈不上和解，差不多就是算了，大家都长大了，还像小孩子似的作对没意思。平时他和纪真宜基本不联系，逢年过节回了家，低头不见抬头见的也能说几句，关系不好不坏，一年当几天同住屋檐下的熟人。

他对付过纪真宜，纪真宜何尝没教训过他，可以说是冤冤相报。

他又看着谢桥，神色有些意外，眉毛动了一下，扯出个意味不明的笑来："我记得你。"

谢桥只点点头，不冷不热地应声："你好。"

刚进门没多久，祝琇莹就把纪真宜扯进卧室了。

她仍然惊魂未定，嗔怪道："你之前说的朋友就是小桥，你怎么也不提前告诉我一声？！"

"吓到你没有？"纪真宜没心没肺地乐了。

她当然吓到了，又问："所以你跟小桥之前是闹掰了？是什么时候闹掰的？你不是说只是联系少了而已吗？"

纪真宜脸上的笑意转瞬淡了，又干笑了一下，才答道："就以前读书的时候。"

祝琇莹惊道："读书的时候？你……我怎么一点儿也不知道？"

"嗯。"他垂下视线，还是那副吊儿郎当的样子，说，"我没跟你说假话吧？他是不是对我来说很重要的人？他值得我努力去和好吧？"

祝琇莹看着他，感慨地点点头，说："你先出去,我等会儿再过去……"

纪真宜只好先出来，谢桥话少，他怕谢桥和莫家父子共处一室尴尬，结果他们竟然相谈甚欢。

莫海华在教育局工作，平生爱好有三：钓鱼、围棋、打手机游戏。最后一个是他近几年挖掘出来的，当时注册账号用的是莫桑的手机号码，导致现在经常还打电话叫莫桑把验证码发给他，常年和一群小孩同台竞技，年近半百还被人骂"小学生作业太少"。

他对谢桥的印象十分好，觉得这孩子相貌、气度、谈吐无一不出众，而且精通围棋，难得的竟还是个钓鱼高手，年轻人中这么沉着冷静不浮躁的实在少有。

祝琇莹把自己收拾好，从房里出来，一边笑着往厨房走，一边道："我都不知道是小桥来呢，真宜这孩子也不说，都没准备你爱吃的，不知道今天的菜你喜不喜欢。"

谢桥从进门起好像换了个人，特别能说会道。他平时表情不多，这天夸人时带着点儿笑意，显得格外真诚："我以前就喜欢阿姨做的菜，什么都行，我信得过阿姨的手艺。"他顺势起身，说道，"我来帮忙吧。"

祝琇莹仓皇地摆手道："哎哟，不用，不用，你坐着就好。"又惊喜地问，"小桥会做饭呀？"

谢桥答："留学的时候学着做过一点。"

纪真宜捧场道："他做得特别好，平时都是他做饭，我洗碗，不是，洗碗机洗碗，我洗个菜什么的。"

纪真宜的手艺祝琇莹是知道的，他熬的汤，潘金莲看了都得说一句："大郎，起来喝药了。"

可纪真宜又把谢桥按着坐下了，提议道："我们先坐这儿聊聊，妈也过来，别急着做饭，先聊聊嘛。"他不甚在意地扫了莫桑一眼，神态自若地挨着谢桥坐下，难得正经地说："你们可能都觉得我这个人挺不靠谱儿，但我今天正式跟你们说一声，我和谢桥和好了！"

谢桥看见他的眼睛都笑得弯了起来，他又继续说道："今年是我们认识的第八年，但中间失去联系了很久，所以一和好就想回来炫耀一下。他也可以算作你们的新儿子了。"他接着说，"以后我会常常带他回来感受家庭的温暖，我会一把他当作我人生中最好的朋友。"

祝琇莹去做饭时，纪真宜提醒道："要做宝宝辣，但是宝宝辣现在已经升级到微辣了。"

祝珶莹被他这想起一出是一出的话弄昏了头，问："怎么又成微辣了？"

纪真宜笑着说："因为小桥就是宝宝呀，以后小桥吃什么程度的辣，那就是宝宝辣。"

谢桥这天没有表现的余地，只被安排做一个虾仁滑蛋。纪真宜还以协助为名，全程碍手碍脚，咋咋呼呼道："小桥，好大的蛋！"

谢桥"嗯"了一声。他敲开蛋壳，结果一下子滑出两个蛋黄来。莫海华正好进来端碗筷，笑着说："好事成双，金光堂堂。"

吃过晚饭，谢桥陪莫海华下了几盘围棋。莫桑的互联网公司正为融资苦恼，和谢桥谈了几句，似乎受益匪浅，和纪真宜错身而过时还罕见地又过了把嘴瘾："你这人别的本事没有，挑朋友的眼光是真没得说。"

纪真宜不小心踩了他一脚，用了蛮力。

纪真宜把谢桥送出小区，二人往小区门口走，司机等在外面。夜色朦胧，冬天的寒雾在天穹下泛起淡淡的苍蓝色，月白风清，在这避开喧嚣的居民区仍然能窥见都市的软红香土。

从纪真宜家里出来，谢桥终于有了些尘埃落定的实感，步伐都好像更轻快一些。他仰头看着天垂，朗月的清晖泠泠地洒在他脸上。他低下头看不清神色，喃喃道："十五的月亮十六圆。"

——这句话有什么寓意吗？

——可能是，你想要的，会比你期待的晚来一点点。

这个结局虽然晚了，也晚了不止一点点，但终究还是来了。

纪真宜闻言困惑地抬起头："今天不是十五也不是十六呀，月亮很圆吗？"

谢桥径自走到前面去，蓦地回想起来，当时他好像真的给了纪真宜十六块钱，不禁哑然失笑。

十五的月亮十六圆，纪真宜又骗人又骗钱。

纪真宜心念神转，想起天台的中秋夜，秋风袅袅，那个被云层遮去一块的月亮。

　　他怔怔地站在原地，看着谢桥走到上小区景观池的桥，明明已经决定再也不提起这些年了，可到底还是贸然出声："你怎么会一直记着？"

　　前行的谢桥一下子停住了，很不自然地沉声反驳："说了我没有。"

　　"你为什么确定我还一直记着你？"这些话纪真宜很早就想问了。

　　"我这么好，你凭什么不记着？"池中水波粼粼，谢桥停下来，侧过头，依稀还是清冷倔强的少年模样，桥上少年桥下水。他自顾自地说着，"之前你不在意我的感受，不是我不够好，是你还记得他。但你忘记他了，还看不到我，那也不是我不够好，那是你眼光不行。"

　　最后，谢桥说："那就配不上我这样的好朋友。"

　　纪真宜心想：我什么时候不记着你？我明明一直想让你重新站到我身边做回好朋友，又怕你不肯。

　　他冒失莽撞地叫了声谢桥，声音带着鼻音。谢桥没听清，问道："你说什么？"

　　纪真宜绽开一个大大的笑容，朝谢桥招招手，难得傻气，像条得了骨头的小狗："没什么，晚安。"

　　谢桥觉得他的笑有点儿碍眼，碍眼到自己的脚都提不起来了。他偏过头，说道："我走了。"

　　纪真宜还在那儿招手："嗯！"

　　谢桥低着头，像在较劲般重复道："我走了！"

　　"啊？"纪真宜难得糊涂，这时候才明白过来，"哦，哦，哦，这么晚了还坐车多累，要不在我家凑合一晚上吧？"

　　谢桥的视线漫无目的地绕了一圈儿，才纡尊降贵，勉为其难道："那好吧。"

　　这个夜晚，祝琇莹辗转反侧，躺在床上和莫海华说话。

　　"我怀上他的时候感觉自己都没长大，可知道他在我肚子里的那天起，我就开始爱这个孩子了。

　　"他出生的时候真就像只小耗子，瘦巴巴的，我好怕养不活他。他小时候学东西慢，话都说不清楚，瘦瘦小小的，只会玩着沙子发呆，他奶奶很不喜欢他。他三四岁的时候，纪超发酒疯，把他甩到墙上，我当时想和纪超拼了，结果被他打得动不了。我想，这孩子能平安健康地长大，我就什么也不求了。"

她一开始就哭了，这时开始哽咽。

"他中学在学校里总被人欺负，身上没有一天是好的，我去问老师，老师说他调皮活该，我气得跟老师吵了架。可花了好大力气给他转了班还是一样的情况，我想这孩子真的学坏了吗？

"他后来交了一个朋友，我现在都记得模样，是个高高大大，很帅的男孩子。他们关系特别好，那个男孩子生病去世后，他日日夜夜不睡觉，睁着眼睛一坐就是一天……我怕了，我只想让他活下去，我好害怕，我就这一个孩子，我怕他就这么没了。"

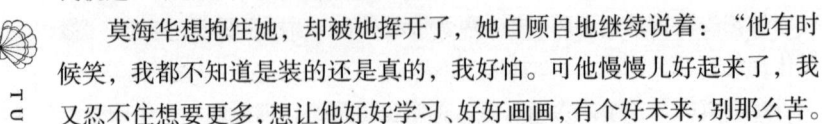

莫海华想抱住她，却被她挥开了，她自顾自地继续说着："他有时候笑，我都不知道是装的还是真的，我好怕。可他慢慢儿好起来了，我又忍不住想要更多，想让他好好学习、好好画画，有个好未来，别那么苦。

"他复读的那一年，是我逼着他去读的。我知道他苦，没心思读书，可我怕他后悔。后来，他认识了小桥，我看得出他很喜欢跟小桥待在一起，他对小桥特别好，可他本来就是个温柔的孩子。可是他们什么时候吵架，又什么时候闹掰，我全不知道……

"真宜总是不让人省心，他读的美院那么好，再读几年出来，当个画家开家画室，或者当个老师多好，他硬要当什么记者，天天在外面跑，又苦又累，工资还低，还吃了不少亏。"

祝琇莹喃喃地说："我有时候想，到底是他开心重要，还是我安心重要，我不知道。"

莫海华把她搂进怀里，下巴抵在她头顶，手轻轻在她后背拍着，不说话，就这么无声地抚慰着。

夜更深了，纪真宜看着不远处坐着的谢桥，语气都带着股骄横："你是不是特别关心我？"

他以为谢桥一定会矢口否认,可出乎意料地,谢桥竟然说:"是,得意吧?"

他半天才找回自己的声音:"你为什么这么关心我?"

谢桥说:"因为你总嘚瑟。"

气氛被毁得一干二净,纪真宜咬牙道:"小桥,我给你一次修正答案的机会。"

谢桥竟然笑了,是难得开朗得趣的笑声。他自己都意识到笑得太过,手握成个虚拳抵在唇上,笑又渐渐隐下去了。

他说:"为什么呢?因为你自由,因为你善良。"他顿了一下,接着道,"可我知道,就算这些你都没有,我也一样会视你为无可取代的挚友。"

他自嘲地笑了:"我好傻,纪真宜。我不屑跟人比,尤其是不在了的人。可如果非要比,我告诉你纪真宜,就算那个人活过来,把你在我们这里的分量分别放在秤上称,他也比不过我,没人比得过我。"

纪真宜连连摇头:"不要比,小桥不要比,我知道,我都明白……"

纪真宜一点儿也不自由,也不无拘无束。他从小就在笨拙地学习怎么看人脸色,怎么让别人高兴,怎么让自己显得不那么在乎。好像他生来就行走在一条狭小黑暗的窄巷,所有人的手都朝他伸出来,他在不停地被拉扯、被撕裂、被要求。

谢桥再一次明白,过去的都留在过去了,他改变不了过去,可他永远拥有着未来。

纪真宜睡着了,谢桥借着窗外清冷的月光,慢慢儿地端详起纪真宜这个并不宽敞甚至有些敷衍的房间。

从沙发到电脑,从书桌到书柜,纪真宜的书柜真的有书,有些明显不是他的,不过是用来充门面的装饰。旁边的两屉鲁迅的书肯定是他的,还买了这么多版本。谢桥当年搪塞地推荐他去看时,没想过他会真的喜欢,还沦陷得这么彻底。

谢桥带着种某种无心插柳柳成荫的愉悦,像滑过钢琴键,指尖缓缓地从这排书脊上拂过,一直拂到底,却又碰到别的什么。

那是一个杯子,一个白底印着草莓的玻璃杯。他怔了怔,把杯子翻过来，看见底部有个脸颊肉乎乎的卡通小人。

他记得自己当时把这个碎杯子扔进了脏兮兮的厨余垃圾桶，又被祝琇莹丢到楼下去了。他不知道纪真宜是什么时候捡回来的，竟又被这样细细粘补过，重新放在了这里。

这种后知后觉地被珍视的感觉并不坏，他拿着杯子坐回床沿，仿佛回到了那个夜晚，那个被数不尽的牛奶堆砌的悲伤夜晚，那时的他对未来还并不十分有把握。

谢桥有个弟弟，纪真宜早先就知道，也听他和弟弟通过电话，溺爱温柔，几乎有求必应。

纪真宜在为给弟弟买什么礼物烦恼，还没见过面已渊源颇深。

这小孩儿的爱好有点儿不同寻常，喜欢天文。谢桥之前对流星那么如数家珍，多少和弟弟有些关系。纪真宜试探地问："难不成送他个天文望远镜？天体模型？天文书？"

谢桥说："家里有。"

纪真宜绞尽脑汁，最终买来两大盒星空棒棒糖，说得天花乱坠，说这是集天文和孩子爱糖的天性于一身，却又可怜巴巴地问谢桥："你觉得可以吗？"

谢桥说："都可以。"

纪真宜不确定地问："都可以？"

谢桥点头道："嗯。"

还是第一次谢桥带他来的湖边别墅，树木苍翠，将房屋合抱，湖光山色，红房绿草，美轮美奂。

叶莺莺在外面迎他们："宝宝带着真宜回来了！"

她穿着条繁复隆重的宫廷洋装，腰掐得很窄，身材玲珑有致，珠光熠熠，远远看着有些像纪真宜之前拍过的穿 Lolita（洛丽塔，此处特指一种服装风格）裙的小女孩儿。可她那么雍华美丽，一举一动浪漫天真，纪真宜几乎看不出她身上任何衰老的痕迹，就连脖颈都细腻纤长。她提起裙摆，朝纪真宜优雅地欠身一礼。

纪真宜十分上道,配合地上前弯下腰托起她的手,假装在她柔软白皙的手背落下一个空吻:"夫人,您是一颗灿烂的明珠。"

叶莺莺把手收回来,小女孩儿害羞般捂住自己的脸,高兴道:"真宜,你最聪明了,他们都不会!阿姨好想你,快点儿夸夸阿姨今天穿得漂不漂亮?"

她丝毫不稳重地转起圈来,身后藏着的小孩儿就露了出来。小男孩长得十分精致漂亮,脸颊白里透红,乌睫褐眼,眉目和谢桥有些相像。

谢桥噙着笑,声音都是温柔的:"原来你躲在这儿。"

他一见谢桥,眼睛都笑得眯了起来,"哥哥,哥哥"地叫着,小蜜蜂似的围着谢桥转了几圈儿,又双手朝上伸出来,讨谢桥的抱:"哥哥抱!"

谢桥真就把他抱起来,端在身前。小男孩在哥哥怀里咯咯直笑,一下子就看到了纪真宜。他让哥哥把自己放下来,抬着脸蛋儿和纪真宜对峙。

纪真宜蹲在他面前,和他平视,问道:"你好,你叫什么名字呀?"

小孩儿下巴一抬,说:"帅哥。"

纪真宜逗他:"帅哥,你没你哥长得靓。"

小孩儿骄傲地说:"那当然,哥哥是最靓的!"

叶莺莺说:"小楼,告诉真宜哥哥你叫什么名字。"

小楼?

——小桥小楼,你看多合适,要不以后小桥的弟弟或妹妹就叫小楼吧?

纪真宜错愕地眨了眨眼,下意识地去看身后的谢桥。

谢桥回望他,漂亮的眼里是欲盖弥彰的平静:"干吗?"

纪真宜讷讷地转回来,看着眼前粉嫩可爱的小男孩儿,眼里又多了一分柔和。这是他那晚和谢桥谈起过的孩子,是谢桥当时耿耿于怀会抢去自己母爱的孩子,而今已经这么大了。他温柔地说:"你告诉我,我给你礼物好不好?"

许雁楼对纪真宜的礼物不如何感兴趣,可被哥哥用眼神暗示,只好一板一眼地介绍:"我叫许雁楼,雁字回时,月满西楼,你现在不准叫我小楼!"

纪真宜好奇道:"为什么?"

他声腔虽软,话却硬气:"因为我们不熟,不可以因为你是哥哥的好朋友就与众不同!"

纪真宜心想:嘿,这小屁孩儿,知道这小名是谁给你取的吗?

他又问:"你知道我是你哥哥的好朋友?"

许雁楼傲气的样子跟谢桥格外神似:"我当然知道。"这么小的孩子,就有睥睨这种神情了,"你以为我是笨蛋吗?"

结果话音刚落地,他就被谢桥抱了起来:"哥哥是怎么跟你说的?这么不礼貌。"

谢桥的语气明明并不凶,小孩儿却把脸埋进他的颈窝怎么也不出来了,两条腿蹬着闹起了脾气:"讨厌,讨厌……"

许意临前些天去国外出差,叶莺莺解释道:"真宜别怪他,他在飞机上了,凌晨就会赶回来。"

叶莺莺这么多年仍然是少女心性,祝琇莹和她是高中好友,二人的生活条件差距太大,也不复年少时亲密。她的语气无限惋惜:"我好希望我们能立刻见面,一起吃个饭。我准备的礼物你们是不是也不喜欢,怎么又都运回来了?"

纪真宜赶紧解释道:"是礼物太多了。"

她有些自责道:"我不懂这些,我笨,好担心不够,怕宝宝礼物带少了,宝宝是特别特别看重你的。"

纪真宜说:"我知道。"

叶莺莺想起什么,又说:"对了,给你看样东西!"

她让用人拿出一本有些年头的旧相册,纪真宜以为一定是谢桥的,却不是。

相册里是谢桥的爸爸,二十多岁,非常年轻挺拔,眉目英挺,穿着警服英气逼人,真正立如芝兰玉树,笑如朗月入怀,是出彩无双的人物。

"宝宝的爸爸,跟宝宝很像吧?"叶莺莺一页一页地翻阅着,笑容未改。谢桥也目光沉静地看着,不言语。叶莺莺又翻过一页,三张照片中间夹了张不一样的。

画面上是冬日落雪的庭院,小小的谢桥穿着厚厚鼓鼓的小棉袄,不过四五岁的样子,亲热地将雪人一把搂住。雪白的小脸蛋儿被冻得发红,笑得见牙不见眼,雪都要被他甜化了,旁边那胖乎乎的插着胡萝卜的雪人不及他丁点儿可爱。

谢桥指着这张照片,有一些不好意思,悄悄凑到纪真宜旁边说:"这个是我。"

纪真宜看着谢桥,他想,如果自己真是女娲用水捏的,那谢桥肯定是女娲用牛奶捏的,简直把人甜得五体投地。

他转头就对着叶莺莺说:"怎么把小桥生得这么好、这么可爱、这么帅呀!阿姨真棒!"又对着照片上谢桥的爸爸说:"叔叔也很棒,小桥跟您长得真像!"

叶莺莺乐不可支,谢桥都笑了。

午饭后,许雁楼捧着平板电脑过来,刚才还声称自己是"全世界受了最大委屈的可怜小孩儿",这会儿又带着全世界最甜的笑容挤进谢桥怀里,撒娇道:"哥哥,我们玩舒尔特方格好不好?"

纪真宜第一次听到这个名词,好奇地看一眼,屏幕上是 5×5 的表格,随机填了 1 至 25 的数字,许雁楼显出与年龄不符的冷静和早慧,十来秒就依次按完。

纪真宜跃跃欲试,手忙脚乱花了快半分钟,许雁楼对他的笨拙很不满,哥哥怎么会有这种笨蛋朋友!

可纪真宜夸他"这么小就这么厉害",他又有些受用:"哥哥比我更厉害!"

这是种注意力训练法,谢桥也很小就开始玩了,现在更快,从 1 至 25 几乎就只用那么五六秒。

纪真宜看他玩一次,叹为观止:"好棒!小桥!"

许意临是午后回来的,叶莺莺欢欣地去迎,许雁楼对她的不稳重很不屑:"不就是爸爸回来了吗?"

说完他就奔出去，万分雀跃地跳到许意临身上，大喊道："爸爸！"

谢桥也带着纪真宜出去，喊道："叔叔。"

许意临照旧倜傥，先热情地和纪真宜问了好，又和谢桥握了手，不是生分，更像某个秘而不宣的暗号，眼角的笑纹牵起来，是很温和的英俊："祝贺你。"

晚饭是叶莺莺张罗的，她甚至亲自做了几道菜。纪真宜免不得也想表现，做了一份甜牛奶球。简单至极，把一罐牛奶和一杯玉米淀粉倒进锅里边加热边搅动，搅至无水成团再捏成小球，再撒些奥利奥粉。

许雁楼对他这雕虫小技很不满意，可谢桥说"很好吃"，他就响应号召似的，连吃了好几颗，评价道："也还行。"

别墅的露台有个造价不菲的玻璃屋顶，看得见夜空繁星如沸，弯月如钩。

他们在这里给许雁楼建了个小型天文台，可以容纳几个人坐在里面，下面有马达驱动经纬度以及倾度的调整，还有一个超大口径牛顿反射式天文望远镜，镜筒直接焊在了天文台上，两边有厚实的防风罩，所有设备都相当昂贵精细。

大人在品酒，果香浓郁的干白葡萄酒，单宁涩味不重，清甜甘润，配着肉冻和淡味乳酪吃来十分得宜，连谢桥都陪着小酌了几杯。

许雁楼聪明能干，自己在天文台换目镜，叶莺莺叫了他几次，他也没过来。纪真宜凑过去一看，才发现他嘴里津津有味地含着根糖，正是纪真宜送的星空棒棒糖，可叶莺莺是不许他晚上吃糖的。

换好目镜的许雁楼一转头正对上纪真宜的眼睛，发现对方脸上是洞穿小心思后的阴险，作势就要喊。许雁楼一下子把他扯住了，小脸上满是焦急："不要告诉妈妈！我会刷牙的，我允许你早点儿叫我小楼，你不要说！"

纪真宜说："给我一根。"

二人惬意地坐在天文台吃着糖，纪真宜很哥儿俩好地把手搭在忙活不停的小孩儿肩上："你这东西能看清月亮上的环形山吗？"

许雁楼被这个笨问题激得蹙眉，又思及谢桥的话，带着小脾气解释：

"当然可以,随便什么天文望远镜都能看见。"

纪真宜浑然不觉,紧接着问了个更外行的问题:"哦,那银河呢?"

他听到身边传来一声笑:"天气好的话,眼睛就能看见。"

"哥哥!"许雁楼欢喜地扑腾到谢桥身上。

谢桥低下头看着弟弟,眼神温柔得不行:"晚上不可以吃糖。"

他被许雁楼拖进来坐在二人中间,许雁楼起劲地调焦,谢桥问他想看什么。

许雁楼答:"火星极冠。"

谢桥对他很耐心:"调好了吗?哥哥帮你。"

"我要自己来。"许雁楼说,"我以后要做天文学家!虽然不能用哈勃望远镜,但可以用其他的!"

纪真宜再次不合时宜地插嘴:"哈勃望远镜能看清整个宇宙吗?"

许雁楼被他接二连三的蠢话气得不行,气鼓鼓地说:"怎么可能?有艾里斑!"

纪真宜一个艺术生,文化课学的也是政治历史地理,哪懂这些,便问谢桥:"小桥,艾里斑是什么?"

谢桥解释道:"根源其实就是电磁波衍射现象,艾里斑的存在使得任何太空望远镜的分辨本领都有极限。"

许雁楼叹出一口操心的气:"这下你知道了吧!"

谢桥看纪真宜眼里的茫然愈深,怕他挫败,便说:"没关系,其实我也不是很懂。"

纪真宜看着他,笑了起来,眼里星光灿烂:"你不懂呀,你不是'小桥百科'吗?不懂吗?"

谢桥敛着眉,却又不是怪罪地说:"总给我取外号。"

许雁楼吃完了糖,不满纪真宜一直跟谢桥说话,看完白色极冠,等叶莺莺再叫他,就颠颠地跑过去了。

天文台里只剩他们,谢桥问:"想看什么?这架望远镜口径很大,能看到几千万光年以外的宇宙。"

纪真宜答:"环形山!"

谢桥笑了。他显然比许雁楼操作熟练，很快就找到了环形山并调准了焦："过来。"

纪真宜凑过去，看见上面的碗状凹坑，山岭起伏的地表像被光影蜿蜒雕刻而成，有些金属质地的灰冷，仿佛一片石灰铺就的沙漠，透过这一景仿佛窥见了整个宇宙的浩瀚与恢宏，震撼不已："好远，宇宙好大呀！小桥。"

"是的，好大。"谢桥低声说，"我们在宇宙里，也只是两粒尘埃。"

纪真宜被这个说法触动得无以复加，头顶是满天星斗，望远镜里是未知宇宙，耳边有后面三人的笑语。他侧过头去看，谢桥也笑着看着他。

纪真宜早上起来，窗外天色阴沉，朝云暧曃，似乎风雨欲来。他站在窗边，觉得有些冷，谢桥这天要和许意临出去，得添件衣服。

他正愣愣出神，忽然有人站到他身边。他一怔，面前的窗棂上就放了个三棱镜。那是他摄影时的小工具，此时被谢桥手里的光源照着，折出一道七彩斑斓的彩虹，正落在他的手背上。

他还没出声，就听谢桥说："彩虹制造机。"

谢桥轻蔑地说："下雨有什么关系？"

下雨有什么关系？我能制造彩虹。

许雁楼一大早就起来了，在走廊开着一辆儿童小汽车来回巡逻。纪真宜一出来，他就把车开到了他跟前，审视他："你怎么这么晚才出来，你们在里面干什么？"

纪真宜说："我们进行了一场激烈的搏斗。"

许雁楼将信将疑："你们打架了？那一定是我哥哥赢了！"

纪真宜顺势蹲下来："那当然，我哪打得过他？"

许雁楼更骄傲了："我就知道！我哥哥最厉害！我超级爱他！"

在餐桌上，许雁楼一直埋怨哥哥为什么不早一天回来，这天是星期一，他要去幼儿园，于是正赖在谢桥腿上打滚："哥哥，哥哥，送我去幼儿园好不好？"

许雁楼这年七岁，但因为身体弱，体格也小，入园晚一些，又实在喜欢幼儿园,所以这个早慧的小屁孩儿至今还赖在幼儿园。

许意临说:"不行,哥哥要跟爸爸出去。"

许雁楼噘着嘴好不高兴,退而求其次对纪真宜说:"喂,你是不是很想送我去幼儿园?"

许意临训他:"怎么叫人呢?"

连谢桥都轻轻拍了他的屁股一下,说道:"叫真宜哥哥。"

纪真宜朝他张开手:"来吧,今天你真宜哥哥送你。"

许雁楼虽不情愿,但还是磨磨蹭蹭地从谢桥的膝上下来,背上小书包,换上小鞋子和戴着幼儿园的帽子。快走出门又折回来,拿笼子拎起来一看,见里面空空荡荡的,小脸一下失了色:"我里面的鸭鸭呢?妈妈!我的鸭鸭!"

幼儿园布置的手工课作业是做一只小动物,他花大功夫用硬纸做了一只鸭子,虽然叶莺莺说像鸡,可他仍然很宝贝,特意用小笼子装着,此时不见了。

保姆四处翻找,最后在狗屋里找到了。家里养了条黑色纯种的陕西细犬,聪明忠诚,许雁楼天天遛它,没想到竟然"家贼"难防。

泪花在许雁楼的眼里转啊转的,眼看就要哭出来。纪真宜叫人拿了块帕子来,手指翻飞,三两下就叠成一只圆嘟嘟的胖鸭子,放在手心憨态可掬。他半蹲着,小心地将"鸭子"放进许雁楼的笼子里,哄道:"喏,给你了。"他笑起来,自有一种温柔,"我做的不如你的好,但这个我们先拿去交作业好不好?"

许雁楼不说话。

纪真宜朝谢桥一眨眼,带着许雁楼往外走:"走吧,帅哥。"

许雁楼坐在车上,捧着那个小笼子,好一会儿才别扭地说:"我喜欢鸭鸭,你还要再折给我!"他又说,"67P彗星的外形就像鸭子,很可爱。"

纪真宜笑着从内视镜看他,说好,又逗他:"你真要做天文学家?做这个挣不了很多钱哦。"

许雁楼不以为意:"我为什么要挣很多钱?爸爸有钱,他说我和哥哥都喜欢什么就做什么,他的钱本来就是给我们的,我做有意义的事情就可以了。"

纪真宜乐了:"好,我回去给你折满天星!"

到了幼儿园,许雁楼命令他:"你在这儿别走。"

他跑去跟等在幼儿园门口的老师说了什么,又提着小笼子回来了,拽上纪真宜就往幼儿园里走去。

纪真宜莫名其妙,进门时还冲老师点点头,而后问许雁楼:"干什么?"

许雁楼牵着他一直跑到大班教室门口,咳了两声,所有小朋友的视线瞬间都聚集过来。他小皇帝般巡视一圈儿,才满意地对纪真宜发号施令:"可以了,你走吧。"

这小屁孩儿……纪真宜不顾他抗议,在他后脑勺儿上揉了一把才走,又听见他在后面喊:"喂!"

纪真宜回过头去,看见许雁楼冷着漂亮的小脸蛋儿,倨傲地宣布:"我允许你以后叫我小楼了!"说完小脖子一扭,噔噔噔地跑进去了。

他一进去就有小女孩儿围了过来,问他:"许雁楼,他就是你哥哥呀,好好看,好帅!"

"他不是我哥哥!"他蹙着眉,小嘴一撇,"他是我哥哥的好朋友。"

纪真宜从幼儿园出来的时候,听见几个小女孩儿在聊天儿。

"施施,你是不是胖了?你的肚肚都鼓起来了。"

"没有胖,是这件衣服显的!"

"我今天的头是我奶奶梳的,好看吧?"

"我的也是奶奶梳的,你们看,后边还别了两个小鸭鸭。"

几个小女孩儿凑在一块儿叽叽喳喳,把纪真宜乐得不行,回去的路上想起来就笑。他打开窗,坐在车上抽了根烟,谢桥虽然会抽烟但没烟瘾,他不在谢桥面前抽,可戒起来实在难,抽完又嚼口香糖。

一直到中午谢桥才回来,天已经晴了,午饭后,叶莺莺问他们要不要去水库钓鱼。

准备好钓具后,谢桥骑着一辆公路车出来,这辆车已经有些年头了,但被保存很好,仍然炫酷醒目。

这是纪真宜第一次看到公路车有后座。

谢桥下巴一扬,示意他:"坐上来。"

纪真宜有些踟蹰:"这个能坐吗?"

谢桥只说:"上来。"

纪真宜于是放心地坐上去:"小桥冲呀!"

叶莺莺坐着司机的车从他们旁边经过,放下车窗招手:"宝宝、真宜,我先走了!"

纪真宜也朝她招手。

车轮继续往前,冬天的阳光絮然和煦,透过两侧泛黄的树叶漏下来,在他们身上短暂停留,纪真宜叽叽喳喳说个不停。

谢桥声音低沉,好像怀念,又像怅惘,却是笑着的:"以前,很想这样。"

他中学时代痴迷骑行,一直期望高考后的暑假能骑行入藏,结果他却陪叶莺莺去了苏黎世,阴错阳差,最后是纪真宜去了。

纪真宜不懂什么意思,谢桥只说:"小心点儿,下坡了。"

这是个不怎么陡的长坡,两边树木苍绿,微风和煦,人仿佛飞了起来。

他们去的是个大水库,呈鸟嘴型,群山环抱,水质清透泛绿,好似鸟嘴里衔着一块幽绿的翡翠,阳光正好,照在人身上带来柔柔的暖意。

纪真宜和叶莺莺握着钓竿说个没完,有鱼都被他们吓走了。谢桥独自端坐着钓鱼,纪真宜忽然转过身,要他把手伸出来,眼神狡黠,神秘道:"我会看手相。"

谢桥明知他另有所图,却还是把手递过去。

纪真宜看着谢桥的手开始胡说八道,谢桥听完笑起来,是不属于成年谢桥的笑,是纪真宜第一次在画室门外见到他的那种笑。

被阳光晒得白里透红的一张脸,两泓清泉般的一双眼,眉目清秀,笑的时候露出些白牙来,叫人一点儿办法都没有。

纪真宜手里的钓竿此时剧烈挣动,他吓得直跳,谢桥叫他收线。他一边收线一边把钓竿往后一甩，一尾肥美的活鲤跃出水面，落在岸边。

纪真宜一把扑上去，脸上是毫不掩饰的惊喜，搂着怀里那条扑棱不停带着浓重水腥气的鱼，笑得眉眼弯弯。他是清澈的、明亮的、温柔的、快乐的，他大喊："小桥，我钓到大鱼了！"

谢桥看着他，心想：确实钓到大鱼了。

第二天他们赶最早那趟航班回去，年底工作繁忙，谢桥一落地就要直接去银行，叶莺莺三人来送他们，格外不舍。

谢桥俯身抱了抱她，她微微一愣，听到他在耳边说："谢谢妈妈。"

谢桥又直起身来，眼里有些笑意："把我生得这么帅。"

叶莺莺的眼睛顿时湿了，哽咽道："宝宝。"

谢桥看着她，有些话最后还是选择在心里说：我没有想让你做一个和其他人一样的妈妈，你也不用勉强自己来给我做饭，希望你永远天真，永远被宠爱，永远情感丰沛，是个不一样的妈妈。

他又把弟弟抱了起来："小楼要好好长大。"而后也和许意临拥抱，真心道："谢谢叔叔。"

纪真宜说："我们都会照顾好自己的！"

他有始有终，回程又看飞机上的成功学杂志，又积极和谢桥分享："天哪，小桥，鸡蛋竟然是从鸡的肛门里生出来的！"

日出正在进行，谢桥看着窗外泻出金光的云层，刺眼而明亮，而他们正在去往未来。

早春还有些料峭的寒意，叫人忍不住缩脖子。纪真宜是下午来墓园的，很清静，只有三两个前来祭拜的人。

他来自己家乡出差，但不是什么好事，为了报道一个震惊全国的案件，当晚就赶过来了。

他和另一个小姑娘被分配到这儿出差，小姑娘第一次出差就分到这个任务，十分勇敢，却仍然哭了。

纪真宜递给她一包纸巾，没有说"以后这种事情还很多"，也没有说"你还年轻"，他觉得哭一场也好。他其实也很怕，人对死亡总是恐惧的,他重回一线时间不长,远没到能面对死亡保持无动于衷的程度。

这些天工作任务重,他们重回现场便马不停蹄地忙碌着。死者家属情绪激动,纪真宜上前安慰"都会过去的",被声泪俱下地指控:"你又懂什么?说这种事不关己的风凉话!我怎么过去?他死了!他死了……"

他夜里蹲在街边抽着烟给谢桥打电话,接通时又把烟掐了。他把这事儿告诉谢桥。

谢桥安静了半瞬,突然说:"你去看看他吧。"

纪真宜轻轻把墓上的落叶拂开,再把买的东西摆上去。他站在墓碑前仍然感到遗憾,这样年轻恣意的一条生命,陨落在最好的十八岁。

他无声地伫立着,这种遗憾却不包括自己和韩放筝的遗憾,已经过去快十年了,他都二十七岁了。如今他平静地站在这里,为一个曾在自己生命里留下过浓墨重彩的一笔的男孩儿遗憾,却不会去想要是他活着,这一切会怎样。其实或好或坏都不再有意义,他已经走向最好的人生了,哪里还有余裕的精力来胡思乱想。

纪真宜看着墓碑,在心里和韩放筝说话。

——我走了,祝你来世安好,祝你健康平安,祝你无病无痛。

——我走了,我过得很好很好,你不用担心。

——我走了。

干燥的风吹拂着,头顶的树冠簌簌作响,又掉下来几片叶子。

他慢慢儿地,慢慢儿地走出那一片狭窄而逼仄的天空,肺里积郁的乌云早已烟消云散,每一次呼吸都畅快而自由。

这次纪真宜赶上了回市区的车,公交不多,他甚至还在站牌那儿等了一会儿,回到市里天已经黑了,他沿着广场缓缓地走着。

附近在开演唱会,是一个老牌实力歌手,很是热闹,在会场外也能听到里面浑厚有力的歌声。

天空下起小雨,春雨滋润凉爽。纪真宜脸上落了两滴,清清润润的很舒服,他忽然想起了谢桥。

想起谢桥在他头上撑起一把伞挡住冷箭一样的雨,想起谢桥在雨幕中背起他蹚过浑水,想起谢桥拿手电筒照着三棱镜,傲气地告诉他这是彩虹制造机。

纪真宜刚想给谢桥打电话,对方的电话就到了。

他第二天一早要再回一次现场,乘下午的航班回去。每次回去之前,谢桥都会问他想吃什么,他说想吃米线,谢桥就能花四个小时蒸一碗金黄清亮的松茸鸡汤,用来给他做米线。

纪真宜接通电话时,脸上都不自觉地带着笑。谢桥问他:"在干吗?"

纪真宜一五一十地回答:"在走路。"

谢桥说:"我也在走路。"

纪真宜故作夸张地揶揄他:"你还会走路?"

谢桥反问:"怎么?我是没有腿吗?"

纪真宜被他少有的冷幽默逗笑了,脚步更加轻快雀跃,捂着手机盯着自己的脚尖,眼睛都是弯的,明明在两座城市,他却异想天开道:"那你说地球这么小,你在走路,我也在走路,我们会不会遇……"

他笑着,不经意地抬头,穿过熙攘攒动的人流,看见谢桥穿着件长款薄风衣,身姿笔挺地站在对面,周围是绰绰人影和熠熠灯火。

演唱会的歌声从会场内飘出来——

"吞风吻雨葬落日未曾彷徨,欺山赶海践雪径也未绝望。"

谢桥的声音从手机传来,是笑着的:"遇到了。"

纪真宜帮谢桥调整好了领带,又在两肩处熨帖地拍了拍:"哎呀,这么帅的帅哥是什么时候下凡的呀?"

谢桥抿唇,矜持地扬起下巴:"二十多年前吧。"

纪真宜再次正了正他的领子,说道:"走吧,走吧,婚礼开始了。"

罗跖和乐陶的婚礼隆重非凡,在一个风景迷人的湖心岛举行,碧波万顷,芳树如茵。他抱起乐陶走过九十九级祈求幸福美满的长台阶,却没进教堂,他们在湖边的草甸进行仪式。

谢桥给罗跖做伴郎,西装挺括,英气非凡,越发显得他清贵。仪式开始前,纪真宜开玩笑地说:"小桥别把新郎的风头抢了。"

谢桥配合地装出苦恼的样子，敛着眉道："有点儿难。"

纪真宜乐不可支。

罗跖这天格外帅气，浑身都洋溢着一种甜蜜得冒泡的傻气的俊逸，笑容好像焊在了脸上。乐陶仍然高傲漂亮，戴着银冠身穿白纱，像所有新娘一样带着点儿踌躇的羞怯。她要嫁给一个优秀又傻气的男人，学生时代最喜欢的男孩子做了她婚礼的伴郎。

交换戒指时，乐陶没哭，罗跖却哭了，甚至很没出息地哭花了眼镜。他追人追了四年，其间一年半乐陶还曾远赴非洲。罗跖当时在电视上无意瞥见她一眼，没想到会对这个女孩儿魂牵梦萦这么多年，不过再笨拙再波折，也总算得偿所愿。

纪真宜在台下看着，见证这感动又好笑的一刻。他看着谢桥站在宣誓的新人旁边，拿着戒指盒，英俊的脸上是公事公办的冷峻，一丝不苟，让纪真宜不禁想笑。

他在婚礼中途被田心叫走，接棒扛着摄影机上台记录新人亲吻的画面。台上铺满了白玫瑰、郁金香和百合花瓣，馥郁浪漫。他悄悄绕到新人后面，微微弓着身，后退着找角度，不小心踩着线，差点儿绊倒。他整个人往后一倾，却被人从背后扶住了，虚惊一场。

谢桥在身后托着他，台下的宾客嬉闹欢呼起来，新人正在接吻。谢桥在他耳边低声说："小心些。"

纪真宜抬起头来，天高云淡，入眼是及膝的青草，万物俱寂。他无论往哪个方向看都是自由天地，春光正好。

风也温柔，水且长流。

— 全文完 —

番外
十三与十四

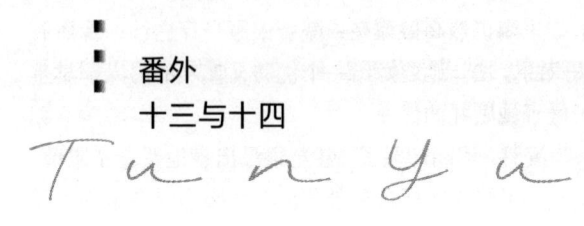

假如十三岁的谢桥与十四岁的纪真宜见过一面。

太阳西沉,车辆驶过扬起的尘土,在橘红的夕阳中浮动。

纪真宜背着书包,低头佝偻着走在一条陌生的路上,他是为了躲避莫燊才七拐八弯拐到这儿来的——除了校内一些偏僻的角落,莫燊兴起时会带着人堵在他回家的路上。

初中这个年龄段的孩子,混沌、极端、崇尚诉诸暴力,何况莫燊师出正义——他在惩罚小三的儿子。

纪真宜已经完全不知道自己胡乱走到哪儿了,口袋里现在只有一块钱,意味着他只能坐一趟公交,而这趟公交需要让他直达回家。

日头渐渐落下,金色的夕照里掺了些黑。纪真宜攥着那一块钱闷头直走,他不敢找人问路,只能经过公交站牌时细细查看有没有到自己家附近的车次。

九月初秋的傍晚还延续着夏天的闷热与嘈杂,放学和下班的人们占满了城市,街道上车流如织,人声如沸。纪真宜伶仃而焦灼地走在路上,似乎途经了某个学校大门,静悄悄的,只有几个家长还等在外边。他走过时,几个人都盯着他。

纪真宜低头抄进周边一条林荫道，才甩开那种半审视半探究的鄙夷目光。他又脏又狼狈，他们一定以为他是个混混一样无可救药的坏孩子。

黄昏的林荫道树木高深，树冠茂盛，遮去大半光亮，只有一束一束的橙红光线从树隙穿透下来，显得静谧而幽暗。

纪真宜像只过街老鼠，潜进这条安静无人的小道里才得以喘息片刻。他抠着书包带慢吞吞地磨蹭在这条小道上，这是他的安全地带。他不想走出去面对大人们异样的眼光，不想回家费尽心思躲过母亲的注意进家门，不想睁眼一醒来又得去学校忍受疼痛……

纪真宜走了几步，才猛然发觉前面的树下站了个人，是男生，看上去比他高一些，是那种处在抽条期的挺拔与清瘦，穿着的是久负盛名的一中校服——原来刚才那个学校就是一中的初中部。

他的校服干净得雪白，衣领、袖口、下摆都整齐熨帖，没有一点儿泛黄或汗渍，连皮肤都是透着红润的洁净白皙。他沉静地站在树荫下，低垂着眼。哪怕隔着好几步路，纪真宜都能看到他长长的蝶翼似的睫毛，可能刚迈入少年，五官还存着些精致的稚气，但已经完全能预见到日后的清俊。

纪真宜整个成长期都没见过这样干净漂亮的人物，仿佛灰尘都避着他浮动。在这条傍晚时分没什么光线的小径上，他漂亮得像光源。

不知道为什么，纪真宜特别想和他说话。

可以向他问路吗？纪真宜想。

可他低头看着自己——校服脏得不能看，皱巴巴的，还有几个清晰的脚印，和菜汤溅上去的碍眼的污渍。

两相对比，他就像一块打满补丁的脏兮兮的旧抹布。

男生抬起头来，没有看他，转身径直朝林荫路那头走了。纪真宜看着他的背影，他的鞋子和书包也都干净崭新，都是很好很贵的牌子，一看就是学校里金字塔尖的优等生，就算不是优等生，也一定是被追捧簇拥的中心。

纪真宜哪还敢上去和人说话，怕是人家回过头看一眼，他都要躲到树后面藏起来。

他是在暴力和谩骂中长大的孩子，小时候是他那个畜生一样的爹，大一些是疯狗一样的莫桑；他像被锁在一个逼仄阴暗的地下室里长大，骨子里就带了些惹人生厌的畏缩和胆怯。

不知道是不是因为这样，他对这种天生干净拔萃、被人仰望的人，有种说不出的希冀。

他真希望自己人见人爱，或者没脸没皮也可以，那他就有胆子上去和他说话了。

纪真宜揪着书包带不远不近地跟在他身后，心想：我可不是跟着他，我也要走这条路。

可纪真宜总也忍不住抬头看他，可能是他过分好看了，又可能是长得实在合自己眼缘，反正看着他，眼睛会觉得很舒服。

他们一前一后，沉默地走过了这条幽暗的林荫小道走到出口时，有辆车驶过来，一个大姐姐从后车窗探出头，热情地呼喊："谢桥！桥桥上车！"

谢桥利落地上了车，关上车门的瞬间，街道的路灯蓦地亮起来。他看见一个男孩子站在林荫道出口的路灯下，干瘦干瘦的，校服很脏，脸颊苍白而枯瘦，颧骨和嘴角有明显的瘀青，一双眼睛幽深如海，却又饱含憧憬地凝望着他。

谢桥一怔，心里有股不知名的异样情绪。

他知道有人走在自己身后，但不知道这个人如此形容狼狈，伤痕累累。

对方是被欺负了吗？

车很快转弯驶离，谢桥甚至没有看第二眼的机会。和他一同坐在后座的表姐性格活泼，一直在说话："桥桥怎么一个月不见就长高这么多？真的长大了，长这么帅，要是再大些就好了，我好几个朋友都说要和你认识，哈哈哈……"

她立刻被开车的舅舅用"胡说什么"斥责了一句，却也不是真的怪罪。表姐不以为然地继续自顾自说笑，舅妈笑着嗔怪"女孩子这么多话"，一家三口和乐融融，谢桥只是安静乖巧地笑了笑。

他有时候也会暗恨自己沉闷无趣，缺少一些讨长辈喜爱的活泼，从来插不进这样融洽的话题。

从八岁时父亲因公殉职起，他就跟随着母亲住进了舅舅家。舅妈的出身和教养都极好，待他也细致温柔，可是也未必从不觉得他们麻烦碍眼。

他从来不敢把舅舅家当自己家，他总是安静、优秀、规矩，以及不让人察觉地小心翼翼。

这天只是因为舅舅说去机场接完表姐后，会来学校接他去吃饭，他就放学后站在那里等了快两个小时，没有打电话催促，也没有说自己先回去，就那么不声不响地等着。

谢桥又想起刚才那个瘦弱的男孩子，和那双眼睛里几乎要焕出光彩的憧憬。

他怎么了？为什么衣服那么脏？为什么脸上有伤？为什么那样看着自己？

谢桥心口像哽着什么，很不舒服。

车辆平稳地行驶着，表姐探出身攀住副驾驶座的靠椅和母亲撒娇："我好饿！妈妈，什么时候吃饭？"

她宠爱地拍拍女儿的手："马上吃饭，叫你爸爸快些开，位子订好了，是你最喜欢的那家餐厅。"

谢桥一直没怎么做声，舅舅不知是察觉了他的情绪，还是想将他引入话题，分出精力问他："怎么了？"

谢桥抬起头来："我看见了一个人。"

他又噤了声，他知道不该继续说，舅舅职业光辉，又向来注重在小辈面前的形象和声誉，表姐和舅妈也从来尊重他的意见，只要他说出口，他们一定会折返回去。可是表姐已经叫过饿了，舅妈很疼爱女儿，舅舅难得有空，就要到餐厅了，他这时候说出来多么不识相，平白给人添麻烦。

可能那个人也不是被欺负，是惹事和人打架所以挂了彩，他根本不知道内情，他只是被人看了一眼。

只是看了一眼。

谢桥说:"他好像被欺负了。"

车里有短暂的静默,分秒不到的沉默已经让谢桥难以呼吸,但很快他们说话了,意料之中地,没有推脱和忽视。

舅舅说:"在哪里?"

舅妈说:"是你同学吗?"

表姐说:"回去看看吧,爸爸。"

车在下一个路口掉头,重新开往学校旁边的林荫道。天快要黑下来了,只天际还有些惨淡的残阳,折返的路上谢桥一直紧紧地攥着手。

但回到那里时,那个男孩子已经不在原处了。这是个岔路口,闷热的夜风中只有三三两两散步的人闲谈着走过。

特意折返回来却扑了个空,谢桥垂下眼道歉:"对不起,舅舅。"

舅舅当然没有怪他,并且还体贴地说会联系附近的派出所帮忙查查:"你很像你爸爸,也很像你妈妈,舅舅很高兴。"

回程的途中谢桥望着窗外匆匆掠过的街景,心中并没有因为舅舅的宽宥和欣慰而轻松多少。

他深知自己寄生在舅舅家里,一切的生活和教育开支都由舅舅承担,他母亲娇贵而天真,没有任何生存能力。

他身上镌刻着寄人篱下的敏感与局促,时刻紧绷,他知进退、懂分寸、不逾矩,从来不提非分要求,也从来不添任何麻烦。

但谢桥知道这不会是他人生的底色,他望着街边公园里蹒跚地踏着台阶往上走的小孩子,谢桥要往上走,一直往上走,走出去,走到他自己广阔的天地里。

这天的最后,谢桥仍然说不清为什么会为一个陌生人而唐突地向舅舅开口,而纪真宜在城市的夜幕中终于找到了回家的路。

这只是少年们压抑灰暗的青春期里一段微小的插曲。

图书在版编目（CIP）数据

吞雨 / 夏小正 著 . 一武汉：长江出版社,2023.5
ISBN 978-7-5492-8840-3

Ⅰ．①吞… Ⅱ．①夏… Ⅲ．①长篇小说－中国－当代
Ⅳ．① I247.5

中国国家版本馆 CIP 数据核字（2023）第 069069 号

吞雨　夏小正　著
TUN YU

出　　版	长江出版社
	（武汉市解放大道 1863 号）
选题策划	阿　朱　靳　丽
市场发行	长江出版社发行部
网　　址	http://www.cjpress.com.cn
责任编辑	罗紫晨
封面设计	叮　当
印　　刷	长沙鸿发印务实业有限公司
版　　次	2023 年 5 月第 1 版
印　　次	2023 年 6 月第 1 次印刷
开　　本	880mm×1230mm　1/32
印　　张	10
字　　数	278 千字
书　　号	ISBN 978-7-5492-8840-3
定　　价	54.80 元

版权所有，翻版必究。如有质量问题，请联系本社退换。
电话：027-82926557（总编室）　027-82926806（市场营销部）